JULIO CORTÁZAR

# Cuentos completos/3

punto de lectura

Av. Leandro N. Alem 720 (1001) Ciudad de Buenos Aires

ISBN: 987-1106-60-2
Hecho el depósito que indica la ley 11.723

Impreso en Argentina – *Printed in Argentina*
Primera edición: marzo de 2004
Primera reimpresión: julio de 2005

Diseño de colección: Ignacio Ballesteros
Ilustración de cubierta: Martín Bucich

Impreso por Encuadernación Aráoz SRL,
Avda. San Martín 1265, (1407) Ramos Mejía,
Buenos Aires, República Argentina.

JULIO CORTÁZAR

# Cuentos completos/3

# Índice

# UN TAL LUCAS

*Propos de mes Parents:*
*—Pauvre Léopold!*
*Maman:*
*—Coeur trop impressionnable...*
*Tout petit, Léopold était déjà singulier.*
*Ses jeux n'étaient pas naturels.*
*A la mort du voisin Jacquelin, tombé d'un prunier,*
*il a fallu prendre des précautions. Léopold grimpait*
*dans les branches les plus mignonnes de l'arbre fatal...*
*A douze années, il circulait imprudemment sur*
*les terrasses et donnait tout son bien.*
*Il recueillait les insectes morts dans le jardin*
*et les alignait dans des boîtes de coquillages*
*ornées de glaces intérieures.*
*Il écrivait sur des papiers:*
*Petit scarabée — mort.*
*Mante religieuse — morte.*
*Papillon — mort.*
*Mouche — morte...*
*Il accrochait des banderoles aux arbres du jardin.*
*Et l'on voyait les papiers blancs se balancer*
*au moindre souffle du vent sur les parterres de fleurs.*
*Papa disait:*
*—Étudiant inégal...*
*Coeur aventureux, tumultueux et faible.*
*Incompris de ses principaux camarades*
*et de Messieurs les Maîtres. Marqué du destin.*
.........................................................................
*Papa et Maman:*
*—Pauvre Léopold!*

*Maurice Fourré*
La nuit du Rose-Hôtel

# I.

# Lucas, sus luchas con la hidra

Ahora que se va poniendo viejo se da cuenta de que no es fácil matarla.

Ser una hidra es fácil pero matarla no, porque si bien hay que matar a la hidra cortándole sus numerosas cabezas (de siete a nueve según los autores o bestiarios consultables), es preciso dejarle por lo menos una, puesto que la hidra es el mismo Lucas y lo que él quisiera es salir de la hidra pero quedarse en Lucas, pasar de lo poli a lo unicéfalo. Ahí te quiero ver, dice Lucas envidiándolo a Heracles que nunca tuvo tales problemas con la hidra y que después de entrarle a mandoble limpio la dejó como una vistosa fuente de la que brotaban siete o nueve juegos de sangre. Una cosa es matar a la hidra y otra ser esa hidra que alguna vez fue solamente Lucas y quisiera volver a serlo. Por ejemplo, le das un tajo en la cabeza que colecciona discos, y le das otro en la que invariablemente pone la pipa del lado izquierdo del escritorio y el vaso con los lápices de fieltro a la derecha y un poco atrás. Se trata ahora de apreciar los resultados.

Hm, algo se ha conseguido, dos cabezas menos ponen un tanto en crisis a las restantes, que agitadamente piensan y piensan frente al luctuoso fato. O sea: por un rato al menos deja de ser obsesiva esa necesidad urgente de completar la serie de los madrigales de Gesualdo, príncipe de Venosa (a Lucas le faltan dos discos de la serie, parece que están agotados y que no se reeditarán, y eso le estropea la presencia de los otros discos. Muera de limpio tajo la cabeza que así piensa y desea y carcome). Además es inquietantemente novedoso que al ir a tomar la pipa se descubra que no está en su sitio. Aprovechemos esta voluntad de desorden y tajo ahí nomás a esa cabeza amiga del encierro, del sillón de lectura al lado de la lámpara, del scotch a las seis y media con dos cubitos y poca soda, de los libros y revistas apilados por orden de prioridad.

Pero es muy difícil matar a la hidra y volver a Lucas, él lo siente ya en mitad de la cruenta batalla. Para empezar la está describiendo en una hoja de papel que sacó del segundo cajón de la derecha del escritorio, cuando en realidad hay papel a la vista y por todos lados, pero no señor, el ritual es ése y no hablemos de la lámpara extensible italiana cuatro posiciones cien vatios colocada cual grúa sobre obra en construcción y delicadísimamente equilibrada para que el haz de luz etcétera. Tajo fulgurante a esa cabeza escriba egipcio sentado. Una menos, uf. Lucas está acercándose a sí mismo, la cosa empieza a pintar bien.

Nunca llegará a saber cuántas cabezas le falta cortar porque suena el teléfono y es Claudine que habla de ir co-rrien-do al cine donde pasan una de Woody Allen. Por lo visto Lucas no ha cortado las cabezas en el orden ontológico que correspondía puesto que su primera reacción es no, de ninguna manera, Claudine hierve como un cangrejito del otro lado, Woody Allen Woody Allen, y Lucas nena, no me apurés si me querés sacar bueno, vos te pensás que yo puedo bajarme de esta pugna chorreante de plasma y factor Rhesus solamente porque a vos te da el Woody Woody, comprendé que hay valores y valores. Cuando del otro lado dejan caer el Annapurna en forma de receptor en la horquilla, Lucas comprende que le hubiera convenido matar primero la cabeza que ordena, acata y jerarquiza el tiempo, tal vez así todo se hubiera aflojado de golpe y entonces pipa Claudine lápices de fieltro Gesualdo en secuencias diferentes, y Woody Allen, claro. Ya es tarde, ya no Claudine, ya ni siquiera palabras para seguir contando la batalla puesto que no hay batalla, qué cabeza cortar si siempre quedará otra más autoritaria, es hora de contestar la correspondencia atrasada, dentro de diez minutos el scotch con sus hielitos y su sodita, es tan claro que le han vuelto a crecer, que no le sirvió de nada cortarlas. En el espejo del baño Lucas ve la hidra completa con sus bocas de brillantes sonrisas, todos los dientes afuera. Siete cabezas, una por cada década; para peor, la sospecha de que todavía pueden crecerle dos para conformar a ciertas autoridades en materia hídrica, eso siempre que haya salud.

# Lucas, sus compras

En vista de que la Tota le ha pedido que baje a comprar una caja de fósforos, Lucas sale en piyama porque la canícula impera en la metrópoli, y se constituye en el café del gordo Muzzio donde antes de comprar los fósforos decide mandarse un aperital con soda. Va por la mitad de este noble digestivo cuando su amigo Juárez entra también en piyama y al verlo prorrumpe que tiene a su hermana con la otitis aguda y el boticario no quiere venderle las gotas calmantes porque la receta no aparece y las gotas son una especie de alucinógeno que ya ha electrocutado a más de cuatro hippies del barrio. A vos te conoce bien y te las venderá, vení en seguida, la Rosita se retuerce que no la puedo ni mirar.

Lucas paga, se olvida de comprar los fósforos y va con Juárez a la farmacia donde el viejo Olivetti dice que no es cosa, que nada, que se vayan a otro lado, y en ese momento su señora sale de la trastienda con una kódak en la mano y usted, señor Lucas, seguro que sabe cómo se la carga, estamos de cumpleaños de la nena y dése cuenta justo se nos acaba el rollo, se nos acaba. Es que tengo que llevarle fósforos a la Tota, dice Lucas antes que Juárez le pise un pie y Lucas se comida a cargar la kódak al comprender que el viejo Olivetti le va a retribuir con las gotas ominosas, Juárez se deshace en gratitud y sale echando putas mientras la señora agarra a Lucas y lo mete toda contenta en el cumpleaños, no se va a ir sin probar la torta de manteca que hizo doña Luisa, que los cumplas muy felices dice Lucas a la nena que le contesta con un borborigmo a través de la quinta tajada de torta. Todos cantan el apio verde tuyú y otro brindis con naranjada, pero la señora tiene una cervecita bien helada para el señor Lucas que además va a sacar las fotos porque ahí no tienen mucha cancha, y Lucas atenti al pajarito, ésta con flash y ésta en el patio porque la nena quiere que también salga el jilguero, quiere.

—Bueno —dice Lucas— yo voy a tener que irme porque resulta que la Tota.

Frase eternamente inconclusa puesto que en la farmacia cunden alaridos y toda clase de instrucciones y contraórdenes, Lucas corre a ver y de paso a rajar, y se encuentra con el sector masculino de la familia Salinsky y en el medio el viejo Salinsky que se ha caído de la silla y lo traen porque viven al lado y no es cosa de molestar al doctor si no tiene fractura de coxis o algo peor. El petiso Salinsky que es como fierro con Lucas se le agarra del piyama y le dice que el viejo es duro pero que el porlan del patio es peor, razón por la cual no sería de excluir una fractura fatal máxime cuando el viejo se ha puesto verde y ni siquiera atina a frotarse el culo como es su costumbre habitual. Este detalle contradictorio no se le ha escapado al viejo Olivetti que pone a su señora al teléfono y en menos de cuatro minutos hay una ambulancia y dos camilleros, Lucas ayuda a subir al viejo que vaya a saber por qué le ha pasado los brazos por el pescuezo ignorando por completo a sus hijos, y cuando Lucas va a bajarse de la ambulancia los camilleros se la cierran en la cara porque están discutiendo lo de Boca versus Ríver el domingo y no es cosa de distraerse con parentescos, total que Lucas va a parar al suelo con el arranque supersónico y el viejo Salinsky desde la camilla jodete, pibe, ahora vas a saber cómo duele.

En el hospital que queda en la otra punta del ovillo Lucas tiene que explicar el fato, pero eso es algo que lleva su tiempo en un nosocomio y usted es de la familia, no, en realidad yo, pero entonces qué, espere que le voy a explicar lo que pasó, está bien pero muestre sus documentos, es que estoy en piyama, doctor, su piyama tiene dos bolsillos, de acuerdo pero resulta que la Tota, no me va a decir que este viejo se llama Tota, quiero decir que yo tenía que comprarle una caja de fósforos a la Tota y en eso viene Juárez y. Está bien, suspira el médico, bajale los calzoncillos al viejo, Morgada, usted se puede ir. Me quedo hasta que llegue la familia y me den plata para un taxi, dice Lucas, así no voy a tomar el colectivo. Depende, dice el médico, ahora se usan indumentos de alta fantasía, la moda es tan versátil, hacele una radio de cúbito, Morgada.

Cuando los Salinsky desembocan de un taxi Lucas les da las noticias y el petiso le larga la guita justa pero eso sí le agradece cinco minutos la solidaridad y el compañerismo, de golpe no hay taxis por ninguna parte y Lucas que ya no puede más se larga calle abajo pero es raro andar en piyama fuera del barrio, nunca se le había ocurrido que es propio como estar en pelotas, para peor ni siquiera un colectivo rasposo hasta que al final el 128 y Lucas parado entre dos chicas que lo miran estupefactas, después una vieja que desde su asiento le va subiendo los ojos por las rayas del piyama como para apreciar el grado de decencia de esa vestimenta que poco disimula las protuberancias, Santa Fe y Cánning no llegan nunca y con razón porque Lucas ha tomado el colectivo que va a Saavedra, entonces bajarse y esperar en una especie de potrero con dos arbolitos y un peine roto, la

Tota debe estar como una pantera en un lavarropas, una hora y media madre querida y cuándo carajo va a venir el colectivo.

A lo mejor ya no viene nunca se dice Lucas con una especie de siniestra iluminación, a lo mejor esto es algo así como el alejamiento de Almotásim, piensa Lucas culto. Casi no ve llegar a la viejita desdentada que se le arrima de a poco para preguntarle si por casualidad no tiene un fósforo.

# Lucas, su patriotismo

De mi pasaporte me gustan las páginas de las renovaciones y los sellos de visados redondos / triangulares / verdes / cuadrados / negros / ovalados / rojos; de mi imagen de Buenos Aires el transbordador sobre el Riachuelo, la plaza Irlanda, los jardines de Agronomía, algunos cafés que acaso ya no están, una cama en un departamento de Maipú casi esquina Córdoba, el olor y el silencio del puerto a medianoche en verano, los árboles de la plaza Lavalle.

Del país me queda un olor de acequias mendocinas, los álamos de Uspallata, el violeta profundo del cerro de Velasco en La Rioja, las estrellas chaqueñas en Pampa de Guanacos yendo de Salta a Misiones en un tren del año cuarenta y dos, un caballo que monté en Saladillo, el sabor del Cinzano con ginebra Gordon en el Boston de Florida, el olor ligeramente alérgico de las plateas del Colón, el superpúlman del Luna Park con Carlos Beulchi y Mario Díaz, algunas lecherías de la madrugada, la fealdad de la Plaza Once, la lectura de *Sur* en los años dulcemente ingenuos, las ediciones a cincuenta centavos de *Claridad*, con Roberto Arlt y Castelnuovo, y también algunos patios, claro, y sombras que me callo, y muertos.

# Lucas, su patrioterismo

No es por el lado de las efemérides, no se vaya a creer, ni Fangio o Monzón o esas cosas. De chico, claro, Firpo podía mucho más que San Martín, y Justo Suárez que Sarmiento, pero después la vida le fue bajando la cresta a la historia militar y deportiva, vino un tiempo de desacralización y autocrítica, sólo aquí y allá quedaron pedacitos de escarapela y Febo asoma.

Le da risa cada vez que pesca algunos, que se pesca a sí mismo engallado y argentino hasta la muerte, porque su argentinidad es por suerte otra cosa pero dentro de esa cosa sobrenadan a veces cachitos de laureles (sean eternos los) y entonces Lucas en pleno King's Road o malecón habanero oye su voz entre voces de amigos diciendo cosas como que nadie sabe lo que es carne si no conoce el asado de tira criollo, ni dulce que valga el de leche ni cóctel comparable al Demaría que sirven en *La Fragata* (¿todavía, lector?) o en el *Saint James* (¿todavía, Susana?).

Como es natural, sus amigos reaccionan venezolana o guatemaltecamente indignados, y en los minutos que siguen hay un superpatrioterismo gastronómico o botánico o agropecuario o ciclista que te la debo. En esos casos Lucas procede como perro chico y deja que los grandes se hagan bolsa entre ellos, mientras él se sanciona mentalmente pero no tanto, a la final decime de dónde salen las mejores carteras de cocodrilo y los zapatos de piel de serpiente.

# Lucas, su patiotismo

El centro de la imagen serán los malvones, pero hay también glicinas, verano, mate a las cinco y media, la máquina de coser, zapatillas y lentas conversaciones sobre enfermedades y disgustos familiares, de golpe un pollo dejando su firma entre dos sillas o el gato atrás de una paloma que lo sobra canchera. Todo eso huele a ropa tendida, a almidón azulado y a lejía, huele a jubilación, a factura surtida o tortas fritas, casi siempre a radio vecina con tangos y los avisos del Geniol, del aceite Cocinero que es de todos el primero, y a chicos pateando la pelota de trapo en el baldío del fondo, el Beto metió el gol de sobrepique.

Tan convencional todo, tan dicho que Lucas de puro pudor busca otras salidas, a la mitad del recuerdo decide acordarse de cómo a esa hora se encerraba a leer Homero y Dickson Carr en su cuartito atorrante para no escuchar de nuevo la operación del apéndice de la tía Pepa con todos los detalles luctuosos y la representación en vivo de las horribles náuseas de la anestesia, o la historia de la hipoteca de la calle Bulnes en la que el tío Alejandro se iba hundiendo de mate en mate hasta la apoteosis de los suspiros colectivos y todo va de mal en peor, Josefina, aquí hace falta un gobierno fuerte, carajo. Por suerte la Flora ahí para mostrar la foto de Clark Gable en el rotograbado de *La Prensa* y rememurmurar los momentos estelares de *Lo que el viento se llevó*. A veces la abuela se acordaba de Francesca Bertini y el tío Alejandro de Bárbara La Marr que era la mar de bárbara, vos y las vampiresas, ah los hombres, Lucas comprende que no hay nada que hacer, que ya está de nuevo en el patio, que la tarjeta postal sigue clavada para siempre al borde del espejo del tiempo, pintada a mano con su franja de palomitas, con su leve borde negro.

# Lucas, sus comunicaciones

Como no solamente escribe sino que le gusta pasarse al otro lado y leer lo que escriben los demás, Lucas se sorprende a veces de lo difícil que le resulta entender algunas cosas. No es que sean cuestiones particularmente abstrusas (horrible palabra, piensa Lucas que tiende a sopesarlas en la palma de la mano y familiarizarse o rechazar según el color, el perfume o el tacto), pero de golpe hay como un vidrio sucio entre él y lo que está leyendo, de donde impaciencia, relectura forzada, bronca en puerta y al final gran vuelo de la revista o libro hasta la pared más próxima con caída subsiguiente y húmedo plof.

Cuando las lecturas terminan así, Lucas se pregunta qué demonios ha podido ocurrir en el aparentemente obvio pasaje del comunicante al comunicado. Preguntar eso le cuesta mucho, porque en su caso no se plantea jamás esa cuestión y por más enrarecido que esté el aire de su escritura, por más que algunas cosas sólo puedan venir y pasar al término de difíciles transcursos, Lucas no deja nunca de verificar si la venida es válida y si el paso se opera sin obstáculos mayores. Poco le importa la situación individual de los lectores, porque cree en una medida misteriosamente multiforme que en la mayoría de los casos cae como un traje bien cortado, y por eso no es necesario ceder terreno ni en la venida ni en la ida: entre él y los demás se dará puente siempre que lo escrito nazca de semilla y no de injerto. En sus más delirantes invenciones algo hay a la vez de tan sencillo, de tan pajarito y escoba de quince. No se trata de escribir para los demás sino para uno mismo, pero uno mismo tiene que ser también los demás; tan elementary, my dear Watson, que hasta da desconfianza, preguntarse si no habrá una inconsciente demagogia en esa corroboración entre remitente, mensaje y destinatario. Lucas mira en la palma de su mano la palabra destinatario, le acaricia apenas el pelaje y la devuelve a su limbo incierto; le importa un bledo el destinatario puesto que lo tiene ahí a tiro, escribiendo lo que él lee y leyendo lo que él escribe, qué tanto joder.

# Lucas, sus intrapolaciones

En una película documental y yugoslava se ve cómo el instinto del pulpo hembra entra en juego para proteger por todos los medios a sus huevos, y entre otras medidas de defensa organiza su propio camuflaje amontonando algas y disimulándose tras ellas para no ser atacada por las murenas durante los dos meses que dura la incubación.

Como todo el mundo, Lucas contempla antropomórficamente las imágenes: el pulpo *decide* protegerse, *busca* las algas, las *dispone* frente a su refugio, se *esconde.* Pero todo eso (que en una primera tentativa de explicación igualmente antropomórfica fue llamado *instinto* a falta de mejor cosa) sucede fuera de toda conciencia, de todo conocimiento por rudimentario que pueda ser. Si por su parte Lucas hace el esfuerzo de asistir también como desde fuera, ¿qué le queda? Un *mecanismo*, tan ajeno a las posibilidades de su empatía como el moverse de los pistones en los émbolos o el resbalar de un líquido por un plano inclinado.

Considerablemente deprimido, Lucas se dice que a esas alturas lo único que cabe es una especie de intrapolación: también esto, lo que está pensando en este momento, es un mecanismo que su conciencia cree comprender y controlar, también esto es un antropomorfismo aplicado ingenuamente al hombre.

«No somos nada», piensa Lucas por él y por el pulpo.

# Lucas, sus desconciertos

Allá por el año del gofio Lucas iba mucho a los conciertos y dale con Chopin, Zoltan Kodaly, Pucciverdi y para qué te cuento Brahms y Beethoven y hasta Ottorino Respighi en las épocas flojas.

Ahora no va nunca y se las arregla con los discos y la radio o silbando recuerdos, Menuhin y Friedrich Gulda y Marian Anderson, cosas un poco paleolíticas en estos tiempos acelerados, pero la verdad es que en los conciertos le iba de mal en peor hasta que hubo un acuerdo de caballeros entre Lucas que dejó de ir y los acomodadores y parte del público que dejaron de sacarlo a patadas. ¿A qué se debía tan espasmódica discordancia? Si le preguntás, Lucas se acuerda de algunas cosas, por ejemplo la noche en el Colón cuando un pianista a la hora de los bises se lanzó con las manos armadas de Khatchaturian contra un teclado por completo indefenso, ocasión aprovechada por el público para concederse una crisis de histeria cuya magnitud correspondía exactamente al estruendo alcanzado por el artista en los paroxismos finales, y ahí lo tenemos a Lucas buscando alguna cosa por el suelo entre las plateas y manoteando para todos lados.

—¿Se le perdió algo, señor? —inquirió la señora entre cuyos tobillos proliferaban los dedos de Lucas.

—La música, señora —dijo Lucas, apenas un segundo antes de que el senador Poliyatti le zampara la primera patada en el culo.

Hubo asimismo la velada de lieder en que una dama aprovechaba delicadamente los pianissimos de Lotte Lehman para emitir una tos digna de las bocinas de un templo tibetano, razón por la cual en algún momento se oyó la voz de Lucas diciendo: «Si las vacas tosieran, toserían como esa señora», diagnóstico que determinó la intervención patriótica del doctor Chucho Beláustegui y el arrastre de Lucas con la cara pegada al suelo hasta su liberación final en el cordón de la vereda de la calle Libertad.

Es difícil tomarle gusto a los conciertos cuando pasan cosas así, se está mejor at home.

# Lucas, sus críticas de la realidad

Jekyll sabe muy bien quién es Hyde, pero el conocimiento no es recíproco. A Lucas le parece que casi todo el mundo comparte la ignorancia de Hyde, lo que ayuda a la ciudad del hombre a guardar su orden. Él mismo opta habitualmente por una versión unívoca, Lucas a secas, pero sólo por razones de higiene pragmática. Esta planta es esta planta, Dorita = Dorita, así. Sólo que no se engaña y esta planta vaya a saber lo que es en otro contexto, y no hablemos de Dorita porque.

En los juegos eróticos tempranamente encontró Lucas uno de los primeros refractantes, obliterantes o polarizadores del supuesto principio de identidad. Allí de pronto A no es A, o A es no A. Regiones de extrema delicia a las nueve y cuarenta virarán al desagrado a las diez y media, sabores que exaltan el delirio incitarían al vómito si fueran propuestos por encima de un mantel. Esto (ya) no es esto, porque yo (ya) no soy yo (el otro yo).

¿Quién cambia allí, en una cama o en el cosmos: el perfume o el que lo huele? La relación objetiva-subjetiva no interesa a Lucas; en un caso como en otro, términos definidos escapan a su definición, Dorita A no es

Dorita A, o Lucas B no es Lucas B. Y partiendo de una instantánea relación A = B, o B = A, la fisión de la costra de lo real se da en cadena. Tal vez cuando las papilas de A rozan delectablemente las mucosas de B, *todo* está resbalando a otra cosa y juega otro juego y calcina los diccionarios. El tiempo de un quejido, claro, pero Hyde y Jekyll se miran cara a cara en una relación A ⇛ B / B ⇛ A. No estaba mal aquella canción del jazz de los años cuarenta, *Doctor Hekyll and Mister Jyde*...

# Lucas, sus clases de español

En la Berlitz donde lo toman medio por lástima el director que es de Astorga le previene nada de argentinismos ni de qué galicados, aquí se enseña castizo, coño, al primer che que le pesque ya puede tomarse el portante. Eso si usted les enseña a hablar corriente y nada de culteranismos que aquí los franceses lo que vienen a aprender es a no hacer papelones en la frontera y en las fondas. Castizo y práctico, métaselo en el digamos meollo.

Lucas perplejo busca en seguida textos que respondan a tan preclaro criterio, y cuando inaugura su clase frente a una docena de parisienses ávidos de olé y de quisiera una tortilla de seis huevos, les entrega unas hojitas donde ha policopiado un pasaje de un artículo de *El País* del 17 de septiembre de 1978, fíjese qué moderno, y que a su juicio debe ser la quintaesencia de lo castizo y lo práctico puesto que se trata de toreo y los franceses no piensan más que en precipitarse a las arenas apenas tengan el diploma en el bolsillo, razón por la cual este vocabulario les será sumamente útil a la hora del primer tercio, las banderillas y todo el resto. El texto dice lo siguiente, a saber:

*El galache, precioso, terciado, mas con trapío, muy bien armado y astifino, encastado, que era noble, seguía entregado a los vuelos de la muleta, que el maestro salmantino manejaba con soltura y mando. Relajada la figura, trenzaba los muletazos, y cada uno de ellos era el dominio absoluto por el que tenía que seguir el toro un semicírculo en torno al diestro, y el remate, limpio y preciso, para dejar a la fiera en la distancia adecuada. Hubo naturales inmejorables y de pecho grandiosos, y ayudados por alto y por bajo a dos manos, y pases de la firma, pero no se nos irá de la retina un natural ligado con el de pecho, y el dibujo de éste, con salida por el hombro contrario, quizá los más acabados muletazos que haya dado nunca El Viti.*

Como es natural, los estudiantes se precipitan inmediatamente a sus diccionarios para traducir el pasaje, tarea que al cabo de tres minutos se ve sucedida por un desconcierto creciente, intercambio de diccionarios, frotación de ojos y preguntas a Lucas que no contesta nada porque ha decidido aplicar el método de la autoenseñanza y en esos casos el profesor debe mirar por la ventana mientras se cumplen los ejercicios. Cuando el director aparece para inspeccionar la performance de Lucas, todo el mundo se ha ido después de dar a conocer en francés lo que piensan del español y sobre todo de los diccionarios que sus buenos francos les han costado. Sólo queda un joven de aire erudito, que le está preguntando a Lucas si la referencia al «maestro salmantino» no será una alusión a Fray Luis de León, cosa a la que Lucas responde que muy bien podría ser aunque lo más seguro es que quién sabe. El director espera a que el alumno se vaya y le dice a Lucas que no hay que empezar por la poesía clásica, desde luego que Fray Luis y todo eso, pero a ver si encuentra algo más sencillo, coño, digamos algo típico como la visita de los turistas a un colmado o a una plaza de toros, ya verá cómo se interesan y aprenden en un santiamén.

# Lucas, sus meditaciones ecológicas

En esta época de retorno desmelenado y turístico a la Naturaleza, en que los ciudadanos miran la vida de campo como Rousseau miraba al buen salvaje, me solidarizo más que nunca con: a) Max Jacob, que en respuesta a una invitación para pasar el fin de semana en el campo, dijo entre estupefacto y aterrado: «¿El campo, ese lugar donde los pollos se pasean crudos?»; b) el doctor Johnson, que en mitad de una excursión al parque de Greenwich, expresó enérgicamente su preferencia por Fleet Street; c) Baudelaire, que llevó el amor de lo artificial hasta la noción misma de paraíso.

Un paisaje, un paseo por el bosque, un chapuzón en una cascada, un camino entre las rocas, sólo pueden colmarnos estéticamente si tenemos asegurado el retorno a casa o al hotel, la ducha lustral, la cena y el vino, la charla de sobremesa, el libro o los papeles, el erotismo que todo lo resume y lo recomienza. Desconfío de los admiradores de la naturaleza que cada tanto se bajan del auto para contemplar el panorama y dar cinco o seis saltos entre las peñas; en cuanto a los otros, esos boy-scouts vitalicios que suelen errabundear bajo enormes mochilas y barbas desaforadas, sus reacciones son sobre todo monosilábicas o exclamatorias; todo parece consistir en quedarse una y otra vez como estúpidos delante de una colina o una puesta de sol que son las cosas más repetidas imaginables.

Los civilizados mienten cuando caen en el deliquio bucólico; si les falta el *scotch on the rocks* a las siete y media de la tarde, maldecirán el minuto en que abandonaron su casa para venir a padecer tábanos, insolaciones y espinas; en cuanto a los más próximos a la naturaleza, son tan estúpidos como ella. Un libro, una comedia, una sonata, no necesitan regreso ni ducha; es allí donde nos alcanzamos por todo lo alto, donde somos lo más que podemos ser. Lo que busca el intelectual o el artista que se refugia en la campaña es tranquilidad, lechuga fresca y aire oxigenado; con la naturaleza rodeándolo por todos lados, él lee o pinta o escribe en la perfecta luz de una habitación bien orientada; si sale de paseo o se asoma a mirar los animales o las nubes, es porque se ha fatigado de su trabajo o de su ocio. No se fíe, che, de la contemplación absorta de un tulipán cuando el contemplador es un intelectual. Lo que hay allí es tulipán + distracción, o tulipán + meditación (casi nunca sobre el tulipán). Nunca encontrará un escenario natural que resista más de cinco minutos a una contemplación ahincada, y en cambio sentirá abolirse el tiempo en la lectura de Teócrito o de Keats, sobre todo en los pasajes donde aparecen escenarios naturales. Sí, Max Jacob tenía razón: los pollos, cocidos.

# Lucas, sus soliloquios

Che, ya está bien que tus hermanos me hayan escorchado hasta nomáspoder, pero ahora que yo te estaba esperando con tantas ganas de salir a caminar, llegás hecho una sopa y con esa cara entre plomo y paraguas dado vuelta que ya te conocí tantas veces. Así no es posible entenderse, te das cuenta. ¿Qué clase de paseo va a ser éste si me basta mirarte para saber que con vos me voy a empapar el alma, que se me va a meter el agua por el pescuezo y que los cafés olerán a humedad y casi seguro habrá una mosca en el vaso de vino?

Parecería que darte cita no sirve de nada, y eso que la preparé tan despacio, primero arrinconando a tus hermanos que como siempre hacen lo posible por hartarme, irme sacando las ganas de que vengas vos a traerme un poco de aire fresco, un rato de esquinas asoleadas y parques con chicos y trompos. De a uno, sin contemplaciones, los fui ignorando para que no pudieran cargarme la romana como es su estilo, abusar del teléfono, de las cartas urgentes, de esa manera que tienen de aparecerse a las ocho de la mañana y plantarse para toda la siega. Nunca fui grosero con ellos, hasta me comedí a tratarlos con gentileza, simplemente haciéndome el que no me daba cuenta de sus presiones, de la extorsión permanente que me infligen desde todos los ángulos, como si te tuvieran envidia, quisieran menoscabarte por adelantado para quitarme el deseo de verte llegar, de salir con vos. Ya sabemos, la familia, pero ahora ocurre que en vez de estar de mi lado contra ellos, vos también te les plegás sin darme tiempo a nada, ni siquiera a resignarme y contemporizar, te aparecés así, chorreando agua, un agua gris de tormenta y de frío, una negación aplastante de lo que yo tanto había esperado mientras me sacaba poco a poco de encima a tus hermanos y trataba de guardar fuerzas y alegría, de tener los bolsillos llenos de monedas, de planear itinerarios, papas fritas en ese restaurante bajo los árboles donde es tan lindo almorzar entre pájaros y chicas y el viejo Clemente que recomienda el mejor provolone y a veces toca el acordeón y canta.

Perdoname si te bato que sos un asco, ahora tengo que convencerme de que eso está en la familia, que no sos diferente aunque siempre te esperé como la excepción, ese momento en que todo lo abrumador se detiene para que entre lo liviano, la espuma de la charla y la vuelta de las esquinas; ya ves, resulta todavía peor, te aparecés como el reverso de mi esperanza, cínicamente me golpeás la ventana y te quedás ahí esperando a que yo me ponga galochas, a que saque la gabardina y el paraguas. Sos el cómplice de los otros, yo que tantas veces te supe diferente y te quise por eso, ya van tres o cuatro veces que me hacés lo mismo, de qué me va a servir que cada tanto respondas a mi deseo si al final es esto, verte ahí con las crenchas en los ojos, los dedos chorreando un agua gris, mirándome sin hablar. Casi mejor tus hermanos, finalmente, por lo menos luchar contra ellos me hace pasar el tiempo, todo va mejor cuando se defiende la libertad y la esperanza; pero vos, vos no me das más que este vacío de quedarme en casa, de saber que todo rezuma hostilidad, que la noche vendrá como un tren atrasado en un andén lleno de viento, que sólo llegará después de muchos mates, de muchos informativos, con tu hermano lunes esperando detrás de la puerta la hora en que el despertador me va a poner de nuevo cara a cara con él que es el peor, pegado a vos pero vos ya de nuevo tan lejos de él, detrás del martes y el miércoles y etcétera.

# Lucas, su arte nuevo de pronunciar conferencias

—Señoras, señoritas, etc. Es para mí un honor, etc. En este recinto ilustrado por, etc. Séame permitido en este momento, etc. No puedo entrar en materia sin que, etc.

Quisiera, ante todo, precisar con la mayor exactitud posible el sentido y el alcance del tema. Algo de temerario hay en toda referencia al porvenir cuando la mera noción del presente se presenta como incierta y fluctuante, cuando el continuo espacio-tiempo en el que somos los fenómenos de un instante que se vuelve a la nada en el acto mismo de concebirlo es más una hipótesis de trabajo que una certidumbre corroborable. Pero sin caer en un regresionalismo que vuelve dudosas las más elementales operaciones del espíritu, esforcémonos por admitir la realidad de un presente e incluso de una historia que nos sitúa colectivamente con las suficientes garantías como para proyectar sus elementos estables y sobre todo sus factores dinámicos con miras a una visión del porvenir de Honduras en el concierto de las democracias latinoamericanas. En el inmenso escenario continental *(gesto de la mano abarcando toda la sa-*

*la)* un pequeño país como Honduras *(gesto de la mano abarcando la superficie de la mesa)* representa tan sólo una de las téselas multicolores que componen el gran mosaico. Ese fragmento *(palpando con más atención la mesa y mirándola con la expresión del que ve una cosa por primera vez)* es extrañamente concreto y evasivo al mismo tiempo, como todas las expresiones de la materia. ¿Qué es esto que toco? Madera, desde luego, y en su conjunto un objeto voluminoso que se sitúa entre ustedes y yo, algo que de alguna manera nos separa con su seco y maldito tajo de caoba. ¡Una mesa! ¿Pero qué es esto? Se siente claramente que aquí abajo, entre estas cuatro patas, hay una zona hostil y aún más insidiosa que las partes sólidas; un paralelepípedo de aire, como un acuario de transparentes medusas que conspiran contra nosotros, mientras que aquí encima *(pasa la mano como para convencerse)* todo sigue plano y resbaloso y absolutamente espía japonés. ¿Cómo nos entenderemos, separados por tantos obstáculos? Si esa señora semidormida que se parece extraordinariamente a un topo indigestado quisiera meterse debajo de la mesa y explicarnos el resultado de sus exploraciones, quizás podríamos anular la barrera que me obliga a dirigirme a ustedes como si me estuviera alejando del muelle de Southampton a bordo del *Queen Mary*, navío en el que siempre tuve la esperanza de viajar, y con un pañuelo empapado en lágrimas y lavanda Yardley agitara el único mensaje todavía posible hacia las plateas lúgubremente amontonadas en el muelle. Hiato aborrecible entre todos, ¿por qué la comisión directiva ha interpuesto aquí esta mesa semejante a un obsceno cachalote? Es inútil, señor, que se ofrezca a retirarla, porque un problema no resuelto vuelve por la vía del inconsciente como tan bien lo ha demostrado Marie Bonaparte en su análisis del caso de madame Lefèvre, asesina de su nuera a bordo de un automóvil. Agradezco su buena voluntad y sus músculos proclives a la acción, pero me parece imprescindible que nos adentremos en la naturaleza de este dromedario indescriptible, y no veo otra solución que la de abocarnos cuerpo a cuerpo, ustedes de su lado y yo del mío, a esta censura lígnea que retuerce lentamente su abominable cenotafio. ¡Fuera, objeto oscurantista! No se va, es evidente. ¡Un hacha, un hacha! No se asusta en lo más mínimo, tiene el agitado aire de inmovilidad de las peores maquinaciones del negativismo que se inserta solapado en las fábricas de la imaginación para no dejarla remontar sin un lastre de mortalidad hacia las nubes, que serían su verdadera patria si la gravedad, esa mesa omnímoda y ubicua, no pesara tanto en los chalecos de todos ustedes, en la hebilla de mi cinturón y hasta en las pestañas de esa preciosura que desde la quinta fila no ha hecho otra cosa que suplicarme silenciosamente que la introduzca sin tardar en Honduras. Advierto signos de impaciencia, los ujieres están furiosos, habrá renuncias en la comisión directiva, preveo desde ahora una disminución del presupuesto para actos culturales; entramos en la entropía, la palabra es como una golondrina cayendo en una sopera de tapioca, ya nadie sabe lo que pasa y eso es precisamente lo que pretende esta mesa hija de puta, quedarse sola en una sala vacía mientras todos lloramos o nos deshacemos a puñetazos en las escaleras de salida. ¿Irás a triunfar, basilisco repugnante? Que nadie finja ignorar esta presencia que tiñe de irrealidad toda comunicación, toda semántica. Mírenla clavada entre nosotros, entre nosotros a cada lado de esta horrenda muralla con el aire que reina en un asilo de idiotas cuando un director progresista pretende dar a conocer la música de Stockhausen. Ah, nos creíamos libres, en alguna parte la presidenta del ateneo tenía preparado un ramo de rosas que me hubiera entregado la hija menor del secretario mientras ustedes restablecían con aplausos fragorosos la congelada circulación de sus traseros. Pero nada de eso pasará por culpa de esta concreción abominable que ignorábamos, que veíamos al entrar como algo tan obvio hasta que un roce ocasional de mi mano la reveló bruscamente en su agresiva hostilidad agazapada. ¿Cómo pudimos imaginar una libertad inexistente, sentarnos aquí cuando nada era concebible, nada era posible si antes no nos librábamos de esta mesa? ¡Molécula viscosa de un gigantesco enigma, aglutinante testigo de las peores servidumbres! La sola idea de Honduras suena como un globo reventado en el apogeo de una fiesta infantil. ¿Quién puede ya concebir a Honduras, es que esa palabra tiene algún sentido mientras estemos a cada lado de este río de fuego negro? ¡Y yo iba a pronunciar una conferencia! ¡Y ustedes se disponían a escucharla! No, es demasiado, tengamos al menos el valor de despertar o por lo menos de admitir que queremos despertar y que lo único que puede salvarnos es el casi insoportable valor de pasar la mano sobre esta indiferente obscenidad geométrica, mientras decimos todos juntos: Mide un metro veinte de ancho y dos cuarenta de largo más o menos, es de roble macizo, o de caoba, o de pino barnizado. ¿Pero acabaremos alguna vez, sabremos lo que es esto? No lo creo, será inútil.

Aquí, por ejemplo, algo que parece un nudo de la madera... ¿Usted cree, señora, que es un nudo de la madera? Y aquí, lo que llamábamos pata, ¿qué significa esta precipitación en ángulo recto, este vómito fosilizado hacia el piso? Y el piso, esa seguridad de nuestros pasos, ¿qué esconde debajo del parqué lustrado?

(En general la conferencia termina —la terminan— mucho antes, y la mesa se queda sola en la sala vacía. Nadie, claro, la verá levantar una pata como hacen siempre las mesas cuando se quedan solas.)

# Lucas, sus hospitales (I)

Como la clínica donde se ha internado Lucas es una clínica de cinco estrellas, los-enfermos-tienen-siempre-razón, y decirles que no cuando piden cosas absurdas es un problema serio para las enfermeras, todas ellas a cuál más ricucha y casi siempre diciendo que sí por las razones que preceden.

Desde luego no es posible acceder al pedido del gordo de la habitación 12, que en plena cirrosis hepática reclama cada tres horas una botella de ginebra, pero en cambio con qué placer, con qué gusto las chicas dicen que sí, que cómo no, que claro, cuando Lucas que ha salido al pasillo mientras le ventilan la habitación y ha descubierto un ramo de margaritas en la sala de espera, pide casi tímidamente que le permitan llevar una margarita a su cuarto para alegrar el ambiente.

Después de acostar la flor en la mesa de luz, Lucas toca el timbre y solicita un vaso de agua para darle a la margarita una postura más adecuada. Apenas le traen el vaso y le instalan la flor, Lucas hace notar que la mesa de luz está abarrotada de frascos, revistas, cigarrillos y tarjetas postales, de manera que tal vez se podría poner una mesita a los pies de la cama, ubicación que le permitiría gozar de la presencia de la margarita sin tener que dislocarse el pescuezo para distinguirla entre los diferentes objetos que proliferan en la mesa de luz.

La enfermera trae en seguida lo solicitado y pone el vaso con la margarita en el ángulo visual más favorable, cosa que Lucas le agradece haciéndole notar de paso que como muchos amigos vienen a visitarlo y las sillas son un tanto escasas, nada mejor que aprovechar la presencia de la mesita para agregar dos o tres sillones confortables y crear un ambiente más apto para la conversación.

Tan pronto las enfermeras aparecen con los sillones, Lucas les dice que se siente sumamente obligado hacia sus amigos que tanto lo acompañan en el mal trago, razón por la cual la mesa se prestaría perfectamente, previa colocación de un mantelito, para soportar dos o tres botellas de whisky y media docena de vasos, de ser posible esos que tienen el cristal facetado, sin hablar de un termo con hielo y botellas de soda.

Las chicas se desparraman en busca de estos implementos y los disponen artísticamente sobre la mesa, ocasión en la que Lucas se permite señalar que la presencia de vasos y botellas desvirtúa considerablemente la eficacia estética de la margarita, bastante perdida en el conjunto, aunque la solución es muy simple porque lo que falta de verdad en esa pieza es un armario para guardar la ropa y los zapatos, toscamente amontonados en un placard del pasillo, por lo cual bastará colocar el vaso con la margarita en lo alto del armario para que la flor domine el ambiente y le dé ese encanto un poco secreto que es la clave de toda buena convalecencia.

Sobrepasadas por los acontecimientos pero fieles a las normas de la clínica, las chicas acarrean trabajosamente un vasto armario sobre el cual termina por posarse la margarita como un ojo ligeramente estupefacto pero lleno de benevolencia. Las enfermeras se trepan al armario para agregar un poco de agua fresca en el vaso, y entonces Lucas cierra los ojos y dice que ahora todo está perfecto y que va a tratar de dormir un rato. Tan pronto le cierran la puerta se levanta, saca la margarita del vaso y la tira por la ventana, porque no es una flor que le guste particularmente.

# II.

*...papeles donde se diseñaban desembarcos*
*en países no situados en el tiempo ni en el espacio,*
*como un desfile de banda militar china entre*
*la eternidad y la nada.*

José Lezama Lima, *Paradiso.*

# Destino de las explicaciones

En algún lugar debe haber un basural donde están amontonadas las explicaciones.

Una sola cosa inquieta en este justo panorama: lo que pueda ocurrir el día en que alguien consiga explicar también el basural.

# El copiloto silencioso

Curioso enlace de una historia y una hipótesis a muchos años y a una remota distancia; algo que ahora puede ser un hecho exacto pero que hasta el azar de una charla en París no cuajó, veinte años *antes*, en una carretera solitaria de la provincia de Córdoba en la Argentina.

La historia la contó Aldo Franceschini, la hipótesis la puse yo, y las dos sucedieron en un taller de pintura de la calle Paul Valéry entre tragos de vino, tabaco, y ese gusto de hablar sobre cosas de nuestra tierra sin los meritorios suspiros folklóricos de tantos otros argentinos que andan por ahí sin que se sepa bien por qué. Me parece que se empezó con los hermanos Gálvez y con los álamos de Uspallata; en todo caso yo aludí a Mendoza, y Aldo que es de allí se apiló firme y cuando acordamos ya se venía en auto de Mendoza a Buenos Aires, cruzaba Córdoba en plena noche y de golpe se quedaba sin nafta o sin agua para el radiador en mitad de la carretera. Su historia puede caber en estas palabras:

«Era una noche muy oscura en un lugar completamente desierto, y no se podía hacer otra cosa que esperar el paso de algún auto que nos sacara de apuros. En esos años era raro que en tramos tan largos no se llevaran latas con nafta y agua de repuesto; en el peor de los casos el que pasara podría levantarnos a mi mujer y a mí hasta el hotel del primer pueblo que tuviera un hotel. Nos quedamos en la oscuridad, el auto bien arrimado a la banquina, fumando y esperando. A eso de la una vimos venir un coche que bajaba hacia Buenos Aires, y yo me puse a hacer señas con la linterna en mitad de la carretera.

»Esas cosas no se entienden ni se verifican en el momento, pero antes de que el auto se detuviera sentí que el conductor no quería parar, que en ese auto que llegaba a toda máquina había como un deseo de seguir de largo aunque me hubiesen visto tirado en el camino con la cabeza rota. Tuve que hacerme a un lado a último momento porque la mala voluntad de la frenada se lo llevó cuarenta metros más adelante; corrí para alcanzarlo, y me acerqué a la ventanilla del lado del volante. Había apagado la linterna porque el reflejo del tablero de dirección bastaba para recortar la cara del hombre que manejaba. Rápidamente le expliqué lo que pasaba y le pedí auxilio, y mientras lo hacía se me apretaba el estómago porque la verdad es que ya al acercarme a ese auto había empezado a sentir miedo, un miedo sin razón puesto que el más inquieto debía ser el automovilista en esa oscuridad y en ese lugar. Mientras le explicaba la cosa miraba dentro del auto, atrás no viajaba nadie, pero en el otro asiento delantero había algo sentado. Te digo algo por falta de mejor palabra y porque todo empezó y acabó con tal rapidez que lo único verdaderamente definido era un miedo como no había sentido nunca. Te juro que cuando el conductor aceleró brutalmente el motor mientras decía: "No tenemos nafta", y arrancaba al mismo tiempo, me sentí como aliviado. Volví a mi coche; no hubiera podido explicarle a mi mujer lo que había pasado, pero lo mismo se lo expliqué y ella comprendió ese absurdo como si lo que nos amenazaba desde ese auto la hubiese alcanzado también a tanta distancia y sin ver lo que yo había visto.

»Ahora vos me preguntarás qué había visto, y tampoco sé. Al lado del que manejaba había algo sentado, ya te dije, una forma negra que no hacía el menor movimiento ni volvía la cara hacia mí. Al fin y al cabo nada me hubiera impedido encender la linterna para iluminar a los dos pasajeros, pero decime por qué mi brazo era incapaz de ese gesto, por qué todo duró apenas unos segundos, por qué casi le di gracias a Dios cuando el auto arrancó para perderse en la distancia, y sobre todo por qué carajo no lamenté pasarme la noche en pleno campo hasta que al amanecer un camionero nos dio una mano y hasta unos tragos de grapa.

»Lo que no comprenderé nunca es que todo eso antecediera a lo que alcancé a ver, que además era casi nada. Fue como si ya hubiese tenido miedo al sentir que los del auto no querían parar y que sólo lo hacían a la fuerza, para no atropellarme; pero no es una explicación, porque al fin y al cabo a nadie le gusta que lo detengan en plena noche y en esa soledad. He llegado a convencerme de que la cosa empezó mientras le hablaba al conductor, y con todo es posible que algo me hubiese llegado ya por otra vía mientras me acercaba al auto, una atmósfera, si querés llamarlo así. No puedo entender de otra manera que me sintiera como helado mientras cambiaba esas palabras con el del volante, y que la entrevisión *del otro*, en el que instantáneamente se concentró el espanto, fuese la verdadera razón de todo eso. Pero de ahí a comprender... ¿Era un monstruo, un tarado horripilante que llevaban en plena noche para que nadie lo viese? ¿Un enfermo con la cara deformada o llena de pústulas, un anormal que irradiaba una fuerza maligna, un aura insoportable? No sé, no sé. Pero nunca he tenido más miedo en mi vida, hermano.»

Como yo me he traído conmigo treinta y ocho años de recuerdos argentinos bien apilados, la historia de Aldo hizo click en alguna parte y la IBM se agitó un momento y al final sacó una ficha con la hipótesis, quizá con la explicación. Me acordé incluso de que yo también había sentido algo así la primera vez que me habían hablado de aquello en un café porteño, un miedo puramente mental como estar en el cine viendo *Vampyr*; tantos años después ese miedo se entendía con el de Aldo, y como siempre ese entendimiento le daba toda su fuerza a la hipótesis.

—Lo que iba esa noche al lado del conductor era un muerto —le dije—. Curioso que nunca hubieras oído hablar de la industria del transporte de cadáveres en los años treinta y cuarenta, en especial tuberculosos que morían en los sanatorios de Córdoba y que la familia quería enterrar en Buenos Aires. Una cuestión de derechos federales o algo por el estilo volvía carísimo el traslado del cadáver; así nació la idea de maquillar un poco al muerto, sentarlo junto al conductor de un auto, y hacer la etapa de Córdoba a Buenos Aires en plena noche para llegar antes del alba a la capital. Cuando me hablaron del asunto sentí casi lo mismo que vos; después traté de imaginar la falta de imaginación de los tipos que se ganaban la vida en esa forma, y nunca pude conseguirlo. ¿Te ves en un auto con un muerto pegado a tu hombro, corriendo a ciento veinte en plena soledad pampeana? Cinco o seis horas en las que podían pasar tantas cosas, porque un cadáver no es un ente tan rígido como se piensa, y un vivo no puede ser tan paquidermo como también se está tentado de pensar. Corolario más amable mientras nos tomamos otro vinito: por lo menos dos de los que estaban en esa industria llegaron más tarde a ser grandes volantes en las competencias sobre carretera. Y es curioso, ahora que pienso, que esta conversación empezara con los hermanos Gálvez, no creo que hicieran ese trabajo pero corrieron contra otros que lo habían hecho. También es cierto que en esas carreras de locos se andaba siempre con un muerto muy pegado al cuerpo.

# Nos podría pasar, me crea

El *verba volant* les parece más o menos aceptable, pero lo que no pueden tolerar es el *scripta manent*, y ya van miles de años de manera que calcule. Por eso aquel mandamás recibió con entusiasmo la noticia de que un sabio bastante desconocido había inventado el tirón de la piolita y se lo vendía casi gratis porque al final de su vida se había vuelto misántropo. Lo recibió el mismo día y le ofreció té con tostadas, que es lo que conviene ofrecer a los sabios.

—Seré conciso —dijo el invitado—. A usted la literatura, los poemas y esas cosas, ¿no?

—Eso, doctor —dijo el mandamás—. Y los panfletos, los diarios de oposición, toda esa mierda.

—Perfecto, pero usted se dará cuenta de que el invento no hace distingos, quiero decir que su propia prensa, sus plumíferos.

—Qué le vamos a hacer, de cualquier modo salgo ganando si es verdad que.

—En ese caso —dijo el sabio sacando un aparatito del chaleco—. La cosa es facilísima. ¿Qué es una palabra sino una serie de letras y qué es una letra sino una línea que forma un dibujo dado? Ahora que estamos de acuerdo yo aprieto este botoncito de nácar y el aparato desencadena el tirón que actúa en cada letra y la deja planchada y lisa, una piolita horizontal de tinta. ¿Lo hago?

—Hágalo, carajo —bramó el mandamás.

El diario oficial, sobre la mesa, cambió vistosamente de aspecto; páginas y páginas de columnas llenas de rayitas como un morse idiota que solamente dijera - - - - -.

—Échele un vistazo a la enciclopedia Espasa —dijo el sabio que no ignoraba la sempiterna presencia de ese artefacto en los ambientes gubernativos. Pero no fue necesario porque ya sonaba el teléfono, entraba a los saltos el ministro de Cultura, la plaza llena de gente, esa noche en todo el planeta ni un solo libro impreso, ni una sola letra perdida en el fondo de un cajón de tipografía.

Yo pude escribir esto porque soy el sabio, y además porque no hay regla sin excepción.

# Lazos de familia

Odian de tal manera a la tía Angustias que se aprovechan hasta de las vacaciones para hacérselo saber. Apenas la familia sale hacia diversos rumbos turísticos, diluvio de tarjetas postales en Agfacolor, en Kodachrome, hasta en blanco y negro si no hay otras a tiro, pero todas sin excepción recubiertas de insultos. De Rosario, de San Andrés de Giles, de Chivilcoy, de la esquina de Chacabuco y Moreno, los carteros cinco o seis veces por día a las puteadas, la tía Angustias feliz. Ella no sale nunca de su casa, le gusta quedarse en el patio, se pasa los días recibiendo las tarjetas postales y está encantada.

Modelos de tarjetas: «Salud, asquerosa, que te parta un rayo, Gustavo.» «Te escupo en el tejido, Josefina.» «Que el gato te seque a meadas los malvones, tu hermanita.» Y así consecutivamente.

La tía Angustias se levanta temprano para atender a los carteros y darles propinas. Lee las tarjetas, admira las fotografías y vuelve a leer los saludos. De noche saca su álbum de recuerdos y va colocando con mucho cuidado la cosecha del día, de manera que se puedan ver las vistas pero también los saludos. «Pobres ángeles, cuántas postales me mandan», piensa la tía Angustias, «ésta con la vaquita, ésta con la iglesia, aquí el lago Traful, aquí el ramo de flores», mirándolas una a una enternecida y clavando alfileres en cada postal, cosa de que no vayan a salirse del álbum, aunque eso sí clavándolas siempre en las firmas, vaya a saber por qué.

# Cómo se pasa al lado

Los descubrimientos importantes se hacen en las circunstancias y los lugares más insólitos. La manzana de Newton, mire si no es cosa de pasmarse. A mí me ocurrió que en mitad de una reunión de negocios pensé sin saber por qué en los gatos —que no tenían nada que ver con el orden del día— y descubrí bruscamente que los gatos son teléfonos. Así nomás, como siempre las cosas geniales.

Desde luego un descubrimiento parecido suscita una cierta sorpresa, puesto que nadie está habituado a que los teléfonos vayan y vengan y sobre todo que beban leche y adoren el pescado. Lleva su tiempo comprender que se trata de teléfonos especiales, como los walkie-talkies que no tienen cables, y además que también nosotros somos especiales en el sentido de que hasta ahora no habíamos comprendido que los gatos eran teléfonos y por lo tanto no se nos había ocurrido utilizarlos.

Dado que esta negligencia remonta a la más alta antigüedad, poco puede esperarse de las comunicaciones que logremos establecer a partir de mi descubrimiento, pues resulta evidente la falta de un código que nos permita comprender los mensajes, su procedencia y la índole de quienes nos los envían. No se trata, como ya se habrá advertido, de descolgar un tubo inexistente para discar un número que nada tiene que ver con nuestras cifras, y mucho menos comprender lo que desde el otro lado puedan estar diciéndonos con algún motivo igualmente confuso. Que el teléfono funciona, todo gato lo prueba con una honradez mal retribuida por parte de los abonados bípedos; nadie negará que su teléfono negro, blanco, barcino o angora llega a cada momento con un aire decidido, se detiene a los pies del abonado y produce un mensaje que nuestra literatura primaria y patética translitera estúpidamente en forma de *miau* y otros fonemas parecidos. Verbos sedosos, afelpados adjetivos, oraciones simples y compuestas pero siempre jabonosas y glicerinadas forman un discurso que en algunos casos se relaciona con el hambre, en cuya oportunidad el teléfono no es nada más que un gato, pero otras veces se expresa con absoluta prescindencia de su persona, lo que prueba que un gato es un teléfono.

Torpes y pretenciosos, hemos dejado pasar milenios sin responder a las llamadas, sin preguntarnos de dónde venían, quiénes estaban del otro lado de esa línea que una cola trémula se hartó de mostrarnos en cualquier casa del mundo. ¿De qué me sirve y nos sirve mi descubrimiento? Todo gato es un teléfono pero todo hombre es un pobre hombre. Vaya a saber lo que siguen diciéndonos, los caminos que nos muestran; por mi parte sólo he sido capaz de discar en mi teléfono ordinario el número de la universidad para la cual trabajo, y anunciar casi avergonzadamente mi descubrimiento. Parece inútil mencionar el silencio de tapioca congelada con que lo han recibido los sabios que contestan a ese tipo de llamadas.

# Un pequeño paraíso

Las formas de la felicidad son muy variadas, y no debe extrañar que los habitantes del país que gobierna el general Orangu se consideren dichosos a partir del día en que tienen la sangre llena de pescaditos de oro.

De hecho los pescaditos no son de oro sino simplemente dorados, pero basta verlos para que sus resplandecientes brincos se traduzcan de inmediato en una urgente ansiedad de posesión. Bien lo sabía el gobierno cuando un naturalista capturó los primeros ejemplares, que se reprodujeron velozmente en un cultivo propicio. Técnicamente conocido por Z-8, el pescadito de oro es sumamente pequeño, a tal punto que si fuera posible imaginar una gallina del tamaño de una mosca, el pescadito de oro tendría el tamaño de esa gallina. Por eso resulta muy simple incorporarlo al torrente sanguíneo de los habitantes en la época en que éstos cumplen los dieciocho años; la ley fija esa edad y el procedimiento técnico correspondiente.

Es así como cada joven del país espera ansioso el día en que le será dado ingresar en uno de los centros de implantación, y su familia lo rodea con la alegría que acompaña siempre a las grandes ceremonias. Una vena del brazo es conectada a un tubo que baja de un frasco transparente lleno de suero fisiológico, en el cual llegado el momento se introducen veinte pescaditos de oro. La familia y el beneficiado pueden admirar largamente los cabrilleos y las evoluciones de los pescaditos de oro en el frasco de cristal, hasta que uno tras otro son absorbidos por el tubo, descienden inmóviles y acaso un poco azorados como otras tantas gotas de luz, y desaparecen en la vena. Media hora más tarde el ciudadano posee su número completo de pescaditos de oro y se retira para festejar largamente su acceso a la felicidad.

Bien mirado, los habitantes son dichosos por imaginación más que por contacto directo con la realidad. Aunque ya no pueden verlos, cada uno sabe que los pescaditos de oro recorren el gran árbol de sus arterias y sus venas, y antes de dormirse les parece asistir en la concavidad de sus párpados al ir y venir de las centellas relucientes, más doradas que nunca contra el fondo rojo de los ríos y los arroyos por donde se deslizan. Lo que más los fascina es la noción de que los veinte pescaditos de oro no tardan en multiplicarse, y así los imaginan innumerables y radiantes en todas partes, resbalando bajo la frente, llegando a las extremidades de los dedos, concentrándose en las grandes arterias femorales, en la yugular, o escurriéndose agilísimos en las zonas más estrechas y secretas. El paso periódico por el corazón constituye la imagen más deliciosa de esta visión interior, pues ahí los pescaditos de oro han de encontrar toboganes, lagos y cascadas para sus juegos y concilios, y es seguramente en ese gran puerto rumoroso donde se reconocen, se eligen y se aparean. Cuando los muchachos y las muchachas se enamoran, lo hacen convencidos de que también en sus corazones algún pescadito de oro ha encontrado su pareja. Incluso ciertos cosquilleos incitantes son inmediatamente atribuidos al acoplamiento de los pescaditos de oro en las zonas interesadas. Los ritmos esenciales de la vida se corresponden así por fuera y por dentro; sería difícil imaginar una felicidad más armoniosa.

El único obstáculo a este cuadro lo constituye periódicamente la muerte de alguno de los pescaditos de oro. Longevos, llega sin embargo el día en que uno de ellos perece y su cuerpo, arrastrado por el flujo sanguíneo, termina por obstruir el pasaje de una arteria a una vena o de una vena a un vaso. Los habitantes conocen los síntomas, por lo demás muy simples: la respiración se vuelve dificultosa y a veces se sienten vértigos. En ese caso se procede a utilizar una de las ampollas inyectables que cada cual almacena en su casa. A los pocos minutos el producto desintegra el cuerpo del pescadito muerto y la circulación vuelve a ser normal. Según las previsiones del gobierno, cada habitante está llamado a utilizar dos o tres ampollas por mes, puesto que los pescaditos de oro se han reproducido enormemente y su índice de mortalidad tiende a subir con el tiempo.

El gobierno del general Orangu ha fijado el precio de cada ampolla en un equivalente de veinte dólares, lo que supone un ingreso anual de varios millones; si para los observadores extranjeros esto equivale a un pesado impuesto, los habitantes jamás lo han entendido así pues cada ampolla los devuelve a la felicidad y es justo que paguen por ella. Cuando se trata de familias sin recursos, cosa muy habitual, el gobierno les facilita las ampollas a crédito, cobrándoles como es lógico el doble de su precio al contado. Si aún así hay quienes carecen de ampollas, queda el recurso de acudir a un próspero mercado negro que el gobierno, comprensivo y bondadoso, deja florecer para mayor dicha de su pueblo y de algunos coroneles. ¿Qué importa la miseria, después de todo, cuando se sabe que cada uno tiene sus pescaditos de oro, y que pronto llegará el día en que una nueva generación los recibirá a su vez y habrá fiestas y habrá cantos y habrá bailes?

# Vidas de artistos

Cuando los niños empiezan a ingresar en la lengua española, el principio general de las desinencias en «o» y «a» les parece tan lógico que lo aplican sin vacilar y con muchísima razón a las excepciones, y así mientras la Beba es idiota, el Toto es idioto, un águila y una gaviota forman su hogar con un águilo y un gavioto, y casi no hay galeoto que no haya sido encadenado al remo por culpa de una galeota. A mí me parece esto tan justo que sigo convencido de que actividades tales como las de turista, artista, contratista, pasatista y escapista deberían formar su desinencia con arreglo al sexo de sus ejercitantes. Dentro de una civilización resueltamente androcrática como la de Latinoamérica, corresponde hablar de artistos en general, y de artistos y de artistas en particular. En cuanto a las vidas que siguen, son modestas pero ejemplares y me encolerizaré con el que sostenga lo contrario.

### *Kitten on the Keys*

A un gato le enseñaron a tocar el piano, y este animal sentado en un taburete tocaba y tocaba el repertorio existente para piano, y además cinco composiciones suyas dedicadas a diversos perros.

Por lo demás el gato era de una estupidez perfecta, y en los intervalos de los conciertos componía nuevas piezas con una obstinación que dejaba a todos estupefactos. Así llegó al opus ochenta y nueve, en cuyas circunstancias fue víctima de un ladrillo arrojado por alguien con saña tenaz. Duerme hoy el último sueño en el foyer del Gran Rex, Corrientes 640.

### *La armonía natural o no se puede andar violándola*

Un niño tenía trece dedos en cada mano, y sus tías lo pusieron en seguida al arpa, cosa de aprovechar las sobras y completar el profesorado en la mitad del tiempo de los pobres pentadígitos.

Con esto el niño llegó a tocar de tal manera que no había partitura que le bastara. Cuando empezó a producir conciertos era tan extraordinaria la cantidad de música que concentraba en el tiempo y el espacio con sus veintiséis dedos que los oyentes no podían seguirlo y acababan siempre retrasados, de modo que cuando el joven artisto liquidaba *La fuente de Aretusa* (transcripción) la pobre gente estaba todavía en el *Tambourin Chinois* (arreglo). Esto naturalmente creaba confusiones hórridas, pero todos reconocían que el niño tocaba-como-un-ángel.

Así pasó que los oyentes fieles, tales como los abonados a palcos y los críticos de los diarios, continuaron yendo a los conciertos del niño, tratando con toda buena voluntad de no quedarse atrás en el desarrollo del programa. Tanto escuchaban que a varios de ellos empezaron a crecerles orejas en la cara, y a cada nueva oreja que les crecía se acercaban un poco más a la música de los veintiséis dedos en el arpa. El inconveniente residía en que a la salida de la Wagneriana se producían desmayos por docena al ver aparecer a los oyentes con el semblante recubierto de orejas, y entonces el Intendente Municipal cortó por lo sano, y al niño lo pusieron en Impuestos Internos sección mecanografía, donde trabajaba tan rápido que era un placer para sus jefes y la muerte para sus compañeros. En cuanto a la música, del salón en el ángulo oscuro, por su dueño tal vez olvidada, silenciosa y cubierta de polvo veíase el arpa.

*Costumbres en la Sinfónica «La Mosca»*

El director de la Sinfónica «La Mosca», maestro Tabaré Piscitelli, era el autor del lema de la orquesta: «Creación en libertad». A tal fin autorizaba el uso del cuello volcado, del anarquismo, de la benzedrina, y daba personalmente un alto ejemplo de independencia. ¿No se lo vio acaso, en mitad de una sinfonía de Mahler, pasar la batuta a uno de los violines (que se llevó el jabón de su vida) e irse a leer *La Razón* a una platea vacía?

Los violoncelistas de la Sinfónica «La Mosca» amaban en bloque a la arpista, señora viuda de Pérez Sangiácomo. Este amor se traducía en una notable tendencia a romper el orden de la orquesta y rodear con una especie de biombo de violoncelos a la azorada ejecutante, cuyas manos sobresalían como señales de socorro durante todo el programa. Por lo demás, nunca un abonado a los conciertos oyó un solo arpegio del arpa, pues los zumbidos vehementes de los violoncelos tapaban sus delicadas efusiones.

Conminada por la Comisión Directiva, la señora de Pérez Sangiácomo manifestó la preferencia de su corazón por el violoncelista Remo Persutti, quien fue autorizado a mantener su instrumento junto al arpa, mientras los otros se volvían, triste procesión de escarabajos, al lugar que la tradición asigna a sus caparazones pensativas.

En esta orquesta uno de los fagotes no podía tocar su instrumento sin que le ocurriera el raro fenómeno de ser absorbido e instantáneamente expulsado por el otro extremo, con tal rapidez que el estupefacto músico se descubría de golpe al otro lado del fagote y tenía que dar la vuelta a gran velocidad y continuar tocando, no sin que el director lo menoscabara con horrendas referencias personales.

Una noche en que se ejecutaba la *Sinfonía de la Muñeca*, de Alberto Williams, el fagote atacado de absorción se halló de pronto al otro lado del instrumento, con el grave inconveniente esta vez de que dicho lugar del espacio estaba ocupado por el clarinetista Perkins Virasoro, quien de resultas de la colisión fue proyectado sobre los contrabajos y se levantó marcadamente furioso y pronunciando palabras que nadie ha oído nunca en boca de una muñeca; tal fue al menos la opinión de las señoras abonadas y del bombero de turno en la sala, padre de varias criaturas.

Habiendo faltado el violoncelista Remo Persutti, el personal de esta cuerda se trasladó en corporación al lado de la arpista, señora viuda de Pérez Sangiácomo, de donde no se movió en toda la velada. El personal del teatro puso una alfombra y macetas con helechos para llenar el sensible vacío producido.

El timbalero Alcides Radaelli aprovechaba los poemas sinfónicos de Richard Strauss para enviar mensajes en Morse a su novia, abonada al superpúlman, izquierda ocho.

Un telegrafista del ejército, presente en el concierto por haberse suspendido el box en el Luna Park a causa del duelo familiar de uno de los contendientes, descifró con gran estupefacción la siguiente frase que brotaba a la mitad de *Así hablaba Zaratustra:* «¿Vas mejor de la urticaria, Cuca?»

### *Quintaesencias*

El tenor Américo Scravellini, del elenco del teatro Marconi, cantaba con tanta dulzura que sus admiradores lo llamaban «el ángel».

Así nadie se sintió demasiado sorprendido cuando a mitad de un concierto, viose bajar por el aire a cuatro hermosos serafines que, con un susurro inefable de alas de oro y de carmín, acompañaban la voz del gran cantante. Si una parte del público dio comprensibles señales de asombro, el resto, fascinado por la perfección vocal del tenor Scravellini, acató la presencia de los ángeles como un milagro casi necesario, o más bien como si no fuese un milagro. El mismo cantante, entregado a su efusión, limitábase a alzar los ojos hacia los ángeles y seguía cantando con esa media voz impalpable que le había dado celebridad en todos los teatros subvencionados.

Dulcemente los ángeles lo rodearon, y sosteniéndolo con infinita ternura y gentileza, ascendieron por el escenario mientras los asistentes temblaban de emoción y maravilla, y el cantante continuaba su melodía que, en el aire, se volvía más y más etérea.

Así los ángeles lo fueron alejando del público, que por fin comprendía que el tenor Scravellini no era de este mundo. El celeste grupo llegó hasta lo más alto del teatro; la voz del cantante era cada vez más extraterrena. Cuando de su garganta nacía la nota final y perfectísima del aria, los ángeles lo soltaron.

# Texturologías

De los seis trabajos críticos citados sólo se da una breve síntesis de sus enfoques respectivos.

*Jarabe de pato*, poemas de José Lobizón *(Horizontes*, La Paz, Bolivia, 1974). Reseña crítica de Michel Pardal en el *Bulletin Sémantique*, Universidad de Marsella, 1975 (traducido del francés):

> Pocas veces nos ha sido dado leer un producto tan paupérrimo de la poesía latinoamericana. Confundiendo tradición con creación, el autor acumula un triste rosario de lugares comunes que la versificación sólo consigue volver aún más huecos.

Artículo de Nancy Douglas en *The Phenomenological Review*, Nebraska University, 1975 (traducido del inglés):

> Es obvio que Michel Pardal maneja erróneamente los conceptos de creación y tradición, en la medida en que esta última es la suma decantada de una creación pretérita, y no puede ser opuesta en modo alguno a la creación contemporánea.

Artículo de Boris Romanski en *Sovietskaya Biéli*, Unión de Escritores de Mongolia, 1975 (traducido del ruso):

Con una frivolidad que no engaña acerca de sus verdaderas intenciones ideológicas, Nancy Douglas carga a fondo el platillo más conservador y reaccionario de la crítica, pretendiendo frenar el avance de la literatura contemporánea en nombre de una supuesta «fecundidad del pasado». Lo que tantas veces se reprochó injustamente a las letras soviéticas, se vuelve ahora un dogma dentro del campo capitalista. ¿No es justo, entonces, hablar de frivolidad?

Artículo de Philip Murray en *The Nonsense Tabloid*, Londres, 1976 (traducido del inglés):

El lenguaje del profesor Boris Romanski merece la calificación más bien bondadosa de jerga adocenada. ¿Cómo es posible enfrentar la propuesta crítica en términos perceptiblemente historicistas? ¿Es que el profesor Romanski viaja todavía en calesa, sella sus cartas con cera y se cura el resfrío con jarabe de marmota? Dentro de la perspectiva actual de la crítica, ¿no es tiempo de reemplazar las nociones de tradición y de creación por galaxias simbióticas tales como «entropía histórico-cultural» y «coeficiente antropodinámico»?

Artículo de Gérard Depardiable en *Quel Sel*, París, 1976 (traducido del francés):

¡Albión, Albión, fiel a ti misma! Parece increíble que al otro lado de un canal que puede cruzarse a nado se acontezca y se persista involucionando hacia la ucronía más irreversible del espacio crítico. Es obvio: Philip Murray no ha leído a Saussure, y sus propuestas aparentemente polisémicas son en definitiva tan obsoletas como las que critica. Para nosotros la dicotomía ínsita en el continuo aparencial del decurso escriturante se proyecta como significado a término y como significante en implosión virtual (demóticamente, pasado y presente).

Artículo de Benito Almazán en *Ida Singular*, México, 1977:

> Admirable trabajo heurístico el de Gérard Depardiable, que bien cabe calificar de estructuralógico por su doble riqueza *ur*-semiótica y su rigor coyuntural en un campo tan propicio al mero epifonema. Dejaré que un poeta resuma premonitoriamente estas conquistas textológicas que anuncian ya la parametainfracrítica del futuro. En su magistral libro *Jarabe de Pato*, José Lobizón dice al término de un extenso poema:
>
> *Cosa una es ser el pato por las plumas,*
> *cosa otra ser las plumas desde el pato.*
>
> ¿Qué agregar a esta deslumbrante absolutización de lo contingente?

# ¿Qué es un polígrafo?

Mi tocayo Casares no terminará jamás de asombrarme. Dado lo que sigue, me disponía a titular *Poligrafía* este capítulo, pero un instinto como de perro me llevó a la página 840 del pterodáctilo ideológico, y ahí zas: Por un lado un polígrafo es, en segunda acepción, «el escritor que trata de materias diferentes», pero en cambio la poligrafía es exclusivamente el arte de escribir de modo que sólo pueda descifrar lo escrito quien previamente conozca la clave, y también el arte de descifrar los escritos de esta clase. Con lo cual no se le puede llamar «Poligrafía» a mi capítulo, que trata nada menos que del doctor Samuel Johnson.

En 1756, a los cuarenta y siete años de edad y según los datos del empecinado Boswell, el doctor Johnson empezó a colaborar en *The Literary Magazine, or Universal Review*. A lo largo de quince números mensuales se publicaron de él los ensayos siguientes: «Introducción a la situación política de Gran Bretaña», «Observaciones sobre la ley de las milicias», «Observaciones sobre los tratados de su Majestad Británica con la Emperatriz de Rusia y el Landgrave de Hesse Cassel», «Observaciones sobre la situación actual», y «Memorias de Federico III, rey de Prusia». En ese mismo año y los tres primeros meses de 1757, Johnson reseñó los libros siguientes:

Historia de la Royal Society, de Birch.
Diario de la Gray's-Inn, de Murphy.
Ensayo sobre las obras y el genio de Pope, de Warton.
Traducción de Polibio, de Hampton.
Memorias de la corte de Augusto, de Blackwell.
Historia natural de Aleppo, de Russel.
Argumentos de Sir Isaac Newton para probar la existencia de la divinidad.
Historia de las islas de Scilly, de Borlase.
Los experimentos de blanqueo de Holmes.
Moral cristiana, de Browne.
Destilación del agua del mar, ventiladores en los barcos y corrección del mal gusto de la leche, de Hales.
Ensayo sobre las aguas, de Lucas.
Catálogo de los obispos escoceses, de Keith.
Historia de Jamaica, de Browne.
Actas de filosofía, volumen XLIX.
Traducción de las memorias de Sully, de Mrs. Lennox.
Misceláneas, de Elizabeth Harrison.
Mapa e informe sobre las colonias de América, de Evans.
Carta sobre el caso del almirante Byng.
Llamamiento al pueblo acerca del almirante Byng.
Viaje de ocho días, y ensayo sobre el té, de Hanway.
El cadete, tratado militar.
Otros detalles relativos al caso del almirante Byng, por un caballero de Oxford.
Conducta del Ministerio con referencia a la guerra actual, imparcialmente analizada.
Libre examen de la naturaleza y el origen del mal.

En poco más de un año, cinco ensayos y veinticinco reseñas de un hombre cuyo defecto principal según él mismo y sus críticos era la indolencia... El célebre *Diccionario* de Johnson fue completado en tres años, y hay pruebas de que el autor trabajó prácticamente solo en esa gigantesca labor. Garrick, el actor, celebra en un poema que Johnson «haya vencido a cuarenta franceses», alusión a los componentes de la Academia Francesa que trabajaban corporativamente en el diccionario de su lengua.

Yo le tengo gran simpatía a los polígrafos que agitan en todas direcciones la caña de pescar, pretextando al mismo tiempo estar medio dormidos como el doctor Johnson, y que encuentran la manera de cumplir una labor extenuante sobre temas tales como el té, la corrección del mal gusto de la leche y la corte de Augusto, para no hablar de los obispos escoceses. Al fin y al cabo es lo que estoy haciendo en este libro, pero la indolencia del doctor Johnson me parece una furia de trabajo tan inconcebible que mis mejores esfuerzos no pasan de vagos desperezamientos de siesta en una hamaca paraguaya. Cuando pienso que hay novelistas argentinos que producen un libro cada diez años, y en el intervalo convencen a periodistas y señoras de que están agotados por su trabajo interior...

# Observaciones ferroviarias

El despertar de la señora de Cinamomo no es alegre, pues al meter los pies en las pantuflas descubre que éstas se le han llenado de caracoles. Armada de un martillo, la señora de Cinamomo procede a aplastar los caracoles, tras de lo cual se ve precisada a tirar las pantuflas a la basura. Con tal intención baja a la cocina y se pone a charlar con la mucama.

—La casa va a estar tan sola ahora que se fue la Ñata.

—Sí, señora —dice la mucama.

—Qué concurrida la estación, anoche. Todos los andenes llenos de gente. La Ñata tan emocionada.

—Salen muchos trenes —dice la mucama.

—Eso, m'hijita. El ferrocarril llega a todos lados.

—Es el progreso —dice la mucama.

—Los horarios tan justos. El tren salía a las ocho y uno, y salió nomás, eso que iba lleno.

—Le conviene —dice la mucama.

—Qué hermoso el compartimento que le tocó a la Ñata, vieras. Todo con barras doradas.

—Sería en primera —dice la mucama.

—Una parte hacía como un balcón y era de material plástico transparente.

—Qué cosa —dice la mucama.

—Iban solamente tres personas, todas con asiento reservado, unas tarjetitas divinas. A la Ñata le tocó de ventanilla, del lado de las barras doradas.

—No me diga —dice la mucama.

—Estaba tan contenta, podía asomarse al balcón y regar las plantas.

—¿Había plantas? —dice la mucama.

—Las que crecen entre las vías. Se pide un vaso de agua y se las riega. La Ñata en seguida pidió uno.

—¿Y se lo trajeron? —dice la mucama.

—No —dice tristemente la señora de Cinamomo, tirando a la basura las pantuflas llenas de caracoles muertos.

# Nadando en la piscina de gofio

El profesor José Migueletes inventó en 1964 la piscina de gofio* apoyó en un principio el notable perfeccionamiento técnico que el profesor Migueletes aportaba al arte natatorio. Sin embargo no tardaron en verse los resultados en el campo deportivo cuando en los Juegos

* que, por si no se sabe, es harina de garbanzos molida muy fina, y que mezclada con azúcar hacía las delicias de los niños argentinos de mi tiempo. Hay quien sostiene que el gofio se hace con harina de maíz, pero sólo el diccionario de la academia española lo proclama, y en esos casos ya se sabe. El gofio es un polvo parduzco y viene en unas bolsitas de papel que los niños se llevan a la boca con resultados que tienden a culminar en la sofocación. Cuando yo cursaba el cuarto grado en Banfield (Ferrocarril del Sud) comíamos tanto gofio en los recreos que de treinta alumnos sólo veintidós llegamos a fin de curso. Las maestras aterradas nos aconsejaban respirar antes de ingerir el gofio, pero los niños, le juro, qué lucha. Terminada esta explicación de los méritos y deméritos de tan nutritiva sustancia, el lector ascenderá a la parte superior de la página para enterarse de que nadie

Ecológicos de Bagdad el campeón japonés Akiro Teshuma batió el récord mundial al nadar los cinco metros en un minuto cuatro segundos.

Entrevistado por entusiastas periodistas, Teshuma afirmó que la natación en gofio superaba de lejos la tradicional en $H_2O$. Para empezar, la acción de la gravedad no se hace sentir, y más bien hay que esforzarse para hundir el cuerpo en el suave colchón harinoso; así, la zambullida inicial consiste sobre todo en resbalar sobre el gofio, y quien sepa hacerlo ganará de entrada varios centímetros sobre sus esforzados rivales. A partir de esa fase los movimientos natatorios se basan en la técnica tradicional de la cuchara en la polenta, mientras los pies aplican una rotación de tipo ciclista o, mejor, al estilo de los venerables barcos de ruedas que todavía circulan en algunos cines. El problema que exige una nítida superación es, como lo sospecha cualquiera, el respiratorio. Probado que el estilo espalda no facilita el avance en el gofio, preciso es nadar boca abajo o levemente de lado, con lo cual los ojos, la nariz, las orejas y la boca se entierran inmediatamente en una más que volátil capa que sólo algunos clubes adinerados perfuman con azúcar en polvo. El remedio a este pasajero inconveniente no exige mayores complicaciones: lentes de contacto debidamente impregnados de silicatos contrarrestan las tendencias adherentes del gofio, dos bolas de goma arreglan la cosa por el lado de las orejas, la nariz está provista de un sistema de válvulas de seguridad, y en cuanto a la boca se las rebusca por su cuenta, ya que los cálculos del Tokio Medical Research Center estiman que a lo largo de una carrera de diez metros sólo se tragan unos cuatrocientos gramos de gofio, lo que multiplica la descarga de adrenalina, la vivacidad metabólica y el tono muscular más que nunca esencial en estas competiciones.

Interrogado sobre los motivos por los cuales muchos atletas internacionales muestran una proclividad cada vez mayor por la natación en gofio, Tashuma se limitó a contestar que a lo largo de algunos milenios se ha terminado por comprobar una cierta monotonía en el hecho de tirarse al agua y salir completamente mojado y sin que nada cambie demasiado en el deporte. Dio a entender que la imaginación está tomando poco a poco el poder, y que ya es hora de aplicar formas revolucionarias a los viejos deportes cuyo único incentivo es bajar las marcas por fracciones de segundo, eso cuando se puede, y se puede bastante poco. Modestamente se declaró incapaz de sugerir descubrimientos equivalentes para el fútbol y el tenis, pero hizo una oblicua referencia a un nuevo enfoque del deporte, habló de una pelota de cristal que se habría utilizado en un encuentro de basketbol en Naga, y cuya ruptura accidental pero posibilísima entrañó el harakiri del equipo culpable. Todo puede esperarse de la cultura nipona, sobre todo si se pone a imitar a la mexicana, pero para no salirnos de Occidente y del gofio, este último ha empezado a cotizarse a precios elevados, con particular delectación de sus países productores, todos ellos del Tercer Mundo. La muerte por asfixia de siete niños australianos que pretendían practicar saltos ornamentales en la nueva piscina de Camberra muestra, sin embargo, los límites de este interesante producto, cuyo empleo no debería exagerarse cuando se trata de aficionados.

# Familias

—A mí lo que me gusta es tocarme los pies —dice la señora de Bracamonte.

La señora de Cinamomo expresa su escándalo. Cuando la Ñata era chica le daba por tocarse aquí y más allá. Tratamiento: bofetada va y bofetada viene, la letra con sangre entra.

—Hablando de sangre hay que decir que la nena tenía de donde heredar —confidencia la señora de Cinamomo—. No es por decir pero su abuela paterna, de día nada más que vino pero a la noche la empezaba con la vodka y otras porquerías comunistas.

—Los estragos del alcohol —lividece la señora de Bracamonte.

—Le diré, con la educación que le he dado, créame que no le queda ni huella. Ya le voy a dar vino yo a ésa.

—La Ñata es un encanto —dice la señora de Bracamonte.

—Ahora está en Tandil —dice la señora de Cinamomo.

# Now shut up, you distasteful Adbekunkus

Quizá los moluscos no sean neuróticos, pero de ahí para arriba no hay más que mirar bien; por mi parte he visto gallinas neuróticas, gusanos neuróticos, perros incalculablemente neuróticos; hay árboles y flores que la psiquiatría del futuro tratará psicosomáticamente porque ya hoy sus formas y colores nos resultan francamente morbosos. A nadie le extrañará entonces mi indiferencia cuando a la hora de tomar una ducha me escuché mentalmente decir con visible placer vindicativo: *Now shut up, you distasteful Adbekunkus.*

Mientras me jabonaba, la admonición se repitió rítmicamente y sin el menor análisis consciente de mi parte, casi como formando parte de la espuma del baño. Sólo al final, entre el agua colonia y la ropa interior, me interesé en mí mismo y de ahí en Adbekunkus, a quien había ordenado callar con tanta insistencia a lo largo de media hora. Me quedó una buena noche de insomnio para interrogarme sobre esa leve manifestación neurótica, ese brote inofensivo pero insistente que continuaba como una resistencia al sueño; empecé a preguntarme dónde podía estar hablando y hablando ese Adbekunkus para que algo en mí que lo escuchaba le exigiese perentoriamente y en inglés que se callara.

Deseché la hipótesis fantástica, demasiado fácil: no había nada ni nadie llamado Adbekunkus, dotado de facilidad elocutiva y fastidiosa. Que se trataba de un nombre propio no lo dudé en ningún momento; hay veces en que uno hasta ve la mayúscula de ciertos sonidos compuestos. Me sé bastante dotado para la invención de palabras que parecen desprovistas de sentido o que lo están hasta que yo lo infundo a mi manera, pero no creo haber suscitado jamás un nombre tan desagradable, tan grotesco y tan rechazable como el de Adbekunkus. Nombre de demonio inferior, de triste adlátere, uno de los tantos que invocan los grimorios; nombre desagradable como su dueño: *distasteful Adbekunkus.* Pero quedarse en el mero sentimiento no llevaba a ninguna parte; tampoco, es verdad, el análisis analógico, los ecos mnemónicos, todos los recursos asociativos. Terminé por aceptar que Adbekunkus no se vinculaba con ningún elemento consciente; lo neurótico parecía precisamente estar en que la frase exigía silencio a algo, a alguien que era un perfecto vacío. Cuántas veces un nombre asomando desde una distracción cualquiera termina por suscitar una imagen animal o humana; esta vez no, era necesario que Adbekunkus se callara pero no se callaría jamás porque jamás había hablado o gritado. ¿Cómo luchar contra esa concreción de vacío? Me dormí un poco como él, hueco y ausente.

# Amor 77

Y después de hacer todo lo que hacen, se levantan, se bañan, se entalcan, se perfuman, se peinan, se visten, y así progresivamente van volviendo a ser lo que no son.

# Novedades en los servicios públicos

*In a Swiftian mood.*

Personas dignas de crédito han hecho notar que el autor de estas informaciones conoce de una manera casi enfermiza el sistema de transportes subterráneos de la ciudad de París, y que su tendencia a volver sobre el tema revela trasfondos por lo menos inquietantes. Sin embargo, ¿cómo callar las noticias sobre el restaurante que circula en el metro y que provoca comentarios contradictorios en los medios más diversos? Ninguna publicidad desaforada lo ha dado a conocer a la posible clientela; las autoridades guardan un silencio acaso incómodo, y sólo la lenta mancha de aceite de la *vox populi* se abre paso a tantos metros de profundidad. No es posible que una innovación semejante se limite al perímetro privilegiado de una urbe que todo lo cree permitido; es justo e incluso necesario que México, Suecia, Uganda y la Argentina se enteren *inter alia* de una experiencia que va mucho más allá de la gastronomía.

La idea debió de partir de *Maxim's*, puesto que a este templo del morfe le ha sido dada la concesión del coche restaurante, inaugurado poco menos que en silencio a mediados del año en curso. La decoración y el equipo parecen haber repetido sin imaginación especial la atmósfera de cualquier restaurante ferroviario, salvo que en éste se come infinitamente mejor aunque a un precio también infinitamente, detalles que bastan para seleccionar de por sí a la clientela. No faltan quienes se preguntan perplejos la razón de promover una empresa a tal punto refinada en el contexto de un medio de transporte más bien grasa como el metro; otros, entre los cuales se cuenta este autor, guardan el silencio deploratorio que merece tal pregunta, puesto que en ella está contenida obviamente la respuesta. En estas cimas de la civilización occidental poco puede interesar ya el paso monótono de un Rolls Royce a un restaurante de lujo, entre galones y reverencias, mientras que es fácil imaginar la delicia estremecedora que representa descender las sucias escaleras del metro para colocar el billete en la ranura del mecanismo que permitirá el acceso a andenes invadidos por el número, el sudor y el agobio de las multitudes que salen de fábricas y oficinas para volver a sus casas, y esperar entre boinas, gorras y tapaditos de calidad dudosa el arribo del tren donde aparezca un vagón que los viajeros vulgares sólo podrán contemplar en el breve instante de su detención. El deleite, por lo demás, va mucho más lejos que esta primera e insólita experiencia, como se explicará en seguida.

La idea motora de tan brillante iniciativa tiene antecedentes a lo largo de la historia, desde las expediciones de Mesalina a la Suburra hasta los hipócritas paseos de Harún Al Raschid por las callejuelas de Bagdad, sin hablar del gusto innato en toda auténtica aristocracia por los contactos clandestinos con la peor ralea y la canción norteamericana *Let's go slumming*. Obligada por su condición a circular en automóviles privados, aviones y trenes de lujo, la gran burguesía parisiense descubre por fin algo que hasta ahora consistía sobre todo en escaleras que se pierden en la profundidad y que sólo se emprenden en raras ocasiones y con marcada repugnancia. En una época en que los obreros franceses tienden a renunciar a las reivindicaciones que tanta fama les han dado en la historia de nuestro siglo, con tal de cerrar las manos sobre el volante de un auto propio y remacharse a la pantalla de un televisor en sus escasas horas libres, ¿quién puede escandalizarse de que la burguesía adinerada vuelva la espalda a cosas que amenazan volverse comunes y busque, con una ironía que sus intelectuales no dejarán de hacer notar, un terreno que proporciona en apariencia la máxima cercanía con el proletariado y que a la vez lo distancia mucho más que en la vulgar superficie urbana? Inútil decir que los concesionarios del restaurante y la propia clientela serían los primeros en rechazar indignados un propósito que de alguna manera podría parecer irónico; después de todo, basta reunir el dinero necesario para ascender al restaurante y hacerse servir como cualquier cliente, y es bien sabido que muchos de los mendigos que duermen en los bancos del metro tienen inmensas fortunas, al igual que los gitanos y los dirigentes de izquierda.

La administración del restaurante comparte, desde luego, estas rectificaciones, pero no por eso ha dejado de tomar las medidas que tácitamente le reclama su refinada clientela, puesto que el dinero no es el único santo y seña en un lugar basado en la decencia, los buenos modales y el uso imprescindible de desodorantes. Incluso podemos afirmar que esa obligada selección constituyó el problema esencial de los encargados del restaurante, y que no fue sencillo encontrarle una solución a la vez natural y estricta. Ya se sabe que los andenes del metro son comunes a todos, y que entre los vagones de segunda y el de primera no existe discriminación importante, al punto que los inspectores suelen descuidar sus verificaciones y en las horas de afluencia el vagón de primera se llena sin que nadie piense en discutir si los pasajeros tienen o no derecho a llenarlo. Por consiguiente, encauzar a los clientes del restaurante de manera de permitirles un fácil acceso presenta dificultades que hasta ahora parecen haberse superado, aunque los responsables no disimulan casi nunca la inquietud que los invade en el momento en que el tren se detiene en cada estación. El método, en líneas generales, consiste en mantener las puertas cerradas mientras el público asciende y desciende de los coches comunes, y abrirlas cuando sólo faltan algunos segundos para la partida; a tal efecto, el tren restaurante está provisto de un anuncio sonoro especial que indica el momento de abrir las puertas para la entrada o salida de los comensales. Esta operación debe realizarse sin obstrucciones de ninguna especie, razón por la cual los guardias del restaurante actúan sincronizadamente con los de la estación, formando en escasos instantes una doble fila que encuadra a los clientes e impide al mismo tiempo que algún advenedizo, un turista inocente o un malvado provocador político logre inmiscuirse en el salón restaurante.

Como es natural, gracias a la publicidad privada del establecimiento, los clientes están informados de que deberán esperar al tren en un sector preciso del andén, sector que cambia cada quince días para despistar a los pasajeros ordinarios, y que tiene como clave secreta uno de los carteles de propaganda de quesos, detergentes o aguas minerales fijados en las paredes del andén. Aunque el sistema resulta costoso, la administración ha preferido informar sobre estos cambios por medio de un boletín confidencial en vez de colocar una flecha u otra indicación precisa en el lugar necesario, puesto que muchos jóvenes desocupados o los vagabundos que se sirven del metro como de un hotel no tardarían en concentrarse allí, aunque sólo fuera para admirar de cerca la brillante escenografía del coche restaurante que, sin duda, despertaría sus más bajos apetitos.

El boletín informativo contiene otras indicaciones igualmente necesarias para la clientela; en efecto, es preciso que ésta conozca la línea por la cual circulará el restaurante en las horas del almuerzo y de la cena, y que esa línea cambie cotidianamente a fin de multiplicar las experiencias agradables de los comensales. Existe así un calendario preciso, que acompaña la indicación de las especialidades del cocinero en jefe que se propondrán en cada quincena, y aunque el cambio diario de línea multiplica las dificultades de la administración en materia de embarco y desembarco, evita que la atención de los pasajeros comunes se concentre acaso peligrosamente en los dos periodos gastronómicos de la jornada. Nadie que no haya recibido el boletín puede saber si el restaurante recorrerá las estaciones que van de la Mairie de Montreuil a la Porte de Sèvres, o si lo hará en la línea que une el Chateâu de Vincennes a la Porte de Neuilly; al placer que significa para la clientela visitar diversos tramos de la red del metro y apreciar las diferencias no siempre inexistentes entre las estaciones, se suma un importante elemento de seguridad frente a las imprevisibles reacciones que podría provocar una reiteración diaria del coche restaurante en estaciones donde se da una reiteración parecida de pasajeros.

Quienes han comido a lo largo de cualquiera de los itinerarios coinciden en afirmar que al placer de una mesa refinada se suma una agradable y a veces útil experiencia sociológica. Instalados de manera de gozar de una vista directa sobre las ventanillas que dan al andén, los clientes tienen oportunidad de presenciar en múltiples formas, densidades y ritmos, el espectáculo de un pueblo laborioso que se encamina a sus ocupaciones o que al término de la jornada se prepara a un bien merecido descanso, muchas veces durmiéndose de pie y por adelantado en los andenes. Para favorecer la espontaneidad de estas observaciones, los boletines de la administración recomiendan a la clientela no concentrar excesivamente la mirada en los andenes, pues es preferible que sólo lo hagan entre bocado y bocado o en los intervalos de sus conversaciones; es evidente que un exceso de curiosidad científica podría ocasionar alguna reacción intempestiva y desde luego injusta por parte de personas poco versadas culturalmente para comprender la envidiable latitud mental que poseen las democracias modernas. Conviene evitar particularmente un examen ocular prolongado cuando en el andén predominan grupos de obreros o estudiantes; la observación puede hacerse sin riesgos en el caso de personas que por su edad o su vestimenta muestran un mayor grado de relación posible con los comensales, e incluso llegan a saludarlos y a mostrar que su presencia en el tren es un motivo de orgullo nacional o un síntoma positivo de progreso.

En las últimas semanas, en que el conocimiento público de este nuevo servicio ha llegado a casi todos los sectores urbanos, se advierte un mayor despliegue de fuerzas policiales en las estaciones visitadas por el coche restaurante, lo cual prueba el interés de los organismos oficiales por el mantenimiento de tan interesante innovación. La policía se muestra particularmente activa en el momento del desembarco de los comensales, sobre todo si se trata de personas aisladas o de parejas; en ese caso, una vez franqueada la doble línea de orientación trazada por los empleados ferroviarios y del restaurante, un número variable de policías armados acompaña gentilmente a los clientes hasta la salida del metro, donde generalmente los espera su automóvil, puesto que la clientela tiene buen cuidado de organizar en detalle sus agradables excursiones gastronómicas. Estas precauciones se explican sobradamente; en tiempos en que la violencia más irresponsable e injustificada convierte en una jungla el metro de Nueva York y, a veces, el de París, la prudente previsión de las autoridades merece todos los elogios no sólo de los clientes del restaurante, sino de los pasajeros en general, que, sin duda, agradecerán no verse arrastrados por turbias maniobras de provocadores o de enfermos mentales, casi siempre socialistas o comunistas, cuando no anarquistas, y la lista sigue y es más larga que esperanza de pobre.

# Burla burlando ya van seis delante

Más allá de los cincuenta años empezamos a morirnos poco a poco en otras muertes. Los grandes magos, los shamanes de la juventud parten sucesivamente. A veces ya no pensábamos tanto en ellos, se habían quedado atrás en la historia; *other voices, other rooms* nos reclamaban. De alguna manera estaban siempre allí pero como los cuadros que ya no se miran como al principio, los poemas que sólo perfuman vagamente la memoria.

Entonces —cada cual tendrá sus sombras queridas, sus grandes intercesores— llega el día en que el primero de ellos invade horriblemente los diarios y la radio. Tal vez tardaremos en darnos cuenta de que también nuestra muerte ha empezado ese día; yo sí lo supe la noche en que en mitad de una cena alguien aludió indiferente a una noticia de la televisión, en Milly-la-Fôret acababa de morir Jean Cocteau, un pedazo de mí también caía muerto sobre los manteles, entre las frases convencionales.

Los otros han ido siguiendo, siempre del mismo modo, la radio o los diarios, Louis Armstrong, Pablo Picasso, Stravinsky, Duke Ellington, y anoche, mientras yo tosía en un hospital de La Habana, anoche en una voz de amigo que me traía hasta la cama el rumor del mundo de afuera, Charles Chaplin. Saldré de este hospital. Saldré curado, eso es seguro, pero por sexta vez un poco menos vivo.

# Diálogo de ruptura

*Para leer a dos voces,*
*imposiblemente por supuesto.*

—No es tanto que ya no sepamos
—Sí, sobre todo eso, no encontrar
—Pero acaso lo hemos buscado desde el día en que
—Tal vez no, y sin embargo cada mañana que
—Puro engaño, llega el momento en que uno se mira como
—Quién sabe, yo todavía
—No basta con quererlo, si además no hay la prueba de
—Ves, de nada vale esa seguridad que
—Cierto, ahora cada uno exige una evidencia frente a
—Como si besarse fuera firmar un descargo, como si mirarse
—Debajo de la ropa ya no espera esa piel que
—No es lo peor, pienso a veces; hay lo otro, las palabras cuando
—O el silencio, que entonces valía como
—Sabíamos abrir la ventana apenas
—Y esa manera de dar vuelta la almohada buscando
—Como un lenguaje de perfumes húmedos que
—Gritabas y gritabas mientras yo

—Caíamos en una misma enceguecida avalancha hasta

—Yo esperaba escuchar eso que siempre

—Y jugar a dormirse entre nudos de sábanas y a veces

—Si habremos insultado entre caricias el despertador que

—Pero era dulce levantarse y competir por la

—Y el primero, empapado, dueño de la toalla seca

—El café y las tostadas, la lista de las compras, y eso

—Todo sigue lo mismo, se diría que

—Exactamente igual, sólo que en vez

—Como querer contar un sueño que después de

—Pasar el lápiz sobre una silueta, repetir de memoria algo tan

—Sabiendo al mismo tiempo cómo

—Oh sí, pero esperando casi un encuentro con

—Un poco más de mermelada y de

—Gracias, no tengo

# Cazador de crepúsculos

Si yo fuera cineasta me dedicaría a cazar crepúsculos. Todo lo tengo estudiado menos el capital necesario para el safari, porque un crepúsculo no se deja cazar así nomás, quiero decir que a veces empieza poquita cosa y justo cuando se lo abandona le salen todas las plumas, o inversamente es un despilfarro cromático y de golpe se nos queda como un loro enjabonado, y en los dos casos se supone una cámara con buena película de color, gastos de viaje y pernoctaciones previas, vigilancia del cielo y elección del horizonte más propicio, cosas nada baratas. De todas maneras creo que si fuera cineasta me las arreglaría para cazar crepúsculos, en realidad un solo crepúsculo, pero para llegar al crepúsculo definitivo tendría que filmar cuarenta o cincuenta porque si fuera cineasta tendría las mismas exigencias que con la palabra, las mujeres o la geopolítica.

No es así y me consuelo imaginando el crepúsculo ya cazado, durmiendo en su larguísima espiral enlatada. Mi plan: no solamente la caza sino la restitución del crepúsculo a mis semejantes que poco saben de ellos, quiero decir la gente de la ciudad que ve ponerse el sol, si lo ve, detrás del edificio de correos, de los departamentos de enfrente o en un subhorizonte de antenas de televisión y faroles de alumbrado. La película sería muda, o con una banda sonora que registrara solamente los sonidos contemporáneos del crepúsculo filmado, probablemente algún ladrido de perro o zumbidos de moscardones, con suerte una campanita de oveja o un golpe de ola si el crepúsculo fuera marino.

Por experiencia y reloj pulsera sé que un buen crepúsculo no va más allá de veinte minutos entre el clímax y el anticlímax, dos cosas que eliminaría para dejar tan sólo su lento juego interno, su calidoscopio de imperceptibles mutaciones; se tendría una película de esas que llaman documentales y que se pasan antes de Brigitte Bardot mientras la gente se va acomodando y mira la pantalla como si todavía estuviera en el ómnibus o en el subte. Mi película tendría una leyenda impresa (acaso una voz off) dentro de estas líneas: «Lo que va a verse es el crepúsculo del 7 de junio de 1976, filmado en X con película M y con cámara fija, sin interrupción durante Z minutos. El público queda informado de que fuera del crepúsculo no sucede absolutamente nada, por lo cual se le aconseja proceder como si estuviera en su casa y hacer lo que se le dé la santa gana; por ejemplo, mirar el crepúsculo, darle la espalda, hablar con los demás, pasearse, etcétera. Lamentamos no poder sugerirle que fume, cosa siempre tan hermosa a la hora del crepúsculo, pero las condiciones medievales de las salas cinematográficas requieren como se sabe la prohibición de este excelente hábito. En cambio no está vedado tomarse un buen trago del frasquito de bolsillo que el distribuidor de la película vende en el foyer».

Imposible predecir el destino de mi película; la gente va al cine para olvidarse de sí misma, y un crepúsculo tiende precisamente a lo contrario, es la hora en que acaso nos vemos un poco más al desnudo, a mí en todo caso me pasa, y es penoso y útil; tal vez que otros también aprovechen, nunca se sabe.

# Maneras de estar preso

Ha sido cosa de empezar y ya. Primera línea que leo de este texto y me rompo la cara contra todo porque no puedo aceptar que Gago esté enamorado de Lil; de hecho sólo lo he sabido varias líneas más adelante pero aquí el tiempo es otro, vos por ejemplo que empezás a leer esta página te enterás de que yo no estoy de acuerdo y conocés así por adelantado que Gago se ha enamorado de Lil, pero las cosas no son así: vos no estabas todavía aquí (y el texto tampoco) cuando Gago era ya mi amante; tampoco yo estoy aquí puesto que eso no es el tema del texto por ahora y yo no tengo nada que ver con lo que ocurrirá cuando Gago vaya al cine Libertad para ver una película de Bergman y entre dos flashes de publicidad barata descubra las piernas de Lil junto a las suyas y exactamente como lo describe Stendhal empiece una fulgurante cristalización (Stendhal piensa que es progresiva pero Gago). En otros términos rechazo este texto donde alguien escribe que yo rechazo este texto; me siento atrapado, vejado, traicionado porque ni siquiera soy yo quien lo dice sino que alguien me manipula y me regula y me coagula, yo diría que me toma el pelo como de yapa, bien claro está escrito: yo diría que me toma el pelo como de yapa.

También te lo toma a vos (que empezás a leer esta página, así está escrito más arriba) y por si fuera poco a Lil, que ignora no sólo que Gago es mi amante sino que Gago no entiende nada de mujeres aunque en el cine Libertad etcétera. Cómo voy a aceptar que a la salida ya estén hablando de Bergman y de Liv Ullmann (los dos han leído las memorias de Liv y claro, tema para whisky y gran fraternización estético-libidinosa, el drama de la actriz madre que quiere ser madre sin dejar de ser actriz con atrás Bergman la más de las veces gran hijo de puta en el plano paternal y marital): todo eso alcanza hasta las ocho y cuarto cuando Lil dice me voy a casa, mamá está un poco enferma, Gago yo la llevo, tengo el coche estacionado en plaza Lavalle y Lil de acuerdo, usted me hizo beber demasiado, Gago permítame, Lil pero sí, la firmeza tibia del antebrazo desnudo (dice así, dos adjetivos, dos sustantivos tal cual) y yo tengo que aceptar que suban al Ford que entre otras cualidades tiene la de ser mío, que Gago lleve a Lil hasta San Isidro gastándome la nafta con lo que cuesta, que Lil le presente a la madre artrítica pero erudita en Francis Bacon, de nuevo whisky y me da pena que ahora tenga que hacer todo ese camino de vuelta hasta el centro, Lil, pensaré en usted y el viaje será corto, Gago, aquí le anoto el teléfono, Lil, oh gracias, Gago.

De sobra se ve que de ninguna manera puedo estar de acuerdo con cosas que pretenden modificar la realidad profunda; persisto en creer que Gago no fue al cine ni conoció a Lil aunque el texto procure convencerme y por lo tanto desesperarme. ¿Tengo que aceptar un texto porque simplemente dice que tengo que aceptar un texto? Puedo en cambio inclinarme ante lo que una parte de mí mismo considera de una pérfida ambigüedad (porque a lo mejor sí; a lo mejor el cine) pero por lo menos las frases siguientes llevan a Gago al centro donde deja el auto mal estacionado como siempre, sube a mi departamento sabiendo que lo espero al final de este párrafo ya demasiado largo como toda espera de Gago, y después de bañarse y ponerse la bata naranja que le regalé para su cumpleaños viene a recostarse en el diván donde estoy leyendo con alivio y amor que Gago viene a recostarse en el diván donde estoy leyendo con alivio y amor, perfumado e insidioso es el Chivas Regal y el tabaco rubio de la medianoche, su pelo rizado donde hundo suavemente la mano para suscitar ese primer quejido soñoliento, sin Lil ni Bergman (qué delicia leerlo exactamente así, sin Lil ni Bergman) hasta ese momento en que muy despacio empezaré a aflojar el cinturón de la bata naranja, mi mano bajará por el pecho liso y tibio de Gago, andará en la espesura de su vientre buscando el primer espasmo, enlazados ya derivaremos hacia el dormitorio y caeremos juntos en la cama, buscaré su garganta donde tan dulcemente me gusta mordisquearlo y él murmurará un momento, murmurará esperá un momento que tengo que telefonear. A Lil of course, llegué muy bien, gracias, silencio, entonces nos vemos mañana a las once, silencio, a las once y media de acuerdo, silencio, claro a almorzar tontita, silencio, dije tontita, silencio, por qué de usted, silencio, no sé pero es como si nos conociéramos hace mucho, silencio, sos un tesoro, silencio, y yo que me pongo de nuevo la bata y vuelvo al living y al Chivas Regal, por lo menos me queda eso, el texto dice que por lo menos me queda eso, que me pongo de nuevo la bata y vuelvo al living y al Chivas Regal mientras Gago le sigue telefoneando a Lil, inútil releerlo para estar seguro, lo dice así, que me vuelvo al living y al Chivas Regal mientras Gago le sigue telefoneando a Lil.

# La dirección de la mirada

*A John Barth*

En vagamente Ilión, acaso en campiñas toscanas al término de guelfos y gibelinos y por qué no en tierras de daneses o en esa región de Brabante mojada por tantas sangres: escenario móvil como la luz que corre sobre la batalla entre dos nubes negras, desnudando y cubriendo regimientos y retaguardias, encuentros cara a cara con puñales o alabardas, visión anamórfica sólo dada al que acepte el delirio y busque en el perfil de la jornada su ángulo más agudo, su coágulo entre humos y desbandes y oriflamas.

Una batalla, entonces, el derroche usual que rebasa sentidos y venideras crónicas. ¿Cuántos vieron al héroe en su hora más alta, rodeado de enemigos carmesíes? Máquina eficaz del aedo o del bardo: lentamente, elegir y narrar. También el que escucha o el que lee: sólo intentando la desmultiplicación del vértigo. Entonces acaso sí, como el que desgaja de la multitud ese rostro que cifrará su vida, la opción de Charlotte Corday ante el cuerpo desnudo de Marat, un pecho, un vientre, una garganta. Así ahora desde hogueras y contraórdenes, en el torbellino de gonfalones huyentes o de infantes aqueos concentrando el avance contra el fondo obsesionante de las murallas aún invictas: el ojo ruleta clavando la bola en la cifra que hundirá treinta y cinco esperanzas en la nada para exaltar una sola suerte roja o negra.

Inscrito en un escenario instantáneo, el héroe en cámara lenta retira la espada de un cuerpo todavía sostenido por el aire, mirándolo desdeñoso en su descenso ensangrentado. Cubriéndose frente a los que lo embisten, el escudo les tira a la cara una metralla de luz donde la vibración de la mano hace temblar las imágenes del bronce. Lo atacarán, es seguro, pero no podrán dejar de ver lo que él les muestra en un desafío último. Deslumbrados (el escudo, espejo ustorio, los abrasa en una hoguera de imágenes exasperadas por el reflejo del crepúsculo y los incendios) apenas si alcanzan a separar los relieves del bronce y los efímeros fantasmas de la batalla.

En la masa dorada buscó representarse el propio herrero en su fragua, batiendo el metal y complaciéndose en el juego concéntrico de forjar un escudo que alza su combado párpado para mostrar entre tantas figuras (lo está mostrando ahora a quienes mueren o matan en la absurda contradicción de la batalla) el cuerpo desnudo del héroe en un claro de selva, abrazado a una mujer que le hunde la mano en el pelo como quien acaricia o rechaza. Yuxtapuestos los cuerpos en la brega que la escena envuelve con una lenta respiración de frondas (un ciervo entre dos árboles, un pájaro temblando sobre las cabezas) las líneas de fuerza parecerían concentrarse en el espejo que guarda la otra mano de la mujer y en el que sus ojos, acaso no queriendo ver a quien así la desflora entre fresnos y helechos, van a buscar desesperados la imagen que un ligero movimiento orienta y precisa.

Arrodillado junto a un manantial, el adolescente se ha quitado el casco y sus rizos sombríos le caen sobre los hombros. Ya ha bebido y tiene los labios húmedos, gotas de un bozo de agua; la lanza yace al lado, descansando de una larga marcha. Nuevo Narciso, el adolescente se mira en la temblorosa claridad a sus pies pero se diría que sólo alcanza a ver su memoria enamorada, la inalcanzable imagen de una mujer perdida en remota contemplación.

Es otra vez ella, no ya su cuerpo de leche entrelazado con el que la abre y la penetra, sino grácilmente expuesto a la luz de un ventanal de anochecer, vuelto casi de perfil hacia una pintura de caballete que el último sol lame con naranja y ámbar. Se diría que sus ojos sólo alcanzan a ver el primer plano de esa pintura en la que el artista se representó a sí mismo, secreto y desapegado. Ni él ni ella miran hacia el fondo del paisaje donde junto a una fuente se entrevén cuerpos tendidos, el héroe muerto en la batalla bajo el escudo que su mano empuña en un último reto, y el adolescente que una flecha en el espacio parece designar multiplicando al infinito la perspectiva que se resuelve en lo lejano por una confusión de hombres en retirada y de estandartes rotos.

El escudo ya no refleja el sol; su lámina apagada, que no se diría de bronce, contiene la imagen del herrero que termina la descripción de una batalla, parece signarla en su punto más intenso con la figura del héroe rodeado de enemigos, pasando la espada por el pecho del más próximo y alzando para defenderse su escudo ensangrentado en el que poco se alcanza a ver entre el fuego y la cólera y el vértigo, a menos que esa imagen desnuda sea la de la mujer, que su cuerpo sea el que se rinde sin esfuerzo a la lenta caricia del adolescente que ha posado su lanza al borde de un manantial.

# III.

*«No, no. No crime», said Sherlock Holmes, laughing. «Only one of those whimsical little incidents which will happen when you have four million human beings all jostling each other within the space of a few square miles.»*

SIR ARTHUR CONAN DOYLE,
*The Blue Carbuncle.*

# Lucas, sus errantes canciones

De niño la había escuchado en un crepitante disco cuya sufrida bakelita ya no aguantaba el peso de los pick-ups con diafragma de mica y tremenda púa de acero, la voz de Sir Harry Lauder venía como desde muy lejos y era así, había entrado en el disco desde las brumas de Escocia y ahora salía al verano enceguecedor de la pampa argentina. La canción era mecánica y rutinaria, una madre despedía a su hijo que se marchaba lejos y Sir Harry era una madre poco sentimental aunque su voz metálica (casi todas lo eran después del proceso de grabación) destilaba sin embargo una melancolía que ya entonces el niño Lucas empezaba a frecuentar demasiado.

Veinte años después la radio le trajo un pedazo de la canción en la voz de la gran Ethel Waters. La dura, irresistible mano del pasado lo empujó a la calle, lo metió en la Casa Iriberri, y esa noche escuchó el disco y creo que lloró por muchas cosas, solo en su cuarto y borracho de autocompasión y de grapa catamarqueña que es conocidamente lacrimógena. Lloró sin saber demasiado por qué lloraba, qué oscuro llamado lo requería desde esa balada que ahora, ahora sí, cobraba todo su sentido, su cursi hermosura. En la misma voz de quien había tomado por asalto a Buenos Aires con su versión de *Stormy Wheather* la vieja canción volvía a un probable origen sureño, rescatada de la trivialidad *music-hall* con que la había cantado Sir Harry. Vaya a saber al final si esa balada era de Escocia o del Mississippi, ahora en todo caso se llenaba de negritud desde las primeras palabras:

*So you're going to leave the old home, Jim,*
*To-day you're going away,*
*You're going among the city folks to dwell—*

Ethel Waters despedía a su hijo con una premonitoria visión de desgracia, sólo rescatable por un regreso a la Peer Gynt, rotas las alas y todo orgullo bebido. El oráculo buscaba agazaparse detrás de algunos *if* que nada tenían que ver con los de Kipling, unos *if* llenos de convicto cumplimiento:

*If sickness overtakes you,*
*If old companion shakes you,*
*And through this world you wander all alone,*
*If friends you've got not any,*
*In your pockets not a penny—*

*If* todo eso, siempre le quedaba a Jim la llave de la última puerta:

*There's a mother always waiting*
*For you at home, old sweet home.*

Claro, doctor Freud, la araña y todo eso. Pero la música es una tierra de nadie donde poco importa que Turandot sea frígida o Siegfried ario puro, los complejos y los mitos se resuelven en melodía y qué, sólo cuenta una voz murmurando las palabras de la tribu, la recurrencia de lo que somos, de lo que vamos a ser:

*And if you get in trouble, Jim,*
*Just write and let me know—*

Tan fácil, tan bello, tan Ethel Waters. *Just write,* claro. El problema es el sobre. Qué nombre, qué casa hay que poner en el sobre, Jim.

# Lucas, sus pudores

En los departamentos de ahora ya se sabe, el invitado va al baño y los otros siguen hablando de Biafra y de Michel Foucault, pero hay algo en el aire como si todo el mundo quisiera olvidarse de que tiene oídos y al mismo tiempo las orejas se orientaran hacia el lugar sagrado que naturalmente en nuestra sociedad encogida está apenas a tres metros del lugar donde se desarrollan estas conversaciones de alto nivel, y es seguro que a pesar de los esfuerzos que hará el invitado ausente para no manifestar sus actividades, y los de los contertulios para activar el volumen del diálogo, en algún momento reverberará uno de esos sordos ruidos que oír se dejan en las circunstancias menos indicadas, o en el mejor de los casos el rasguido patético de un papel higiénico de calidad ordinaria cuando se arranca una hoja del rollo rosa o verde.

Si el invitado que va al baño es Lucas, su horror sólo puede compararse a la intensidad del cólico que lo ha obligado a encerrarse en el ominoso reducto. En ese horror no hay neurosis ni complejos, sino la certidumbre de un comportamiento intestinal recurrente, es decir que todo empezará lo más bien, suave y silencioso, pero ya hacia el final, guardando la misma relación de la pólvora con los perdigones en un cartucho de caza, una detonación más bien horrenda hará temblar los cepillos de dientes en sus soportes y agitarse la cortina de plástico de la ducha.

Nada puede hacer Lucas para evitarlo; ha probado todos los métodos, tales como inclinarse hasta tocar el suelo con la cabeza, echarse hacia atrás al punto que los pies rozan la pared de enfrente, ponerse de costado e incluso, recurso supremo, agarrarse las nalgas y separarlas lo más posible para aumentar el diámetro del conducto proceloso. Vana es la multiplicación de silenciadores tales como echarse sobre los muslos todas las toallas al alcance y hasta las salidas de baño de los dueños de casa; prácticamente siempre, al término de lo que hubiera podido ser una agradable transferencia, el pedo final prorrumpe tumultuoso.

Cuando le toca a otro ir al baño, Lucas tiembla por él pues está seguro que de un segundo a otro resonará el primer halalí de la ignominia; lo asombra un poco que la gente no parezca preocuparse demasiado por cosas así, aunque es evidente que no están desatentas a lo que ocurre e incluso lo cubren con choque de cucharitas en las tazas y corrimiento de sillones totalmente inmotivados. Cuando no sucede nada, Lucas es feliz y pide de inmediato otro coñac, al punto que termina por traicionarse y todo el mundo se da cuenta de que había estado tenso y angustiado mientras la señora de Broggi cumplimentaba sus urgencias. Cuán distinto, piensa Lucas, de la simplicidad de los niños que se acercan a la mejor reunión y anuncian: Mamá, quiero caca. Qué bienaventurado, piensa a continuación Lucas, el poeta anónimo que compuso aquella cuarteta donde se proclama que no hay placer más exquisito / que cagar bien despacito / ni placer más delicado / que después de haber cagado. Para remontarse a tales alturas ese señor debía estar exento de todo peligro de ventosidad intempestiva o tempestuosa, a menos que el baño de la casa estuviera en el piso de arriba o fuera esa piecita de chapas de zinc separada del rancho por una buena distancia.

Ya instalado en el terreno poético, Lucas se acuerda del verso del Dante en el que los condenados *avevan dal cul fatto trombetta*, y con esta remisión mental a la más alta cultura se considera un tanto disculpado de meditaciones que poco tienen que ver con lo que está diciendo el doctor Berenstein a propósito de la ley de alquileres.

# Lucas, sus estudios sobre la sociedad de consumo

Como el progreso no-conoce-límites, en España se venden paquetes que contienen treinta y dos cajas de fósforos (léase cerillas) cada una de las cuales reproduce vistosamente una pieza de un juego completo de ajedrez.

Velozmente un señor astuto ha lanzado a la venta un juego de ajedrez cuyas treinta y dos piezas pueden servir como tazas de café; casi de inmediato el Bazar Dos Mundos ha producido tazas de café que permiten a las señoras más bien blandengues una gran variedad de corpiños lo suficientemente rígidos, tras de lo cual Ives St. Laurent acaba de suscitar un corpiño que permite servir dos huevos pasados por agua de una manera sumamente sugestiva.

Lástima que hasta ahora nadie ha encontrado una aplicación diferente a los huevos pasados por agua, cosa que desalienta a los que los comen entre grandes suspiros; así se cortan ciertas cadenas de la felicidad que se quedan solamente en cadenas y bien caras dicho sea de paso.

# Lucas, sus amigos

La mersa es grande y variada, pero vaya a saber por qué ahora se le ocurre pensar especialmente en los Cedrón, y pensar en los Cedrón significa una tal cantidad de cosas que no sabe por dónde empezar. La única ventaja para Lucas es que no conoce a todos los Cedrón sino solamente a tres, pero andá a saber si al final es una ventaja. Tiene entendido que los hermanos se cifran en la modesta suma de seis o nueve, en todo caso él conoce a tres y agarrate Catalina que vamos a galopar.

Estos tres Cedrón consisten en el músico Tata (que en la partida de nacimiento se llama Juan, y de paso qué absurdo que estos documentos se llamen partida cuando son todo lo contrario), Jorge el cineasta y Alberto el pintor. Tratarlos por separado ya es cosa seria, pero cuando les da por juntarse y te invitan a comer empanadas entonces son propiamente la muerte en tres tomos.

Qué te cuento de la llegada, desde la calle se oye una especie de fragor en uno de los pisos altos, y si te cruzás con alguno de los vecinos parisienses les ves en la cara esa palidez cadavérica de quienes asisten a un fenómeno que sobrepasa todos los parámetros de esa gente estricta y amortiguada. Ninguna necesidad de averiguar en qué piso están los Cedrón porque el ruido te guía por las escaleras hasta una de las puertas que parece menos puerta que las otras y además da la impresión de estar calentada al rojo por lo que pasa adentro, al punto que no conviene llamar muy seguido porque se te carbonizan los nudillos. Claro que en general la puerta está entornada ya que los Cedrón entran y salen todo el tiempo y además para qué se va a cerrar una puerta cuando permite una ventilación tan buena con la escalera.

Lo que pasa al entrar vuelve imposible toda descripción coherente, porque apenas se franquea el umbral hay una nena que te sujeta por las rodillas y te llena la gabardina de saliva, y al mismo tiempo un pibe que estaba subido a la biblioteca del zaguán se te tira al pescuezo como un kamikaze, de modo que si tuviste la peregrina idea de allegarte con una botella de tintacho, el instantáneo resultado es un vistoso charco en la alfombra. Esto naturalmente no preocupa a nadie, porque en ese mismo momento aparecen desde diferentes habitaciones las mujeres de los Cedrón, y mientras una de ellas te desenreda los nenes de encima las otras absorben el malogrado borgoña con unos trapos que datan probablemente del tiempo de las cruzadas. Ya a todo esto Jorge te ha contado en detalle dos o tres novelas que tiene la intención de llevar a la pantalla, Alberto contiene a otros dos chicos armados de arco y flechas y lo que es peor dotados de singular puntería, y el Tata viene de la cocina con un delantal que conoció el blanco en sus orígenes y que lo envuelve majestuosamente de los sobacos para abajo, dándole una sorprendente semejanza con Marco Antonio o cualquiera de los tipos que vegetan en el Louvre o trabajan de estatuas en los parques. La gran noticia proclamada simultáneamente por diez o doce voces es que hay empanadas, en cuya confección intervienen la mujer del Tata y el Tata himself, pero cuya receta ha sido considerablemente mejorada por Alberto, quien opina que dejarlos al Tata y a su mujer solos en la cocina sólo puede conducir a la peor de las catástrofes. En cuanto a Jorge, que no por nada rehúsa quedarse atrás en lo que venga, ya ha producido generosas cantidades de vino y todo el mundo, una vez resueltos estos preliminares tumultuosos, se instala en la cama, en el suelo o donde no haya un nene llorando o haciendo pis que viene a ser lo mismo desde alturas diferentes.

Una noche con los Cedrón y sus abnegadas señoras (pongo lo de abnegadas porque si yo fuera mujer, y además mujer de uno de los Cedrón, hace rato que el cuchillo del pan habría puesto voluntario remate a mis sufrimientos; pero ellas no solamente no sufren sino que son todavía peores que los Cedrón, cosa que me regocija porque es bueno que alguien les remache el clavo de cuando en cuando, y ellas creo que se lo remachan todo el tiempo), una noche con los Cedrón es una especie de resumen sudamericano que explica y justifica la estupefacta admiración con que los europeos asisten a su música, a su literatura, a su pintura y a su cine o teatro. Ahora que pienso en esto me acuerdo de algo que me contaron los Quilapayún, que son unos cronopios tan enloquecidos como los Cedrón pero todos músicos, lo que no se sabe si es mejor o peor. Durante una gira por Alemania (la del Este pero creo que da igual a los efectos del caso), los Quilas decidieron hacer un asado al aire libre y a la chilena, pero para sorpresa general descubrieron que en ese país no se puede armar un picnic en el bosque sin permiso de las autoridades. El permiso no fue difícil, hay que reconocerlo, y tan en serio se lo tomaron en la policía que a la hora de encender la fogata y disponer los animalitos en sus respectivos asadores, apareció un camión del cuerpo de bomberos, el cual cuerpo se diseminó en las adyacencias del bosque y se pasó cinco horas cuidando de que el fuego no fuera a propagarse a los venerables abetos wagnerianos y otros vegetales que abundan en los bosques teutónicos. Si mi memoria es fiel, varios de esos bomberos terminaron morfando como corresponde al prestigio del gremio, y ese día hubo una confraternización poco frecuente entre uniformados y civiles. Es cierto que el uniforme de los bomberos es el menos hijo de puta de todos los uniformes, y que el día en que con ayuda de millones de Quilapayún y de Cedrones mandemos a la basura todos los uniformes sudamericanos, sólo se salvarán los de los bomberos e incluso les inventaremos modelos más vistosos para que los muchachos estén contentos mientras sofocan incendios o salvan a pobres chicas ultrajadas que han decidido tirarse al río por falta de mejor cosa.

A todo esto las empanadas disminuyen con una velocidad digna de quienes se miran con odio feroz porque éste siete y el otro solamente cinco y en una de ésas se acaba el ir y venir de fuentes y algún desgraciado propone un café como si eso fuera un alimento. Los que parecen siempre menos interesados son los nenes, cuyo número seguirá siendo un enigma para Lucas pues apenas uno desaparece detrás de una cama o en el pasillo, otros dos irrumpen de un armario o resbalan por el tronco de un gomero hasta caer sentados en plena fuente de empanadas. Estos infantes fingen cierto desprecio por tan noble producto argentino, so pretexto de que sus respectivas madres ya los han nutrido precavidamente media hora antes, pero a juzgar por la forma en que desaparecen las empanadas hay que convencerse de que son un elemento importante en el metabolismo infantil, y que si Herodes estuviera ahí esa noche otro gallo nos cantara y Lucas en vez de doce empanadas hubiera podido comerse diecisiete, eso sí con los intervalos necesarios para mandarse a bodega un par de litros de vino que como se sabe asienta la proteína.

Por encima, por debajo y entre las empanadas cunde un clamor de declaraciones, preguntas, protestas, carcajadas y muestras generales de alegría y cariño, que crean una atmósfera frente a la cual un consejo de guerra de los tehuelches o de los mapuches parecería el velorio de un profesor de derecho de la avenida Quintana. De cuando en cuando se oyen golpes en el techo, en el piso y en las dos paredes medianeras, y casi siempre es el Tata (locatario del departamento) quien informa que se trata solamente de los vecinos, razón por la cual no hay que preocuparse en absoluto. Que ya sea la una de la mañana no constituye un índice agravante ni mucho menos, como tampoco que a las dos y media bajemos de a cuatro la escalera cantando *que te abrás en las paradas / con cafishos milongueros.* Ya ha habido tiempo suficiente para resolver la mayoría de los problemas del planeta, nos hemos puesto de acuerdo para jorobar a más de cuatro que se lo merecen y cómo, las libretitas se han llenado de teléfonos y direcciones y citas en cafés y otros departamentos, y mañana los Cedrón se van a dispersar porque Alberto se vuelve a Roma, el Tata sale con su cuarteto para cantar en Poitiers, y Jorge raja vaya a saber adónde pero siempre con el fotómetro en la mano y andá atajalo. No es inútil agregar que Lucas regresa a su casa con la sensación de que arriba de los hombros tiene una especie de zapallo lleno de moscardones, Boeing 707 y varios solos superpuestos de Max Roach. Pero qué le importa la resaca si abajo hay algo calentito que deben ser las empanadas, y entre abajo y arriba hay otra cosa todavía más calentita, un corazón que repite qué jodidos, qué jodidos, qué grandes jodidos, qué irreemplazables jodidos, puta que los parió.

# Lucas, sus lustradas 1940

Lucas en el salón de lustrar cerca de plaza de Mayo, me pone pomada negra en el izquierdo y amarilla en el derecho. ¿Lo qué? Negra aquí y amarilla aquí. Pero señor. Aquí ponés la negra, pibe, y basta que tengo que concentrarme en hípicas.

Cosas así no son nunca fáciles, parece poco pero es casi como Copérnico o Galileo, esas sacudidas a fondo de la higuera que dejan a todo el mundo mirando pal-techo. Esta vez por ejemplo hay el vivo de turno que desde el fondo del salón le dice al de al lado que los maricones ya no saben qué inventar, che, entonces Lucas se extrae de la posible fija en la cuarta (jockey Paladino) y casi dulcemente lo consulta al lustrador: ¿La patada en el culo te parece que se la encajo con el amarillo o con el negro?

El lustrador ya no sabe a qué zapato encomendarse, ha terminado con el negro y no se decide, realmente no se decide a empezar con el otro. Amarillo, reflexiona Lucas en voz alta, y eso al mismo tiempo es una orden, mejor con el amarillo que es un color dinámico y entrador, y vos qué estás esperando. Sí señor en seguida. El del fondo ha empezado a levantarse para venir a investigar eso de la patada, pero el diputado Poliyatti, que no por nada es presidente del club *Unione e benevolenza*, hace oír su fogueada elocución, señores no hagan ola que ya bastante tenemos con las isobaras, es increíble lo que uno suda en esta urbe, el incidente es nimio y sobre gustos no hay nada escrito, aparte de que tengan en cuenta que la seccional está ahí enfrente y los canas andan hiperestésicos esta semana después de la última estudiantina o juvenilia como decimos los que ya hemos dejado atrás las borrascas de la primera etapa de la existencia. Eso, doctor, aprueba uno de los olfas del diputado, aquí no se permiten las vías de hecho. Él me insultó, dice el del fondo, yo me refería a los putos en general. Peor todavía, dice Lucas, de todas maneras yo voy a estar ahí en la esquina el próximo cuarto de hora. Qué gracia, dice el del fondo, justo delante de la comi. Por supuesto, dice Lucas, a ver si encima de puto me vas a tomar por gil. Señores, proclama el diputado Poliyatti, este episodio ya pertenece a la historia, no hay lugar a duelo, por favor no me obliguen a valerme de mis fueros y esas cosas. Eso, doctor, dice el olfa.

Con lo cual Lucas sale a la calle y los zapatos le brillan cual girasol a la derecha y Oscar Peterson a la izquierda. Nadie viene a buscarlo cumplido el cuarto de hora, cosa que le produce un no despreciable alivio que festeja en el acto con una cerveza y un cigarrillo morocho, cosa de mantener la simetría cromática.

# Lucas, sus regalos de cumpleaños

Sería demasiado fácil comprar la torta en la confitería «Los dos Chinos»; hasta Gladis se daría cuenta, a pesar de que es un tanto miope, y Lucas estima que bien vale la pena pasarse medio día preparando personalmente un regalo cuya destinataria merece eso y mucho más, pero por lo menos eso. Ya desde la mañana recorre el barrio comprando harina flor de trigo y azúcar de caña, luego lee atentamente la receta de la torta Cinco Estrellas, obra cumbre de doña Gertrudis, la mamá de todas las buenas mesas, y la cocina de su departamento se transforma en poco tiempo en una especie de laboratorio del doctor Mabuse. Los amigos que pasan a verlo para discutir los pronósticos hípicos no tardan en irse al sentir los primeros síntomas de asfixia, pues Lucas tamiza, cuela, revuelve y espolvorea los diversos y delicados ingredientes con una tal pasión que el aire tiende a no prestarse demasiado a sus funciones usuales.

Lucas posee experiencia en la materia y además la torta es para Gladis, lo que significa varias capas de hojaldre (no es fácil hacer un buen hojaldre) entre las cuales se van disponiendo exquisitas confituras, escamas de almendras de Venezuela, coco rallado pero no solamente rallado sino molido hasta la desintegración atómica en un mortero de obsidiana; a eso se agrega la decoración exterior, modulada en la paleta de Raúl Soldi pero con arabescos considerablemente inspirados por Jackson Pollock, salvo en la parte más austera dedicada a la inscripción SOLAMENTE PARA TI, cuyo relieve casi sobrecogedor lo proporcionan guindas y mandarinas almibaradas y que Lucas compone en Baskerville cuerpo catorce, que pone una nota casi solemne en la dedicatoria.

Llevar la torta Cinco Estrellas en una fuente o un plato le parece a Lucas de una vulgaridad digna de banquete en el Jockey Club, de manera que la instala delicadamente en una bandeja de cartón blanco cuyo tamaño sobrepasa apenas el de la torta. A la hora de la fiesta se pone su traje a rayas y transpone el zaguán repleto de invitados llevando la bandeja con la torta en la mano derecha, hazaña de por sí notable, mientras con la izquierda aparta amablemente a maravillados parientes y a más de cuatro colados que ahí nomás juran morir como héroes antes de renunciar a la degustación del espléndido regalo. Por esa razón a espaldas de Lucas se organiza en seguida una especie de cortejo en el que abundan gritos, aplausos y borborigmos de saliva propiciatoria, y la entrada de todos en el salón de recibo no dista demasiado de una versión provincial de *Aída.* Comprendiendo la gravedad del instante, los padres de Gladis juntan las manos en un gesto más bien conocido pero siempre bien visto, y la homenajeada abandona una conversación bruscamente insignificante para adelantarse con todos los dientes en primera fila y los ojos mirando al cielo raso. Feliz, colmado, sintiendo que tantas horas de trabajo culminan en algo que se aproxima a la apoteosis, Lucas arriesga el gesto final de la Gran Obra: su mano asciende en el ofertorio de la torta, la inclina peligrosamente ante la ansiedad pública, y la zampa en plena cara de Gladis. Todo esto toma apenas más tiempo del que tarda Lucas en reconocer la textura del adoquinado de la calle, envuelto en tal lluvia de patadas que reíte del diluvio.

# Lucas, sus métodos de trabajo

Como a veces no puede dormir, en vez de contar corderitos contesta mentalmente la correspondencia atrasada, porque su mala conciencia tiene tanto insomnio como él. Las cartas de cortesía, las apasionadas, las intelectuales, una a una las va contestando a ojos cerrados y con grandes hallazgos de estilo y vistosos desarrollos que lo complacen por su espontaneidad y eficacia, lo que naturalmente multiplica el insomnio. Cuando se duerme, toda la correspondencia ha sido puesta al día.

Por la mañana, claro, está deshecho, y para peor tiene que sentarse a escribir todas las cartas pensadas por la noche, las cuales cartas le salen mucho peor, frías o torpes o idiotas, lo que hace que esa noche tampoco podrá dormir debido al exceso de fatiga, aparte de que entretanto le han llegado nuevas cartas de cortesía, apasionadas o intelectuales y que Lucas en vez de contar corderitos se pone a contestarlas con tal perfección y elegancia que Madame de Sévigné lo hubiera aborrecido minuciosamente.

# Lucas, sus discusiones partidarias

Casi siempre empieza igual, notable acuerdo político en montones de cosas y gran confianza recíproca, pero en algún momento los militantes no literarios se dirigirán amablemente a los militantes literarios y les plantearán por archienésima vez la cuestión del mensaje, del contenido inteligible para el mayor número de lectores (o auditores o espectadores, pero sobre todo de lectores, oh sí).

En esos casos Lucas tiende a callarse, puesto que sus libritos hablan vistosamente por él, pero como a veces lo agreden más o menos fraternalmente y ya se sabe que no hay peor trompada que la de tu hermano, Lucas pone cara de purgante y se esfuerza por decir cosas como las que siguen, a saber:

—Compañeros, la cuestión jamás será planteada
por escritores que entiendan y vivan su tarea
como las máscaras de proa, adelantadas
en la carrera de la nave, recibiendo
todo el viento y la sal de las espumas. Punto.

Y no será planteada

<table><tr><td>porque ser escritor</td><td>{</td><td>poeta<br>novelista<br>narrador</td></tr></table>

es decir ficcionante, imaginante, delirante,
mitopoyético, oráculo o llamále equis,
quiere decir en primerísimo lugar
que el lenguaje es un medio, como siempre,
pero este medio es más que medio,
es como mínimo tres cuartos.

Abreviando dos tomos y un apéndice,
lo que ustedes le piden

<table><tr><td>al escritor</td><td>{</td><td>poeta<br>narrador<br>novelista</td></tr></table>

es que renuncie a adelantarse
y se instale hic et nunc (¡traduzca, López!)
para que su mensaje no rebase
las esferas semánticas, sintácticas,
cognoscitivas, paramétricas
del hombre circundante. Ejem.

Dicho en otras palabras, que se abstenga
de explorar más allá de lo explorado,
o que explore explicando lo explorado
para que toda exploración se integre
a las exploraciones terminadas.

Diréles en confianza
que ojalá se pudiera
frenarse en la carrera
a la vez que se avanza. (Esto me salió flor).
Pero hay leyes científicas que niegan
la posibilidad de tan contradictorio esfuerzo,
y hay otra cosa, simple y grave:

no se conocen límites a la imaginación
como no sean los del verbo,
lenguaje e invención son enemigos fraternales
y de esa lucha nace la literatura,
el dialéctico encuentro de musa con escriba,
lo indecible buscando su palabra,
la palabra negándose a decirlo
hasta que le torcemos el pescuezo
y el escriba y la musa se concilian
en ese raro instante que más tarde
llamaremos Vallejo o Maiakovski.

Sigue un silencio más bien cavernoso.

—Ponele —dice alguien—, pero frente a la coyuntura histórica el escritor y el artista que no sean pura Torredemarfil tienen el deber, oíme bien, el deber de proyectar su mensaje en un nivel de máxima recepción.

—Aplausos.

—Siempre he pensado —observa modestamente Lucas— que los escritores a que aludís son gran mayoría, razón por la cual me sorprende esa obstinación en transformar una gran mayoría en unanimidad. Carajo, ¿a qué le tienen tanto miedo ustedes? ¿Y a quién si no a los resentidos y a los desconfiados les pueden molestar las experiencias digamos extremas y por lo tanto difíciles (difíciles *en primer término* para el escritor, y sólo después para el público, conviene subrayarlo) cuando es obvio que sólo unos pocos las llevan adelante? ¿No será, che, que para ciertos niveles todo lo que no es inmediatamente claro es culpablemente oscuro? ¿No habrá una secreta y a veces siniestra necesidad de uniformar la escala de valores para poder sacar la cabeza por encima de la ola? Dios querido, cuánta pregunta.

—Hay una sola respuesta —dice un contertulio— y es ésta: Lo claro suele ser difícil de lograr, por lo cual lo difícil tiende a ser una estratagema para disimular lo difícil que es ser fácil. (Ovación retardada).

—Y seguiremos años y más años —gime Lucas—
y volveremos siempre al mismo punto,
ya que éste es un asunto
lleno de desengaños. (Débil aprobación).

Porque nadie podrá, salvo el poeta y a veces,
entrar en la palestra de la página en blanco
donde todo se juega en el misterio
de leyes ignoradas, si son leyes,
de cópulas extrañas entre ritmo y sentido,
de últimas Thules en mitad de la estrofa o del relato.
Nunca podremos defendernos
porque nada sabemos de este vago saber,
de esta fatalidad que nos conduce
a nadar por debajo de las cosas, a trepar a un adverbio
que nos abre un compás, cien nuevas islas,
bucaneros de Remington o pluma
al asalto de verbos o de oraciones simples
o recibiendo en plena cara el viento
de un sustantivo que contiene un águila.

—O sea que, para simplificar —concluye Lucas tan harto como sus compañeros— yo propongo digamos un pacto.

—Nada de transacciones —brama el de siempre en estos casos.

—Un pacto, simplemente. Para ustedes, el *primum vivere, deinde filosofare* se vuelca a fondo en el *vivere* histórico, lo cual está muy bien y a lo mejor es la única manera de preparar el terreno para el filosofar y el ficcionar y el poetizar del futuro. Pero yo aspiro a suprimir la divergencia que nos aflige, y por eso el pacto consiste en que ustedes y nosotros abandonemos al mismo tiempo nuestras más extremadas conquistas a fin de que el contacto con el prójimo alcance su radio máximo. Si nosotros renunciamos a la creación verbal en su nivel más vertiginoso y rarefacto, ustedes renuncian a la ciencia y a la tecnología en sus formas igualmente vertiginosas y rarefactas, por ejemplo, las computadoras y los aviones a reacción. Si nos vedan el avance poético, ¿por qué van a usufructuar tan panchos el avance científico?

—Está completamente piantado —dice uno con anteojos.

—Por supuesto —concede Lucas—, pero hay que ver lo que me divierto. Vamos, acepten. Nosotros escribimos más sencillo (es un decir, porque en realidad no podremos), y ustedes suprimen la televisión (cosa que tampoco van a poder). Nosotros vamos a lo directamente comunicable, y ustedes se dejan de autos y de tractores y agarran la pala para sembrar papas. ¿Se dan cuenta de lo que sería esa doble vuelta a lo simple, a lo que todo el mundo entiende, a la comunión sin intermediarios con la naturaleza?

—Propongo defenestración inmediata previa unanimidad —dice un compañero que ha optado por retorcerse de risa.

—Voto en contra —dice Lucas, que ya está manoteando la cerveza que siempre llega a tiempo en esos casos.

# Lucas, sus traumatoterapias

A Lucas una vez lo operaron de apendicitis, y como el cirujano era un roñoso se le infectó la herida y la cosa iba muy mal porque además de la supuración en radiante tecnicolor Lucas se sentía más aplastado que pasa de higo. En ese momento entran Dora y Celestino y le dicen nos vamos ahora mismo a Londres, venite a pasar una semana, no puedo, gime Lucas, resulta que, bah, yo te cambio las compresas, dice Dora, en el camino compramos agua oxigenada y curitas, total que se toman el tren y el ferry y Lucas se siente morir porque aunque la herida no le duele en absoluto dado que apenas tiene tres centímetros de ancho, lo mismo él se imagina lo que está pasando debajo del pantalón y el calzoncillo, cuando al fin llegan al hotel y se mira, resulta que no hay ni más ni menos supuración que en la clínica, y entonces Celestino dice ya ves, en cambio aquí vas a tener la pintura de Turner, Laurence Olivier y los *steak and kidney pies* que son la alegría de mi vida.

Al otro día después de haber caminado kilómetros Lucas está perfectamente curado, Dora le pone todavía dos o tres curitas por puro placer de tirarle de los pelos, y desde ese día Lucas considera que ha descubierto la traumatoterapia que como se ve consiste en hacer exactamente lo contrario de lo que mandan Esculapio, Hipócrates y el doctor Fleming.

En numerosas ocasiones Lucas que tiene buen corazón ha puesto en práctica su método con sorprendentes resultados en la familia y amistades. Por ejemplo, cuando su tía Angustias contrajo un resfrío de tamaño natural y se pasaba días y noches estornudando desde una nariz cada vez más parecida a la de un ornitorrinco, Lucas se disfrazó de Frankenstein y la esperó detrás de una puerta con una sonrisa cadavérica. Después de proferir un horripilante alarido la tía Angustias cayó desmayada sobre los almohadones que Lucas había preparado precavidamente, y cuando los parientes la sacaron del soponcio la tía estaba demasiado ocupada en contar lo sucedido como para acordarse de estornudar, aparte de que durante varias horas ella y el resto de la familia sólo pensaron en correr detrás de Lucas armados de palos y cadenas de bicicleta. Cuando el doctor Feta hizo la paz y todos se juntaron a comentar los acontecimientos y beberse una cerveza, Lucas hizo notar distraídamente que la tía estaba perfectamente curada del resfrío, a lo cual y con la falta de lógica habitual en esos casos la tía le contestó que ésa no era una razón para que su sobrino se portara como un hijo de puta.

Cosas así desaniman a Lucas, pero de cuando en cuando se aplica a sí mismo o ensaya en los demás su infalible sistema, y así cuando don Crespo anuncia que está con hígado, diagnóstico siempre acompañado de una mano sosteniéndose las entrañas y los ojos como la Santa Teresa del Bernini, Lucas se las arregla para que su madre se mande el guiso de repollo con salchichas y grasa de chancho que don Crespo ama casi más que las quinielas, y a la altura del tercer plato ya se ve que el enfermo vuelve a interesarse por la vida y sus alegres juegos, tras de lo cual Lucas lo invita a festejar con grapa catamarqueña que asienta la grasa. Cuando la familia se aviva de estas cosas hay conato de linchamiento, pero en el fondo empiezan a respetar la traumatoterapia, que ellos llaman toterapia o traumatota, les da igual.

# Lucas, sus sonetos

Con la misma henchida satisfacción de una gallina, de tanto en tanto Lucas pone un soneto. Nadie se extrañe: huevo y soneto se parecen por lo riguroso, lo acabado, lo terso, lo frágilmente duro. Efímeros, incalculables, el tiempo y algo como la fatalidad los reiteran, idénticos y monótonos y perfectos.

Así, a lo muy largo de su vida Lucas ha puesto algunas docenas de sonetos, todos excelentes y algunos decididamente geniales. Aunque el rigor y lo cerrado de la forma no dejan mayor espacio para la innovación, su estro (en primera y también en segunda acepción) ha tratado de verter vino nuevo en odre viejo, apurando las aliteraciones y los ritmos, sin hablar de esa vieja maniática, la rima, a la cual le ha hecho hacer cosas tan extenuantes como aparear a Drácula con mácula. Pero hace ya tiempo que Lucas se cansó de operar internamente en el soneto y decidió enriquecerlo en su estructura misma, cosa aparentemente demencial dada la inflexibilidad quitinosa de este cangrejo de catorce patas.

Así nació el *Zipper Sonnet,* título que revela culpable indulgencia hacia las infiltraciones anglosajonas en nuestra literatura, pero que Lucas esgrimió después de considerar que el término «cierre relámpago» era penetrantemente estúpido, y que «cierre de cremallera» no mejoraba la situación. El lector habrá comprendido que este soneto puede y debe leerse como quien sube y baja un «zipper», lo que ya está bien, pero que además la lectura de abajo arriba no da precisamente lo mismo que la de arriba abajo, resultado más bien obvio como intención pero difícil como escritura.

A Lucas lo asombra un poco que cualquiera de las dos lecturas den (o en todo caso le den) una impresión de naturalidad, de por supuesto, de pero claro, de elementary my dear Watson, cuando para decir la verdad la fabricación del soneto le llevó un tiempo loco. Como causalidad y temporalidad son omnímodas en cualquier discurso apenas se quiere comunicar un significado complejo, digamos el contenido de un cuarteto, su lectura patas arriba pierde toda coherencia aunque cree imágenes o relaciones nuevas, ya que fallan los nexos sintácticos y los pasajes que la lógica del discurso exige incluso en las asociaciones más ilógicas. Para lograr puentes y pasajes fue preciso que la inspiración funcionara de manera pendular, dejando ir y venir el desarrollo del poema a razón de dos o a lo más tres versos, probándolos apenas salidos de la pluma (Lucas pone sonetos con pluma, otra semejanza con la gallina) para ver si después de haber bajado la escalera se podía subirla sin tropezones nefandos. El *hic* es que catorce peldaños son muchos peldaños, y este *Zipper Sonnet* tiene en todo caso el mérito de una perseverancia maniática, cien veces rota por palabrotas y desalientos y bollos de papel al canasto pluf.

Pero al final, hosanna, hélo aquí el *Zipper Sonnet* que sólo espera del lector, aparte de la admiración, que establezca mental y respiratoriamente la puntuación, ya que si ésta figurara con sus signos no habría modo de pasar los peldaños sin tropezar feo.

ZIPPER SONNET

*de arriba abajo o bien de abajo arriba*
*este camino lleva hacia sí mismo*
*simulacro de cima ante el abismo*
*árbol que se levanta o se derriba*

*quien en la alterna imagen lo conciba*
*será el poeta de este paroxismo*
*en un amanecer de cataclismo*
*náufrago que a la arena al fin arriba*

*vanamente eludiendo su reflejo*
*antagonista de la simetría*
*para llegar hasta el dorado gajo*

*visionario amarrándose a un espejo*
*obstinado hacedor de la poesía*
*de abajo arriba o bien de arriba abajo*

¿Verdad que funciona? ¿Verdad que es —que son— bello (s)?

Preguntas de esta índole hacíase Lucas trepando y descolgándose a y de los catorce versos resbalantes y metamorfoseantes, cuando héte aquí que apenas había terminado de esponjarse satisfecho como toda gallina que ha puesto su huevo tras meritorio empujón retropropulsor, desembarcó procedente de São Paulo su amigo el poeta Haroldo de Campos, a quien toda combinatoria semántica exalta a niveles tumultuosos, razón por la cual pocos días después Lucas vio con maravillada estupefacción su soneto vertido al portugués y considerablemente mejorado como podrá verificarse a continuación:

*ZIPPER SONNET*

*de cima abaixo ou jà de baixo acima*
*este caminho é o mesmo em seu tropismo*
*simulacro de cimo frente o abismo*
*árvore que ora alteia ora declina*

*quem na dupla figura assim o imprima*
*será o poeta deste paroxismo*
*num desanoitecer de cataclismo*
*náufrago que na areia ao fim reclina*

*iludido a eludir o seu reflexo*
*contraventor da própria simetria*
*ao ramo de ouro erguendo o alterno braço*

*visionário a que o espelho empresta um nexo*
*refator contumaz desta poesia*
*de baixo acima o já de cima abaixo.*

«Como verás», le escribía Haroldo, «no es verdaderamente una versión: más bien una “contraversión” muy llena de licencias. Como no pude obtener una rima consonante adecuada para *acima* (arriba), cambié la convención legalista del soneto y establecí una rima asonante, reforzada por la casi homofonía de los sonidos nasales *m* y *n* (aciMA y decliNA). Para justificarme (prepararme un *alibi*) repetí el procedimiento infractor en los puntos correspondientes de la segunda estrofa (escamoteo vicioso, trastrocado por una seudosimetría también perversa)».

A esta altura de la carta Lucas empezó a decirse que sus fatigas zipperianas eran poca cosa frente a las de quien se había impuesto la tarea de rehacer lusitanamente una escalera de peldaños castellanos. Trujamán veterano, estaba en condiciones de valorar el montaje operado por

Haroldo; un bello juego poético inicial se potenciaba y ahora, cosa igualmente bella, Lucas podía saborear su soneto sin la inevitable derogación que significa ser el autor y tender por lo tanto e insensatamente a la modestia y a la autocrítica. Nunca se le hubiera ocurrido publicar su soneto con notas, pero en cambio le encantó reproducir las de Haroldo, que de alguna manera parafraseaban sus propias dificultades a la hora de escribirlo.

«En los tercetos», continuaba Haroldo, «dejo firmada (confesada y atestiguada) mi *infelix culpa* dragománica (N.B.: dragomaníaca). El «antagonista» de tu soneto es ahora explícitamente un «contraventor»; el «obstinado hacedor de la poesía», un *re*-fator contumaz (sin pérdida de la connotación forense...) *desta* poesía (de este poema, del *Zipper Sonnet)*. Última signatura del *échec impuni: braço* (brazo) rimando imperfectamente con *abaixo* (abajo) en los versos terminales de los dos tercetos. Hay también un adjetivo «migratorio»: *alterna*, que salta del primer verso de tu segunda estrofa («alterna imagen») para insinuarse en el último de mi terceto segundo, «alterno braço» (¿el gesto del traductor como otredad irredenta y duplicidad irrisoria?)».

En el balance final de este sutil trabajo de Aracné, agregaba Haroldo: «La métrica, la autonomía de los sintagmas, la *zip-lectura* al revés, sin embargo, quedaron a salvo sobre las ruinas del vencido (aunque no convencido) *traditraduttore;* quien así, "derridianamente", por no poder sobrepasarlas, difiere sus diferencias *(différences)...*».

También Lucas había diferido sus diferencias, porque si un soneto es de por sí una relojería que sólo excepcionalmente alcanza a dar la hora justa de la poesía, un *zipper sonnet* reclama por un lado el decurso temporal corriente y por otro la cuenta al revés, que lanzarán respectivamente una botella al mar y un cohete al espacio. Ahora, con la biopsia operada por Haroldo de Campos en su carta, podía tenerse una idea de la máquina; ahora se podía publicar el doble *zipper* argentino-brasileño sin irrumpir en la pedantería. Animado, optimista, mishkinianamente idiota como siempre, Lucas empezó a soñar con otro *zipper sonnet* cuya doble lectura fuera una contradicción recíproca y a la vez la fundación de una tercera lectura posible. A lo mejor alcanzará a escribirlo; por ahora el balance es una lluvia de bollos de papel, vasos vacíos y ceniceros llenos. Pero de cosas así se alimenta la poesía, y en una de ésas quién te dice, o le dice a un tercero que recogerá esa esperanza para una vez más colmar, calmar a Violante.

# Lucas, sus sueños

A veces les sospecha una estrategia concéntrica de leopardos que se acercaran paulatinamente a un centro, a una bestia temblorosa y agazapada, la razón del sueño. Pero se despierta antes de que los leopardos hayan llegado a su presa y sólo le queda el olor a selva y a hambre y a uñas; con eso apenas, tiene que imaginar a la bestia y no es posible. Comprende que la cacería puede durar muchos otros sueños, pero se le escapa el motivo de esa sigilosa dilación, de ese acercarse sin término. ¿No tiene un propósito el sueño, y no es la bestia ese propósito? ¿A qué responde esconder repetidamente su posible nombre: sexo, madre, estatura, incesto, tartamudeo, sodomía? ¿Por qué si el sueño es para eso, para mostrarle al fin la bestia? Pero no, entonces el sueño es para que los leopardos continúen su espiral interminable y solamente le dejen un asomo de claro de selva, una forma acurrucada, un olor estancándose. Su ineficacia es un castigo, acaso un adelanto del infierno; nunca llegará a saber si la bestia despedazará a los leopardos, si alzará rugiendo las agujas de tejer de la tía que le hizo aquella extraña caricia mientras le lavaba los muslos, una tarde en la casa de campo, allá por los años veinte.

# Lucas, sus hospitales (II)

Un vértigo, una brusca irrealidad. Es entonces cuando la otra, la ignorada, la disimulada realidad salta como un sapo en plena cara, digamos en plena calle (¿pero qué calle?) una mañana de agosto en Marsella. Despacio, Lucas, vamos por partes, así no se puede contar nada coherente. Claro que. *Coherente.* Bueno, de acuerdo, pero intentemos agarrar el piolín por la punta del ovillo, ocurre que a los hospitales se ingresa habitualmente como enfermo pero también se puede llegar en calidad de acompañante, es lo que te sucedió hace tres días y más precisamente en la madrugada de anteayer cuando una ambulancia trajo a Sandra y a vos con ella, vos con su mano en la tuya, vos viéndola en coma y delirando, vos con el tiempo justo de meter en un bolsón cuatro o cinco cosas todas equivocadas o inútiles, vos con lo puesto que es tan poco en agosto en Provenza, pantalón y camisa y alpargatas, vos resolviendo en una hora lo del hospital y la ambulancia y Sandra negándose y médico con inyección calmante, de golpe los amigos de tu pueblito en las colinas ayudando a los camilleros a entrar a Sandra en la ambulancia, vagos arreglos para mañana, teléfonos, buenos deseos, la doble puerta blanca cerrándose cápsula o cripta y Sandra en la camilla delirando blandamente y vos a los tumbos parado junto a ella porque la ambulancia tiene que bajar por un sendero de piedras rotas hasta alcanzar la carretera, medianoche con Sandra y dos enfermeros y una luz que es ya de hospital, tubos y frascos y olor de ambulancia perdida en plena noche en las colinas hasta llegar a la autopista, bufar como tomando empuje y largarse a toda carrera con el doble sonido de su bocina, ese mismo tantas veces escuchado desde fuera de una ambulancia y siempre con la misma contracción del estómago, el mismo rechazo.

Desde luego que conocías el itinerario pero Marsella enorme y el hospital en la periferia, dos noches sin dormir no ayudan a entender las curvas ni los accesos, la ambulancia caja blanca sin ventanillas, solamente Sandra y los enfermeros y vos casi dos horas hasta una entrada, trámites, firmas, cama, médico interno, cheque por la ambulancia, propinas, todo en una niebla casi agradable, un sopor amigo ahora que Sandra duerme y vos también vas a dormir, la enfermera te ha traído un sillón extensible, algo que de sólo verlo preludia los sueños que se tendrán en él, ni horizontales ni verticales, sueños de trayectoria oblicua, de riñones castigados, de pies colgando en el aire. Pero Sandra duerme y entonces todo va bien, Lucas fuma otro cigarrillo y sorprendentemente el sillón le parece casi cómodo y ya estamos en la mañana de anteayer, cuarto 303 con una gran ventana que da sobre lejanas sierras y demasiado cercanos parkings donde obreros de lentos movimientos se desplazan entre tubos y camiones y basuras, lo necesario para remontarle el ánimo a Sandra y a Lucas.

Todo va muy bien porque Sandra se despierta aliviada y más lúcida, le hace bromas a Lucas y vienen los internos y el profesor y las enfermeras y pasa todo lo que tiene que pasar en un hospital por la mañana, la esperanza de salir en seguida para volver a las colinas y al descanso, yogur y agua mineral, termómetro en el culito, presión arterial, más papeles para firmar en la administración y es entonces cuando Lucas, que ha bajado para firmar esos papeles y se pierde a la vuelta y no encuentra los pasillos ni el ascensor, tiene como la primera y aún débil sensación de sapo en plena cara, no dura nada porque todo está bien, Sandra no se ha movido de la cama y le pide que vaya a comprarle cigarrillos (buen síntoma) y a telefonear a los amigos para que sepan cómo todo va bien y lo prontísimo que Sandra va a volver con Lucas a las colinas y a la calma, y Lucas dice que sí mi amor, que cómo no, aunque sabe que eso de volver pronto no será nada pronto, busca el dinero que por suerte se acordó de traer, anota los teléfonos y entonces Sandra le dice que no tienen dentífrico (buen síntoma) ni toallas porque a los hospitales franceses hay que venir con su toalla y su jabón y a veces con sus cubiertos, entonces Lucas hace una lista de compras higiénicas y agrega una camisa de recambio para él y otro slip y para Sandra un camisón y unas sandalias porque a Sandra la sacaron descalza por supuesto para subirla a la ambulancia y quién va a pensar a medianoche en cosas así cuando se llevan dos días sin dormir.

Esta vez Lucas acierta a la primera tentativa el camino hasta la salida que no es tan difícil, ascensor a la planta baja, un pasaje provisional de planchas de conglomerado y piso de tierra (están modernizando el hospital y hay que seguir las flechas que marcan las galerías aunque a veces no las marcan o las marcan de dos maneras), después un larguísimo pasaje pero éste de veras, digamos el pasaje titular con infinitas salas y oficinas a cada lado, consultorios y radiología, camillas con camilleros y enfermos o solamente camilleros o solamente enfermos, un codo a la izquierda y otro pasaje con todo lo ya descrito y mucho más, una galería angosta que da a un crucero y por fin la galería final que lleva a la salida. Son las diez de la mañana y Lucas un poco sonámbulo pregunta a la señora de *Informaciones* cómo se consiguen los artículos de la lista y la señora le dice que hay que salir del hospital por la derecha o la izquierda, da lo mismo, al final se llega a los centros comerciales y claro, nada está muy cerca porque el hospital es enorme y funge en un barrio excéntrico, calificación que Lucas habría encontrado perfecta si no estuviera tan sonado, tan salido, tan todavía en el otro contexto allá en las colinas, de manera que ahí va Lucas con sus zapatillas de entrecasa y su camisa arrugada por los dedos de la noche en el sillón de supuesto reposo, se equivoca de rumbo y acaba en otro pabellón del hospital, desanda las calles interiores y al fin da con una puerta de salida, hasta ahí todo bien aunque de cuando en cuando un poco el sapo en plena cara, pero él se aferra al hilo mental que lo une a Sandra allá arriba en ese pabellón ya invisible y le hace bien pensar que Sandra está un poco mejor, que va a traerle un camisón (si encuentra) y dentífrico y sandalias. Calle abajo siguiendo el paredón del hospital que ripiosamente hace pensar en el de un cementerio, un calor que ha ahuyentado a la gente, *no hay nadie*, sólo los autos raspándolo al pasar porque la calle es estrecha, sin árboles ni sombra, la hora cenital tan alabada por el poeta y que aplasta a Lucas un poco desanimado y perdido, esperando ver por fin un supermercado o al menos dos o tres boliches, pero nada, más de medio kilómetro para al fin después de un viraje descubrir que Mammón no ha muerto, estación de servicio que ya es algo, tienda (cerrada) y más abajo el supermercado con viejas acanastadas saliendo y entrando y carritos y parkings llenos de autos. Allí Lucas divaga por las diferentes secciones, encuentra jabón y dentífrico pero le falla todo lo otro, no puede volver a Sandra sin la toalla y el camisón, le pregunta a la cajera que le aconseja tomar a la derecha después a la izquierda (no es exactamente la izquierda pero casi) y la avenida Michelet donde hay un gran supermercado con toallas y esas cosas. Todo suena como en un mal sueño porque Lucas se cae de cansado y hace un calor terrible y no es una zona de taxis y cada nueva indicación lo aleja más y más del hospital. Venceremos, se dice Lucas secándose la cara, es cierto que todo es un mal sueño, Sandra osita, pero venceremos, verás, tendrás la toalla y el camisón y las sandalias, puta que los parió.

Dos, tres veces se para a secarse la cara, ese sudor no es natural, es algo casi como miedo, un absurdo desamparo en medio (o al final) de una populosa urbe, la segunda de Francia, es algo como un sapo cayéndole de golpe entre los ojos, ya no sabe realmente dónde está (está en Marsella pero dónde, y ese *dónde* no es tampoco el lugar donde está), todo se da como ridículo y absurdo y mediodía el justo, entonces una señora le dice ah el supermercado, siga por ahí, después da vuelta a la derecha y llega al bulevar, enfrente está Le Corbusier y en seguida el supermercado, claro que sí, camisones eso seguro, el mío por ejemplo, de nada, acuérdese primero por ahí y después da vuelta.

A Lucas le arden las zapatillas, el pantalón es un mero grumo sin hablar del slip que parece haberse vuelto subcutáneo, primero por ahí y después da vuelta y de golpe la *Cité Radieuse*, de golpe y contragolpe está delante de un bulevar arbolado y ahí enfrente el célebre edificio de Le Corbusier que veinte años atrás visitó entre dos etapas de un viaje por el sur, solamente que entonces a espaldas del edificio radiante no había ningún supermercado y a espaldas de Lucas no había veinte años más. Nada de eso importa realmente porque el edificio radiante está tan estropeado y poco radiante como la primera vez que lo vio. No es lo que importa ahora que está pasando bajo el vientre del inmenso animal de cemento armado para acercarse a los camisones y a las toallas. No es eso pero de todos modos ocurre ahí, justamente en el único lugar que Lucas conoce dentro de esa periferia marsellesa a la que ha llegado sin saber cómo, especie de paracaidista lanzado a las dos de la mañana en un territorio ignoto, en un hospital laberinto, en un avanzar y avanzar a lo largo de instrucciones y de calles vacías de hombres, solo peatón entre automóviles como bólidos indiferentes, y ahí bajo el vientre y las patas de concreto de lo único que conoce y reconoce en lo desconocido, es ahí que el sapo le cae de veras en plena cara, un vértigo, una brusca irrealidad, y es entonces que la otra, la ignorada, la disimulada realidad se abre por un segundo como un tajo en el magma que lo circunda, Lucas ve duele tiembla huele la verdad, estar perdido y sudando lejos de los pilares, los apoyos, lo conocido, lo familiar, la casa en las colinas, las cosas en la cocina, las rutinas deliciosas, lejos hasta de Sandra que está tan cerca pero dónde porque ahora habrá que preguntar de nuevo para volver, jamás encontrará un taxi en esa zona hostil y Sandra no es Sandra, es un animalito dolorido en una cama de hospital pero justamente sí, ésa es Sandra, ese sudor y esa angustia son el sudor y la angustia, Sandra es eso ahí cerca en la incertidumbre y los vómitos, y la realidad última, el tajo en la mentira es estar perdido en Marsella con Sandra enferma y no la felicidad con Sandra en la casa de las colinas.

Claro que esa realidad no durará, por suerte, claro que Lucas y Sandra saldrán del hospital, que Lucas olvidará este momento en que solo y perdido se descubre en lo absurdo de no estar ni solo ni perdido y sin embargo, sin embargo. Piensa vagamente (se siente mejor, empieza a burlarse de esas puerilidades) en un cuento leído hace siglos, la historia de una falsa banda de música en un cine de Buenos Aires. Debe haber algo de parecido entre el tipo que imaginó ese cuento y él, vaya a saber qué, en todo caso Lucas se encoge de hombros (de veras, lo hace) y termina por encontrar el camisón y las sandalias, lástima que no hay alpargatas para él, cosa insólita y hasta escandalosa en una ciudad del justo mediodía.

# Lucas, sus pianistas

Larga es la lista como largo el teclado, blancas y negras, marfil y caoba; vida de tonos y semitonos, de pedales fuertes y sordinas. Como el gato sobre el teclado, cursi delicia de los años treinta, el recuerdo apoya un poco al azar y la música salta de aquí y de allá, ayeres remotos y hoyes de esta mañana (tan cierto, porque Lucas escribe mientras un pianista toca para él desde un disco que rechina y burbujea como si le costara vencer cuarenta años, saltar al aire aún no nacido el día en que grabó *Blues in Thirds).*

Larga es la lista, Jelly Roll Morton y Wilhelm Backhaus, Monique Haas y Arthur Rubinstein, Bud Powell y Dinu Lipati. Las desmesuradas manos de Alexander Brailovsky, las pequeñitas de Clara Haskil, esa manera de escucharse a sí misma de Margarita Fernández, la espléndida irrupción de Friedrich Gulda en los hábitos porteños del cuarenta, Walter Gieseking, Georges Arvanitas, el ignorado pianista de un bar de Kampala, don Sebastián Piana y sus milongas, Maurizio Pollini y Marian McPartland, entre olvidos no perdonables y razones para cerrar una nomenclatura que acabaría en cansancio, Schnabel, Ingrid Haebler, las noches de Solomon, el bar de Ronnie Scott en Londres donde alguien que volvía al piano estuvo a punto de volcar un vaso de cerveza en el pelo de la mujer de Lucas y ese alguien era Thelonious, Thelonious Sphere, Thelonious Sphere Monk.

A la hora de su muerte, si hay tiempo y lucidez, Lucas pedirá escuchar dos cosas, el último quinteto de Mozart y un cierto solo de piano sobre el tema de *I ain't got nobody*. Si siente que el tiempo no alcanza, pedirá solamente el disco de piano. Larga es la lista, pero él ya ha elegido. Desde el fondo del tiempo, Earl Hines lo acompañará.

# Lucas, sus largas marchas

Todo el mundo sabe que la Tierra está separada de los otros astros por una cantidad variable de años luz. Lo que pocos saben (en realidad, solamente yo) es que Margarita está separada de mí por una cantidad considerable de años caracol.

Al principio pensé que se trataba de años tortuga, pero he tenido que abandonar esa unidad de medida demasiado halagadora. Por poco que camine una tortuga, yo hubiera terminado por llegar a Margarita, pero en cambio Osvaldo, mi caracol preferido, no me deja la menor esperanza. Vaya a saber cuándo se inició la marcha que lo fue distanciando imperceptiblemente de mi zapato izquierdo, luego que lo hube orientado con extrema precisión hacia el rumbo que lo llevaría a Margarita. Repleto de lechuga fresca, cuidado y atendido amorosamente, su primer avance fue promisorio, y me dije esperanzadamente que antes de que el pino del patio sobrepasara la altura del tejado, los plateados cuernos de Osvaldo entrarían en el campo visual de Margarita para llevarle mi mensaje simpático; entretanto, desde aquí podía ser feliz imaginando su alegría al verlo llegar, la agitación de sus trenzas y sus brazos.

Tal vez los años luz son todos iguales, pero no los años caracol, y Osvaldo ha cesado de merecer mi confianza. No es que se detenga, pues me ha sido posible verificar por su huella argentada que prosigue su marcha y que mantiene la buena dirección, aunque esto suponga para él subir y bajar incontables paredes o atravesar íntegramente una fábrica de fideos. Pero más me cuesta a mí comprobar esa meritoria exactitud, y dos veces he sido arrestado por guardianes enfurecidos a quienes he tenido que decir las peores mentiras puesto que la verdad me hubiera valido una lluvia de trompadas. Lo triste es que Margarita, sentada en su sillón de terciopelo rosa, me espera del otro lado de la ciudad. Si en vez de Osvaldo yo me hubiera servido de los años luz, ya tendríamos nietos; pero cuando se ama larga y dulcemente, cuando se quiere llegar al término de una paulatina esperanza, es lógico que se elijan los años caracol. Es tan difícil, después de todo, decidir cuáles son las ventajas y cuáles los inconvenientes de estas opciones.

# QUEREMOS TANTO A GLENDA

# I.

# Orientación de los gatos

*A Juan Soriano*

Cuando Alana y Osiris me miran no puedo quejarme del menor disimulo, de la menor duplicidad. Me miran de frente, Alana su luz azul y Osiris su rayo verde. También entre ellos se miran así, Alana acariciando el negro lomo de Osiris que alza el hocico del plato de leche y maúlla satisfecho, mujer y gato conociéndose desde planos que se me escapan, que mis caricias no alcanzan a rebasar. Hace tiempo que he renunciado a todo dominio sobre Osiris, somos buenos amigos desde una distancia infranqueable; pero Alana es mi mujer y la distancia entre nosotros es otra, algo que ella no parece sentir pero que se interpone en mi felicidad cuando Alana me mira, cuando me mira de frente igual que Osiris y me sonríe o me habla sin la menor reserva, dándose en cada gesto y cada cosa como se da en el amor, allí donde todo su cuerpo es como sus ojos, una entrega absoluta, una reciprocidad ininterrumpida.

Es extraño; aunque he renunciado a entrar de lleno en el mundo de Osiris, mi amor por Alana no acepta esa llaneza de cosa concluida, de pareja para siempre, de vida sin secretos. Detrás de esos ojos azules hay más, en el fondo de las palabras y los gemidos y los silencios alienta otro reino, respira otra Alana. Nunca se lo he dicho, la quiero demasiado para trizar esta superficie de felicidad por la que ya se han deslizado tantos días, tantos años. A mi manera me obstino en comprender, en descubrir; la observo pero sin espiarla; la sigo pero sin desconfiar; amo una maravillosa estatua mutilada, un texto no terminado, un fragmento de cielo inscrito en la ventana de la vida.

Hubo un tiempo en que la música me pareció el camino que me llevaría de verdad a Alana; mirándola escuchar nuestros discos de Bártok, de Duke Ellington, de Gal Costa, una transparencia paulatina me ahondaba en ella, la música la desnudaba de una manera diferente, la volvía cada vez más Alana porque Alana no podía ser solamente esa mujer que siempre me había mirado de lleno sin ocultarme nada. Contra Alana, más allá de Alana yo la buscaba para amarla mejor; y si al principio la música me dejó entrever otras Alanas, llegó el día en que frente a un grabado de Rembrandt la vi cambiar todavía más, como si un juego de nubes en el cielo alterara bruscamente las luces y las sombras de un paisaje. Sentí que la pintura la llevaba más allá de sí misma para ese único espectador que podía medir la instantánea metamorfosis nunca repetida, la entrevisión de Alana en Alana. Intercesores involuntarios, Keith Jarrett, Beethoven y Aníbal Troilo me habían ayudado a acercarme, pero frente a un cuadro o un grabado Alana se despojaba todavía más de eso que creía ser, por un momento entraba en un mundo imaginario para sin saberlo salir de sí misma, yendo de una pintura a otra, comentándolas o callando, juego de cartas que cada nueva contemplación barajaba para aquel que sigiloso y atento, un poco atrás o llevándola del brazo, veía sucederse las reinas y los ases, los piques y los tréboles, Alana.

¿Qué se podía hacer con Osiris? Darle su leche, dejarlo en su ovillo negro satisfactorio y ronroneante; pero a Alana yo podía traerla a esta galería de cuadros como lo hice ayer, una vez más asistir a un teatro de espejo y de cámaras oscuras, de imágenes tensas en la tela frente a esa otra imagen de alegres jeans y blusa roja que después de aplastar el cigarrillo a la entrada iba de cuadro en cuadro, deteniéndose exactamente a la distancia que su mirada requería, volviéndose a mí de tanto en tanto para comentar o comparar. Jamás hubiera podido descubrir que yo no estaba ahí por los cuadros, que un poco atrás o de lado mi manera de mirar nada tenía que ver con la suya. Jamás se daría cuenta de que su lento y reflexivo paso de cuadro en cuadro la cambiaba hasta obligarme a cerrar los ojos y luchar para no apretarla en los brazos y llevármela al delirio, a una locura de carrera en plena calle. Desenvuelta, liviana en su naturalidad de goce y descubrimiento, sus altos y sus demoras se inscribían en un tiempo diferente del mío, ajeno a la crispada espera de mi sed.

Hasta entonces todo había sido un vago anuncio, Alana en la música, Alana frente a Rembrandt. Pero ahora mi esperanza empezaba a cumplirse casi insoportablemente; desde nuestra llegada Alana se había dado a las pinturas con una atroz inocencia de camaleón, pasando de un estado a otro sin saber que un espectador agazapado acechaba en su actitud, en la inclinación de su cabeza, en el movimiento de sus manos o sus labios el cromatismo interior que la recorría hasta mostrarla otra, allí donde la otra era siempre Alana sumándose a Alana, las cartas agolpándose hasta completar la baraja. A su lado, avanzando poco a poco a lo largo de los muros de la galería, la iba viendo darse a cada pintura, mis ojos multiplicaban un triángulo fulminante que se tendía de ella al cuadro y del cuadro a mí mismo para volver a ella y aprehender el cambio, la aureola diferente que la envolvía un momento para ceder después a un aura nueva, a una tonalidad que la exponía a la verdadera, a la última desnudez. Imposible prever hasta dónde se repetiría esa ósmosis, cuántas nuevas Alanas me llevarían por fin a la síntesis de la que saldríamos los dos colmados, ella sin saberlo y encendiendo un nuevo cigarrillo antes de pedirme que la llevara a tomar un trago, yo sabiendo que mi larga búsqueda había llegado a puerto y que mi amor abarcaría desde ahora lo visible y lo invisible, aceptaría la limpia mirada de Alana sin incertidumbres de puertas cerradas, de pasajes vedados.

Frente a una barca solitaria y un primer plano de rocas negras, la vi quedarse inmóvil largo tiempo; un imperceptible ondular de las manos la hacía como nadar en el aire, buscar el mar abierto, una fuga de horizontes. Ya no podía extrañarme que esa otra pintura donde una reja de agudas puntas vedaba el acceso a los árboles linderos la hiciera retroceder como buscando un punto de mira, de golpe era la repulsa, el rechazo de un límite inaceptable. Pájaros, monstruos marinos, ventanas dándose al silencio o dejando entrar un simulacro de la muerte, cada nueva pintura arrasaba a Alana despojándola de su color anterior, arrancando de ella las modulaciones de la libertad, del vuelo, de los grandes espacios, afirmando su negativa frente a la noche y a la nada, su ansiedad solar, su casi terrible impulso de ave fénix. Me quedé atrás sabiendo que no me sería posible soportar su mirada, su sorpresa interrogativa cuando viera en mi cara el deslumbramiento de la confirmación, porque eso era también yo, eso era mi proyecto Alana, mi vida Alana, eso había sido deseado por mí y refrenado por un presente de ciudad y parsimonia, eso ahora al fin Alana, al fin Alana y yo desde ahora, desde ya mismo. Hubiera querido tenerla desnuda en los brazos, amarla de tal manera que todo quedara claro, todo quedara dicho para siempre entre nosotros, y que de esa interminable noche de amor, nosotros que ya conocíamos tantas, naciera la primera alborada de la vida.

Llegábamos al final de la galería, me acerqué a la puerta de salida ocultando todavía la cara, esperando que el aire y las luces de la calle me volvieran a lo que Alana conocía de mí. La vi detenerse ante un cuadro que otros visitantes me habían ocultado, quedarse largamente inmóvil mirando la pintura de una ventana y un gato. Una última transformación hizo de ella una lenta estatua nítidamente separada de los demás, de mí que me acercaba indeciso buscándole los ojos perdidos en la tela. Vi que el gato era idéntico a Osiris y que miraba a lo lejos algo que el muro de la ventana no nos dejaba ver. Inmóvil en su contemplación, parecía menos inmóvil que la inmovilidad de Alana. De alguna manera sentí que el triángulo se había roto, cuando Alana volvió hacia mí la cabeza el triángulo ya no existía, ella había ido al cuadro pero no estaba de vuelta, seguía del lado del gato mirando más allá de la ventana donde nadie podía ver lo que ellos veían, lo que solamente Alana y Osiris veían cada vez que me miraban de frente.

# Queremos tanto a Glenda

En aquel entonces era difícil saberlo. Uno va al cine o al teatro y vive su noche sin pensar en los que ya han cumplido la misma ceremonia, eligiendo el lugar y la hora, vistiéndose y telefoneando y fila once o cinco, la sombra y la música, la tierra de nadie y de todos allí donde todos son nadie, el hombre o la mujer en su butaca, acaso una palabra para excusarse por llegar tarde, un comentario a media voz que alguien recoge o ignora, casi siempre el silencio, las miradas vertiéndose en la escena o la pantalla, huyendo de lo contiguo, de lo de este lado. Realmente era difícil saber por encima de la publicidad, de las colas interminables, de los carteles y las críticas, que éramos tantos los que queríamos a Glenda.

Llevó tres o cuatro años y sería aventurado afirmar que el núcleo se formó a partir de Irazusta o de Diana Rivero, ellos mismos ignoraban cómo en algún momento, en las copas con los amigos después del cine, se dijeron o se callaron cosas que bruscamente habrían de crear la alianza, lo que después todos llamamos el núcleo y los más jóvenes el club. De club no tenía nada, simplemente queríamos a Glenda Garson y eso bastaba para recortarnos de los que solamente la admiraban. Al igual que ellos también nosotros admirábamos a Glenda y además a Anouk, a Marilina, a Annie, a Silvana y por qué no a Marcello, a Yves, a Vittorio y a Dirk, pero solamente nosotros queríamos tanto a Glenda, y el núcleo se definió por eso y desde eso, era algo que sólo nosotros sabíamos y confiábamos a aquellos que a lo largo de las charlas habían ido mostrando poco a poco que también querían a Glenda.

A partir de Diana o Irazusta el núcleo se fue dilatando lentamente: el año de *El fuego de la nieve* debíamos ser apenas seis o siete, cuando estrenaron *El uso de la elegancia* el núcleo se amplió y sentimos que crecía casi insoportablemente y que estábamos amenazados de imitación snob o de sentimentalismo estacional. Los primeros, Irazusta y Diana y dos o tres más decidimos cerrar filas, no admitir sin pruebas, sin el examen disimulado por los whiskys y los alardes de erudición (tan de Buenos Aires, tan de Londres y de México esos exámenes de medianoche). A la hora del estreno de *Los frágiles retornos* nos fue preciso admitir, melancólicamente triunfantes, que éramos muchos los que queríamos a Glenda. Los reencuentros en los cines, las miradas a la salida, ese aire como perdido de las mujeres y el dolido silencio de los hombres nos mostraban mejor que una insignia o un santo y seña. Mecánicas no investigables nos llevaron a un mismo café del centro, las mesas aisladas empezaron a acercarse, hubo la grácil costumbre de pedir el mismo cóctel para dejar de lado toda escaramuza inútil y mirarnos por fin en los ojos, allí donde todavía alentaba la última imagen de Glenda en la última escena de la última película.

Veinte, acaso treinta, nunca supimos cuántos llegamos a ser porque a veces Glenda duraba meses en una sala o estaba al mismo tiempo en dos o cuatro, y hubo además ese momento excepcional en que apareció en escena para representar a la joven asesina de *Los delirantes* y su éxito rompió los diques y creó entusiasmos momentáneos que jamás aceptamos. Ya para entonces nos conocíamos, muchos nos visitábamos para hablar de Glenda. Desde un principio Irazusta parecía ejercer un mandato tácito que nunca había reclamado, y Diana Rivero jugaba su lento ajedrez de confirmaciones y rechazos que nos aseguraba una autenticidad total sin riesgos de infiltrados o de tilingos. Lo que había empezado como asociación libre alcanzaba ahora una estructura de clan, y a las livianas interrogaciones del principio se sucedían las preguntas concretas, la secuencia del tropezón en *El uso de la elegancia*, la réplica final de *El fuego de la nieve*, la segunda escena erótica de *Los frágiles retornos*. Queríamos tanto a Glenda que no podíamos tolerar a los advenedizos, a las tumultuosas lesbianas, a los eruditos de la estética. Incluso (nunca sabremos cómo) se dio por sentado que iríamos al café los viernes cuando en el centro pasaran una película de Glenda, y que en los reestrenos en cines de barrio dejaríamos correr una semana antes de reunirnos, para darles a todos el tiempo necesario; como en un reglamento riguroso, las obligaciones se definían sin equívoco, no acatarlas hubiera sido provocar la sonrisa despectiva de Irazusta o esa mirada amablemente horrible con que Diana Rivero denunciaba la traición y el castigo. En ese entonces las reuniones eran solamente Glenda, su deslumbrante ubicuidad en cada uno de nosotros, y no sabíamos de discrepancias o reparos. Sólo poco a poco, al principio con un sentimiento de culpa, algunos se atrevieron a deslizar críticas parciales, el desconcierto o la decepción frente a una secuencia menos feliz, las caídas en lo convencional o lo previsible. Sabíamos que Glenda no era responsable de los desfallecimientos que enturbiaban por momentos la espléndida cristalería de *El látigo* o el final de *Nunca se sabe por qué.* Conocíamos otros trabajos de sus directores, el origen de las tramas y los guiones, con ellos éramos implacables porque empezábamos a sentir que nuestro cariño por Glenda iba más allá del mero territorio artístico y que sólo ella se salvaba de lo que imperfectamente hacían los demás. Diana fue la primera en hablar de misión, lo hizo con su manera tangencial de no afirmar lo que de veras contaba para ella, y le vimos una alegría de whisky doble, de sonrisa saciada, cuando admitimos llanamente que era cierto, que no podíamos quedarnos solamente en eso, el cine y el café y quererla tanto a Glenda.

Tampoco entonces se dijeron palabras claras, no nos eran necesarias. Sólo contaba la felicidad de Glenda en cada uno de nosotros, y esa felicidad sólo podía venir de la perfección. De golpe los errores, las carencias se nos volvieron insoportables; no podíamos aceptar que *Nunca se sabe por qué* terminara así, o que *El fuego de la nieve* incluyera la infame secuencia de la partida de póker (en la que Glenda no actuaba pero que de alguna manera la manchaba como un vómito, ese gesto de Nancy Phillips y la llegada inadmisible del hijo arrepentido). Como casi siempre, a Irazusta le tocó definir por lo claro la misión que nos esperaba, y esa noche volvimos a nuestras casas como aplastados por la responsabilidad que acabábamos de reconocer y asumir, y a la vez entreviendo la felicidad de un futuro sin tacha, de Glenda sin torpezas ni traiciones.

Instintivamente el núcleo cerró filas, la tarea no admitía una pluralidad borrosa. Irazusta habló del laboratorio cuando ya estaba instalado en una quinta de Recife de Lobos. Dividimos ecuánimemente las tareas entre los que deberían procurarse la totalidad de las copias de *Los frágiles retornos*, elegida por su relativamente escasa imperfección. A nadie se le hubiera ocurrido plantearse problemas de dinero, Irazusta había sido socio de Howard Hughes en el negocio de las minas de estaño de Pichincha, un mecanismo extremadamente simple nos ponía en las manos el poder necesario, los jets y las alianzas y las coimas. Ni siquiera tuvimos una oficina, la computadora de Hagar Loss programó las tareas y las etapas. Dos meses después de la frase de Diana Rivero el laboratorio estuvo en condiciones de sustituir en *Los frágiles retornos* la secuencia ineficaz de los pájaros por otra que devolvía a Glenda el ritmo perfecto y el exacto sentido de su acción dramática. La película tenía ya algunos años y su reposición en los circuitos internacionales no provocó la menor sorpresa: la memoria juega con sus depositarios y les hace aceptar sus propias permutaciones y variantes, quizá la misma Glenda no hubiera percibido el cambio y sí, porque eso lo percibimos todos, la maravilla de una perfecta coincidencia con un recuerdo lavado de escorias, exactamente idéntico al deseo.

La misión se cumplía sin sosiego, apenas asegurada la eficacia del laboratorio completamos el rescate de *El fuego de la nieve* y *El prisma*; las otras películas entraron en proceso con el ritmo exactamente previsto por el personal de Hagar Loss y del laboratorio. Tuvimos problemas con *El uso de la elegancia*, porque gente de los emiratos petroleros guardaba copias para su goce personal y fueron necesarias maniobras y concursos excepcionales para robarlas (no tenemos por qué usar otra palabra) y sustituirlas sin que los usuarios lo advirtieran. El laboratorio trabajaba en un nivel de perfección que en un comienzo nos había parecido inalcanzable aunque no nos atreviéramos a decírselo a Irazusta; curiosamente la más dubitativa había sido Diana, pero cuando Irazusta nos mostró *Nunca se sabe por qué* y vimos el verdadero final, vimos a Glenda que en lugar de volver a la casa de Romano enfilaba su auto hacia el farallón y nos destrozaba con su espléndida, necesaria caída en el torrente, supimos que la perfección podía ser de este mundo y que ahora era de Glenda para siempre, de Glenda para nosotros para siempre.

Lo más difícil estaba desde luego en decidir los cambios, los cortes, las modificaciones de montaje y de ritmo, nuestras distintas maneras de sentir a Glenda provocaban duros enfrentamientos que sólo se aplacaban después de largos análisis y en algunos casos por imposición de una mayoría en el núcleo. Pero aunque algunos, derrotados, asistiéramos a la nueva versión con la amargura de que no se adecuara del todo a nuestros sueños, creo que a nadie le decepcionó el trabajo realizado; queríamos tanto a Glenda que los resultados eran siempre justificables, muchas veces más allá de lo previsto. Incluso hubo pocas alarmas: la carta de un lector del infaltable *Times* asombrándose de que tres secuencias de *El fuego de la nieve* se dieran en un orden que creía recordar diferente, y también un artículo del crítico de *La Opinión* que protestaba por un supuesto corte en *El prisma*, imaginándose razones de mojigatería burocrática. En todos los casos se tomaron rápidas disposiciones para evitar posibles secuelas; no costó mucho, la gente es frívola y olvida o acepta o está a la caza de lo nuevo, el mundo del cine es fugitivo como la actualidad histórica, salvo para los que queremos tanto a Glenda.

Más peligrosas en el fondo eran las polémicas en el núcleo, el riesgo de un cisma o de una diáspora. Aunque nos sentíamos más que nunca unidos por la misión, hubo alguna noche en que se alzaron voces analíticas contagiadas de filosofía política, que en pleno trabajo se planteaban problemas morales, se preguntaban si no estaríamos entregándonos a una galería de espejos onanistas, a esculpir insensatamente una locura barroca en un colmillo de marfil o en un grano de arroz. No era fácil darles la espalda porque el núcleo sólo había podido cumplir la obra como un corazón o un avión cumplen la suya, ritmando una coherencia perfecta. No era fácil escuchar una crítica que nos acusaba de escapismo, que sospechaba un derroche de fuerzas desviadas de una realidad más apremiante, más necesitada de concurso en los tiempos que vivíamos. Y sin embargo no fue necesario aplastar secamente una herejía apenas esbozada, incluso sus protagonistas se limitaban a un reparo parcial, ellos y nosotros queríamos tanto a Glenda que por encima y más allá de las discrepancias éticas o históricas imperaba el sentimiento que siempre nos uniría, la certidumbre de que el perfeccionamiento de Glenda nos perfeccionaba y perfeccionaba el mundo. Tuvimos incluso la espléndida recompensa de que uno de los filósofos restableciera el equilibrio después de superar ese periodo de escrúpulos inanes; de su boca escuchamos que toda obra parcial es también historia, que algo tan inmenso como la invención de la imprenta había nacido del más individual y parcelado de los deseos, el de repetir y perpetuar un nombre de mujer.

Llegamos así al día en que tuvimos las pruebas de que la imagen de Glenda se proyectaba ahora sin la más leve flaqueza; las pantallas del mundo la vertían tal como ella misma —estábamos seguros— hubiera querido ser vertida, y quizá por eso no nos asombró demasiado enterarnos por la prensa de que acababa de anunciar su retiro del cine y del teatro. La involuntaria, maravillosa contribución de Glenda a nuestra obra no podía ser coincidencia ni milagro, simplemente algo en ella había acatado sin saberlo nuestro anónimo cariño, del fondo de su ser venía la única respuesta que podía darnos, el acto de amor que nos abarcaba en una entrega última, ésa que los profanos sólo entenderían como ausencia. Vivimos la felicidad del séptimo día, del descanso después de la creación; ahora podíamos ver cada obra de Glenda sin la agazapada amenaza de un mañana nuevamente plagado de errores y torpezas; ahora nos reuníamos con una liviandad de ángeles o de pájaros, en un presente absoluto que acaso se parecía a la eternidad.

Sí, pero un poeta había dicho bajo los mismos cielos de Glenda que la eternidad está enamorada de las obras del tiempo, y le tocó a Diana saberlo y darnos la noticia un año más tarde. Usual y humano: Glenda anunciaba su retorno a la pantalla, las razones de siempre, la frustración del profesional con las manos vacías, un personaje a la medida, un rodaje inminente. Nadie olvidaría esa noche en el café, justamente después de haber visto *El uso de la elegancia* que volvía a las salas del centro. Casi no fue necesario que Irazusta dijera lo que todos vivíamos como una amarga saliva de injusticia y rebeldía. Queríamos tanto a Glenda que nuestro desánimo no la alcanzaba, qué culpa tenía ella de ser actriz y de ser Glenda, el horror estaba en la máquina rota, en la realidad de cifras y prestigios y Oscares entrando como una fisura solapada en la esfera de nuestro cielo tan duramente ganado. Cuando Diana apoyó la mano en el brazo de Irazusta y dijo: «Sí, es lo único que queda por hacer», hablaba por todos sin necesidad de consultarnos. Nunca el núcleo tuvo una fuerza tan terrible, nunca necesitó menos palabras para ponerla en marcha. Nos separamos deshechos, viviendo ya lo que habría de ocurrir en una fecha que sólo uno de nosotros conocería por adelantado. Estábamos seguros de no volver a encontrarnos en el café, de que cada uno escondería desde ahora la solitaria perfección de nuestro reino. Sabíamos que Irazusta iba a hacer lo necesario, nada más simple para alguien como él. Ni siquiera nos despedimos como de costumbre, con la liviana seguridad de volver a encontrarnos después del cine, alguna noche de *Los frágiles retornos* o de *El látigo*. Fue más bien un darse la espalda, pretextar que era tarde, que había que irse; salimos separados, cada uno llevándose su deseo de olvidar hasta que todo estuviera consumado, y sabiendo que no sería así, que aún nos faltaría abrir alguna mañana el diario y leer la noticia, las estúpidas frases de la consternación profesional. Nunca hablaríamos de eso con nadie, nos evitaríamos cortésmente en las salas y en la calle; sería la única manera de que el núcleo conservara su fidelidad, que guardara en el silencio la obra cumplida. Queríamos tanto a Glenda que le ofreceríamos una última perfección inviolable. En la altura intangible donde la habíamos exaltado, la preservaríamos de la caída, sus fieles podrían seguir adorándola sin mengua; no se baja vivo de una cruz.

# Historia con migalas

Llegamos a las dos de la tarde al bungalow y media hora después, fiel a la cita telefónica, el joven gerente se presenta con las llaves, pone en marcha la heladera y nos muestra el funcionamiento del calefón y del aire acondicionado. Está entendido que nos quedaremos diez días, que pagamos por adelantado. Abrimos las valijas y sacamos lo necesario para la playa; ya nos instalaremos al caer la tarde, la vista del Caribe cabrilleando al pie de la colina es demasiado tentadora. Bajamos el sendero escarpado, incluso descubrimos un atajo entre matorrales que nos hace ganar camino; hay apenas cien metros entre los bungalows de la colina y el mar.

Anoche, mientras guardábamos la ropa y ordenábamos las provisiones compradas en Saint-Pierre, oímos las voces de quienes ocupan la otra ala del bungalow. Hablan muy bajo, no son las voces martiniquesas llenas de color y de risas. De cuando en cuando algunas palabras más distintas: inglés estadounidense, turistas sin duda. La primera impresión es de desagrado, no sabemos por qué esperábamos una soledad total aunque habíamos visto que cada bungalow (hay cuatro entre macizos de flores, bananos y cocoteros) es doble. Tal vez porque cuando los vimos por primera vez, después de complicadas pesquisas telefónicas desde el hotel de Diamant, nos pareció que todo estaba vacío y a la vez extrañamente habitado. La cabaña del restaurante, por ejemplo, treinta metros más abajo: abandonada pero con algunas botellas en el bar, vasos y cubiertos. Y en uno o dos de los bungalows a través de las persianas se entreveían toallas, frascos de lociones o de shampoo en los cuartos de baño. El joven gerente nos abrió uno enteramente vacío, y a una pregunta vaga contestó no menos vagamente que el administrador se había ido y que él se ocupaba de los bungalows por amistad hacia el propietario. Mejor así, por supuesto, ya que buscábamos soledad y playa; pero desde luego otros han pensado de la misma manera y dos voces femeninas y norteamericanas murmuran en el ala contigua del bungalow. Tabiques como de papel pero todo tan cómodo, tan bien instalado. Dormimos interminablemente, cosa rara. Y si algo nos hacía falta ahora era eso.

Amistades: una gata mansa y pedigüeña, otra negra más salvaje pero igualmente hambrienta. Los pájaros aquí vienen casi a las manos y las lagartijas verdes se suben a las mesas a la caza de moscas. De lejos nos rodea una guirnalda de balidos de cabra, cinco vacas y un ternero pastan en lo más alto de la colina y mugen adecuadamente. Oímos también a los perros de las cabañas en el fondo del valle; las dos gatas se sumarán esta noche al concierto, es seguro.

La playa, un desierto para criterios europeos. Unos pocos muchachos nadan y juegan, cuerpos negros o canela danzan en la arena. A lo lejos una familia —metropolitanos o alemanes, tristemente blancos y rubios— organiza toallas, aceites bronceadores y bolsones. Dejamos irse las horas en el agua o la arena, incapaces de otra cosa, prolongando los rituales de las cremas y los cigarrillos. Todavía no sentimos montar los recuerdos, esa necesidad de inventariar el pasado que crece con la soledad y el hastío. Es precisamente lo contrario: bloquear toda referencia a las semanas precedentes, los encuentros en Delft, la noche en la granja de Erik. Si eso vuelve lo ahuyentamos como a una bocanada de humo, el leve movimiento de la mano que aclara nuevamente el aire.

Dos muchachas bajan por el sendero de la colina y eligen un sector distante, sombra de cocoteros. Deducimos que son nuestras vecinas de bungalow, les imaginamos secretariados o escuelas de párvulos en Detroit, en Nebraska. Las vemos entrar juntas al mar, alejarse deportivamente, volver despacio, saboreando el agua cálida y transparente, belleza que se vuelve puro tópico cuando se la describe, eterna cuestión de las tarjetas postales. Hay dos veleros en el horizonte, de Saint-Pierre sale una lancha con una esquiadora náutica que meritoriamente se repone de cada caída, que son muchas.

Al anochecer —hemos vuelto a la playa después de la siesta, el día declina entre grandes nubes blancas— nos decimos que esta Navidad responderá perfectamente a nuestro deseo: soledad, seguridad de que nadie conoce nuestro paradero, estar a salvo de posibles dificultades y a la vez de las estúpidas reuniones de fin de año y de los recuerdos condicionados, agradable libertad de abrir un par de latas de conserva y preparar un punch de ron blanco, jarabe de azúcar de caña y limones verdes. Cenamos en la veranda, separada por un tabique de bambúes de la terraza simétrica donde, ya tarde, escuchamos de nuevo las voces apenas murmurantes. Somos una maravilla recíproca como vecinos, nos respetamos de una manera casi exagerada. Si las muchachas de la playa son realmente las ocupantes del bungalow, acaso están preguntándose si las dos personas que han visto en la arena son las que viven en la otra ala. La civilización tiene sus ventajas, lo reconocemos entre dos tragos: ni gritos, ni transistores, ni tarareos baratos. Ah, que se queden ahí los diez días en vez de ser reemplazadas por matrimonio con niños. Cristo acaba de nacer de nuevo; por nuestra parte podemos dormir.

Levantarse con el sol, jugo de guayaba y café en tazones. La noche ha sido larga, con ráfagas de lluvia confesadamente tropical, bruscos diluvios que se cortan bruscamente arrepentidos. Los perros ladraron desde todos los cuadrantes, aunque no había luna; ranas y pájaros, ruidos que el oído ciudadano no alcanza a definir pero que acaso explican los sueños que ahora recordamos con los primeros cigarrillos. *Aegri somnia.* ¿De dónde viene la referencia? Charles Nodier, o Nerval, a veces no podemos resistir a ese pasado de bibliotecas que otras vocaciones borraron casi. Nos contamos los sueños donde larvas, amenazas inciertas, y no bienvenidas pero previsibles exhumaciones tejen sus telarañas o nos las hacen tejer. Nada sorprendente después de Delft (pero hemos decidido no evocar los recuerdos inmediatos, ya habrá tiempo como siempre. Curiosamente no nos afecta pensar en Michael, en el pozo de la granja de Erik, cosas ya clausuradas; casi nunca hablamos de ellas o de las precedentes aunque sabemos que pueden volver a la palabra sin hacernos daño, al fin y al cabo el placer y la delicia vinieron de ellas, y la noche de la granja valió el precio que estamos pagando, pero a la vez sentimos que todo eso está demasiado próximo todavía, los detalles, Michael desnudo bajo la luna, cosas que quisiéramos evitar fuera de los inevitables sueños; mejor este bloqueo, entonces, *other voices, other rooms*: la literatura y los aviones, qué espléndidas drogas).

El mar de las nueve de la mañana se lleva las últimas babas de la noche, el sol y la sal y la arena bañan la piel con un caliente tacto. Cuando vemos a las muchachas bajando por el sendero nos acordamos al mismo tiempo, nos miramos. Sólo habíamos hecho un comentario casi al borde del sueño en la alta noche: en algún momento las voces del otro lado del bungalow habían pasado del susurro a algunas frases claramente audibles aunque su sentido se nos escapara. Pero no era el sentido el que nos atrajo en ese cambio de palabras que cesó casi de inmediato para retornar al monótono, discreto murmullo, sino que una de las voces era una voz de hombre.

A la hora de la siesta nos llega otra vez el apagado rumor del diálogo en la otra veranda. Sin saber por qué nos obstinamos en hacer coincidir las dos muchachas de la playa con las voces del bungalow, y ahora que nada hace pensar en un hombre cerca de ellas, el recuerdo de la noche pasada se desdibuja para sumarse a los otros rumores que nos han desasosegado, los perros, las bruscas ráfagas de viento y de lluvia, los crujidos en el techo. Gente de ciudad, gente fácilmente impresionable fuera de los ruidos propios, las lluvias bien educadas.

Además, ¿qué nos importa lo que pasa en el bungalow de al lado? Si estamos aquí es porque necesitábamos distanciarnos de lo otro, de los otros. Desde luego no es fácil renunciar a costumbres, a reflejos condicionados; sin decírnoslo, prestamos atención a lo que apagadamente se filtra por el tabique, al diálogo que imaginamos plácido y anodino, ronroneo de pura rutina. Imposible reconocer palabras, incluso voces, tan semejantes en su registro que por momentos se pensaría en un monólogo apenas entrecortado. También así han de escucharnos ellas, pero desde luego no nos escuchan; para eso deberían callarse, para eso deberían estar aquí por razones parecidas a las nuestras, agazapadamente vigilantes como la gata negra que acecha a un lagarto en la veranda. Pero no les interesamos para nada: mejor para ellas. Las dos voces se alternan, cesan, recomienzan. Y no hay ninguna voz de hombre, aun hablando tan bajo la reconoceríamos.

Como siempre en el trópico la noche cae bruscamente, el bungalow está mal iluminado pero no nos importa; casi no cocinamos, lo único caliente es el café. No tenemos nada que decirnos y tal vez por eso nos distrae escuchar el murmullo de las muchachas, sin admitirlo abiertamente estamos al acecho de la voz del hombre aunque sabemos que ningún auto ha subido a la colina y que los otros bungalows siguen vacíos. Nos mecemos en las mecedoras y fumamos en la oscuridad; no hay mosquitos, los murmullos vienen desde agujeros de silencio, callan, regresan. Si ellas pudieran imaginarnos no les gustaría; no es que las espiemos pero ellas seguramente nos verían como dos migalas en la oscuridad. Al fin y al cabo no nos desagrada que la otra ala del bungalow esté ocupada. Buscábamos la soledad pero ahora pensamos en lo que sería la noche aquí si realmente no hubiera nadie en el otro lado; imposible negarnos que la granja, que Michael están todavía tan cerca. Tener que mirarse, hablar, sacar una vez más la baraja o los dados. Mejor así, en las sillas de hamaca, escuchando los murmullos un poco gatunos hasta la hora de dormir.

Hasta la hora de dormir, pero aquí las noches no nos traen lo que esperábamos, tierra de nadie en la que por fin —o por un tiempo, no hay que pretender más de lo posible— estaríamos a cubierto de todo lo que empieza más allá de las ventanas. Tampoco en nuestro caso la tontería es el punto fuerte; nunca hemos llegado a un destino sin prever el próximo o los próximos. A veces parecería que jugamos a acorralarnos como ahora en una isla insignificante donde cualquiera es fácilmente ubicable; pero eso forma parte de un ajedrez infinitamente más complejo en el que el modesto movimiento de un peón oculta jugadas mayores. La célebre historia de la carta robada es objetivamente absurda. Objetivamente; por debajo corre la verdad, y los portorriqueños que durante años cultivaron marihuana en sus balcones neoyorquinos o en pleno Central Park sabían más de eso que muchos policías. En todo caso controlamos las posibilidades inmediatas, barcos y aviones: Venezuela y Trinidad están a un paso, dos opciones entre seis o siete; nuestros pasaportes son los de los que resbalan sin problemas en los aeropuertos. Esta colina inocente, este bungalow para turistas pequeñoburgueses: hermosos dados cargados que siempre hemos sabido utilizar en su momento. Delft está muy lejos, la granja de Erik empieza a retroceder en la memoria, a borrarse como también se irán borrando el pozo y Michael huyendo bajo la luna, Michael tan blanco y desnudo bajo la luna.

Los perros aullaron de nuevo intermitentemente, desde alguna de las cabañas de la hondonada llegaron los gritos de una mujer bruscamente acallados en su punto más alto, el silencio contiguo dejó pasar un murmullo de confusa alarma en un semisueño de turistas demasiado fatigadas y ajenas para interesarse de veras por lo que las rodeaba. Nos quedamos escuchando, lejos del sueño. Al fin y al cabo para qué dormir si después sería el estruendo de un chaparrón en el techo o el amor lancinante de los gatos, los preludios a las pesadillas, el alba en que por fin las cabezas se aplastan en las almohadas y ya nada las invade hasta que el sol trepa a las palmeras y hay que volver a vivir.

En la playa, después de nadar largamente mar afuera, nos preguntamos otra vez por el abandono de los bungalows. La cabaña del restaurante con sus vasos y botellas obliga al recuerdo del misterio de la *Mary Celeste* (tan sabido y leído, pero esa obsesionante recurrencia de lo inexplicado, los marinos abordando el barco a la deriva con todas las velas desplegadas y nadie a bordo, las cenizas aún tibias en los fogones de la cocina, las cabinas sin huellas de motín o de peste. ¿Un suicidio colectivo? Nos miramos irónicamente, no es una idea que pueda abrirse paso en nuestra manera de ver las cosas. No estaríamos aquí si alguna vez la hubiéramos aceptado).

Las muchachas bajan tarde a la playa, se doran largamente antes de nadar. También allí, lo notamos sin comentarios, se hablan en voz baja, y si estuviéramos más cerca nos llegaría el mismo murmullo confidencial, el temor bien educado de interferir en la vida de los demás. Si en algún momento se acercaran para pedir fuego, para saber la hora... Pero el tabique de bambúes parece prolongarse hasta la playa; sabemos que no nos molestarán.

La siesta es larga, no tenemos ganas de volver al mar y ellas tampoco, las oímos hablar en la habitación y después en la veranda. Solas, desde luego. ¿Pero por qué desde luego? La noche puede ser diferente y la esperamos sin decirlo, ocupándonos de nada, demorándonos en mecedoras y cigarrillos y tragos, dejando apenas una luz en la veranda; las persianas del salón la filtran en finas láminas que no alejan la sombra del aire, el silencio de la espera. No esperamos nada, desde luego. ¿Por qué desde luego, por qué mentirnos si lo único que hacemos es esperar, como en Delft, como en tantas otras partes? Se puede esperar la nada o un murmullo desde el otro lado del tabique, un cambio en las voces. Más tarde se oirá un crujido de cama, empezará el silencio lleno de perros, de follajes movidos por las ráfagas. No va a llover esta noche.

Se van, a las ocho de la mañana llega un taxi a buscarlas, el chófer negro ríe y bromea bajándoles las valijas, los sacos de playa, grandes sombreros de paja, raquetas de tenis. Desde la veranda se ve el sendero, el taxi blanco; ellas no pueden distinguirnos entre las plantas, ni siquiera miran en nuestra dirección.

La playa está poblada de chicos de pescadores que juegan a la pelota antes de bañarse, pero hoy nos parece aún más vacía ahora que ellas no volverán a bajar. De regreso damos un rodeo sin pensarlo, en todo caso sin decidirlo expresamente, y pasamos frente a la otra ala del bungalow que siempre habíamos evitado. Ahora todo está realmente abandonado salvo nuestra ala. Probamos la puerta, se abre sin ruido, las muchachas han dejado la llave puesta por dentro, sin duda de acuerdo con el gerente que vendrá o no vendrá más tarde a limpiar el bungalow. Ya no nos sorprende que las cosas queden expuestas al capricho de cualquiera, como los vasos y los cubiertos del restaurante; vemos sábanas arrugadas, toallas húmedas, frascos vacíos, insecticidas, botellas de coca-cola y vasos, revistas en inglés, pastillas de jabón. Todo está tan solo, tan dejado. Huele a colonia, un olor joven. Dormían ahí, en la gran cama de sábanas con flores amarillas. Las dos. Y se hablaban, se hablaban antes de dormir. Se hablaban tanto antes de dormir.

La siesta es pesada, interminable porque no tenemos ganas de ir a la playa hasta que el sol esté bajo. Haciendo café o lavando los platos nos sorprendemos en el mismo gesto de atender, el oído tenso hacia el tabique. Deberíamos reírnos pero no. Ahora no, ahora que por fin y realmente es la soledad tan buscada y necesaria, ahora no nos reímos.

Preparar la cena lleva tiempo, complicamos a propósito las cosas más simples para que todo dure y la noche se cierre sobre la colina antes de que hayamos terminado de cenar. De cuando en cuando volvemos a descubrirnos mirando hacia el tabique, esperando lo que ya está tan lejos, un murmullo que ahora continuará en un avión o una cabina de barco. El gerente no ha venido, sabemos que el bungalow está abierto y vacío, que huele todavía a colonia y a piel joven. Bruscamente hace más calor, el silencio lo acentúa o la digestión o el hastío porque seguimos sin movernos de las mecedoras, apenas hamacándonos en la oscuridad, fumando y esperando. No lo confesaremos, por supuesto, pero sabemos que estamos esperando. Los sonidos de la noche crecen poco a poco, fieles al ritmo de las cosas y los astros; como si los mismos pájaros y las mismas ranas de anoche hubieran tomado posición y comenzado su canto en el mismo momento. También el coro de perros *(un horizonte de perros*, imposible no recordar el poema) y en la maleza el amor de las gatas que lacera el aire. Sólo falta el murmullo de las dos voces en el bungalow de al lado, y eso sí es silencio, el silencio. Todo lo demás resbala en los oídos que absurdamente se concentran en el tabique como esperando. Ni siquiera hablamos, temiendo aplastar con nuestras voces el imposible murmullo. Ya es muy tarde pero no tenemos sueño, el calor sigue subiendo en el salón sin que se nos ocurra abrir las dos puertas. No hacemos más que fumar y esperar lo inesperable; ni siquiera nos es dado jugar como al principio con la idea de que las muchachas podrían imaginarnos como migalas al acecho; ya no están ahí para atribuirles nuestra propia imaginación, volverlas espejos de esto que ocurre en la oscuridad, de esto que insoportablemente no ocurre.

Porque no podemos mentirnos, cada crujido de las mecedoras reemplaza un diálogo pero a la vez lo mantiene vivo. Ahora sabemos que todo era inútil, la fuga, el viaje, la esperanza de encontrar todavía un hueco oscuro sin testigos, un refugio propicio al recomienzo (porque el arrepentimiento no entra en nuestra naturaleza, lo que hicimos está hecho y lo recomenzaremos tan pronto nos sepamos a salvo de las represalias). Es como si de golpe toda la veteranía del pasado cesara de operar, nos abandonara como los dioses abandonan a Antonio en el poema de Cavafis. Si todavía pensamos en la estrategia que garantizó nuestro arribo a la isla, si imaginamos un momento los horarios posibles, los teléfonos eficaces en otros puertos y ciudades, lo hacemos con la misma indiferencia abstracta con que tan frecuentemente citamos poemas jugando las infinitas carambolas de la asociación mental. Lo peor es que no sabemos por qué, el cambio se ha operado desde la llegada, desde los primeros murmullos al otro lado del tabique que presumíamos una mera valla también abstracta para la soledad y el reposo. Que otra voz inesperada se sumara un momento a los susurros no tenía por qué ir más allá de un banal enigma de verano, el misterio de la pieza de al lado como el de la *Mary Celeste*, alimento frívolo de siestas y caminatas. Ni siquiera le damos importancia especial, no lo hemos mencionado jamás; solamente sabemos que ya es imposible dejar de prestar atención, de orientar hacia el tabique cualquier actividad, cualquier reposo.

Tal vez por eso, en la alta noche en que fingimos dormir, no nos desconcierta demasiado la breve, seca tos que viene del otro bungalow, su tono inconfundiblemente masculino. Casi no es una tos, más bien una señal involuntaria, a la vez discreta y penetrante como lo eran los murmullos de las muchachas pero ahora sí señal, ahora sí emplazamiento después de tanta charla ajena. Nos levantamos sin hablar, el silencio ha caído de nuevo en el salón, solamente uno de los perros aúlla y aúlla a lo lejos. Esperamos un tiempo sin medida posible; el visitante del bungalow calla también, también acaso espera o se ha echado a dormir entre las flores amarillas de las sábanas. No importa, ahora hay un acuerdo que nada tiene que ver con la voluntad, hay un término que prescinde de forma y de fórmulas; en algún momento nos acercaremos sin consultarnos, sin tratar siquiera de mirarnos en la oscuridad. No necesitamos mirarnos, sabemos que estamos pensando en Michael, en cómo también Michael volvió a la granja de Erik, sin ninguna razón aparente volvió aunque para él la granja ya estaba vacía como el bungalow de al lado, volvió como ha vuelto el visitante de las muchachas, igual que Michael y los otros volviendo como las moscas, volviendo sin saber que se los espera, que esta vez vienen a una cita diferente.

A la hora de dormir nos habíamos puesto como siempre los camisones; ahora los dejamos caer como manchas blancas y gelatinosas en el piso, desnudas vamos hacia la puerta y salimos al jardín. No hay más que bordear el seto que prolonga la división de las dos alas del bungalow; la puerta sigue cerrada pero sabemos que no lo está, que basta tocar el picaporte. No hay luz adentro cuando entramos juntas; es la primera vez en mucho tiempo que nos apoyamos la una en la otra para andar.

# II.

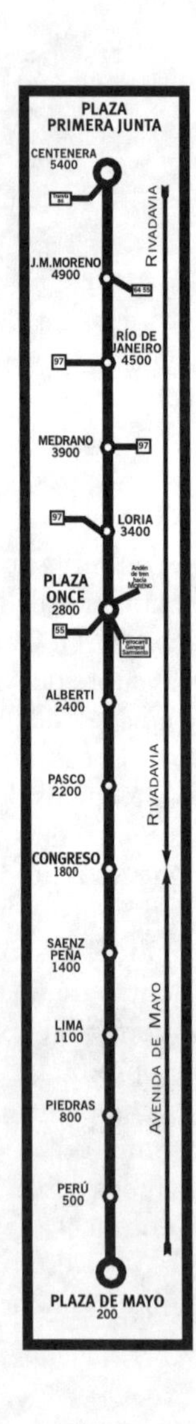
PLAZA PRIMERA JUNTA
CENTENERA 5400
J.M.MORENO 4900
64 55
RÍO DE JANEIRO 4500
97
MEDRANO 3900
97
LORIA 3400
97
PLAZA ONCE 2800
Andén de tren hacia MORENO
55
Ferrocarril General Sarmiento
ALBERTI 2400
PASCO 2200
CONGRESO 1800
SAENZ PEÑA 1400
LIMA 1100
PIEDRAS 800
PERÚ 500
PLAZA DE MAYO 200
RIVADAVIA
RIVADAVIA
AVENIDA DE MAYO

# Texto en una libreta

Lo del control de pasajeros surgió —es el caso de decirlo— mientras hablábamos de la indeterminación y de los residuos analíticos. Jorge García Bouza había hecho algunas alusiones al subte de Montreal antes de referirse concretamente a la red del Anglo en Buenos Aires. No me lo dijo pero sospecho que algo había tenido que ver con los estudios técnicos de la empresa —si era la empresa misma la que hizo el control—. Con procedimientos especiales, que mi ignorancia califica así aunque García Bouza insistió en su eficaz sencillez, se había llevado exacta cuenta de los pasajeros que usaban diariamente el subte dentro de una cierta semana. Como además interesaba conocer el porcentaje de afluencia a las distintas estaciones de la línea, así como el de viajes de extremo a extremo o entre las estaciones intermedias, el control se cumplió con la máxima severidad en todos los accesos y salidas desde Primera Junta a Plaza de Mayo; en aquel entonces, hablo de los años cuarenta, la línea del Anglo no estaba todavía conectada con las nuevas redes subterráneas, lo cual facilitaba los controles.

El lunes de la semana elegida se obtuvo una cifra global básica; el martes la cifra fue aproximadamente la misma; el miércoles, sobre un total análogo, se produjo lo inesperado: contra 113.987 personas ingresadas, la cifra de los que habían vuelto a la superficie fue de 113.983. El buen sentido sentenció cuatro errores de cálculo, y los responsables de la operación recorrieron los puestos de control buscando posibles negligencias. El inspector-jefe Montesano (hablo ahora con datos que García Bouza no conocía y que yo me procuré más tarde) llegó incluso a reforzar el personal adscrito al control. Sobrándole escrúpulos, hizo dragar el subte de extremo a extremo, y los obreros y el personal de los trenes tuvieron que exhibir sus carnets a la salida. Todo esto me hace ver ahora que el inspector-jefe Montesano sospechaba borrosamente el comienzo de lo que ahora nos consta a ambos. Agrego innecesariamente que nadie dio con el supuesto error que acababa de proponer (y eliminar a la vez) cuatro pasajeros inhallables.

El jueves todo funcionó bien; ciento siete mil trescientos veintiocho habitantes de Buenos Aires reaparecieron obedientes luego de su inmersión episódica en el subsuelo. El viernes (ahora, luego de las operaciones precedentes, el control podía considerarse como perfecto), la cifra de los que volvieron a salir excedió en uno a la de los controlados a la entrada. El sábado se obtuvieron cifras iguales, y la empresa estimó terminada su tarea. Los resultados anómalos no se dieron a conocer al público, y aparte del inspector-jefe Montesano y los técnicos a cargo de las máquinas totalizadoras en la estación Once, pienso que muy poca gente tuvo noticia de lo ocurrido. Creo también que esos pocos (continúo exceptuando al inspector-jefe) razonaron su necesidad de olvido con la simple atribución de un error a las máquinas o a sus operadores.

Esto pasaba en 1946 o a comienzos del 47. En los meses que siguieron me tocó viajar mucho en el Anglo;

de a ratos, porque el trayecto era largo, me volvía el recuerdo de aquella charla con García Bouza, y me sorprendía irónicamente mirando a la gente que me rodeaba en los asientos o se colgaba de las manijas de cuero como reses en los ganchos. Dos veces, en la estación José María Moreno, me pareció irrazonablemente que algunas gentes (un hombre, más tarde dos mujeres viejas) no eran simples pasajeros como los demás. Un jueves por la noche en la estación Medrano, después de ir al box y verlo a Jacinto Llanes ganar por puntos, me pareció que la muchacha casi dormida en el segundo banco del andén no estaba ahí para esperar el tren ascendente. En realidad subió al mismo coche que yo, pero solamente para bajar en Río de Janeiro y quedarse en el andén como si dudara de algo, como si estuviera tan cansada o aburrida.

Todo esto lo digo ahora, cuando ya no me queda nada por saber; así también después del robo la gente se acuerda de que muchachos mal entrazados rondaban la manzana. Y sin embargo, desde el comienzo, algo de esas aparentes fantasías que se tejen en la distracción iba más allá y dejaba como un sedimento de sospecha; por eso la noche en que García Bouza mencionó como un detalle curioso los resultados del control, las dos cosas se asociaron instantáneamente y sentí que algo se coagulaba en extrañeza, casi en miedo. Quizá, de los de fuera, fui el primero en saber.

A esto sigue un periodo confuso donde se mezclan el creciente deseo de verificar sospechas, una cena en *El Pescadito* que me acercó a Montesano y a sus recuerdos, y un descenso progresivo y cauteloso al subte entendido como otra cosa, como una lenta respiración diferente, un pulso que de alguna manera casi impensable no latía para la ciudad, no era ya solamente uno de los transportes de la ciudad. Pero antes de empezar realmente a bajar (no me refiero al hecho trivial de circular en el subte como todo el mundo) pasó un tiempo de reflexión y análisis. A lo largo de tres meses, en que preferí viajar en el tranvía 86 para evitar verificaciones o casualidades engañosas, me retuvo en la superficie una atendible teoría de Luis M. Baudizzone. Como le mencionara —casi en broma— el informe de García Bouza, creyó posible explicar el fenómeno por una especie de desgaste atómico previsible en las grandes multitudes. Nadie ha contado jamás a la gente que sale del estadio de River Plate un domingo de clásico, nadie ha cotejado esa cifra con la de la taquilla. Una manada de cinco mil búfalos corriendo por un desfiladero, ¿contiene las mismas unidades al entrar que al salir? El roce de las personas en la calle Florida corroe sutilmente las mangas de los abrigos, el dorso de los guantes. El roce de 113.987 viajeros en trenes atestados que los sacuden y los frotan entre ellos a cada curva y a cada frenada, puede tener como resultado (por anulación de lo individual y acción del desgaste sobre el ente multitud) la anulación de cuatro unidades al cabo de veinte horas. A la segunda anomalía, quiero decir el viernes en que hubo un pasajero de más, Baudizzone sólo alcanzó a coincidir con Montesano y atribuirlo a un error de cálculo. Al final de estas conjeturas más bien literarias yo me sentía de nuevo muy solo, yo que ni siquiera tenía conjeturas propias y en cambio un lento calambre en el estómago cada vez que llegaba a una boca del subte. Por eso seguí por mi cuenta un camino en espiral que me fue acercando poco a poco, por eso viajé tanto tiempo en tranvía antes de sentirme capaz de volver al Anglo, de bajar de veras y no solamente para tomar el subte.

Aquí hay que decir que de ellos no he tenido la menor ayuda, muy al contrario; esperarla o buscarla hubiera sido insensato. Ellos están ahí y ni siquiera saben que su historia escrita empieza en este mismo párrafo. Por mi parte no hubiera querido delatarlos, y en todo caso no mencionaré los pocos nombres que me fue dado conocer en esas semanas en que entré en su mundo; si he hecho todo esto, si escribo este informe, creo que mis razones fueron buenas, que quise ayudar a los porteños siempre afligidos por los problemas del transporte. Ahora ya ni siquiera eso cuenta, ahora tengo miedo, ahora ya no me animo a bajar ahí, pero es injusto tener que viajar lenta e incómodamente en tranvía cuando se está a dos pasos del subte que todo el mundo toma porque no tiene miedo. Soy lo bastante honesto para reconocer que si ellos son expulsados —sin escándalo, claro, sin que nadie se entere demasiado— voy a sentirme más tranquilo. Y no porque mi vida se haya visto amenazada mientras estaba ahí abajo, pero tampoco me sentí seguro un solo instante mientras avanzaba en mi investigación de tantas noches (ahí todo transcurre en la noche, nada más falso y teatral que los chorros de sol que irrumpen de los tragaluces entre dos estaciones, o ruedan hasta la mitad de las escaleras de acceso a las estaciones); es bien posible que algo haya terminado por delatarme, y que ellos ya sepan por qué paso tantas horas en el subte, así como yo los distingo inmediatamente entre la muchedumbre apretujada de las estaciones. Son tan pálidos, proceden con tan manifiesta eficiencia; son tan pálidos y están tan tristes, casi todos están tan tristes.

Curiosamente, lo que más me preocupó desde un comienzo fue llegar a saber cómo vivían, sin que las razones de esa vida me parecieran lo más importante. Casi en seguida abandoné una idea de vías muertas o socavones abandonados; la existencia de todos ellos era manifiesta y coincidía con el ir y venir de los pasajeros entre las estaciones. Es cierto que entre Loria y Plaza Once se atisba vagamente un Hades lleno de fraguas, desvíos, depósitos de materiales y raras casillas con vidrios ennegrecidos. Esa especie de Niebeland se entrevé unos pocos segundos mientras el tren nos sacude casi brutalmente en las curvas de entrada a la estación que tanto brilla por contraste. Pero me bastó pensar en la cantidad de obreros y capataces que comparten esas sucias galerías para desecharlas como reducto aprovechable; ellos no se hubieran expuesto allí, por lo menos en las primeras etapas. Me bastaron unos cuantos viajes de observación para darme cuenta de que en ninguna parte, fuera de la línea misma —quiero decir las estaciones con sus andenes, y los trenes en casi permanente movimiento—, había lugar y condiciones que se prestaran a su vida. Fui eliminando vías muertas, bifurcaciones y depósitos hasta llegar a la clara y horrible verdad por residuo necesario, ahí en ese reino crepuscular donde la noción de residuo volvía una y otra vez. Esa existencia que bosquejo (algunos dirán que propongo) se me dio condicionada por la necesidad más brutal e implacable; del rechazo sucesivo de posibilidades fue surgiendo la única posibilidad restante. Ellos, ahora estaba demasiado claro, no se localizan en parte alguna; viven en el subte, en los trenes del subte, moviéndose continuamente. Su existencia y su circulación de leucocitos —¡son tan pálidos!— favorece el anonimato que hasta hoy los protege.

Llegado a esto, lo demás era evidente. Salvo al amanecer y en la alta noche, los trenes del Anglo no están nunca vacíos, porque los porteños son noctámbulos y siempre hay unos pocos pasajeros que van y vienen antes del cierre de las rejas de las estaciones. Podría imaginarse un último tren ya inútil, que corre cumpliendo el horario aunque ya no lo aborde nadie, pero nunca me fue dado verlo. O más bien sí, alcancé a verlo algunas veces pero sólo para mí estaba realmente vacío; sus raros pasajeros eran una parte de ellos, que continuaban su noche cumpliendo instrucciones inflexibles. Nunca pude ubicar la naturaleza de su refugio forzoso durante las tres horas muertas en que el Anglo se detiene, de dos a cinco de la mañana. O se quedan en un tren que va a una vía muerta (y en ese caso el conductor tiene que ser uno de ellos) o se confunden episódicamente con el personal de limpieza nocturna. Esto último es lo menos probable, por una cuestión de indumentaria y de relaciones personales, y prefiero sospechar la utilización del túnel, desconocido por los pasajeros corrientes, que conecta la estación del Once con el puerto. Además, ¿por qué la sala con la advertencia *Entrada prohibida* en la estación José María Moreno está llena de rollos de papel, sin contar un raro arcón donde pueden guardarse cosas? La fragilidad visible de esa puerta se presta a las peores sospechas; pero con todo, aunque tal vez sea poco razonable, mi parecer es que ellos continúan de algún modo su existencia ya descrita, sin salir de los trenes o del andén de las estaciones; una necesidad estética me da en el fondo la certidumbre, acaso la razón. No parece haber residuos válidos en esa permanente circulación que los lleva y los trae entre las dos terminales.

He hablado de necesidades estéticas, pero quizá esas razones sean solamente pragmáticas. El plan exige una gran simplicidad para que cada uno de ellos pueda reaccionar mecánicamente y sin errores frente a los momentos sucesivos que comporta su permanente vida bajo tierra. Por ejemplo, como pude verificarlo después de una larga paciencia, cada uno sabe que no debe hacer más de un viaje en el mismo coche para no llamar la atención; en cambio en la terminal de Plaza de Mayo les está dado quedarse en su asiento, ahora que la congestión del transporte hace que mucha gente suba al tren en Florida para ganar un asiento y adelantarse así a los que esperan en la terminal. En Primera Junta la operación es diferente, les basta con descender, caminar unos metros y mezclarse con los pasajeros que ocupan el tren de la vía opuesta. En todos los casos juegan con la ventaja de que la enorme mayoría de los pasajeros no hacen más que un viaje parcial. Como sólo volverán a tomar el subte mucho después, entre treinta minutos si van a una diligencia corta y ocho horas si son empleados u obreros, es improbable que puedan reconocer a los que siguen ahí abajo, máxime cambiando continuamente de vagones y de trenes. Este último cambio, que me costó verificar, es mucho más sutil y responde a un esquema inflexible destinado a impedir posibles adherencias visuales en los guardatrenes o los pasajeros que coinciden (dos veces sobre cinco, según las horas y la afluencia de público) con los mismos trenes. Ahora sé, por ejemplo, que la muchacha que esperaba en Medrano aquella noche había bajado del tren anterior al que yo tomé, y que subió al siguiente luego de viajar conmigo hasta Río de Janeiro; como todos ellos, tenía indicaciones precisas hasta el fin de la semana.

La costumbre les ha enseñado a dormir en los asientos, pero sólo por periodos de un cuarto de hora como máximo. Incluso los que viajamos episódicamente en el Anglo terminamos por poseer una memoria táctil del itinerario, la entrada en las pocas curvas de la línea nos dice infaliblemente si salimos de Congreso hacia Sáenz Peña o remontamos hacia Loria. En ellos el hábito es tal que despiertan en el momento preciso para descender y cambiar de coche o de tren. Duermen con dignidad, erguidos, la cabeza apenas inclinada sobre el pecho. Veinte cuartos de hora les bastan para descansar, y además tienen a su favor esas tres horas vedadas a mi conocimiento en que el Anglo se cierra al público. Cuando llegué a saber que poseían por lo menos un tren, lo que confirmaba acaso mi hipótesis de la vía muerta en las horas de cierre, me dije que su vida hubiera adquirido un valor de comunidad casi agradable si les hubiera sido dado viajar todos juntos en ese tren. Rápidas pero deliciosas comidas colectivas entre estación y estación, sueño ininterrumpido en un viaje de terminal a terminal, incluso la alegría del diálogo y los contactos entre amigos y por qué no parientes. Pero llegué a comprobar que se abstienen severamente de reunirse en su tren (si es solamente uno, puesto que sin duda su número aumenta paulatinamente); saben de sobra que cualquier identificación les sería fatal, y que la memoria recuerda mejor tres caras juntas a un tiempo, como dice el destrabalenguas, que a meros individuos aislados.

Su tren les permite un fugaz conciliábulo cuando necesitan recibir e irse pasando la nueva tabulación semanal que el Primero de ellos prepara en hojitas de block y distribuye cada domingo a los jefes de grupo; allí también reciben el dinero para la alimentación de la semana, y un emisario del Primero (sin duda el conductor del tren) escucha lo que cada uno tiene que decirle en materia de ropas, mensajes al exterior y estado de salud. El programa consiste en una alternación tal de trenes y de coches que un encuentro es prácticamente imposible y sus vidas vuelven a distanciarse hasta el fin de la semana. Presumo —todo esto he llegado a entenderlo después de tensas proyecciones mentales, de sentirme ellos y sufrir o alegrarme como ellos— que esperan cada domingo como nosotros allá arriba esperamos la paz del nuestro. Que el Primero haya elegido ese día no responde a un respeto tradicional que me hubiera sorprendido en ellos; simplemente sabe que los domingos hay otro tipo de pasajeros en el subte, y por eso cualquier tren es más anónimo que un lunes o un viernes.

Juntando delicadamente tantos elementos del mosaico pude comprender la fase inicial de la operación y la toma del tren. Los cuatro primeros, como lo prueban las cifras del control, bajaron un martes. Esa tarde, en el andén de Sáenz Peña, estudiaron la cara enjaulada de los conductores que iban pasando. El Primero hizo una señal, y abordaron un tren. Había que esperar la salida de Plaza de Mayo, disponer de trece estaciones por delante, y que el guarda estuviera en otro coche. Lo más difícil era llegar a un momento en que quedaran solos; los ayudó una disposición caballeresca de la Corporación de Transportes de la Ciudad de Buenos Aires, que otorga el primer coche a las señoras y a los niños, y una modalidad porteña consistente en un sensible desprecio hacia ese coche. En Perú viajaban dos señoras hablando de la liquidación de la Casa Lamota (donde se viste Carlota) y un chico sumido en la inadecuada lectura de *Rojo y Negro* (la revista, no Stendhal). El guarda estaba hacia la mitad del tren cuando el Primero entró en el coche para señoras y golpeó discretamente en la puerta de la cabina del conductor. Éste abrió sorprendido pero sin sospechar nada, y ya el tren subía hacia Piedras. Pasaron Lima, Sáenz Peña y Congreso sin novedad. En Pasco hubo alguna demora en salir, pero el guarda estaba en la otra punta del tren y no se preocupó. Antes de llegar a Río de Janeiro el Primero había vuelto al coche donde lo esperaban los otros tres. Cuarenta y ocho horas más tarde un conductor vestido de civil, con ropa un poco grande, se mezclaba con la gente que salía en Medrano, y le daba al inspector-jefe Montesano el desagrado de aumentarle en una unidad la cifra del día viernes. Ya el Primero conducía su tren, con los otros tres ensayando furtivamente para reemplazarlo cuando llegara el momento. Descuento que poco a poco hicieron lo mismo con los guardas correspondientes a los trenes que iban tomando.

Dueños de más de un tren, ellos disponen de un territorio móvil donde pueden operar con alguna seguridad. Probablemente nunca sabré por qué los conductores del Anglo cedieron a la extorsión o al soborno del

Primero, ni cómo esquiva éste su posible identificación cuando enfrenta a otros miembros del personal, cobra su sueldo o firma planillas. Sólo pude proceder periféricamente, descubriendo uno a uno los mecanismos inmediatos de la vida vegetativa, de la conducta exterior. Me fue duro admitir que se alimentaban casi exclusivamente con los productos que se venden en los quioscos de las estaciones, hasta llegar a convencerme de que el más extremo rigor preside esta existencia sin halagos. Compran chocolates y alfajores, barras de dulce de leche y de coco, turrones y caramelos nutritivos. Los comen con el aire indiferente del que se ofrece una golosina, pero cuando viajan en alguno de sus trenes las parejas osan comprar un alfajor de los grandes, con mucho dulce de leche y grajeas, y lo van comiendo vergonzosamente, de a trocitos, con la alegría de una verdadera comida. Nunca han podido resolver en paz el problema de la alimentación en común, cuántas veces tendrán mucha hambre, y el dulce les repugnará y el recuerdo de la sal como un golpe de ola cruda en la boca los llenará de horrible delicia, y con la sal el gusto del asado inalcanzable, la sopa oliendo a perejil y a apio. (En esa época se instaló una churrasquería en la estación del Once, a veces llega hasta el andén del subte el olor humoso de los chorizos y los sándwiches de lomo. Pero ellos no pueden usarla porque está del otro lado de los molinetes, en el andén del tren a Moreno).

Otro duro episodio de sus vidas es la ropa. Se desgastan los pantalones, las faldas, las enaguas. Poco estropean las chaquetas y las blusas, pero después de un tiempo tienen que cambiarse, incluso por razones de seguridad. Una mañana en que seguía a uno de ellos procurando aprender más de sus costumbres, descubrí las relaciones que mantienen con la superficie. Es así: ellos bajan de a uno en la estación tabulada, en el día y la hora tabulados. Alguien viene de la superficie con la ropa de recambio (después verifiqué que era un servicio completo; ropa interior limpia en cada caso, y un traje o vestido planchados de tanto en tanto), y los dos suben al mismo coche del tren que sigue. Allí pueden hablar, el paquete pasa del uno al otro y en la estación siguiente ellos se cambian —es la parte más penosa— en los siempre inmundos excusados. Una estación más allá el mismo agente los está esperando en el andén; viajan juntos hasta la próxima estación, y el agente vuelve a la superficie con el paquete de ropa usada.

Por pura casualidad, y después de haberme convencido de que conocía ya casi todas sus posibilidades en ese terreno, descubrí que además de los intercambios periódicos de ropas tienen un depósito donde almacenan precariamente algunas prendas y objetos para casos de emergencia, quizá para cubrir las primeras necesidades cuando llegan los nuevos, cuyo número no puedo calcular pero que imagino grande. Un amigo me presentó en la calle a un viejo que se esfuerza como *bouquiniste* en las recovas del Cabildo. Yo andaba buscando un número viejo de *Sur*; para mi sorpresa y quizá mi admisión de lo inevitable el librero me hizo bajar a la estación Perú y torcer a la izquierda del andén donde nace un pasillo muy transitado y con poco aire de subterráneo. Allí tenía su depósito, lleno de pilas confusas de libros y revistas. No encontré *Sur* pero en cambio había una puertecita entornada que daba a otra pieza; vi a alguien de espaldas, con la nuca blanquísima que tienen ya todos ellos; a sus pies alcancé a sospechar una cantidad de abrigos, unos pañuelos, una bufanda roja. El librero pensaba que era un minorista o un concesionario como él; se lo dejé creer y le compré *Trilce* en una bella edición. Pero ya en esto de la ropa supe cosas horribles. Como tienen dinero de sobra y ambicionan gastarlo (pienso que en las cárceles de costumbres amables es lo mismo) satisfacen caprichos inofensivos con una violencia que me conmueve. Yo seguía entonces a un muchacho rubio, lo veía siempre con el mismo traje marrón; sólo le cambiaba la corbata, dos o tres veces al día entraba en los lavatorios para eso. Un mediodía se bajó en Lima para comprar una corbata en el puesto del andén; estuvo largo rato eligiendo, sin decidirse; era su gran escapada, su farra de los sábados. Yo le veía en los bolsillos del saco el bulto de las otras corbatas, y sentí algo que no estaba por debajo del horror.

Ellas se compran pañuelitos, pequeños juguetes, llaveros, todo lo que cabe en los quioscos y los bolsos. A veces bajan en Lima o Perú y se quedan mirando las vitrinas del andén donde se exhiben muebles, miran largamente los armarios y las camas, miran los muebles con un deseo humilde y contenido, y cuando compran el diario o *Maribel* se demoran absortas en los avisos de liquidaciones, de perfumes, los figurines y los guantes. También están a punto de olvidar sus instrucciones de indiferencia y despego cuando ven subir a las madres que llevan de paseo a sus niños; dos de ellas, las vi con pocos días de diferencia, llegaron a abandonar sus asientos y viajar de pie cerca de los niños, rozándose casi contra ellos; no me hubiera asombrado demasiado que les acariciaran el pelo o les dieran un caramelo, cosas que no se hacen en el subte de Buenos Aires y probablemente en ningún subte.

Mucho tiempo me pregunté por qué el Primero había elegido precisamente uno de los días de control para bajar con los otros tres. Conociendo su método, ya que no a él todavía, creí erróneo atribuirlo a jactancia, al deseo de causar escándalo si se publicaban las diferencias de cifras. Más acorde con su sagacidad reflexiva era sospechar que en esos días la atención del personal del Anglo estaba puesta, directa o inconscientemente, en las operaciones de control. La toma del tren resultaba así más factible; incluso el retorno a la superficie del conductor sustituido no podía traerle consecuencias peligrosas. Sólo tres meses después el encuentro casual en el Parque Lezama del ex conductor con el inspector-jefe Montesano, y las taciturnas inferencias de este último, pudieron acercarlo y acercarme a la verdad.

Para ese entonces —hablo casi de ahora— ellos tenían tres trenes en su posesión y creo, sin seguridad, que un puesto en las cabinas de coordinación de Primera Junta. Un suicidio abrevió mis últimas dudas. Esa tarde había seguido a una de ellas y la vi entrar en la casilla telefónica de la estación José María Moreno. El andén estaba casi vacío, y yo apoyé la cara en el tabique lateral, fingiendo el cansancio de los que vuelven del trabajo. Era la primera vez que veía a uno de ellos en una casilla telefónica, y no me había sorprendido el aire furtivo y como asustado de la muchacha, su instante de vacilación antes de mirar en torno y entrar en la casilla. Oí pocas cosas, llorar, un ruido de bolso abriéndose, sonarse, y después: «Pero el canario, ¿vos lo cuidás, verdad? ¿Vos le das el alpiste todas las mañanas, y el pedacito de vainilla?». Me asombró esa banalidad, porque esa voz no era una voz que estuviera transmitiendo un mensaje basado en cualquier código, las lágrimas mojaban esa voz, la ahogaban. Subí a un tren antes de que ella pudiera descubrirme y di toda la vuelta, continuando un control de tiempos y de cambio de ropas. Cuando entrábamos otra vez en José María Moreno, ella se tiró después de persignarse (dicen); la reconocí por los zapatos rojos y el bolso claro. Había un gentío enorme, y muchos rodeaban al conductor y al guarda a la espera de la policía. Vi que los dos eran de ellos (son tan pálidos) y pensé que lo ocurrido probaría allí mismo la solidez de los planes del Primero, porque una cosa es suplantar a alguien en las profundidades y otra resistir a un examen policial. Pasó una semana sin novedad, sin la menor secuela de un suicidio banal y casi cotidiano; entonces empecé a tener miedo de bajar.

Ya sé que aún me falta saber muchas cosas, incluso las capitales, pero el miedo es más fuerte que yo. En estos días llego apenas a la boca de Lima, que es mi estación, huelo ese olor caliente, ese olor Anglo que sube hasta la calle; oigo pasar los trenes. Entro a un café y me trato de imbécil, me pregunto cómo es posible renunciar a tan pocos pasos de la revelación total. Sé tantas cosas, podría ser útil a la sociedad denunciando lo que ocurre. Sé que en las últimas semanas tenían ya ocho trenes, y que su número crece rápidamente. Los nuevos son todavía irreconocibles porque la decoloración de la piel es muy lenta y sin duda extreman las precauciones; los planes del Primero no parecen tener fallas, y me resulta imposible calcular su número. Sólo el instinto me dijo, cuando todavía me animaba a estar abajo y a seguirlos, que la mayoría de los trenes está ya llena de ellos, que los pasajeros ordinarios encuentran más y más difícil viajar a toda hora; y no puede sorprenderme que los diarios pidan nuevas líneas, más trenes, medidas de emergencia.

Vi a Montesano, le dije algunas cosas y esperé que adivinara otras. Me pareció que desconfiaba de mí, que seguía por su cuenta alguna pista o más bien que prefería desentenderse con elegancia de algo que iba más allá de su imaginación, sin hablar de la de sus jefes. Comprendí que era inútil volver a hablarle, que podría acusarme de complicarle la vida con fantasías acaso paranoicas, sobre todo cuando me dijo golpeándome la espalda: «Usted está cansado, usted debería viajar».

Pero donde yo debería viajar es en el Anglo. Me sorprende un poco que Montesano no se decida a tomar medidas, por lo menos contra el Primero y los otros tres, para cortar por lo alto ese árbol que hunde más y más sus raíces en el asfalto y la tierra. Hay ese olor a encerrado, se oyen los frenos de un tren y después la bocanada de gente que trepa la escalera con el aire bovino de los que han viajado de pie, hacinados en coches siempre llenos. Yo debería acercarme, llevarlos aparte de a uno y explicarles; entonces oigo entrar otro tren y me vuelve el miedo. Cuando reconozco a alguno de los agentes que baja o sube con el paquete de ropas, me escondo en el café y no me animo a salir por largo rato. Pienso, entre dos vasos de ginebra, que apenas recobre el valor bajaré para cerciorarme de su número. Yo creo que ahora poseen todos los trenes, la administración de muchas estaciones y parte de los talleres. Ayer pensé que la vendedora del quiosco de golosinas de Lima podría informarme indirectamente sobre el forzoso aumento de sus ventas. Con un esfuerzo apenas superior al calambre que me apretaba el estómago pude bajar al andén, repitiéndome que no se trataba de subir a un tren, de mezclarme con ellos; apenas dos preguntas y volver a la superficie, volver a estar a salvo. Eché la moneda en el molinete y me acerqué al quiosco; iba a comprar un Milkibar cuando vi que la vendedora me estaba mirando fijamente. Hermosa pero tan pálida, tan pálida. Corrí desesperado hacia las escaleras, subí tropezándome. Ahora sé que no podría volver a bajar; me conocen, al final han acabado por conocerme.

He pasado una hora en el café sin decidirme a pisar de nuevo el primer peldaño de la escalera, quedarme ahí entre la gente que sube y baja, ignorando a los que me miran de reojo sin comprender que no me decida a moverme en una zona donde todos se mueven. Me parece casi inconcebible haber llevado a término el análisis de sus métodos generales y no ser capaz de dar el paso final que me permita la revelación de sus identidades y de sus propósitos. Me niego a aceptar que el miedo me apriete de esta manera el pecho; tal vez me decida, tal vez lo mejor sea apoyarme en la barandilla de la escalera y gritar lo que sé de su plan, lo que creo saber sobre el Primero (lo diré, aunque Montesano se disguste si le desbarato su propia pesquisa) y sobre todo las consecuencias de todo esto para la población de Buenos Aires. Hasta ahora he seguido escribiendo en el café, la tranquilidad de estar en la superficie y en un lugar neutro me llena de una calma que no tenía cuando bajé hasta el quiosco. Siento que de alguna manera voy a volver a bajar, que me obligaré paso a paso a bajar la escalera, pero entre tanto lo mejor será terminar mi informe para mandarlo al Intendente o al jefe de policía, con una copia para Montesano, y después pagaré el café y seguramente bajaré, de eso estoy seguro aunque no sé cómo voy a hacerlo, de dónde voy a sacar fuerzas para bajar peldaño a peldaño ahora que me conocen, ahora que al final han acabado por conocerme, pero ya no importa, antes de bajar tendré listo el borrador, diré señor Intendente o señor jefe de policía, hay alguien allí abajo que camina, alguien que va por los andenes y cuando nadie se da cuenta, cuando solamente yo puedo saber y escuchar, se encierra en una cabina apenas iluminada y abre el bolso. Entonces llora, primero llora un poco y después, señor Intendente, dice: «Pero el canario, ¿vos lo cuidás, verdad? ¿Vos le das el alpiste todas las mañanas, y el pedacito de vainilla?».

# Recortes de prensa

*Aunque no creo necesario decirlo, el primer recorte es real y el segundo imaginario*

El escultor vive en la calle Riquet, lo que no me parece una idea acertada pero en París no se puede elegir demasiado cuando se es argentino y escultor, dos maneras habituales de vivir difícilmente en esta ciudad. En realidad nos conocemos mal, desde pedazos de tiempo que abarcan ya veinte años; cuando me telefoneó para hablarme de un libro con reproducciones de sus trabajos más recientes y pedirme un texto que pudiera acompañarlas, le dije lo que siempre conviene decir en estos casos, o sea que él me mostraría sus esculturas y después veríamos, o más bien veríamos y después.

Fui por la noche a su departamento y al principio hubo café y finteos amables, los dos sentíamos lo que inevitablemente se siente cuando alguien le muestra su obra a otro y sobreviene ese momento casi siempre temible en que las hogueras se encenderán o habrá que admitir, tapándolo con palabras, que la leña estaba mojada y daba más humo que calor. Ya antes, por teléfono, él me había comentado sus trabajos, una serie de pequeñas esculturas cuyo tema era la violencia en todas las latitudes políticas y geográficas que abarca el hombre como lobo del hombre. Algo sabíamos de eso, una vez más dos argentinos dejando subir la marea de los recuerdos, la cotidiana acumulación del espanto a través de cables, cartas, repentinos silencios. Mientras hablábamos, él iba despejando una mesa; me instaló en un sillón propicio y empezó a traer las esculturas, las ponía bajo una luz bien pensada, me dejaba mirarlas despacio y después las hacía girar poco a poco; casi no hablábamos ahora, ellas tenían la palabra y esa palabra seguía siendo la nuestra. Una tras otra hasta completar una decena o algo así, pequeñas y filiformes, arcillosas o enyesadas, naciendo de alambres o de botellas pacientemente envueltas por el trabajo de los dedos y la espátula, creciendo desde latas vacías y objetos que sólo la confidencia del escultor me dejaba conocer por debajo de cuerpos y cabezas, de brazos y de manos. Era tarde en la noche, de la calle llegaba apenas un ruido de camiones pesados, una sirena de ambulancia.

Me gustó que en el trabajo del escultor no hubiera nada de sistemático o demasiado explicativo, que cada pieza contuviera algo de enigma y que a veces fuera necesario mirar largamente para comprender la modalidad que en ella asumía la violencia; las esculturas me parecieron al mismo tiempo ingenuas y sutiles, en todo caso sin tremendismo ni extorsión sentimental. Incluso la tortura, esa forma última en que la violencia se cumple en el horror de la inmovilidad y el aislamiento, no había sido mostrada con la dudosa minucia de tantos afiches y textos y películas que volvían a mi memoria también dudosa, también demasiado pronta a guardar imágenes y devolverlas para vaya a saber qué oscura complacencia. Pensé que si escribía el texto que me había pedido el escultor, si escribo el texto que me pedís, le dije, será un texto como esas piezas, jamás me dejaré llevar por la facilidad que demasiado abunda en este terreno.

—Eso es cosa tuya, Noemí —me dijo—. Yo sé que no es fácil, llevamos tanta sangre en los recuerdos que a veces uno se siente culpable de ponerle límites, de manearlo para que no nos inunde del todo.

—A quién se lo decís. Mirá este recorte, yo conozco a la mujer que lo firma y estaba enterada de algunas cosas por informes de amigos. Pasó hace tres años como pudo pasar anoche o como puede estar pasando en este mismo momento en Buenos Aires o en Montevideo. Justamente antes de salir para tu casa abrí la carta de un amigo y encontré el recorte. Dame otro café mientras lo leés, en realidad no es necesario que lo leas después de lo que me mostraste pero no sé, me sentiré mejor si también vos lo leés.

Lo que él leyó era esto:

> La que suscribe, Laura Beatriz Bonaparte Bruschtein, domiciliada en Atoyac, número 26, distrito 10, Colonia Cuauhtémoc, México 5, D.F., desea comunicar a la opinión pública el siguiente testimonio:
>
> 1. Aída Leonora Bruschtein Bonaparte, nacida el 21 de mayo de 1951 en Buenos Aires, Argentina, de profesión maestra alfabetizadora.
>
> *Hecho*: A las diez de la mañana del 24 de diciembre de 1975 fue secuestrada por personal del Ejército argentino (Batallón 601) en su puesto de trabajo, en Villa Miseria Monte Chingolo, cercana a la Capital Federal.
>
> El día precedente ese lugar había sido escenario de una batalla que había dejado un saldo de más de cien muertos, incluidas personas del lugar. Mi hija, después de secuestrada, fue llevada a la guarnición militar Batallón 601.
>
> Allí fue brutalmente torturada, al igual que otras mujeres. Las que sobrevivieron fueron fusiladas esa misma noche de Navidad. Entre ellas estaba mi hija.
>
> La sepultura de los muertos en combate y de los civiles secuestrados, como es el caso de mi hija, demoró alrededor

de cinco días. Todos los cuerpos, incluido el de ella, fueron trasladados con palas mecánicas desde el batallón a la comisaría de Lanús, de allí al cementerio de Avellaneda, donde fueron enterrados en una fosa común

Yo seguía mirando la última escultura que había quedado sobre la mesa, me negaba a fijar los ojos en el escultor que leía en silencio. Por primera vez escuché un tictac de reloj de pared, venía del vestíbulo y era lo único audible en ese momento en que la calle se iba quedando más y más desierta; el leve sonido me llegaba como un metrónomo de la noche, una tentativa de mantener vivo el tiempo dentro de ese agujero en que estábamos como metidos los dos, esa duración que abarcaba una pieza de París y un barrio miserable de Buenos Aires, que abolía los calendarios y nos dejaba cara a cara frente a eso, frente a lo que solamente podíamos llamar eso, todas las calificaciones gastadas, todos los gestos del horror cansados y sucios.

—*Las que sobrevivieron fueron fusiladas esa misma noche de Navidad* —leyó en voz alta el escultor—. A lo mejor les dieron pan dulce y sidra, acordate de que en Auschwitz repartían caramelos a los niños antes de hacerlos entrar en las cámaras de gas.

Debió ver cualquier cosa en mi cara, hizo un gesto de disculpa y yo bajé los ojos y busqué otro cigarrillo.

Supe oficialmente del asesinato de mi hija en el juzgado número 8 de la ciudad de La Plata, el día 8 de enero de 1976. Luego fui derivada a la comisaría de Lanús, donde después de tres horas de interrogatorio se me dio el lugar donde estaba situada la fosa. De mi hija sólo me ofrecieron ver las manos cortadas de su cuerpo y puestas en un frasco, que lleva el número 24. Lo que quedaba de su cuerpo no podía ser entregado, porque era secreto militar. Al día siguiente fui al cementerio de Avellaneda, buscando el tablón número 28. El comisario me había dicho que allí encontraría «lo que quedaba de ella, porque no podían llamarse cuerpos los que les habían sido entregados». La fosa era un espacio de tierra recién removido, de cinco metros por cinco, más o menos al fondo del cementerio. Yo sé ubicar la fosa. Fue terrible darme cuenta de qué manera habían sido asesinadas y sepultadas más de cien personas, entre las que estaba mi hija.

2. Frente a esta situación infame y de tan indescriptible crueldad, en enero de 1976, yo, domiciliada en la calle Lavalle, 730, quinto piso, distrito nueve, en la Capital Federal, entablo al Ejército argentino un juicio por asesinato. Lo hago en el mismo tribunal de La Plata, el número 8, juzgado civil.

—Ya ves, todo esto no sirve de nada —dijo el escultor, barriendo el aire con un brazo tendido—. No sirve de nada, Noemí, yo me paso meses haciendo estas mierdas, vos escribís libros, esa mujer denuncia atrocidades, vamos a congresos y a mesas redondas para protestar, casi llegamos a creer que las cosas están cambiando, y entonces te bastan dos minutos de lectura para comprender de nuevo la verdad, para...

—Sh, yo también pienso cosas así en el momento —le dije con la rabia de tener que decirlo—. Pero si las aceptara sería como mandarles a ellos un telegrama de adhesión, y además lo sabés muy bien, mañana te levantarás y al rato estarás modelando otra escultura y sabrás que yo estoy delante de mi máquina y pensarás que somos muchos aunque seamos tan pocos, y que la disparidad de fuerzas no es ni será nunca una razón para callarse. Fin del sermón. ¿Acabaste de leer? Tengo que irme, che.

Hizo un gesto negativo, mostró la cafetera.

*Consecuentemente a este recurso legal mío, se sucedieron los siguientes hechos*:

3. En marzo de 1976, Adrián Saidón, argentino de veinticuatro años, empleado, prometido de mi hija, fue asesinado en una calle de la ciudad de Buenos Aires por la policía, que avisó a su padre.

Su cuerpo no fue restituido a su padre, doctor Abraham Saidón, porque era secreto militar.

4. Santiago Bruschtein, argentino, nacido el 25 de diciembre de 1918, padre de mi hija asesinada, mencionada en primer lugar, de profesión doctor en bioquímica, con laboratorio en la ciudad de Morón.

*Hecho*: el 11 de junio de 1976, a las 12 de mediodía, llegan a su departamento de la calle Lavalle, 730, quinto piso, departamento 9, un grupo de militares vestidos de civil. Mi marido, asistido por una enfermera, se encontraba en su lecho casi moribundo, a causa de un infarto, y con un pronóstico de tres meses de vida. Los militares le preguntaron por mí y por nuestros hijos, y agregaron que: «*Cómo un judío hijo de puta puede atreverse a abrir una causa por asesinato al Ejército argentino.*» Luego le obligaron a levantarse, y *golpeándolo* lo subieron a un automóvil, sin permitirle llevarse sus medicinas.

Testimonios oculares han afirmado que para la detención el Ejército y la policía usaron alrededor de veinte coches. De él no hemos sabido nunca nada más. Por informaciones no oficiales, nos hemos enterado que falleció súbitamente en los comienzos de la tortura.

—Y yo estoy aquí, a miles de kilómetros, discutiendo con un editor qué clase de papel tendrán que llevar las fotos de las esculturas, el formato y la tapa.

—Bah, querido, en estos días yo estoy escribiendo un cuento donde se habla nada menos que de los problemas psi-co-ló-gi-cos de una chica en el momento de la pubertad. No empieces a autotorturarte, ya basta con la verdadera, creo.

—Lo sé, Noemí, lo sé, carajo. Pero siempre es igual, siempre tenemos que reconocer que todo eso sucedió en otro espacio, sucedió en otro tiempo. Nunca estuvimos ni estaremos allí, donde acaso...

(Me acordé de algo leído de chica, quizá en Agustín Thierry, un relato de cuando un santo que vaya a saber cómo se llamaba convirtió al cristianismo a Clodoveo y a su nación, de ese momento en que le estaba describiendo a Clodoveo el flagelamiento y la crucifixión de Jesús, y el rey se alzó en su trono blandiendo su lanza y gritando: «¡Ah, si yo hubiera estado ahí con mis francos!», maravilla de un deseo imposible, la misma rabia impotente del escultor perdido en la lectura).

5. Patricia Villa, argentina, nacida en Buenos Aires en 1952, periodista, trabajaba en la agencia *Inter Press Service*, y es hermana de mi nuera.
*Hecho:* Lo mismo que su prometido, Eduardo Suárez, también periodista, fueron arrestados en septiembre de 1976 y conducidos presos a Coordinación General, de la policía federal de Buenos Aires. Una semana después del secuestro, se le comunica a su madre, que hizo las gestiones legales pertinentes, que lo lamentaban, que había sido un error. Sus cuerpos no han sido restituidos a sus familiares.
6. Irene Mónica Bruschtein Bonaparte de Ginzberg, de veintidós años, de profesión artista plástica, casada con Mario Ginzberg, maestro mayor de obras, de veinticuatro años.
*Hecho:* El día 11 de marzo de 1977, a las 6 de la mañana, llegaron al departamento donde vivían fuerzas conjuntas del Ejército y la policía, llevándose a la pareja y dejando a sus hijitos: Victoria, de dos años y seis meses, y Hugo Roberto, de un año y seis meses, abandonados en la puerta del edificio. Inmediatamente hemos presentado recur-

so de *habeas corpus*, yo, en el consulado de México, y el padre de Mario, mi consuegro, en la Capital Federal.
He pedido por mi hija Irene y Mario, denunciando esta horrenda secuencia de hechos a: Naciones Unidas, OEA, Amnesty International, Parlamento Europeo, Cruz Roja, etc.
No obstante, hasta ahora no he recibido noticias de su lugar de detención. Tengo una firme esperanza de que todavía estén con vida.
*Como madre, imposibilitada de volver a Argentina por la situación de persecución familiar que he descrito, y como los recursos legales han sido anulados, pido a las instituciones y personas que luchan por la defensa de los derechos humanos, a fin de que se inicie el procedimiento necesario para que me restituyan a mi hija Irene y a su marido Mario, y poder así salvaguardar las vidas y la libertad de ellos.* Firmado, Laura Beatriz Bonaparte Bruchstein. (De *El País*, octubre de 1978, reproducido en *Denuncia*, diciembre de 1978).

El escultor me devolvió el recorte, no dijimos gran cosa porque nos caíamos de sueño, sentí que estaba contento de que yo hubiera aceptado acompañarlo en su libro, sólo entonces me di cuenta de que hasta el final había dudado porque tengo fama de muy ocupada, quizá de egoísta, en todo caso de escritora metida a fondo en lo suyo. Le pregunté si había una parada de taxis cerca y salí a la calle desierta y fría y demasiado ancha para mi gusto en París. Un golpe de viento me obligó a levantarme el cuello del tapado, oía mis pasos taconeando secamente en el silencio, marcando ese ritmo en el que la fatiga y las obsesiones insertan tantas veces una melodía que vuelve y vuelve, o una frase de un poema, sólo me ofrecieron ver sus manos cortadas de su cuerpo y puestas en un frasco, que lleva el número veinticuatro, sólo me ofrecieron ver sus manos cortadas de su cuerpo, reaccioné bruscamente rechazando la marea recurrente, forzándome a respirar hondo, a pensar en mi trabajo del día siguiente; nunca supe por qué había cruzado a la acera de enfrente, sin ninguna necesidad puesto que la calle desembocaba en la plaza de la Chapelle donde tal vez encontraría algún taxi, daba igual seguir por una vereda o la otra, crucé porque sí, porque ni siquiera me quedaban fuerzas para preguntarme por qué cruzaba.

La nena estaba sentada en el escalón de un portal casi perdido entre los otros portales de las casas altas y angostas apenas diferenciables en esa cuadra particularmente oscura. Que a esa hora de la noche y en esa soledad hubiera una nena al borde de un peldaño no me sorprendió tanto como su actitud, una manchita blanquecina con las piernas apretadas y las manos tapándole la cara, algo que también hubiera podido ser un perro o un cajón de basura abandonado a la entrada de la casa. Miré vagamente en torno; un camión se alejaba con sus débiles luces amarillas, en la acera de enfrente un hombre caminaba encorvado, la cabeza hundida en el cuello alzado del sobretodo y las manos en los bolsillos. Me detuve, miré de cerca; la nena tenía unas trencitas ralas, una pollera blanca y una tricota rosa, y cuando apartó las manos de la cara le vi los ojos y las mejillas y ni siquiera la semioscuridad podía borrar las lágrimas, el brillo bajándole hasta la boca.

—¿Qué te pasa? ¿Qué haces ahí?

La sentí aspirar fuerte, tragarse lágrimas y mocos, un hipo o un puchero, le vi la cara de lleno alzada hasta mí, la nariz minúscula y roja, la curva de una boca que temblaba. Repetí las preguntas, vaya a saber qué le dije agachándome hasta sentirla muy cerca.

—Mi mamá —dijo la nena, hablando entre jadeos—. Mi papá le hace cosas a mi mamá.

Tal vez iba a decir más pero sus brazos se tendieron y la sentí pegarse a mí, llorar desesperadamente contra mi cuello; olía a sucio, a bombacha mojada.

Quise tomarla en brazos mientras me levantaba, pero ella se apartó, mirando hacia la oscuridad del corredor. Me mostraba algo con un dedo, empezó a caminar y la seguí, vislumbrando apenas un arco de piedra y detrás la penumbra, un comienzo de jardín. Silenciosa salió al aire libre, aquello no era un jardín sino más bien un huerto con alambrados bajos que delimitaban zonas sembradas, había bastante luz para ver los almácigos raquíticos, las cañas que sostenían plantas trepadoras, pedazos de trapos como espantapájaros; hacia el centro se divisaba un pabellón bajo remendado con chapas de zinc y latas, una ventanilla de la que salía una luz verdosa. No había ninguna lámpara encendida en las ventanas de los inmuebles que rodeaban el huerto, las paredes negras subían cinco pisos hasta mezclarse con un cielo bajo y nublado.

La nena había ido directamente al estrecho paso entre dos canteros que llevaba a la puerta del pabellón; se volvió apenas para asegurarse de que la seguía, y entró en la barraca. Sé que hubiera debido detenerme ahí y dar media vuelta, decirme que esa niña había soñado un mal sueño y se volvía a la cama, todas las razones de la razón que en ese momento me mostraban el absurdo y acaso el riesgo de meterme a esa hora en casa ajena; tal vez todavía me lo estaba diciendo cuando pasé la puerta entornada y vi a la nena que me esperaba en un vago zaguán lleno de trastos y herramientas de jardín. Una raya de luz se filtraba bajo la puerta del fondo, y la nena me la mostró con la mano y franqueó casi corriendo el resto del zaguán, empezó a abrir imperceptiblemente la puerta. A su lado, recibiendo en plena cara el rayo amarillento de la rendija que se ampliaba poco a poco, olí un olor a quemado, oí algo como un alarido ahogado que volvía y volvía y se cortaba y volvía; mi mano dio un empujón a la puerta y abarqué el cuarto infecto, los taburetes rotos y la mesa con botellas de cerveza y vino, los vasos y el mantel de diarios viejos, más allá la cama y el cuerpo desnudo y amordazado con una toalla manchada, las manos y los pies atados a los parantes de hierro. Dándome la espalda, sentado en un banco, el papá de la nena le hacía cosas a la mamá; se tomaba su tiempo, llevaba lentamente el cigarrillo a la boca, dejaba salir poco a poco el humo por la nariz mientras la brasa del cigarrillo bajaba a apoyarse en un seno de la mamá, permanecía el tiempo que duraban los alaridos sofocados por la toalla envolviendo la boca y la cara salvo los ojos. Antes de comprender, de aceptar ser parte de eso, hubo tiempo para que el papá retirara el cigarrillo y se lo llevara nuevamente a la boca, tiempo de avivar la brasa y saborear el excelente tabaco francés, tiempo para que yo viera el cuerpo quemado desde el vientre hasta el cuello, las manchas moradas o rojas que subían desde los muslos y el sexo hasta los senos donde ahora volvía a apoyarse la brasa con una escogida delicadeza, buscando un espacio de la piel sin cicatrices. El alarido y la sacudida del cuerpo en la cama que crujió bajo el espasmo se mezclaron con cosas y con actos que no escogí y que jamás podré explicarme; entre el hombre de espaldas y yo había un taburete desvencijado, lo vi alzarse en el aire y caer de canto sobre la cabeza del papá; su cuerpo y el taburete rodaron por el suelo casi en el mismo segundo. Tuve que echarme hacia atrás para no caer a mi vez, en el movimiento de alzar el taburete y descargarlo había puesto todas mis fuerzas que en el mismo instante me abandonaban, me dejaban sola como un pelele tambaleante; sé que busqué apoyo sin encontrarlo, que miré vagamente hacia atrás y vi la puerta cerrada, la nena ya no estaba ahí y el hombre en el suelo era una mancha confusa, un trapo arrugado. Lo que vino después pude haberlo visto en una película o leído en un libro, yo estaba ahí como sin estar pero estaba con una agilidad y una intencionalidad que en un tiempo brevísimo, si eso pasaba en el tiempo, me llevó a encontrar un cuchillo sobre la mesa, cortar las sogas que ataban a la mujer, arrancarle la toalla de la cara y verla enderezarse en silencio, ahora perfectamente en silencio como si eso fuera necesario y hasta imprescindible, mirar el cuerpo en el suelo que empezaba a contraerse desde una inconsciencia que no iba a durar, mirarme a mí sin palabras, ir hacia el cuerpo y agarrarlo por los brazos mientras yo le sujetaba las piernas y con un doble envión lo tendíamos en la cama, lo atábamos con las mismas cuerdas presurosamente recompuestas y anudadas, lo atábamos y lo amordazábamos dentro de ese silencio donde algo parecía vibrar y temblar en un sonido ultrasónico. Lo que sigue no lo sé, veo a la mujer siempre desnuda, sus manos arrancando pedazos de ropa, desabotonando un pantalón y bajándolo hasta arrugarlo contra los pies, veo sus ojos en los míos, un solo par de ojos desdoblados y cuatro manos arrancando y rompiendo y desnudando, chaleco y camisa y slip, ahora que tengo que recordarlo y que tengo que escribirlo mi maldita condición y mi dura memoria me traen otra cosa indeciblemente vivida pero no vista, un pasaje de un cuento de Jack London en el que un trampero del norte lucha por ganar una muerte limpia mientras a su lado, vuelto una cosa sanguinolenta que todavía guarda un resto de conciencia, su camarada de aventuras aúlla y se retuerce torturado por las mujeres de la tribu que hacen de él una horrorosa prolongación de vida entre espasmos y alaridos, matándolo sin matarlo, exquisitamente refinadas en cada nueva variante jamás descrita pero ahí, como nosotras ahí jamás descritas y haciendo lo que debíamos, lo que teníamos que hacer. Inútil preguntarse ahora por qué estaba yo en eso, cuál era mi derecho y mi parte en eso que sucedía bajo mis ojos que sin duda vieron, que sin duda recuerdan como la imaginación de London debió ver y recordar lo que su mano no era capaz de escribir. Sólo sé que la nena no estaba con nosotras desde mi entrada en la pieza, y que ahora la mamá le hacía cosas al papá, pero quién sabe si solamente la mamá o si eran otra vez las ráfagas de la noche, pedazos de imágenes volviendo desde un recorte de diario, las manos cortadas de su cuerpo y puestas en un frasco que lleva el número 24, por informantes no oficiales nos hemos enterado que falleció súbitamente en los comienzos de la tortura, la toalla en la boca, los cigarrillos encendidos, y Victoria, de dos años y seis meses, y Hugo Roberto, de un año y seis meses, abandonados en la puerta del edificio. Cómo saber cuánto duró, cómo entender que también yo, también yo aunque me creyera del buen lado también yo, cómo aceptar que también yo ahí del otro lado de manos cortadas y de fosas comunes, también yo del otro lado de las muchachas torturadas y fusiladas esa misma noche de Navidad; el resto es un dar la espalda, cruzar el huerto golpeándome contra un alambrado y abriéndome una rodilla, salir a la calle helada y desierta y llegar a la Chapelle y encontrar casi en seguida el taxi que me trajo a un vaso tras otro de vodka y a un sueño del que me desperté a mediodía, cruzada en la cama y vestida de pies a cabeza, con la rodilla sangrante y ese dolor de cabeza acaso providencial que da la vodka pura cuando pasa del gollete a la garganta.

Trabajé toda la tarde, me parecía inevitable y asombroso ser capaz de concentrarme hasta ese punto; al anochecer llamé por teléfono al escultor que parecía sorprendido por mi temprana reaparición; le conté lo que me había pasado, se lo escupí de un solo tirón que él respetó, aunque por momentos lo oía toser o intentar un comienzo de pregunta.

—De modo que ya ves —le dije—, ya ves que no me ha llevado demasiado tiempo darte lo prometido.

—No entiendo —dijo el escultor—. Si querés decir el texto sobre...

—Sí, quiero decir eso. Acabo de leértelo, ése es el texto. Te lo mandaré apenas lo haya pasado en limpio, no quiero tenerlo más aquí.

Dos o tres días después, vividos en una bruma de pastillas y tragos y discos, cualquier cosa que fuera una barricada, salí a la calle para comprar provisiones, la heladera estaba vacía y Mimosa maullaba al pie de mi cama. Encontré una carta en el buzón, la gruesa escritura del escultor en el sobre. Había una hoja de papel y un recorte de diario, empecé a leer mientras caminaba hacia el mercado y sólo después me di cuenta de que al abrir el sobre había desgarrado y perdido una parte del recorte. El escultor me agradecía el texto para su álbum, insólito pero al parecer muy mío, fuera de todas las costumbres usuales en los álbumes artísticos aunque eso no le importaba como sin duda no me había importado a mí. Había una posdata: «En vos se ha perdido una gran actriz dramática, aunque por suerte se salvó una excelente escritora. La otra tarde creí por un momento que me estabas contando algo que te había pasado de veras, después por casualidad leí *France-Soir* del que me permito recortarte la fuente de tu notable experiencia personal. Es cierto que un escritor puede argumentar que si su inspiración le viene de la realidad, e incluso de las noticias de policía, lo que él es capaz de hacer con eso lo potencia a otra dimensión, le da un valor diferente. De todas maneras, querida Noemí, somos demasiado amigos como para que te haya parecido necesario condicionarme por adelantado a tu texto y desplegar tus talentos dramáticos en el teléfono. Pero dejémoslo así, ya sabés cuánto te agradezco tu cooperación y me siento muy feliz de...»

Miré el recorte y vi que lo había roto inadvertidamente, el sobre y el pedazo pegado a él estarían tirados en cualquier parte. La noticia era digna de *France-Soir* y de su estilo: drama atroz en un suburbio de Marsella, descubrimiento macabro de un crimen sádico, ex plomero atado y amordazado en un camastro, el cadáver etcétera, vecinos furtivamente al tanto de repetidas escenas de violencia, hija pequeña ausente desde días atrás, vecinos sospechando abandono, policía busca concubina, el horrendo espectáculo que se ofreció a los, el recorte se interrumpía ahí, al fin y al cabo al mojar demasiado el cierre del sobre el escultor había hecho lo mismo que Jack London, lo mismo que Jack London y que mi memoria; pero la foto del pabellón estaba entera y era el pabellón en el huerto, los alambrados y las chapas de zinc, las altas paredes rodeándolo con sus ojos ciegos, vecinos furtivamente al tanto, vecinos sospechando abandono, todo ahí golpeándome la cara entre los pedazos de la noticia.

Tomé un taxi y me bajé en la calle Riquet, sabiendo que era una estupidez y haciéndolo porque así se hacen las estupideces. En pleno día eso no tenía nada que ver con mi recuerdo y aunque caminé mirando cada casa y crucé a la acera opuesta como recordaba haberlo hecho, no reconocí ningún portal que se pareciera al de esa noche, la luz caía sobre las cosas como una infinita máscara, portales pero no como el portal, ningún acceso a un huerto interior, sencillamente porque ese huerto estaba en los suburbios de Marsella. Pero la nena sí estaba, sentada en el escalón de una entrada cualquiera jugaba con una muñeca de trapo. Cuando le hablé se escapó corriendo hasta la primera puerta, una portera vino antes de que yo pudiera llamar. Quiso saber si era una asistenta social, seguro que venía por la nena que ella había encontrado perdida en la calle, esa misma mañana habían estado unos señores para identificarla, una asistenta social vendría a buscarla. Aunque ya lo sabía, antes de irme pregunté por su apellido, después me metí en un café y al dorso de la carta del escultor le escribí el final del texto y fui a pasarlo por debajo de su puerta, era justo que conociera el final, que el texto quedara completo para acompañar sus esculturas.

# Tango de vuelta

*Le hasard meurtrier se dresse au coin de la première rue.*
*Au retour l'heure-couteau attend.*

MARCEL BÉLANGER, *Nu et noir*

Uno se va contando despacito las cosas, imaginándolas al principo a base de Flora o una puerta que se abre o un chico que grita, después esa necesidad barroca de la inteligencia que la lleva a rellenar cualquier hueco hasta completar su perfecta telaraña y pasar a algo nuevo. Pero cómo no decirse que a lo mejor, alguna que otra vez, la telaraña mental se ajusta hilo por hilo a la de la vida, aunque decirlo venga de un puro miedo, porque si no se creyera un poco en eso ya no se podría seguir haciendo frente a las telarañas de afuera. Flora entonces, todo lo que me fue contando de a poco cuando nos juntamos, por supuesto ya no trabajaba en la casa de la señora Matilde (siempre la llamó así aunque ahora no tenía por qué seguirle dando esa seña de respeto, de sirvienta para todo servicio) y a mí me gustaba que me contara recuerdos de su pasado de chinita riojana bajando a la capital con grandes ojos asustados y unos pechitos que al fin y al cabo le iban a valer más en la vida que tanto plumero y buena conducta. A mí me gusta escribir para mí, tengo cuadernos y cuadernos, versos y hasta una novela, pero lo que me gusta es escribir y cuando termino es como cuando uno se va dejando resbalar de lado después del goce, viene el sueño y al otro día ya hay otras cosas que te golpean en la ventana, escribir es eso, abrirles los postigos y que entren, un cuaderno detrás de otro; yo trabajo en una clínica, no me interesa que lean lo que escribo, ni Flora ni nadie; me gusta cuando se me acaba un cuaderno porque es como si hubiera publicado todo eso, pero no se me ocurre publicarlo, algo golpea en la ventana y así vamos de nuevo, lo mismo una ambulancia que un nuevo cuaderno. Por eso Flora me contó tantas cosas de su vida sin imaginarse que después yo las revisaba despacito entre dos sueños y algunas las pasaba a un cuaderno, Emilio y Matilde pasaron al cuaderno porque eso no podía quedarse solamente en un llanto de Flora y pedazos de recuerdos; nunca me habló de Emilio y de Matilde sin llorar al final, yo la dejaba tranquila unos días, le alentaba otros recuerdos y en una de ésas le sacaba de nuevo aquello y Flora se precipitaba como si ya se hubiera olvidado de todo lo que me llevaba dicho, empezaba de nuevo y yo la dejaba porque más de una vez la memoria le iba trayendo cosas todavía no dichas, pedacitos ajustables a los otros pedacitos, y por mi parte yo iba viendo nacer los puntos de sutura, la unión de tanta cosa suelta o presumida, rompecabezas del insomnio o de la hora del mate delante del cuaderno, llegó el día en que me hubiera sido imposible distinguir entre lo que me contaba Flora y lo que ella y yo mismo habíamos ido agregando porque los dos, cada uno a su manera, necesitábamos como todo el mundo que aquello se completara, que el último agujero recibiera al fin la pieza, el color, el final de una línea viniendo de una pierna o de una palabra o de una escalera.

Como soy muy convencional, prefiero agarrar desde el principio, y además cuando escribo veo lo que estoy escribiendo, lo veo realmente, lo estoy viendo a

Emilio Díaz la mañana en que llegó a Ezeiza desde México y bajó a un hotel de la calle Cangallo, se pasó dos o tres días dando vueltas por barrios y cafés y amigos de otros tiempos, evitando ciertos encuentros pero tampoco escondiéndose demasiado porque en ese momento no tenía nada que reprocharse. Probablemente estudiaba despacio el terreno en Villa del Parque, caminaba por Melincué y General Artigas, buscaba un hotel o una pensión baratieri, se instalaba sin apuro, tomando mate en la pieza y yendo a los boliches o al cine por la noche. No tenía nada de fantasma pero hablaba poco y con pocos, caminaba sobre suelas de goma y se vestía con una campera negra y pantalones terrosos, los ojos rápidos para el quite y el despegue, algo que la dueña de la pensión llamaría furtividad; no era un fantasma pero se lo sentía lejos, la soledad lo rodeaba como otro silencio, como el pañuelo blanco en el cuello, el humo del faso pocas veces lejos de esos labios casi demasiado finos.

Matilde lo vio por primera vez —por esta nueva primera vez— desde la ventana del dormitorio en los altos. Flora andaba de compras y se había llevado a Carlitos para que no lloriqueara de aburrimiento a la hora de la siesta, hacía el calor espeso de enero y Matilde buscaba aire en la ventana, pintándose las uñas como le gustaban a Germán, aunque Germán andaba por Catamarca y se había llevado el auto y Matilde se aburría sin el auto para ir al centro o a Belgrano, la ausencia de Germán era ya costumbre pero el auto le seguía doliendo cuando él se lo llevaba. Le había prometido otro para ella sola cuando se fusionaran las empresas, a ella se le escapaban esas cosas de negocios salvo que por lo visto todavía no se habían fusionado, a la noche iría al cine con Perla, pediría un remise, cenarían en el centro, total el garaje le pasaba la cuenta del remise a Germán, Carlitos estaba con una erupción en las piernas y habría que llevarlo al pediatra, la sola idea le daba más calor,

Carlitos haciendo escenas, aprovechando que no estaba el padre para darle un par de cachetadas, increíble ese chico cómo chantajeaba cuando se iba Germán, apenas si Flora con arrumacos y helados, también Perla y ella tomarían helados después del cine. Lo vio junto a un árbol, a esa hora las calles estaban vacías bajo la doble sombra del follaje juntándose en lo alto; la figura se recortaba al lado de un tronco, un poco de humo le subía por la cara. Matilde se echó atrás, golpeándose la espalda en un sillón, ahogando un alarido con las manos oliendo a barniz malva, refugiándose contra la pared en el fondo de la pieza.

«Milo», pensó, si eso era pensar, ese instantáneo vómito de tiempo y de imágenes. «Es Milo». Cuando fue capaz de asomarse desde otra ventana ya no había nadie en la esquina de enfrente, dos chicos venían a lo lejos jugando con un perro negro. «Me ha visto», pensó Matilde. Si era él la había visto, estaba ahí para verla, estaba ahí y no en cualquier otra esquina, contra cualquier otro árbol. Claro que la había visto porque si estaba ahí era porque sabía dónde quedaba la casa. Y que se hubiera ido en el instante de ser reconocido, de verla retroceder tapándose la boca, era todavía peor, la esquina se llenaba de un vacío donde la duda no servía de nada, donde todo era certeza y amenaza, el árbol solo, el aire en el follaje.

Volvió a verlo al caer la tarde, Carlitos jugaba con su tren eléctrico y Flora canturreaba bagualas en la planta baja, la casa de nuevo habitada parecía protegerla, ayudarla a dudar, a decirse que Milo era más alto y más robusto, que tal vez la modorra de la siesta, la luz cegadora. Cada tanto se alejaba del televisor y desde lo más lejos posible miraba por una ventana, nunca la misma pero siempre en los altos porque al nivel de la calle hubiera tenido más miedo. Cuando volvió a verlo estaba casi en el mismo sitio pero del otro lado del tronco, anochecía y la silueta se desdibujaba entre otras gentes que pasaban hablando, riendo, Villa del Parque saliendo de su letargo y yéndose a los cafés y a los cines, empezando lentamente la noche del barrio. Era él, no podía negárselo, ese cuerpo sin cambios, el gesto del brazo alzando el cigarrillo a la boca, las puntas del pañuelo blanco, era Milo que ella había matado cinco años atrás después de escaparse de México, Milo que ella había matado en papeles fabricados con coimas y complicidades en un estudio de Lomas de Zamora donde le quedaba un amigo de infancia que hacía cualquier cosa por plata pero acaso también por amistad, Milo que ella había matado de una crisis cardíaca en México para Germán, porque Germán no era hombre de aceptar otra cosa, Germán y su carrera, sus colegas y su club y sus padres, Germán para casarse y fundar una familia, el chalet y Carlitos y Flora y el auto y el campo en Manzanares, Germán y tanta plata, la seguridad, entonces decidirse casi sin pensarlo, harta de miseria y espera, al final del segundo encuentro con Germán en casa de los Recanati el viaje a Lomas de Zamora para confiarse al que primero había dicho no, que era una enormidad, que no se podía hacer, que muchos pesos, que bueno, que en quince días, que de acuerdo, Emilio Díaz muerto en México de una crisis cardíaca, casi la verdad porque ella y Milo habían vivido como muertos en esos últimos meses en Coyoacán, hasta ese avión que la había devuelto a lo suyo en Buenos Aires, a todo eso que también había sido de Milo antes de irse juntos a México y deshacerse poco a poco en una guerra de silencios y de engaños y de estúpidas reconciliaciones que no servían de nada, los telones para el nuevo acto, para una nueva noche de cuchillos largos.

El cigarrillo se seguía quemando lentamente en la boca de Milo apoyado en el tronco, mirando sin apuro las ventanas de la casa. «Cómo ha podido saber», pensó Matilde agarrándose todavía a ese absurdo de seguir pensando algo que estaba ahí, pero fuera o delante de cualquier pensamiento. Claro que había terminado por saberlo, por descubrir que estaba muerto en Buenos Aires porque en Buenos Aires estaba muerto en México, saberlo lo habría humillado y golpeado hasta la primera hojarasca de la rabia chicoteándole la cara, tirándolo a un avión de vuelta, guiándolo por un dédalo de averiguaciones previsibles, acaso el Cholo o Marina, acaso la madre de los Recanati, los viejos apeaderos, los cafés de la barra, los pálpitos y por ahí la noticia segura, se casó con Germán Morales, che, pero decime un poco cómo es posible, te digo que se casó por iglesia y todo, los Morales ya sabés, la industria textil y la guita, el respeto, viejo, el respeto, pero decime cómo es posible si ella había dicho, si nosotros creíamos que vos, no puede ser, hermano. Claro que no podía ser y por eso era todavía más, era Matilde detrás de la cortina espiándolo, el tiempo inmovilizado en un presente que lo contenía todo, México y Buenos Aires y el calor de la siesta y el cigarrillo que subía una y otra vez a la boca, en algún momento de nuevo la nada, la esquina hueca, Flora llamándola porque Carlitos no se dejaba bañar, el teléfono con Perla inquieta, esta noche no, Perla, debe ser el estómago, andá sola o con la Negra, me duele bastante, mejor me acuesto y mañana te llamo, y todo el tiempo no, no puede ser así, cómo es que no le avisaron ya a Germán si sabían, no es por ellos que encontró la casa, no puede ser por ellos, la madre de los Recanati lo hubiera llamado en seguida a Germán nada más que por el drama, por ser la primera en anunciarlo porque nunca la había aceptado como mujer de Germán, fijate qué horror, bigamia, yo siempre dije que no era de fiar, pero nadie había llamado a Germán o a lo mejor sí pero a la oficina y Germán ya viajaba lejos, seguro que la madre de los Recanati lo esperaba para decírselo en persona, para no perderse nada, ella o cualquier otro, de alguien había sabido Milo dónde vivía Germán, no podía haber encontrado el chalet por casualidad, no podía estar ahí fumando contra un árbol por casualidad. Y si de nuevo ya no estaba era igual, y cerrar todas las puertas con doble llave era igual aunque Flora se asombrara un poco, lo único seguro eran las pastillas para dormir, para al final de horas y horas dejar de pensar y perderse en una modorra rota por sueños donde nunca Milo pero ya de mañana el alarido al sentir la mano de Carlitos que había querido darle una sorpresa, el llanto de Carlitos ofendido y Flora llevándoselo a la calle, cerrá bien la puerta, Flora. Levantarse y verlo de nuevo, ahí, mirando directamente las ventanas sin el menor gesto, echarse atrás y más tarde espiar desde la cocina y nada, empezar a darse cuenta de que estaba encerrada en la casa y que eso no podía seguir así, que en algún momento tendría que salir para llevar a Carlitos al pediatra o encontrarse con Perla que telefoneaba cada día y se impacientaba y no comprendía. En la tarde anaranjada y asfixiante Milo recostado en el árbol, la campera negra con ese calor, el humo subiendo y desflecándose. O solamente el árbol pero lo mismo Milo, lo mismo Milo a cualquier hora borrándose apenas un poco con las pastillas y la televisión hasta el último programa.

Al tercer día Perla vino sin avisar, té y scones y Carlitos, Flora aprovechando un momento a solas para decirle a Perla que eso no podía ser, la señora Matilde necesita distraerse, se pasa los días encerrada, yo no entiendo, señorita Perla, se lo digo a usted aunque no me corresponde, y Perla sonriéndole en el office hacés bien, m'hijita, yo sé que los querés mucho a Matilde y a Carlitos, yo creo que está muy deprimida por la ausencia de Germán, y Flora nada, bajando la cabeza, la señora necesita distracción, yo solamente se lo digo aunque no me corresponde. Un té y los chismes de siempre, nada en Perla que pudiera hacerla sospechar, pero entonces cómo Milo había podido, imposible imaginar que la madre de los Recanati se quedara callada tanto tiempo si sabía, ni siquiera por el gusto de esperarlo a Germán y decírselo en nombre de Cristo o algo así, te engañó para que la llevaras al altar, exactamente así diría esa bruja y Germán cayéndose de las nubes, no puede ser, no puede ser. Pero sí podía ser, solamente que ahora a ella no le quedaba ni siquiera esa confirmación de que no había soñado, que bastaba ir hasta la ventana pero con Perla no, otra taza de té, mañana vamos al cine, te prometo, vení a buscarme en auto, no sé lo que me pasa en estos días, mejor vení en auto y vamos al cine, la ventana ahí al lado del sillón pero no con Perla, esperar a que Perla se fuera y entonces Milo en la esquina, tranquilo contra una pared como si esperara el colectivo, la campera negra y el pañuelo al cuello y después nada hasta otra vez Milo.

Al quinto día lo vio seguir a Flora que iba a la tienda y todo se hizo futuro, algo como las páginas que le faltaban en esa novela abandonada boca abajo en un sofá, algo ya escrito y que ni siquiera era necesario leer porque ya estaba cumplido antes de la lectura, ya había ocurrido antes de que ocurriera en la lectura. Los vio volver charlando, Flora tímida y como desconfiada, despidiéndose en la esquina y cruzando rápido. Perla vino en auto a buscarla, Milo no estaba ahí y tampoco estuvo cuando volvieron tarde en la noche pero por la mañana lo vio esperándola a Flora que iba al mercado, ahora se le acercaba directamente y Flora le daba la mano, se reían y él le tomaba el canasto y después lo traía con la verdura y la fruta, la acompañaba hasta la puerta, Matilde dejaba de verlos por la saliente del balcón sobre la vereda pero Flora tardaba en entrar, se quedaban un rato charlando delante de la puerta. Al otro día Flora llevó a Carlitos de compras y los vio a los tres riéndose y Milo le pasaba la mano por el pelo de Carlitos, a la vuelta Carlitos traía un león de pana y dijo que el novio de Flora se lo había regalado. Entonces tenés novio, Flora, las dos a solas en el living. No sé, señora, él es tan simpático, nos encontramos así de repente, me acompañó de compras, es tan bueno con Carlitos, a usted no le molesta, señora, verdad. Decirle que no, que eso era cosa suya pero que tuviera cuidado, una chica tan joven, y Flora bajando los ojos y claro, señora, él solamente me acompaña y hablamos, tiene un restaurante en Almagro, se llama Simón. Y Carlitos con una revista en colores, me la compró Simón, mamá, es el novio de Flora.

Germán telefoneó desde Salta anunciando que volvería en unos diez días, cariños, todo bien. El diccionario decía bigamia, matrimonio contraído después de haber enviudado, por el cónyuge sobreviviente. Decía estado del hombre casado con dos mujeres o de la mujer casada con dos hombres. Decía bigamia interpretativa, según los canonistas, la adquirida por el matrimonio contraído con mujer que ha perdido la virginidad, por haberse prostituido, o por haberse declarado nulo su primer matrimonio. Decía bígamo, que se casa por segunda vez sin haber muerto el primer cónyuge. Había abierto el diccionario sin saber por qué, como si eso pudiera cambiar algo, sabía que era imposible cambiar nada, imposible salir a la calle y hablar con Milo, imposible asomarse a la ventana y llamarlo con un gesto, imposible decirle a Flora que Simón no era Simón, imposible quitarle a Carlitos el león de pana y la revista, imposible confiarse a Perla, solamente estar ahí viéndolo, sabiendo que la novela tirada en el sofá estaba escrita hasta la palabra fin, que no podía alterar nada, la leyera o no, aunque la quemara o la hundiera en el fondo de la biblioteca de Germán. Diez días y entonces sí pero qué, Germán volviendo a la oficina y a los amigos, la madre de los Recanati o el Cholo, cualquiera de los amigos de Milo que le habían dado las señas de la casa, tengo que hablar con vos, Germán, es algo muy grave, hermano, las cosas irían sucediendo una detrás de otra, primero Flora con las mejillas coloradas, señora a usted no le molesta que Simón venga esta tarde a tomar el café en la cocina conmigo, solamente un ratito. Claro que no le molestaba, cómo hubiera podido molestarle si era a plena luz y por un rato, Flora tenía todo el derecho de recibirlo en la cocina y darle un café, como Carlitos de bajar a jugar con Simón que le había traído un pato de cuerda que caminaba y todo. Quedarse arriba hasta escuchar el golpe de la puerta, Carlitos subiendo con el pato y Simón me dijo que él es de River, qué macana, mamá, yo soy de San Lorenzo, mirá lo que me regaló, mirá cómo anda, pero mirá, mamá, parece un pato de veras, me lo regaló Simón que es el novio de Flora, por qué no bajaste para conocerlo.

Ahora podía asomarse a las ventanas sin las lentas inútiles precauciones, Milo ya no se detenía junto al árbol, cada tarde llegaba a las cinco y se quedaba media hora en la cocina con Flora y casi siempre Carlitos, a veces Carlitos subía antes de que se fuera y Matilde sabía por qué, sabía que en esos pocos minutos en que se quedaban solos se preparaba lo que tenía que suceder, lo que estaba ya ahí como en la novela abierta sobre el sofá, se preparaba en la cocina, en la casa de alguien que podía ser cualquiera, la madre de los Recanati o el Cholo, habían pasado ocho días y Germán telefoneando desde Córdoba para confirmar el regreso, anunciar alfajores para Carlitos y una sorpresa para Matilde, se tomaría cinco días de descanso en casa, podrían salir, ir a los restaurantes, andar a caballo en el campo de Manzanares. Esa noche le telefoneó a Perla nada más que para escucharla hablar, colgarse de su voz durante una hora hasta no poder más porque Perla empezaba a darse cuenta de que todo eso era artificial, que a Matilde le pasaba algo, tendrías que ir a ver al analista de Graciela, se te nota rara, Matilde, haceme caso. Cuando colgó no pudo ni siquiera acercarse a la ventana, sabía que esa noche ya era inútil, que no vería a Milo en la esquina ya oscura. Bajó a la cocina para estar con Carlitos mientras Flora le servía la cena, lo escuchó protestar contra la sopa aunque Flora la miraba esperando que interviniera, que la ayudara antes de llevarlo a la cama mientras Carlitos se resistía y se empecinaba en quedarse en el salón jugando con el pato y mirando la televisión. Toda la planta baja era como una zona diferente; nunca había comprendido demasiado que Germán insistiera en poner el dormitorio de Carlitos al lado del salón, tan lejos de ellos arriba, pero Germán no aceptaba ruidos por la mañana, que Flora preparara a Carlitos para la escuela y Carlitos gritara o cantara, lo besó en la puerta del dormitorio y volvió a la cocina aunque ya no tenía nada que hacer ahí, miró la puerta que daba a la pieza de Flora, se acercó y tocó el picaporte, la abrió un poco y vio la cama de Flora, el armario con las fotos de los rockers y de Mercedes Sosa, le pareció que Flora salía del dormitorio de Carlitos y cerró de golpe, se puso a mirar en la heladera. Le hice hongos como a usted le gustan, señora Matilde, le subo la cena dentro de media hora ya que no va a salir, le tengo también un dulce de zapallo que me salió muy bueno, como en mi pueblo, señora Matilde.

La escalera estaba mal iluminada pero los peldaños eran pocos y anchos, se subía casi sin mirar, la puerta del dormitorio entornada con una faja de luz rompiéndose en el rellano encerado. Ya llevaba días comiendo en la mesita al lado de la ventana, el salón de abajo era tan solemne sin Germán, en una bandeja cabía todo y Flora ágil, casi gustándole que la señora Matilde comiera arriba ahora que el señor estaba de viaje, se quedaba con ella y hablaban un poco y a Matilde le hubiera gustado que Flora comiera con ella pero Carlitos se lo hubiera dicho a Germán y Germán el discurso sobre las distancias y el respeto, la misma Flora hubiera tenido miedo porque Carlitos terminaba siempre sabiendo cualquier cosa y se lo hubiera contado a Germán. Y ahora de qué hablarle a Flora cuando lo único posible era buscar la botella que había escondido detrás de los libros y beber medio vaso de whisky de un golpe, ahogarse y jadear y volver a servirse y beber, casi al lado de la ventana abierta sobre la noche, sobre la nada de ahí afuera donde nada iba a suceder, ni siquiera la repetición de la sombra junto al árbol, la brasa del cigarrillo subiendo y bajando como una señal indescifrable, perfectamente clara.

Tiró los hongos por la ventana mientras Flora preparaba la bandeja con el postre, la oyó subir con ese algo de cascabel o de potrillo de Flora subiendo la escalera, le dijo que los hongos estaban riquísimos, encomió el color del dulce de zapallo, pidió un café doble y fuerte y que le subiera otro atado de cigarrillos del salón. Hace calor, señora Matilde, esta noche hay que dejar bien abiertas las ventanas, yo echaré insecticida antes de acostarnos, ya le puse a Carlitos, se durmió en seguida y eso que usté lo vio cómo protestaba, le falta el papá, pobrecito, y eso que Simón le estuvo contando cuentos por la tarde. Dígame si precisa algo, señora Matilde, me gustaría acostarme temprano si usté permite. Por supuesto que lo permitía aunque Flora nunca le había dicho una cosa así, terminaba su trabajo y se encerraba en su pieza para escuchar la radio o tejer, la miró un momento y Flora le sonreía contenta, levantaba la bandeja del café y bajaba a buscar el insecticida, mejor se lo dejo aquí en la cómoda, señora Matilde, usté misma lo pone antes de acostarse porque digan lo que digan huele feo, mejor cuando se esté preparando para acostarse. Cerró la puerta, el potrillo bajó liviano la escalera, un último resonar de vajilla; la noche empezó exactamente en ese segundo en que Matilde iba hasta la biblioteca para sacar la botella y traerla al lado del sillón.

La luz de la lámpara baja llegaba apenas hasta la cama en el fondo del dormitorio, confusamente se veía una de las mesas de luz y el sofá donde había quedado abandonada la novela, pero ya no estaba, después de tantos días Flora se habría decidido a ponerla sobre el estante vacío de la biblioteca. En el segundo whisky Matilde oyó sonar las diez en algún campanario lejano, pensó que nunca había oído antes esa campana, contó cada toque y miró el teléfono, a lo mejor Perla pero no, Perla a esa hora no, siempre lo tomaba mal o no estaba. O Alcira, llamarla a Alcira y decirle, solamente decirle que tenía miedo, que era estúpido pero si acaso Mario no había salido con el coche, algo así. No oyó abrirse la puerta de entrada pero daba igual, era absolutamente seguro que la puerta de entrada se estaba abriendo o iba a abrirse y no se podía hacer nada, no se podía salir al rellano iluminándolo con la luz del dormitorio y mirar hacia el salón, no se podía tocar la campanilla para que viniera Flora, el insecticida estaba ahí, el agua también ahí para los remedios y la sed, la cama abierta esperando. Fue a la ventana y vio la esquina vacía; tal vez si se hubiera asomado antes habría visto a Milo acercándose, cruzar la calle y desaparecer bajo el balcón, pero hubiera sido todavía peor, qué podía ella gritarle a Milo, cómo detenerlo si iba a entrar en la casa, si Flora le iba a abrir para recibirlo en su pieza, Flora todavía peor que Milo en ese momento, Flora que se enteraría de todo, que se vengaría de Milo vengándose en ella, revolcándola en el barro, en Germán, tirándola en el escándalo. No quedaba la menor posibilidad de nada pero tampoco podía ser ella la que gritara la verdad, en pleno imposible le quedaba una absurda esperanza de que Milo viniera solamente por Flora, que un increíble azar le hubiera mostrado a Flora por fuera de lo otro, que esa esquina hubiera sido cualquier esquina para Milo de vuelta en Buenos Aires, de Milo sin saber que ésa era la casa de Germán, sin saber que estaba muerto allá en México, de Milo sin buscarla por encima del cuerpo de Flora. Tambaleándose borracha fue hasta la cama, se arrancó la ropa que se le pegaba a la piel, desnuda se volcó de lado en la cama y buscó el tubo de pastillas, el último puerto rosa y verde al alcance de la mano. Las pastillas salían difícilmente y Matilde las iba juntando en la mesa de luz sin mirarlas, los ojos perdidos en la estantería donde estaba la novela, la veía muy bien boca abajo en el único estante vacío donde Flora la había puesto sin cerrarla, veía el cuchillo malayo que el Cholo le había regalado a Germán, la bola de cristal sobre su zócalo de terciopelo rojo. Estaba segura de que la puerta se había abierto abajo, que Milo había entrado en la casa, en la pieza de Flora, que estaría hablando con Flora o ya habría empezado a desnudarla porque para Flora ésa tenía que ser la única razón de que Milo estuviera ahí, que ganara el acceso a su pieza para desnudarla y desnudarse besándola, dejame, dejame acariciarte así, y Flora resistiéndose y hoy no, Simón, tengo miedo, dejame, pero Simón sin apuro, poco a poco la había tendido cruzada en la cama y la besaba en el pelo, le buscaba los senos bajo la blusa, le apoyaba una pierna sobre los muslos y le sacaba los zapatos como jugando, hablándole al oído y besándola cada vez más cerca de la boca, te quiero, mi amor, dejame desvestirte, dejame que te vea, sos tan linda, corriendo la lámpara para envolverla en penumbra y caricias, Flora abandonándose con un primer llanto, el miedo de que algo se oyera arriba, que la señora Matilde o Carlitos, pero no, hablá bajo, dejame así ahora, la ropa cayendo en cualquier lado, las lenguas encontrándose, los gemidos, no me hagás mal, Simón, por favor no me hagás mal, es la primera vez, Simón, ya sé, quedate así, callate ahora, no grites, mi amor, no grites.

Gritó pero en la boca de Simón que sabía el momento, que le tenía la lengua entre los dientes y le hundía los dedos en el pelo, gritó y después lloró bajo las manos de Simón que le tapaban la cara acariciándola, se ablandó con un último mamá, mamá, un quejido que iba pasando a un jadeo y a un llanto dulce y callado, a un querido, querido, la blanda estación de los cuerpos fundidos, del aliento caliente de la noche. Mucho más tarde, después de dos cigarrillos contra un apoyo de almohadas, de toalla entre los muslos llenos de vergüenza, las palabras, los proyectos que Flora balbuceaba como en un sueño, la esperanza que Simón escuchaba sonriéndole, besándola en los senos, andándole con una lenta araña de dedos por el vientre, dejándose ir, amodorrándose, dormite ahora un rato, yo voy al baño y vuelvo, no necesito luz, soy como un gato de noche, ya sé dónde está, y Flora pero no, si te oyen, Simón, no seas sonsa, ya te dije que soy como un gato y sé dónde está la puerta, dormite un momento que ya vengo, así, bien quietita.

Cerró la puerta como agregando otro poco de silencio a la casa, desnudo atravesó la cocina y el salón, enfrentó la escalera y puso el pie en el primer peldaño, tanteándolo. Buena madera, buena casa la de Germán Morales. En el tercer peldaño vio marcarse la raya de luz bajo la puerta del dormitorio; subió los otros cuatro peldaños y puso la mano en el picaporte, abrió la puerta de un solo envión. El golpe contra la cómoda le llegó a Carlitos desde un sueño intranquilo, se enderezó en la cama y gritó, muchas veces gritaba de noche y Flora se levantaba para calmarlo, para darle agua antes de que Germán se despertara protestando. Sabía que era necesario hacer callar a Carlitos porque Simón no había vuelto todavía, tenía que calmarlo antes de que la señora Matilde se inquietara, se envolvió con la sábana y corrió a la pieza de Carlitos, lo encontró sentado al pie de la cama mirando el aire, gritando de miedo, lo levantó en brazos hablándole, diciéndole que no, que ella estaba ahí, que le iba a traer chocolate, que le iba a dejar la luz prendida, oyó el grito incomprensible y salió al salón con Carlitos en brazos, la escalera iluminada por la luz de arriba, llegó al pie de la escalera y los vio en la puerta tambaleándose, los cuerpos desnudos vueltos una sola masa que se desplomaba lentamente en el rellano, que resbalaba por los peldaños, que sin desprenderse rodaba escalera abajo en una maraña confusa hasta detenerse inmóvil en la alfombra del salón, el cuchillo en el pecho de Simón boca arriba y Matilde, pero eso lo mostraría después la autopsia, con las pastillas necesarias para matarla dos horas más tarde, cuando yo ya estaba ahí con la ambulancia y le ponía una inyección a Flora para sacarla de la histeria, le daba un sedante a Carlitos y le pedía a la enfermera que se quedara hasta que llegaran los parientes o los amigos.

# III.

# Clone

Todo parece girar en torno a Gesualdo, si tenía derecho a hacer lo que hizo o si se vengó en su mujer de algo que hubiera debido vengar en sí mismo. Entre dos ensayos, bajando al bar del hotel para descansar un rato, Paola discute con Lucho y Roberto, los otros juegan canasta o suben a sus habitaciones. Tuvo razón, se obstina Roberto, entonces y ahora es lo mismo, su mujer lo engañaba y él la mató, un tango más, Paolita. Tu grilla de macho, dice Paola, los tangos, claro, pero ahora hay mujeres que también componen tangos y ya no se canta siempre la misma cosa. Habría que buscar más adentro, insinúa Lucho el tímido, no es tan fácil saber por qué se traiciona y por qué se mata. En Chile puede ser, dice Roberto, ustedes son tan refinados, pero nosotros los riojanos meta facón nomás. Ríen, Paola quiere gintonic, es cierto que habría que buscar más atrás, más abajo, Carlo Gesualdo encontró a su mujer en la cama con otro hombre y los mató o los hizo matar, ésa es la noticia de policía o el *flash* de las doce y media, todo el resto (pero seguramente en el resto se esconde la verdadera noticia) habría que buscarlo y no es fácil después de cuatro siglos. Hay mucha bibliografía sobre Gesualdo, recuerda Lucho, si te interesa tanto averígualo cuando volvamos a Roma en marzo. Buena idea, concede Paola, lo que está por verse es si volveremos a Roma.

Roberto la mira sin hablar, Lucho baja la cabeza y después llama al mozo para pedir más tragos. ¿Te referís a Sandro?, dice Roberto cuando ve que Paola se ha perdido de nuevo en Gesualdo o en esa mosca que vuela cerca del cielo raso. No concretamente, dice Paola, pero reconocerás que ahora las cosas no son fáciles. Se le pasará, dice Lucho, es puro capricho y berrinche a la vez, Sandro no irá más lejos. Sí, admite Roberto, pero entre tanto el grupo es el que paga los platos rotos, ensayamos mal y poco y al final eso se tiene que notar. Es cierto, dice Lucho, cantamos crispados, tenemos miedo de meter la pata. Ya la metimos en Caracas, dice Paola, menos mal que la gente no conoce casi a Gesualdo, la patinada de Mario les pareció otra audacia armónica. Lo malo va a ser si en una de ésas nos pasa con un Monteverdi, masculla Roberto, a ése se lo saben de memoria, che.

No dejaba de ser bastante extraordinario que la única pareja estable del conjunto fuera la de Franca y Mario. Mirando de lejos a Mario que hablaba con Sandro frente a una partitura y dos cervezas, Paola se dijo que las alianzas efímeras, las parejas de un breve buen rato se habían dado muy poco dentro del grupo, por ahí algún fin de semana de Karen con Lucho (o de Karen con Lily, porque Karen ya se sabía y Lily a lo mejor por pura bondad o para saber cómo era eso aunque Lily también con Sandro, latitud generosa de Karen y de Lily, después de todo). Sí, había que reconocer que la única pareja estable y que merecía ese nombre era la de Franca y Mario, con anillo en el dedo y todo el resto. En cuanto a ella misma alguna vez se había concedido en Bérgamo una habitación de hotel, por si fuera poco llena de cortinados y puntillas, con Roberto en una cama que parecía un cisne, rápido interludio sin mañana, tan amigos como siempre, cosas así entre dos conciertos, casi entre dos madrigales, Karen y Lucho, Karen y Lily, Sandro y Lily. Y todos tan amigos, porque de hecho las verdaderas parejas se completaban al final de las giras, en Buenos Aires y Montevideo, allí esperaban mujeres y maridos y niños y casas y perros hasta la nueva gira, una vida de marinos con los inevitables paréntesis de marinos, nada importante, gente moderna. Hasta que. Porque ahora algo había cambiado desde. No sé pensar, pensó Paola, me salen pedazos sueltos de cosas. Estamos todos demasiado tensos, *damn it*. De golpe así, mirar de otra manera a Mario y a Sandro que discutían de música, como si por debajo imaginara otra discusión. Pero no, de eso no hablaban, justamente de eso era seguro que no hablaban. En fin, quedaba el hecho de que la única verdadera pareja era la de Mario y Franca aunque desde luego no era de eso que estaban discutiendo Mario y Sandro. Aunque a lo mejor por debajo, siempre por debajo.

Irán los tres a la playa de Ipanema, por la noche el grupo va a cantar en Río y hay que aprovechar. A Franca le gusta pasear con Lucho, tienen la misma manera de mirar las cosas como si apenas las rozaran con los dedos de los ojos, se divierten tanto. Roberto se colará a último minuto, lástima porque todo lo ve en serio y pretende auditorio, lo dejarán a la sombra leyendo el *Times* y jugarán a la pelota en la arena, nadarán y comentarán mientras Roberto se pierde en un semisueño donde vuelve a asomar Sandro, esa paulatina pérdida de contacto de Sandro con el grupo, su agazapado empecinamiento que les está haciendo tanto mal a todos. Ahora Franca lanzará la pelota blanca y roja, Lucho saltará para atraparla, se reirán como tontos a cada tiro, es difícil concentrarse en el *Times*, es difícil guardar la cohesión cuando un director musical pierde contacto como está ocurriendo con Sandro y no por culpa de Franca, no es desde luego su culpa como tampoco es culpa de Franca que ahora la pelota caiga entre las copas de los que beben cerveza bajo una sombrilla y haya que correr a disculparse. Plegando el *Times*, Roberto se acordará de su charla con Paola y Lucho en el bar; si Mario no se decide a hacer algo, si no le dice a Sandro que Franca no entrará jamás en otro juego que en el suyo, todo se va a ir al diablo, Sandro no sólo está dirigiendo mal los ensayos sino que hasta canta mal, pierde esa concentración que a su vez concentraba al grupo y le daba la unidad y el color tonal de los que tanto han hablado los críticos. Pelota al agua, carrera doble, Lucho primero, Franca tirándose de cabeza en una ola. Sí, Mario debería darse cuenta (no puede ser que no se haya dado cuenta todavía), el grupo se va a ir irremisiblemente al diablo si Mario no se decide a cortar por lo sano. ¿Pero dónde empieza lo sano, dónde hay que cortar si no ha pasado nada, si nadie puede decir que haya pasado alguna cosa?

Empiezan a sospechar, lo sé y qué voy a hacer si es como una enfermedad, si no puedo mirarla, indicarle una entrada sin que de nuevo ese dolor y esa delicia al mismo tiempo, sin que todo tiemble y resbale como arena, un viento en la escena, un río bajo mis pies. Ah, si otro de nosotros dirigiera, si Karen o Roberto dirigieran para que yo pudiera diluirme en el conjunto, simple tenor entre las otras voces, tal vez entonces, tal vez por fin. Ahí como lo ves está siempre ahora, dice Paola, ahí lo tenés soñando despierto, en mitad del más jodido de los Gesualdos, cuando hay que medir al milímetro para no irse al corno, justo entonces se te queda como en el aire, carajo. Nena, dice Lucho, las mujeres bien no dicen carajo. Pero con qué pretexto hacer el cambio, hablarle a Karen o a Roberto, sin contar que no es seguro que acepten, los dirijo desde hace tanto y eso no se cambia así nomás, técnica aparte. Anoche fue tan duro, por un momento creí que alguno me lo iba a decir en el entreacto, se ve que no pueden más. En el fondo tenés razón de putear, dice Lucho. En el fondo sí pero es idiota, dice Paola, Sandro es el más músico de todos nosotros, sin él no seríamos esto que somos. Esto que fuimos, murmura Lucho.

Hay noches ahora en que todo parece alargarse interminablemente, la antigua fiesta —un poco crispada antes de perderse en el júbilo de cada melodía— cada vez más sustituida por una mera necesidad de oficio de calzarse los guantes temblando, dice Roberto broncoso, de subir al ring previendo que te la van a dar por el coco. Delicadas imágenes, le comenta Lucho a Paola. Tiene razón, qué joder, dice Paola, para mí cantar era como hacer el amor y ahora en cambio una mala paja. Vení vos a hablar de imágenes, se ríe Roberto, pero es verdad, éramos otros, mirá, el otro día leyendo ciencia-ficción encontré la palabra justa: éramos un *clone*. ¿Un qué? (Paola). Yo te entiendo, suspira Lucho, es cierto, es cierto, el canto y la vida y hasta los pensamientos eran una sola cosa en ocho cuerpos. ¿Como los tres mosqueteros, pregunta Paola, todos para uno y uno para todos? Eso, m'hija, concede Roberto, pero ahora lo llaman *clone* que es más piola. Y cantábamos y vivíamos como uno solo, murmura Lucho, no este arrastrarse de ahora al ensayo y al concierto, los programas que no acaban nunca, nunquísima. Interminable miedo, dice Paola, cada vez pienso que alguno va a patinar de nuevo, lo miro a Sandro como si fuera un salvavidas y el muy cretino está ahí colgado de los ojos de Franca que para peor cada vez que puede mira a Mario. Hace bien, dice Lucho, es a él a quien tiene que mirar. Claro que hace bien pero todo se va yendo al diablo. Tan poco a poco que es casi peor, un naufragio en cámara lenta, dice Roberto.

Casi una manía, Gesualdo. Porque lo amaban, claro, y cantar sus a veces casi incantables madrigales demandaba un esfuerzo que se prolongaba en el estudio de los textos, buscando la mejor manera de aliar los poemas a la melodía como el príncipe de Venosa lo había hecho a su oscura, genial manera. Cada voz, cada acento debía hallar ese esquivo centro del que surgiría la realidad del madrigal y no una de las tantas versiones mecánicas que a veces escuchaban en discos para comparar, para aprender, para ser un poco Gesualdo, príncipe asesino, señor de la música.

Entonces estallaban las polémicas, casi siempre Roberto y Paola, Lucho más moderado pero flechando justo, cada uno su manera de sentir a Gesualdo, la dificultad de plegarse a otra versión aunque sólo se apartara mínimamente de lo deseado. Roberto había tenido razón, el *clone* se iba disgregando y cada día asomaban más los individuos con sus discrepancias, sus resistencias, al final Sandro como siempre zanjaba la cuestión, nadie discutía su manera de sentir a Gesualdo salvo Karen y a veces Mario, en los ensayos eran siempre ellos los que proponían cambios y encontraban defectos, Karen casi venenosamente contra Sandro (un viejo amor fracasado, teoría de Paola) y Mario resplandeciente de comparaciones, ejemplos y jurisprudencias musicales. Como en una modulación ascendente los conflictos duraban horas hasta la transacción o el acuerdo momentáneo. Cada madrigal de Gesualdo que agregaban al repertorio era un nuevo enfrentamiento, la recurrencia acaso de la noche en que el príncipe había desenvainado la daga mirando a los amantes desnudos y dormidos.

Lily y Roberto escuchando a Sandro y a Lucho que juegan a la inteligencia después de dos *scotchs*. Se habla de Britten y de Webern y al final siempre el de Venosa, hoy es un acento que habría que cargar más en *O voi, troppo felici* (Sandro) o dejar que la melodía fluya en toda su ambigüedad gesualdesca (Lucho). Que sí, que no, que en ésta está, ping-pong por el placer de los tiros con efecto, las réplicas aguijón. Ya verás cuando lo ensayemos (Sandro), tal vez no sea una buena prueba (Lucho), me gustaría saber por qué, y Lucho harto, abriendo la boca para decir lo que también dirían Roberto y Lily si Roberto no se cruzara misericordioso aplastando las palabras de Lucho, proponiendo otro trago y Lily sí, los otros claro, con bastante hielo.

Pero se vuelve una obsesión, una especie de *cantus firmus* en torno al cual gira la vida del grupo. Sandro es el primero en sentirlo, alguna vez ese centro era la música y en torno a ella las luces de ocho vidas, de ocho juegos, los pequeños ocho planetas del sol Monteverdi, del sol Josquin des Prés, del sol Gesualdo. Entonces Franca poco a poco ascendiendo en un cielo sonoro, sus ojos verdes atentos a las entradas, a las apenas perceptibles indicaciones rítmicas, alterando sin saberlo, dislocando sin quererlo la cohesión del *clone*, Roberto y Lily lo piensan al unísono mientras Lucho y Sandro vuelven ya calmados al problema de *O voi, troppo felici*, buscan el camino desde esa gran inteligencia que nunca falla con el tercer *scotch* de la velada.

¿Por qué la mató? Lo de siempre, le dice Roberto a Lily, la encontró en el bulín y en otros brazos, como en el tango de Rivero, ahí nomás el de Venosa los apuñaleó en persona o acaso sus sayones, antes de huir de la venganza de los hermanos de la muerta y encerrarse en castillos donde habrían de tejerse a lo largo de los años las refinadas telarañas de los madrigales. Roberto y Lily se divierten en fabricar variantes dramáticas y eróticas porque están hartos del problema de *O voi, troppo felici* que sigue su debate sabihondo en el sofá de al lado. Se siente en el aire que Sandro ha comprendido lo que Lucho iba a decirle; si los ensayos siguen siendo lo que son ahora, todo se volverá cada vez más mecánico, se pegará impecable a la partitura y al texto, será Carlo Gesualdo sin amor y sin celos, Carlo Gesualdo sin daga ni venganza, al fin y al cabo un madrigalista aplicado entre tantos otros.

—Ensayemos con vos, propondrá Sandro a la mañana siguiente. En realidad sería mejor que vos dirigieras desde ahora, Lucho.

—No sean tíos bolas, dirá Roberto.

—Eso, dirá Lily.

—Sí, ensayemos con vos a ver qué pasa, y si los otros están de acuerdo, seguís al frente.

—No, dirá Lucho que ha enrojecido y se odia por haber enrojecido.

—La cosa no es cambiar de dirección, dirá Roberto. Claro que no, dirá Lily.

—Capaz que sí, dirá Sandro, capaz que nos haría bien a todos.

—En todo caso yo no, dirá Lucho. No me veo, qué quieres. Tengo mis ideas como todo el mundo pero conozco mis incapacidades.

—Es un amor este chileno, dirá Roberto. Es, dirá Lily.

—Decidan ustedes, dirá Sandro, yo me voy a dormir.

—A lo mejor el sueño es buen consejero, dirá Roberto. Es, dirá Lily.

Lo buscó después del concierto, no que las cosas hubieran andado mal pero de nuevo esa crispación como una amenaza latente de peligro, de error, Karen y Paola cantando sin ánimo, Lily pálida, Franca sin mirarlo casi, los hombres concentrados y como ausentes a la vez; él mismo con problemas de voz, dirigiendo fríamente pero atemorizándose a medida que avanzaban en el programa, un público hondureño entusiasta que no bastaba para borrar ese mal gusto en la boca, por eso buscó a Lucho después del concierto y allí en el bar del hotel con Karen, Mario, Roberto y Lily, bebiendo casi sin hablar, esperando el sueño entre anécdotas desganadas, Karen y Mario se fueron en seguida pero Lucho no parecía querer separarse de Lily y Roberto, hubo que quedarse sin ganas, con la copa del estribo alargándose en el silencio. Al fin y al cabo es mejor que seamos de nuevo los de la otra noche, dijo Sandro echándose al agua, a vos te buscaba para repetirte lo que ya te dije. Ah, dijo Lucho, pero yo te contesto lo que ya te contesté. Roberto y Lily otra vez al quite, hay variantes posibles, che, por qué insistir solamente con Lucho. Como quieran, a mí me da igual, dijo Sandro bebiéndose el whisky de un trago, hablen entre ustedes, después de decidir me lo dicen. Mi voto es Lucho. El mío es Mario, dijo Lucho. No se trata de votar ahora, qué joder (Roberto exasperado y Lily pero claro). De acuerdo, tenemos tiempo, el próximo concierto es en Buenos Aires dentro de dos semanas. Yo me pego un salto a La Rioja para ver a la vieja (Roberto, y Lily yo tengo que comprarme una cartera). Tú me buscas para decirme esto, dijo Lucho, está muy bien pero una cosa así necesita explicaciones, aquí cada uno tiene su teoría y tú también desde luego, es hora de ponerlas sobre el tapete. En todo caso esta noche no, decretó Roberto (y Lily por supuesto, me caigo de sueño, y Sandro pálido, mirando sin verlo el vaso vacío).

«Esta vez se armó la gorda», pensó Paola después de erráticos diálogos y consultas con Karen, Roberto y algún otro, «del próximo concierto no pasamos, cuantimás que es en Buenos Aires y no sé por qué algo me trinca que allá todo el mundo va a hacer la pata ancha, al final la familia sostiene y en el peor de los casos yo me quedo a vivir con mamá y mi hermana a la espera de otra chance».

«Cada cual debe tener su idea», pensó Lucho, que sin hablar demasiado había estado echando sondas para todos lados. «Cada uno se las arreglará a su manera si no hay un entendimiento *clone* como diría Roberto, pero de Buenos Aires no se pasa sin que las papas quemen, me lo dice el instinto. Esta vez fue demasiado».

*Cherchez la femme*. ¿La femme? Roberto sabe que más vale buscar al marido si se trata de encontrar algo sólido y cierto, Franca se evadirá como siempre con gestos de pez ondulando en su pecera, inocentes ojeadas enormes verdes, al fin y al cabo no parece culpable de nada y entonces buscar a Mario y encontrar. Detrás del humo del cigarro Mario casi sonriente, un viejo amigo tiene todos los derechos, pero claro que es eso, empezó en Bruselas hace seis meses, Franca me lo dijo en seguida. ¿Y vos?, Roberto riojano meta facón de punta. Bah, yo, Mario el sosegado, el sabio gustador de tabacos tropicales y ojos verdes grandísimos, yo no puedo hacer nada, viejo, si está metido está metido. «Pero ella», quisiera decir Roberto y no lo dice.

En cambio Paola sí, quién iba a atajar a Paola a la hora de la verdad. También ella buscó a Mario (habían llegado la víspera a Buenos Aires, faltaba una semana para el recital, el primer ensayo después del descanso había sido pura rutina sin ganas, Jannequin y Gesualdo casi lo mismo, un asco). Hacé algo, Mario, que sé yo pero hacé algo. Lo único que se puede es no hacer nada, dijo Mario, si Lucho se niega a dirigir no veo quién es capaz de reemplazar a Sandro. Vos, coño. Sí, pero no. Entonces hay que creer que lo hacés a propósito, gritó Paola, no solamente dejás que las cosas te resbalen delante de las narices sino que encima nos largás parados a todos. No alcés la voz, dijo Mario, te escucho muy bien, creeme.

Fue así como te lo cuento, se lo grité en plena cara y ya ves lo que me contesta el muy. Sh, nena, dice Roberto, cornudo es una fea palabra, si llegás a decirla en mis pagos armás una hecatombe. No lo quise decir, se arrepiente a medias Paola, nadie sabe si se acuestan juntos y al final qué importa que se acuesten o que se miren como si estuvieran acostados en pleno concierto, el asunto es otro. En eso sos injusta, dice Roberto, el que mira, el que se cae adentro, el que va como mariposa a la lámpara, el infecto idiota es Sandro, nadie le puede reprochar a Franca que le haya devuelto esa especie de ventosa que él le aplica cada vez que la tiene delante. Pero Mario, insiste Paola, cómo puede aguantar. Supongo que le tiene confianza, dice Roberto, y él sí está enamorado de ella sin necesidad de ventosas ni caras lánguidas. Ponele, acepta Paola, ¿pero por qué se niega a dirigirnos cuando Sandro es el primero en estar de acuerdo, cuando Lucho mismo se lo ha pedido y todos se lo hemos pedido?

Porque si la venganza es un arte, sus formas buscarán necesariamente las circunvoluciones que la vuelvan más sutilmente bella. «Es curioso», piensa Mario, «que alguien capaz de concebir el universo sonoro que surgía de los madrigales se vengara tan crudamente, tan a lo taita barato, cuando le estaba dado tejer la telaraña perfecta, ver caer las presas, desangrarlas paulatinamente, madrigalizar una tortura de semanas o de meses». Mira a Paola que trabaja y repite un pasaje de *Poichè l'avida sete*, le sonríe amistosamente. Sabe muy bien por qué Paola ha vuelto a hablar de Gesualdo, por qué casi todos ellos lo miran cuando se habla de Gesualdo y bajan la vista y cambian de tema. *Sete*, le dice, no marques tanto *sete*, Paolita, la sed se la siente con más fuerza si dices suavemente la palabra. No te olvides de la época, de esa manera de decir callando tantas cosas, y hasta de hacerlas.

Los vieron salir juntos del hotel, Mario llevaba a Franca del brazo, Lucho y Roberto desde el bar podían seguir su lento alejarse abrazados, la mano de Franca ciñendo la cintura de Mario que volvía un poco la cabeza para hablarle. Subieron a un taxi, el tráfico del centro los metió en su lenta serpiente.

—No entiendo, viejo —le dijo Roberto a Lucho—, te juro que no entiendo nada.

—A quién se lo dices, compañero.

—Nunca estuvo más claro que esta mañana, todo saltaba a la vista porque de vista se trata, ese inútil disimulo de Sandro que se acuerda tarde de disimular el muy imbécil, y ella todo lo contrario, por primera vez cantando para él y solamente para él.

—Karen me lo hizo notar, tienes razón, esta vez ella lo miraba a él, era ella que lo quemaba con los ojos y vaya si esos ojos pueden si quieren.

—Con lo cual ya ves —dijo Roberto—, por un lado el peor desajuste que hemos tenido desde que empezamos, y a seis horas del concierto y qué concierto, acá no perdonan, lo sabés. Eso por un lado, que es la evidencia misma de que la cosa está hecha, es algo que lo sentís con la sangre o con la próstata, a mí eso no se me ha escapado nunca.

—Casi las palabras de Karen y de Paola aparte de la próstata —dijo Lucho—. Yo debo ser menos sexy que ustedes, pero esta vez también para mí resulta transparente.

—Y por el otro lado ahí lo tenés a Mario tan contento yéndose con ella de compras o de copetines, el matrimonio perfecto.

—Ya no puede ser que él no sepa.

—Y que la deje hacerle esos arrumacos de putona barata.

—Vamos, Roberto.

—Ma qué carajo, chileno, por lo menos dejame desahogarme.

—Hacés bien —dijo Lucho—, nos hace falta antes del concierto.

—El concierto —dijo Roberto—. Me pregunto si.

Se miraron, era de cajón que se encogieran de hombros y sacaran los cigarrillos.

Nadie los verá pero lo mismo se sentirán incómodos al cruzarse en el *lobby*, Lily mirará a Sandro como si quisiera decirle algo y vacilara, se detendrá al lado de una vitrina y Sandro con un vago saludo de la mano se volverá hacia el quiosco de cigarrillos y pedirá un Camel, sentirá la mirada de Lily en la nuca, pagará y echará a andar hacia los ascensores mientras Lily se despegará de la vitrina y le pasará al lado como desde otro tiempo, desde otro efímero encuentro que ahora revive y lastima. Sandro murmurará un «qué tal», bajará los ojos mientras abre el atado de cigarrillos. Desde la puerta del ascensor la verá detenerse a la entrada del bar, volverse hacia él. Encenderá aplicadamente el cigarrillo y subirá a vestirse para el concierto, Lily irá al mostrador y pedirá un coñac, que no es bueno a esa hora como tampoco es bueno fumar dos Camel seguidos cuando hay quince madrigales esperando.

Como siempre en Buenos Aires, los amigos están allí y no sólo en la platea sino buscándolos en los camarines y las bambalinas, encuentros y saludos y palmadas, por fin de vuelta, hermano, pero qué linda estás Paolita, te presento a la madre de mi novio, che Roberto vos estás engordando demasiado, hola Sandro, leí las críticas de México, formidables, el rumor de la sala completa, Mario saludando a un viejo amigo que pregunta por Franca, debe andar por ahí, la gente empezando a aquietarse en sus plateas, diez minutos todavía, Sandro haciendo un gesto sin apuro para reunirlos, Lucho zafándose de dos chilenas pegajosas con libro de autógrafos, Lily casi a la carrera, son tan adorables pero no se puede hablar con todos, Lucho junto a Roberto echando una ojeada y de golpe hablándole a Roberto, en menos de un segundo Karen y Paola a la vez dónde está Franca, el grupo en la escena pero dónde se metió Franca, Roberto a Mario y Mario qué se yo, la dejé en el centro a las siete, Paola dónde está Franca, y Lily y Karen, Sandro mirando a Mario, ya te digo, volvía por su cuenta, debe estar al caer, cinco minutos, Sandro yendo hacia Mario con Roberto cruzándose callado, vos tenés que saber qué pasa, y Mario ya te dije que no, pálido mirando el aire, un empleado hablando con Sandro y Lucho, carreras en las bambalinas, no está, señor, no la han visto llegar, Paola tapándose la cara y doblándose como si fuera a vomitar, Karen sujetándola y Lucho por favor, Paola, contrólate, dos minutos, Roberto mirando a Mario callado y pálido como acaso callado y pálido salió Carlo Gesualdo de la alcoba, cinco de sus madrigales en el programa, aplausos impacientes y el telón siempre bajo, no está, señor, hemos mirado por todas partes, no llegó al teatro, Roberto cruzándose entre Sandro y Mario, lo has hecho vos, dónde está Franca, a gritos, el murmullo sorprendido del otro lado, el empresario temblando, yendo hacia el telón, señoras y señores, rogamos por favor un momento de paciencia, el grito histérico de Paola, Lucho forcejeando para detenerla y Karen dando la espalda, alejándose paso a paso, Sandro quebrándose en los brazos de Roberto que lo sostiene como a un pelele, que mira a Mario pálido e inmóvil, Roberto comprendiendo que ahí tenía que ser, ahí en Buenos Aires, ahí Mario, no habrá concierto, no habrá nunca más concierto, el último madrigal lo están cantando para la nada, sin Franca lo están cantando para un público que no puede oírlo, que empieza desconcertadamente a irse.

## *Nota sobre el tema de un rey y la venganza de un príncipe*

Cuando llega el momento, escribir como al dictado me es natural; por eso de cuando en cuando me impongo reglas estrictas a manera de variante de algo que terminaría por ser monótono. En este relato la «grilla» consistió en ajustar una narración todavía inexistente al molde de la *Ofrenda Musical* de Juan Sebastián Bach.

Se sabe que el tema de esta serie de variaciones en forma de canon y fuga le fue dada a Bach por Federico el Grande, y que luego de improvisar en su presencia una fuga basada en ese tema —ingrato y espinoso—, el maestro escribió la *Ofrenda Musical* donde el tema real es tratado de una manera más diversa y compleja. Bach no indicó los instrumentos que debían emplearse, salvo en el *Trío-Sonata* para flauta, violín y clave; a lo largo del tiempo incluso el orden de las partes dependió de la voluntad de los músicos encargados de presentar la obra. En este caso me serví de la realización de Millicent Silver para ocho instrumentos contemporáneos de Bach, que permite seguir en todos sus detalles la elaboración de cada pasaje, y que fue grabado por el London Harpsichord Ensemble en el disco *Saga* XID 5237.

Elegida esta versión (o después de ser elegido por ella, ya que escuchándola me vino la idea de un relato que se plegara a su decurso) dejé pasar el tiempo; nada puede ser apurado en la escritura y el aparente olvido, la distracción, los sueños y los azares tejen imperceptiblemente su futuro tapiz. Viajé a una playa llevando la fotocopia de la tapa del disco donde Frederick Youens analiza los elementos de la *Ofrenda Musical*; vagamente imaginé un relato que en seguida me pareció demasiado intelectual. La regla del juego era amenazadora: ocho instrumentos debían ser figurados por ocho personajes, ocho dibujos sonoros respondiendo, alternando u oponiéndose debían encontrar su correlación en sentimientos, conductas y relaciones de ocho personas. Imaginar un doble literario del London Harpsichord Ensemble me pareció tonto en la medida en que un violinista o un flautista no se pliegan en su vida privada a los temas musicales que ejecutan; pero a la vez la noción de cuerpo, de conjunto, tenía que existir de alguna manera desde el principio, puesto que la poca extensión de un cuento no permitiría integrar eficazmente a ocho personas que no tuvieran relación o contacto previos a la narración. Una conversación casual me trajo el recuerdo de Carlo Gesualdo, madrigalista genial y asesino de su mujer; todo se coaguló en un segundo y los ocho instrumentos fueron vistos como los integrantes de un conjunto vocal; desde la primera frase existiría así la cohesión de un grupo, todos ellos se conocerían y amarían u odiarían *desde antes*; y además, claro, cantarían los madrigales de Gesualdo, nobleza obliga. Imaginar una acción dramática en ese contexto no era difícil; plegarla a los sucesivos movimientos de la *Ofrenda Musical* contenía el reto, quiero decir el placer que el escritor se había propuesto antes que nada.

Hubo así la cocina literaria imprescindible; la telaraña de las profundidades habría de mostrarse en su momento, como ocurre casi siempre. Para empezar, la distribución instrumental de Millicent Silver encontró su equivalencia en ocho cantantes cuyo registro vocal guardaba una relación analógica con los instrumentos. Esto dio:

Flauta: Sandro, tenor.
Violín: Lucho, tenor.
Óboe: Franca, soprano.
Corno inglés: Karen, mezzo soprano.
Viola: Paola, contralto.
Violonchello: Roberto, barítono.
Fagote: Mario, bajo.
Clave: Lily, soprano.

Vi a los personajes como latinoamericanos, con asiento principal en Buenos Aires donde ofrecerían el último recital de una larga temporada que los había llevado a diferentes países. Los vi en el inicio de una crisis todavía vaga (más para mí que para ellos), donde lo único claro era esa fisura que empezaba a operarse en la cohesión propia de un grupo de madrigalistas. Había escrito los primeros pasajes al tanteo —no los he cambiado, creo que nunca he cambiado el comienzo incierto de tantos cuentos míos, porque siento que sería la peor traición a mi escritura— cuando comprendí que no era posible ajustar el relato a la *Ofrenda Musical* sin saber en detalle qué instrumentos, es decir, qué personajes figuraban en cada pasaje hasta el fin. Entonces, con una maravilla que por suerte todavía no me ha abandonado cuando escribo, vi que el fragmento final tendría que abarcar a todos los personajes *menos a uno*. Y ese uno, desde las primeras páginas ya escritas, había sido la causa todavía incierta de la fisura que se estaba dando en el conjunto, en eso que otro personaje habría de calificar de *clone*. En el mismo segundo la ausencia forzosa de Franca y la historia de Carlo Gesualdo, que había subtendido todo el proceso de la imaginación, fueron la mosca y la araña en la tela. Ya podía seguir, todo estaba consumado desde antes.

Sobre la escritura en sí: Cada fragmento corresponde al orden en que se da la versión de la *Ofrenda Musical* realizada por Millicent Silver; por un lado el desarrollo de cada pasaje procura asemejarse a la forma musical (canon, trío-sonata, fuga canónica, etc.) y contiene exclusivamente a los personajes que reemplazan a los instrumentos con arreglo a la tabla *supra*. Será pues útil (útil para los curiosos, pero todo curioso suele ser útil) indicar aquí la secuencia tal como la enumera Frederick Youens, con los instrumentos escogidos por la señora Silver:

*Ricercar a 3 voces:* Violín, viola y violoncello.
*Canon perpetuo:* Flauta, viola y fagote.
*Canon al unísono:* Violín, oboe y violoncello.
*Canon en movimiento contrario:* Flauta, violín y viola.
*Canon en aumento y movimiento contrario:* Violín, viola y violoncello.
*Canon en modulación ascendente:* Flauta, corno inglés, fagote, violín, viola y violonchelo.
*Trío-Sonata:* Flauta, violín y continuo (violoncelo y clave).

1. Largo
2. Allegro
3. Andante
4. Allegro

*Canon perpetuo:* Flauta, violín y continuo.
*Canon «cangrejo»:* Violín y viola.
*Canon «enigma»:*

*a)* Fagote y violoncello
*b)* Viola y fagote
*c)* Viola y violoncello
*d)* Viola y fagote

*Canon a 4 voces:* Violín, oboe, violoncello y fagote.
*Fuga canónica:* Flauta y clave.
*Ricercar a 6 voces:* Flauta, corno inglés, fagote, violín, viola y violoncello, con continuo de clave.
(En el fragmento final anunciado como «a 6 voces», el continuo de clave agrega el séptimo ejecutante).

Como esta nota es ya casi tan extensa como el relato, no tengo escrúpulos para alargarla otro poco. Mi ignorancia en materia de conjuntos vocales es total, y los profesionales del género encontrarán aquí amplio motivo de regocijo. De hecho, casi todo lo que conozco sobre música y músicas me viene de la tapa de los discos, que leo con sumo cuidado y provecho. Esto vale también para las referencias a Gesualdo, cuyos madrigales me acompañan desde hace mucho. Que mató a su mujer es seguro; lo demás, otros posibles acordes con mi texto, habría que preguntárselo a Mario.

# Graffiti

*A Antoni Tàpies*

Tantas cosas que empiezan y acaso acaban como un juego, supongo que te hizo gracia encontrar el dibujo al lado del tuyo, lo atribuiste a una casualidad o a un capricho y sólo la segunda vez te diste cuenta de que era intencionado y entonces lo miraste despacio, incluso volviste más tarde para mirarlo de nuevo, tomando las precauciones de siempre: la calle en su momento más solitario, ningún carro celular en las esquinas próximas, acercarse con indiferencia y nunca mirar los *graffiti* de frente sino desde la otra acera o en diagonal, fingiendo interés por la vidriera de al lado, yéndote en seguida.

Tu propio juego había empezado por aburrimiento, no era en verdad una protesta contra el estado de cosas en la ciudad, el toque de queda, la prohibición amenazante de pegar carteles o escribir en los muros. Simplemente te divertía hacer dibujos con tizas de colores (no te gustaba el término *graffiti*, tan de crítico de arte) y de cuando en cuando venir a verlos y hasta con un poco de suerte asistir a la llegada del camión municipal y a los insultos inútiles de los empleados mientras borraban los dibujos. Poco les importaba que no fueran dibujos políticos, la prohibición abarcaba cualquier cosa, y si algún niño se hubiera atrevido a dibujar una casa o un perro, lo mismo los hubieran borrado entre palabrotas y amenazas. En la ciudad ya no se sabía demasiado de qué lado estaba verdaderamente el miedo; quizá por eso te divertía dominar el tuyo y cada tanto elegir el lugar y la hora propicios para hacer un dibujo.

Nunca habías corrido peligro porque sabías elegir bien, y en el tiempo que transcurría hasta que llegaban los camiones de limpieza se abría para vos algo como un espacio más limpio donde casi cabía la esperanza. Mirando desde lejos tu dibujo podías ver a la gente que le echaba una ojeada al pasar, nadie se detenía por supuesto pero nadie dejaba de mirar el dibujo, a veces una rápida composición abstracta en dos colores, un perfil de pájaro o dos figuras enlazadas. Una sola vez escribiste una frase, con tiza negra: *A mí también me duele*. No duró dos horas, y esta vez la policía en persona la hizo desaparecer. Después solamente seguiste haciendo dibujos.

Cuando el otro apareció al lado del tuyo casi tuviste miedo, de golpe el peligro se volvía doble, alguien se animaba como vos a divertirse al borde de la cárcel o algo peor, y ese alguien por si fuera poco era una mujer. Vos mismo no podías probártelo, había algo diferente y mejor que las pruebas más rotundas: un trazo, una predilección por las tizas cálidas, un aura. A lo mejor como andabas solo te imaginaste por compensación; la admiraste, tuviste miedo por ella, esperaste que fuera la única vez, casi te delataste cuando ella volvió a dibujar al lado de otro dibujo tuyo, unas ganas de reír, de quedarte ahí delante como si los policías fueran ciegos o idiotas.

Empezó un tiempo diferente, más sigiloso, más bello y amenazante a la vez. Descuidando tu empleo salías en cualquier momento con la esperanza de sorprenderla, elegiste para tus dibujos esas calles que podías recorrer en un solo rápido itinerario; volviste al alba, al anochecer, a las tres de la mañana. Fue un tiempo de contradicción insoportable, la decepción de encontrar un nuevo dibujo de ella junto a alguno de los tuyos y la calle vacía, y la de no encontrar nada y sentir la calle aún más vacía. Una noche viste su primer dibujo solo; lo había hecho con tizas rojas y azules en una puerta de garaje, aprovechando la textura de las maderas carcomidas y las cabezas de los clavos. Era más que nunca ella, el trazo, los colores, pero además sentiste que ese dibujo valía como un pedido o una interrogación, una manera de llamarte. Volviste al alba, después que las patrullas ralearon en su sordo drenaje, y en el resto de la puerta dibujaste un rápido paisaje con velas y tajamares; de no mirarlo bien se hubiera dicho un juego de líneas al azar, pero ella sabría mirarlo. Esa noche escapaste por poco de una pareja de policías, en tu departamento bebiste ginebra tras ginebra y le hablaste, le dijiste todo lo que te venía a la boca como otro dibujo sonoro, otro puerto con velas, la imaginaste morena y silenciosa, le elegiste labios y senos, la quisiste un poco.

Casi en seguida se te ocurrió que ella buscaría una respuesta, que volvería a su dibujo como vos volvías ahora a los tuyos, y aunque el peligro era cada vez mayor después de los atentados en el mercado te atreviste a acercarte al garage, a rondar la manzana, a tomar interminables cervezas en el café de la esquina. Era absurdo porque ella no se detendría después de ver tu dibujo, cualquiera de las muchas mujeres que iban y venían podía ser ella. Al amanecer del segundo día elegiste un paredón gris y dibujaste un triángulo blanco rodeado de manchas como hojas de roble; desde el mismo café de la esquina podías ver el paredón (ya habían limpiado la puerta del garage y una patrulla volvía y volvía rabiosa), al anochecer te alejaste un poco pero eligiendo diferentes puntos de mira, desplazándote de un sitio a otro, comprando mínimas cosas en las tiendas para no llamar demasiado la atención. Ya era noche cerrada cuando oíste la sirena y los proyectores te barrieron los ojos. Había un confuso amontonamiento junto al paredón, corriste contra toda sensatez y sólo te ayudó el azar de un auto dando la vuelta a la esquina y frenando al ver el carro celular, su bulto te protegió y viste la lucha, un pelo negro tironeado por manos enguantadas, los puntapiés y los alaridos, la visión entrecortada de unos pantalones azules antes de que la tiraran en el carro y se la llevaran.

Mucho después (era horrible temblar así, era horrible pensar que eso pasaba por culpa de tu dibujo en el paredón gris) te mezclaste con otras gentes y alcanzaste a ver un esbozo en azul, los trazos de ese naranja que era como su nombre o su boca, ella ahí en ese dibujo truncado que los policías habían borroneado antes de llevársela; quedaba lo bastante para comprender que había querido responder a tu triángulo con otra figura, un círculo o acaso una espiral, una forma llena y hermosa, algo como un sí o un siempre o un ahora.

Lo sabías muy bien, te sobraría tiempo para imaginar los detalles de lo que estaría sucediendo en el cuartel central; en la ciudad todo eso rezumaba poco a poco, la gente estaba al tanto del destino de los prisioneros, y si a veces volvían a ver a uno que otro, hubieran preferido no verlos y que al igual que la mayoría se perdieran en ese silencio que nadie se atrevía a quebrar. Lo sabías de sobra, esa noche la ginebra no te ayudaría más que a morderte las manos, a pisotear las tizas de colores antes de perderte en la borrachera y el llanto.

Sí, pero los días pasaban y ya no sabías vivir de otra manera. Volviste a abandonar tu trabajo para dar vueltas por las calles, mirar fugitivamente las paredes y las puertas donde ella y vos habían dibujado. Todo limpio, todo claro; nada, ni siquiera una flor dibujada por la inocencia de un colegial que roba una tiza en la clase y no resiste al placer de usarla. Tampoco vos pudiste resistir, y un mes después te levantaste al amanecer y volviste a la calle del garage. No había patrullas, las paredes estaban perfectamente limpias; un gato te miró cauteloso desde un portal cuando sacaste las tizas y en el mismo lugar, allí donde ella había dejado su dibujo, llenaste las maderas con un grito verde, una roja llamarada de reconocimiento y de amor, envolviste tu dibujo con un óvalo que era también tu boca y la suya y la esperanza. Los pasos en la esquina te lanzaron a una carrera afelpada, al refugio de una pila de cajones vacíos; un borracho vacilante se acercó canturreando, quiso patear al gato y cayó boca abajo a los pies del dibujo. Te fuiste lentamente, ya seguro, y con el primer sol dormiste como no habías dormido en mucho tiempo.

Esa misma mañana miraste desde lejos: no lo habían borrado todavía. Volviste a mediodía: casi inconcebiblemente seguía ahí. La agitación en los suburbios (habías escuchado los noticiosos) alejaba a las patrullas urbanas de su rutina; al anochecer volviste a verlo como tanta gente lo había visto a lo largo del día. Esperaste hasta las tres de la mañana para regresar, la calle estaba vacía y negra. Desde lejos descubriste el otro dibujo, sólo vos podrías haberlo distinguido tan pequeño en lo alto y a la izquierda del tuyo. Te acercaste con algo que era sed y horror al mismo tiempo, viste el óvalo naranja y las manchas violeta de donde parecía saltar una cara tumefacta, un ojo colgando, una boca aplastada a puñetazos. Ya sé, ya sé, ¿pero qué otra cosa hubiera podido dibujarte? ¿Qué mensaje hubiera tenido sentido ahora? De alguna manera tenía que decirte adiós y a la vez pedirte que siguieras. Algo tenía que dejarte antes de volverme a mi refugio donde ya no había ningún espejo, solamente un hueco para esconderme hasta el fin en la más completa oscuridad, recordando tantas cosas y a veces, así como había imaginado tu vida, imaginando que hacías otros dibujos, que salías por la noche para hacer otros dibujos.

# Historias que me cuento

Me cuento historias cuando duermo solo, cuando la cama parece más grande de lo que es y más fría, pero también me las cuento cuando Niágara está ahí y se duerme antes que yo, se enrolla como un caracolito y se duerme entre murmullos complacientes, casi como si también ella se estuviera contando una historia. Más de una vez quisiera despertarla para saber cómo es su historia (solamente murmura ya dormida y eso no es de ninguna manera una historia), pero Niágara vuelve siempre tan cansada del trabajo que no sería justo ni hermoso despertarla cuando acaba de dormirse y parece colmada, perdida en su caracolito perfumado y murmurante, de modo que la dejo dormir y me cuento historias, lo mismo que en los días en que ella tiene horario nocturno y yo duermo solo en esa bruscamente enorme cama.

Las historias que me cuento son cualquier cosa pero casi siempre conmigo en el papel central, una especie de Walter Mitty porteño que se imagina en situaciones anómalas o estúpidas o de un intenso dramatismo muy trabajado para que el que sigue la historia se divierta con el melodrama o la cursilería o el humor que deliberadamente le pone el que la cuenta. Porque Walter Mitty suele tener también su lado Jekyll y Hyde, desde luego la literatura anglosajona ha hecho estragos en su inconsciente y las historias le nacen casi siempre muy librescas y como armadas para una imprenta igualmente imaginaria. La sola idea de escribir las historias que me cuento antes de dormirme me parece inconcebible por la mañana, y además un hombre tiene que tener sus lujos secretos, sus callados despilfarros, cosas que otros aprovecharían hasta la última migaja. Y hay también la superstición, desde siempre me he dicho que si pusiera por escrito cualquiera de las historias que me cuento, esa historia sería la última por una razón que se me escapa pero que acaso tiene que ver con nociones de transgresión o de castigo; entonces no, imposible imaginarme esperando el sueño junto a Niágara o solo pero sin poder contarme una historia, teniendo que imbécilmente numerar corderitos o todavía peor recordar mis jornadas cotidianas tan poco recordables.

Todo depende del humor del momento, porque nunca se me ocurriría elegir un cierto tipo de historia, apenas apago o apagamos la luz y entro en esa segunda y hermosa capa de negrura que me traen los párpados, la historia está ahí, un comienzo casi siempre incitante de historia, puede ser una calle vacía con un auto que avanza desde muy lejos, o la cara de Marcelo Macías al enterarse de que lo han ascendido, cosa hasta este momento inconcebible dada su incompetencia, o simplemente una palabra o un sonido que se repiten cinco o diez veces y de los cuales empieza a salir una primera imagen de la historia. A veces me asombra que después de un episodio que podría calificar de burocrático, la noche siguiente la historia sea erótica o deportiva; sin duda soy imaginativo, aunque eso se note solamente antes de dormirme, pero un repertorio tan imprevistamente variable y rico no termina de asombrarme. Dilia, por ejemplo, por qué tenía Dilia que aparecer en esa historia y precisamente en esa historia cuando Dilia no era una mujer que de alguna manera se prestara a una historia semejante; por qué Dilia.

Pero hace mucho que he decidido no preguntarme por qué Dilia o el Transiberiano o Muhammad Alí o cualquiera de los escenarios donde se instalan las historias que me cuento. Si me acuerdo de Dilia en este momento ya fuera de la historia es por otras cosas que también estuvieron y están fuera, por algo que ya no es la historia y acaso por eso me obliga a hacer lo que no hubiera querido ni podido hacer con las historias que me cuento. En aquella historia (solo en la cama, Niágara volvería del hospital a las ocho de la mañana) corría un paisaje de montaña y una ruta que daban miedo, que obligaban a manejar con cuidado, los faros barriendo las siempre posibles trampas visuales de cada curva, solo y a medianoche en ese enorme camión de difícil manejo en un camino de cornisa. Ser camionero siempre me ha parecido un trabajo envidiable porque lo imagino como una de las más simples formas de la libertad, ir de un lado a otro en un camión que a la vez es una casa con su colchón para pasar la noche en una ruta arbolada, una lámpara para leer y latas de comida y cerveza, un transistor para escuchar jazz en un silencio perfecto, y además ese sentimiento de saberse ignorado por el resto del mundo, que nadie esté enterado de que hemos tomado esa ruta y no otra, tantas posibilidades y pueblos y aventuras de pasaje, incluso asaltos y accidentes en los que siempre se tiene la mejor parte como cabe a Walter Mitty.

Alguna vez me he preguntado por qué camionero y no piloto de avión o capitán de transatlántico, sabiendo a la vez que responde a mi lado simple y a ras de tierra que más y más tengo que esconder de día; ser camionero es la gente que habla con los camioneros, es los lugares por donde se mueve un camionero, de manera que cuando me cuento una historia de libertad es frecuente que empiece en ese camión que recorre la pampa o un paisaje imaginario como el de ahora, los Andes o las Montañas Rocosas, en todo caso una ruta difícil en esa noche por la que yo iba subiendo cuando vi la frágil, rubia silueta de Dilia al pie de las rocas violentamente arrancadas de la nada por el haz de los faros, las paredes violáceas que volvían aún más pequeña y abandonada la imagen de Dilia haciéndome el gesto de los que piden ayuda después de haber andado tanto a pie con una mochila a la espalda.

Si ser camionero es una historia que me he contado muchas veces, no era forzoso encontrar mujeres pidiéndome que las levantara como lo estaba haciendo Dilia, aunque desde luego también las había puesto que esas historias colmaban casi siempre una fantasía en la que la noche, el camión y la soledad eran los accesorios perfectos para una breve felicidad de fin de etapa. A veces no, a veces era solamente una avalancha de la que me escapaba vaya a saber cómo, o los frenos que fallaban en el descenso para que todo terminara en un torbellino de visiones cambiantes que me obligaban a abrir los ojos y negarme a seguir, buscar el sueño o la tibia cintura de Niágara con el alivio de haber escapado a lo peor. Cuando la historia ponía a una mujer al borde de la ruta, esa mujer era siempre una desconocida, los caprichos de las historias que optaban por una muchacha pelirroja o una mulata, vistas acaso en una película o una foto de revista y olvidadas en la superficie del día hasta que la historia me las traía sin que yo las reconociera. Ver a Dilia fue entonces más que una sorpresa, casi un escándalo porque Dilia no tenía nada que hacer en esa ruta y de alguna manera estaba estropeando la historia con su gesto entre implorante y conminatorio. Dilia y Alfonso son amigos que Niágara y yo vemos de tiempo en tiempo, viven en órbitas diferentes y sólo nos acerca una fidelidad de los tiempos universitarios, la estima por temas y gustos comunes, cenar de cuando en cuando en casa de ellos o aquí, seguirlos de lejos en su vida de matrimonio con un bebé y bastante plata. Qué demonios tenía que hacer Dilia allí cuando la historia estaba sucediendo de una manera en la que cualquier muchacha imaginaria sí pero no Dilia, porque si algo estaba claro en la historia era que esa vez yo encontraría una muchacha en la ruta y de ahí sucederían algunas de las muchas cosas que pueden suceder cuando se llega a la llanura y se hace un alto después de la larga tensión del cruce; todo tan claro desde la primera imagen, la cena con otros camioneros en el bodegón del pueblo antes de la montaña, una historia ya nada original pero siempre grata por sus variantes y sus incógnitas, solamente que ahora la incógnita era diferente, era Dilia que de ninguna manera tenía sentido en esa curva de la ruta.

Puede ser que si Niágara hubiera estado ahí murmurando y resoplando dulcemente en su sueño, yo hubiera preferido no levantar a Dilia, borrarla a ella y al camión y a la historia con solamente abrir los ojos y decirle a Niágara: «Es raro, estuve por acostarme con una mujer y era Dilia», para que tal vez Niágara abriera a su vez los ojos y me besara en la mejilla tratándome de estúpido o metiendo a Freud en el baile o preguntándome si alguna vez había deseado a Dilia, para oírme decir la verdad o sea que en la perra vida, aunque entonces de nuevo Freud o algo así. Pero sintiéndome tan solo dentro de la historia, tan solo como lo que era, un camionero en pleno cruce de la sierra a medianoche, no fui capaz de pasar de largo: frené despacio, abrí la portezuela y dejé subir a Dilia que murmuró apenas un «gracias» de fatiga y somnolencia y se estiró en el asiento con su saco de viaje a los pies.

Las reglas del juego se cumplen desde el primer momento en las historias que me cuento. Dilia era Dilia pero en la historia yo era un camionero y solamente eso para Dilia, jamás se me hubiera ocurrido preguntarle qué estaba haciendo allí en plena noche o llamarla por su nombre. Pienso que en la historia lo excepcional era que esa muchacha contuviera a la persona de Dilia, su lacio pelo rubio, los ojos claros y sus piernas casi convencionalmente evocando las de un potrillito, demasiado largas para su estatura; fuera de eso la historia la trataba como a cualquier otra, sin nombre ni relación anterior, perfecto encuentro del azar. Cambiamos dos o tres frases, le pasé un cigarrillo y encendí otro, empezamos a bajar la cuesta como tiene que bajarla un camión pesado, mientras Dilia se estiraba todavía más, fumando desde un abandono y un sopor que la lavaban de tantas horas de marcha y acaso de miedo en la montaña.

Pensé que iba a dormirse en seguida y que era agradable imaginarla así hasta la planicie allá abajo, pensé que acaso hubiera sido amable invitarla a irse al fondo del camión y tirarse en una verdadera cama, pero jamás en una historia las cosas me habían permitido hacer eso porque cualquiera de las muchachas me hubiera mirado con esa expresión entre amarga y desesperada de la que imagina las intenciones inmediatas y busca casi siempre la manija de la portezuela, la fuga necesaria. Tanto en las historias como en la presumible realidad de cualquier camionero las cosas no podían pasar así, había que hablar, fumar, hacerse amigos, obtener desde todo eso la aceptación casi siempre silenciosa de un alto en un bosque o un refugio, la aquiescencia para lo que vendría luego pero que ya no era amargura ni cólera, simplemente compartir lo que ya se estaba compartiendo desde la charla, los cigarrillos y la primera botella de cerveza bebida del gollete entre dos virajes.

La dejé dormir, entonces, la historia tenía ese desarrollo que siempre me ha gustado en las historias que me cuento, la descripción minuciosa de cada cosa y de cada acto, una película lentísima para un goce que progresivamente va ascendiendo por el cuerpo y las palabras y los silencios. Todavía me pregunté por qué Dilia esa noche pero casi en seguida dejé de preguntármelo, ahora me parecía tan natural que Dilia estuviera allí entredormida a mi lado, aceptando de vez en cuando un nuevo cigarrillo o murmurando una explicación de por qué ahí en plena montaña, que la historia embrollaba hábilmente entre bostezos y frases rotas puesto que nada hubiera podido explicar que Dilia estuviera ahí en lo más perdido de esa ruta a medianoche. En algún momento dejó de hablar y me miró sonriendo, esa sonrisa de muchacha que Alfonso calificaba de compradora, y yo le di mi nombre de camionero, siempre Oscar en cualquiera de las historias, y ella dijo Dilia y agregó como agregaba siempre que era un nombre idiota por culpa de una tía lectora de novelas rosa, y casi increíblemente pensé que no me reconocía, que en la historia yo era Oscar y que ella no me reconocía.

Después es todo eso que las historias me cuentan pero que yo no puedo contar como ellas, solamente fragmentos inciertos, hilaciones acaso falsas, el farol alumbrando la mesita plegadiza en el fondo del camión estacionado entre los árboles de un refugio, el chirrido de los huevos fritos, después del queso y el dulce Dilia mirándome como si fuera a decir algo y decidiendo que no diría nada, que no era necesario explicar nada para bajarse del camión y desaparecer bajo los árboles, yo facilitándole las cosas con el café ya casi listo y hasta una tacita de grapa, los ojos de Dilia que se iban cerrando entre trago y frase, mi descuidada manera de llevar la lámpara hasta el taburete al lado del colchón, agregar una cobija por si más tarde el frío, decirle que me iba adelante a cerrar bien las portezuelas por las dudas, nunca se sabía en esos tramos desiertos y ella bajando los ojos y diciendo sabés, no te vayas a quedar allí a dormir en los asientos, sería idiota, y yo dándole la espalda para que no me viera la cara donde a lo mejor había un vago asombro por lo que me estaba diciendo Dilia aunque desde luego siempre sucedía así de una u otra manera, a veces la indiecita hablaba de dormir en el suelo o la gitana se refugiaba en la cabina y había que tomarla por la cintura y derivarla hacia adentro, llevarla a la cama aunque llorara o se debatiera, pero Dilia no, Dilia lentamente yendo de la mesa hacia la cama con una mano buscando ya el cierre de los jeans, esos gestos que yo podía ver en la historia aunque estuviera de espaldas y entrando en la cabina para darle tiempo, para decirme que sí, que todo sería como tenía que ser una vez más, una secuencia ininterrumpida y perfumada, el lentísimo traveling desde la silueta inmóvil bajo los faros en el viraje de la montaña hasta Dilia ahora casi invisible bajo las cobijas de lana, y entonces el corte de siempre, apagar la lámpara para que solamente quedara la vaga ceniza de la noche entrando por la mirilla trasera con una que otra queja de pájaro cercano.

Esa vez la historia duró interminablemente porque ni Dilia ni yo queríamos que terminara, hay historias que yo quisiera prolongar pero la chica japonesa o la fría condescendiente turista noruega no la dejan seguir, y a pesar de que soy yo quien decide en la historia llega un momento en que ya no tengo fuerzas y ni siquiera ganas de hacer durar algo que después del placer empieza a resbalar a la insignificancia, ahí donde habría que inventar alternativas o inesperados incidentes para que la historia siguiera viva en vez de irme llevando al sueño con un último beso distraído o un resto de llanto casi inútil. Pero Dilia no quería que la historia terminara, desde su primer gesto cuando resbalé junto a ella y en vez de lo esperable la sentí buscándome, desde la primera doble caricia supe que la historia no había hecho más que empezar, que la noche de la historia sería tan larga como la noche en la que yo me estaba contando la historia. Solamente que ahora no queda más que esto, palabras hablando de la historia; palabras como fósforos, gemidos, cigarrillos, risas, súplicas y demandas, café al amanecer y un sueño de aguas pesadas, de relentes y retornos y abandonos, con una primera lengua tímida de sol viniendo desde la mirilla a lamer la espalda de Dilia tirada sobre mí, a cegarme mientras la apretaba para sentirla abrirse una vez más entre gritos y caricias.

La historia termina ahí, sin despedidas convencionales en el primer pueblo de la ruta como hubiera sido casi inevitable, de la historia pasé al sueño sin otra cosa que el peso del cuerpo de Dilia durmiéndose a su vez sobre mí después de un último murmullo, cuando desperté Niágara me hablaba de desayuno y de un compromiso que teníamos por la tarde. Sé que estuve a punto de contarle y que algo me tiró hacia atrás, algo que acaso era todavía la mano de Dilia volviéndome a la noche y prohibiéndome palabras que todo lo hubieran manchado. Sí, había dormido muy bien; claro, a las seis nos encontraríamos en la esquina de la plaza para ir a ver a los Marini.

En esos días supimos por Alfonso que la madre de Dilia estaba muy enferma y que Dilia viajaba a Necochea para acompañarla, Alfonso tenía que ocuparse del bebé que le daba mucho trabajo, a ver si los visitábamos cuando volviera Dilia. La enferma murió unos días después y Dilia no quiso ver a nadie hasta dos meses más tarde; fuimos a cenar llevándoles coñac y un sonajero para el bebé y todo ya estaba bien, Dilia al término de un pato a la naranja y Alfonso con la mesa preparada para jugar canasta. La cena resbaló amablemente como debía ser porque Alfonso y Dilia son gente que sabe vivir y empezaron por hablar de lo más penoso, agotar rápido el tema de la madre de Dilia, después fue como tender suavemente un telón para volver al presente inmediato, nuestros juegos de siempre, las claves y los códigos del humor con los que se hacía tan agradable pasar la noche. Ya era tarde y coñac cuando Dilia aludió a un viaje a San Juan, la necesidad de olvidar los últimos días de su madre y los problemas con esos parientes que todo lo complican. Me pareció que hablaba para Alfonso, aunque Alfonso ya debía conocer la anécdota porque se sonreía amablemente mientras nos servía otro coñac, el desperfecto del auto en plena sierra, la noche vacía y una interminable espera al borde de la ruta en la que cada pájaro nocturno era una amenaza, retorno inevitable de tanto fantasma de infancia, luces de un camión, el miedo de que también el camionero tuviese miedo y pasara de largo, el enceguecimiento de los faros clavándola contra el acantilado, entonces el maravilloso chirrido de los frenos, la cabina tibia, el descenso entre diálogos apenas necesarios pero que ayudaban tanto a sentirse mejor.

—Se ha quedado traumatizada —dijo Alfonso—. Ya me lo contaste, querida, cada vez conozco más detalles de ese rescate, de tu San Jorge de overol salvándote del malvado dragón de la noche.

—No es fácil olvidarlo —dijo Dilia—, es algo que vuelve y vuelve, no sé por qué.

Ella quizá no, Dilia quizá no sabía por qué pero yo sí, había tenido que beber el coñac de un sorbo y servirme de nuevo mientras Alfonso alzaba las cejas, sorprendido por una brusquedad que no me conocía. Sus bromas en cambio eran más que previsibles, decirle a Dilia que se decidiera alguna vez a terminar el cuento, conocía de sobra la primera parte pero seguro que había tenido una segunda, era tan de cajón, tan de camión en la noche, tan de todo lo que es tan en esta vida.

Me fui al baño y me quedé un rato tratando de no mirarme en el espejo, de no encontrar también allí y horriblemente eso que yo había sido mientras me contaba la historia y que sentía ahora de nuevo pero aquí, ahora esta noche, eso que empezaba lentamente a ganar mi cuerpo, eso que jamás hubiera imaginado posible a lo largo de tantos años de Dilia y Alfonso, de nuestra doble pareja amiga de fiestas y cines y besos en las mejillas. Ahora era lo otro, era Dilia después, de nuevo el deseo pero de este lado, la voz de Dilia llegándome desde el salón, las risas de Dilia y de Niágara que debían estar tomándole el pelo a Alfonso por sus celos estereotipados. Ya era tarde, bebimos todavía coñac y nos hicimos un último café, desde arriba llegó el llanto del bebé y Dilia subió corriendo, lo trajo en brazos, se ha mojado todo el muy cochino, lo voy a cambiar en el baño, Alfonso encantado porque eso le daba media hora más para discutir con Niágara de las posibilidades de Vilas frente a Borg, otro coñac, piba, total ya estamos todos bien curados.

Yo no, me fui al baño para acompañarla a Dilia que había puesto a su hijo sobre una mesita y buscaba cosas en un placard. Y era como si de algún modo ella supiera cuando le dije Dilia, yo conozco esa segunda parte, cuando le dije ya sé que no puede ser pero ya ves, la conozco, y Dilia me volvió la espalda para empezar a desvestir al bebé y la vi inclinarse no solamente para soltarle los alfileres de gancho y quitarle el pañal sino como si de golpe la agobiara un peso del que tenía que librarse, del que ya estaba librándose cuando se volvió mirándome en los ojos y me dijo sí, es cierto, es idiota y no tiene ninguna importancia pero es cierto, me acosté con el camionero, decíselo a Alfonso si querés, de todas maneras él está convencido a su manera, no lo cree pero está tan seguro.

Era así, ni yo diría nada ni ella comprendería por qué me estaba diciendo eso, por qué a mí que no le había preguntado nada y en cambio le había dicho eso que ella no podía comprender de este lado de la historia. Sentí mis ojos como dedos bajando por su boca, su cuello, buscando los senos que la blusa negra dibujaba como mis manos los habían dibujado toda esa noche, toda esa historia. El deseo era un salto agazapado, un absoluto derecho a acercarme a buscarle los senos bajo la blusa y envolverla en el primer abrazo. La vi girar, inclinarse otra vez pero ahora liviana, liberada del silencio; ágilmente retiró los pañales, el olor de un bebé que se ha hecho pis y caca me llegó junto con los murmullos de Dilia calmándolo para que no llorara, vi sus manos que buscaban el algodón y lo metían entre las piernas levantadas del bebé, vi sus manos limpiando al bebé en vez de venir a mí como habían venido en la oscuridad de ese camión que tantas veces me ha servido en las historias que me cuento.

# Anillo de Moebius

*In memoriam J. M. y R. A.*

> *Imposible explicarlo. Se iba apartando de aquella zona donde las cosas tienen forma fija y aristas, donde todo tiene un nombre sólido e inmutable. Cada vez ahondaba más en la región líquida, quieta e insondable donde se detenían nieblas vagas y frescas como las de la madrugada.*
>
> CLARICE LISPECTOR, *Cerca del corazón salvaje*

Por qué no, acaso bastaría proponérselo como ella habría de hacerlo más tarde ahincadamente, y se la vería, se la sentiría con la misma claridad que ella se veía y se sentía pedaleando bosque adentro en la mañana aún fresca, siguiendo senderos envueltos en la penumbra de los helechos, en algún lugar de Dordoña que los diarios y la radio llenarían más tarde de una efímera celebridad infame hasta el rápido olvido, el silencio vegetal de esa media luz perpetua por donde Janet pasaba como una mancha rubia, un tintineo de metal (su cantimplora mal sujeta contra el crucero de aluminio), el pelo largo ofrecido al aire que su cuerpo rompía y alteraba, liviano mascarón de proa hundiendo los pies en el blando ceder alternado de los pedales, recibiendo en la blusa la mano de la brisa apretándole los senos, doble caricia dentro del doble desfile de troncos y de helechos en un verde translúcido de túnel, un olor de hongos y cortezas y musgos, las vacaciones.

Y también el otro bosque aunque fuera el mismo bosque pero no para Robert rechazado en las granjas, sucio de una noche boca abajo contra un mal colchón de hojas secas, frotándose la cara contra un rayo de sol filtrado por los cedros, preguntándose vagamente si valía la pena quedarse en la región o entrar en las planicies donde acaso lo esperaba un jarro de leche y un poco de trabajo antes de volver a los grandes caminos o perderse de nuevo en bosques sin nombre, el mismo bosque siempre con hambre y esa inútil cólera que le torcía la boca.

En la estrecha encrucijada Janet frenó indecisa, derecha o izquierda o todavía adelante, todo igualmente verde y fresco, ofrecido como dedos de una gran mano terrosa. Había salido del albergue para jóvenes al despuntar el día porque el dormitorio estaba lleno de alientos pesados, de fragmentos de pesadillas ajenas, de olor a gente poco bañada, los alegres grupos que habían tostado maíz y cantado hasta medianoche antes de tirarse vestidos sobre los catres de tela, las chicas de un lado y los muchachos más lejos, vagamente ofendidos por tanto reglamento idiota, ya medio dormidos en mitad de los irónicos inútiles comentarios. En pleno campo antes del bosque había bebido la leche de la cantimplora, jamás volver a encontrarse de mañana con la gente de la noche, también ella tenía su reglamento idiota, recorrer Francia mientras duraran el dinero y el tiempo, sacar fotos, llenar su cuaderno de tapas naranja, diecinueve años ingleses con ya muchos cuadernos y millas pedaleando, la predilección por los grandes espacios, los ojos debidamente azules y el rubio pelo suelto, grande y atlética y profesora de jardín de infantes felizmente dispersos en playas y aldeas de la patria felizmente lejana. A la izquierda, quizá, había una leve pendiente en la penumbra, dejarse ir después de un simple golpe de pedal. Empezaba a hacer calor, la silla de la bicicleta la recibía pesadamente, con una primera humedad que más tarde la obligaría a bajarse, a despegar el slip de la piel y a alzar los brazos para que el aire fresco se paseara bajo la blusa. Eran apenas las diez, el bosque se anunciaba lento y profundo; tal vez antes de llegar a la ruta del lado opuesto fuera bueno instalarse al pie de un roble y comer los sándwiches, escuchando la radio de bolsillo o agregando una jornada más a su diario de viaje interrumpido muchas veces por inicios de poemas y pensamientos no siempre felices que el lápiz escribía y después tachaba con pudor, con trabajo.

> No era fácil verlo desde la senda. Sin saberlo había dormido a veinte metros de un hangar abandonado, y ahora le pareció estúpido haber dormido sobre el suelo húmedo cuando detrás de las planchas de pino llenas de agujeros se veía un piso de paja seca bajo el techo casi intacto. Ya no tenía sueño y era una lástima; miró inmóvil el hangar y no le sorprendió que la ciclista llegara por el sendero y frenara, ella sí como desconcertada, frente a la construcción asomando entre los árboles. Antes de que Janet lo viera él ya sabía todo, todo de ella y de él en una sola marea sin palabras, desde una inmovilidad que era como un futuro agazapado. Ahora ella volvía la cabeza, la bicicleta inclinada y un pie en tierra, y encontraba sus ojos. Los dos parpadearon a la vez.

Sólo se podía hacer una cosa en esos casos poco frecuentes pero siempre probables, decir *bon jour* y partir sin excesivo apuro. Janet dijo *bon jour* y empujó la bicicleta para dar media vuelta; su pie se desprendía del suelo para dar el primer golpe de pedal cuando Robert le cortó el paso y sujetó el manubrio con una mano de uñas negras. Todo era clarísimo y confuso a la vez, la bicicleta volcándose y el primer grito de pánico y protesta, los pies buscando un inútil apoyo en el aire, la fuerza de los brazos que la ceñían, el paso casi a la carrera entre las tablas rotas del hangar, un olor a la vez joven y salvaje de cuero y sudor, una barba oscura de tres días, una boca quemándole la garganta.

> Nunca quiso hacerle daño, nunca había dañado para poseer lo poco que le había sido dado en los previsibles reformatorios, solamente era así, veinticinco años y así, todo a la vez lento como cuando tenía que escribir su nombre, Robert letra por letra, después el apellido todavía más lento, y rápido como el gesto que a veces le valía una botella de leche o un pantalón puesto a secar en el césped de un jardín, todo podía ser lento e instantáneo a la vez, una decisión seguida de un deseo de que todo durara mucho, que esa chica no se debatiera absurdamente puesto que él no quería hacerle daño, que comprendiera la imposibilidad de escaparse o de ser socorrida y se sometiera quietamente, ni siquiera sometiéndose, dejándose ir como él se dejaba ir tendiéndola sobre la paja y gritándole al oído que se callara, que no fuera idiota, que esperara mientras él buscaba botones y broches sin encontrar más que convulsiones de resistencia, ráfagas de palabras en otro idioma, gritos, gritos que alguien terminaría por escuchar.

No había sido exactamente así, había el horror y la revulsión frente al ataque de la bestia, Janet había luchado por zafarse y huir a la carrera y ahora ya no era posible y el horror no venía totalmente de la bestia barbuda porque no era una bestia, su manera de hablarle al oído y sujetarla sin hundirle las manos en la piel, sus besos que caían sobre su cara y su cuello con picor de barba crecida pero besos, la revulsión venía de someterse a ese hombre que no era una bestia hirsuta pero un hombre, la revulsión de alguna manera la había acechado desde siempre, desde su primera sangre una tarde en la escuela, mistress Murphy y sus advertencias a la clase con acento de Cornualles, las noticias de policía en los diarios siempre comentadas en secreto en el pensionado, las lecturas prohibidas donde aquello no era aquello que las lecturas aconsejadas por mistress Murphy habían insinuado rosadamente con o sin Mendelssohn y lluvia de arroz, los comentarios clandestinos sobre el episodio de la primera noche en *Fanny Hill*, el largo silencio de su mejor amiga al retorno de sus bodas y después el brusco llanto pegada contra ella, fue horrible, fue horrible, Janet, aunque más tarde la felicidad del primer hijo, la vaga evocación una tarde de paseo juntas, hice mal en exagerar tanto, Janet, un día verás, pero ya demasiado tarde, la idea fija, fue tan horrible, Janet, otro cumpleaños, la bicicleta y el plan de viajar sola hasta que tal vez, tal vez poco a poco, diecinueve años y el segundo viaje de vacaciones a Francia, Dordoña en agosto.

> Alguien terminaría por escuchar, se lo gritó cara contra cara aunque ya sabía que ella era incapaz de comprender, lo miraba desorbitadamente y suplicaba algo en otro idioma, luchando por zafar las piernas, por enderezarse, durante un momento le pareció que quería decirle algo que no era solamente gritos o súplicas o insultos en su lengua, le desabrochó la blusa buscando ciegamente los cierres más abajo, fijándola al colchón de paja con todo su cuerpo cruzado sobre el de ella, pidiéndole que no gritara más, que ya no era posible que siguiera gritando, alguien iba a venir, déjame, no grites más, déjame de una vez, por favor, no grites.

Cómo no luchar si él no comprendía, si las palabras que hubiera querido decirle en su idioma brotaban en pedazos, se mezclaban con sus balbuceos y sus besos y él no podía comprender que no se trataba de eso, que por horrible que fuera lo que estaba tratando de hacerle, lo que iba a hacerle, no era eso, cómo explicarle que hasta entonces nunca, que *Fanny Hill*, que por lo menos esperara, que en su maleta había crema facial, que así no podría ser, no podría ser sin eso que había visto en los ojos de su amiga, la náusea de algo insoportable, fue horrible, Janet, fue tan horrible. Sintió ceder la falda, la mano que corría bajo el slip y lo arrancaba, se contrajo con un último estallido de angustia y luchó por explicar, por detenerlo al borde para que eso fuera diferente, lo sintió contra ella y la embestida entre los muslos entornados, un dolor punzante que crecía hasta el rojo y el fuego, aulló de horror más que de sufrimiento como si eso no pudiera ser todo y solamente el inicio de la tortura, sintió sus manos en su cara tapándole la boca y resbalando hacia abajo, la segunda embestida contra la que ya no se podía luchar, contra la que ya no había gritos ni aire ni lágrimas.

Sumido en ella en un brusco término de lucha, acogido sin que continuara esa desesperada resistencia que había tenido que abatir empalándola una y otra vez hasta llegar a lo más hondo y sentir toda su piel contra la suya, el goce vino como un látigo y se anegó en un balbuceo agradecido, en un ciego abrazo interminable. Apartando la cara del hueco del hombro de Janet, le buscó los ojos para decírselo, para agradecerle que al final hubiera callado; no podía sospechar otras razones para esa resistencia salvaje, ese debatirse que lo había obligado a forzarla sin lástima, pero ahora tampoco comprendía bien la entrega, el brusco silencio. Janet lo estaba mirando, una de sus piernas había resbalado lentamente hacia afuera. Robert empezó a apartarse, a salir de ella, mirándola en los ojos. Comprendió que Janet no lo veía.

Ni lágrimas ni aire, el aire había faltado de golpe, desde el fondo del cráneo una ola roja le había tapado los ojos, ya no tenía cuerpo, lo último había sido el dolor una y otra vez y entonces en mitad del alarido el aire había faltado de golpe, expirado sin volver a entrar, sustituido por el velo rojo como párpados de sangre, un silencio pegajoso, algo que duraba sin ser, algo que era de otro modo donde todo seguía estando pero de otro modo, más acá de los sentidos y del recuerdo.

No lo veía, los ojos dilatados le pasaban a través de la cara. Arrancándose de ella se arrodilló a su lado, hablándole mientras sus manos reajustaban malamente el pantalón y buscaban la hebilla del cierre como trabajando por su cuenta, alisando la camisa y metiendo los faldones bajo el cinturón. Veía la boca entreabierta y torcida, el hilo de baba rosada resbalando por el mentón, los brazos en cruz con las manos crispadas, los dedos inmóviles, el pecho inmóvil, el vientre desnudo inmóvil con sangre brillando, resbalando lentamente por los muslos entreabiertos. Cuando gritó, levantándose de un salto, creyó por un segundo que el grito venía de Janet, pero desde arriba, parado como un muñeco oscilante, veía las marcas en la garganta, el torcimiento inadmisible del cuello que ladeaba la cabeza de Janet, la volvía algo que se estaba burlando de él con un gesto de títere caído, todas las cuerdas cortadas.

De otro modo, tal vez desde el principio mismo, en todo caso ya no allí, movida a algo como una diafanidad, un medio translúcido en el que nada tenía cuerpo y donde eso que era ella no se situaba desde pensamientos u objetos, ser viento siendo Janet o Janet siendo viento o agua o espacio pero siempre claro, el silencio era luz o lo contrario o las dos cosas, el tiempo estaba iluminado y eso era ser Janet, algo sin asidero, sin una mínima sombra de recuerdo que interrumpiera y fijara ese decurso como entre cristales, burbuja dentro de una masa de plexiglás, órbita de pez transparente en un ilimitado acuario luminoso.

El hijo de un leñador encontró la bicicleta en el sendero y a través de los tablones del hangar entrevió el cuerpo boca arriba. Los gendarmes verificaron que el asesino no había tocado la maleta o el bolso de Janet.

Derivar en lo inmóvil sin antes ni después, un ahora hialino sin contacto ni referencias, un estado en el que continente y contenido no se diferenciaban, un agua fluyendo en el agua, hasta que sin transición era el ímpetu, un violento *rush* proyectándola, sacándola sin que algo pudiera aprehender el cambio, solamente el *rush* vertiginoso en lo horizontal o vertical de un espacio estremecido en su velocidad. Alguna vez se salía de lo informe para acceder a una rigurosa fijeza igualmente separada de toda referencia y sin embargo tangible, hubo esa hora en que Janet cesó de ser agua del agua o viento del viento, por primera vez sintió, se sintió encerrada y limitada, cubo de un cubo, inmóvil cubidad. En ese estado cubo fuera de lo translúcido y lo huracanado, algo como una duración se instalaba, no un antes o un después pero un ahora más tangible, un comienzo de tiempo reducido a un presente espeso y manifiesto, cubo en el tiempo. De haber podido elegir hubiera preferido el estado cubo sin saber por qué, acaso porque en los continuos cambios era la única condición donde nada cambiaba como si allí se estuviera dentro de límites dados, en la certeza de una cubidad constante, de un presente que insinuaba una presencia, casi una tangibilidad, un presente que contenía algo que acaso era tiempo, acaso un espacio inmóvil donde todo desplazamiento quedaba como trazado. Pero el estado cubo podía ceder a los otros vértigos y antes y después o durante se estaba en otro medio, se era nuevamente resbalamiento fragoroso en un océano de cristales o de rocas diáfanas, un fluir sin dirección hacia nada, una succión de tornado con torbellinos, algo como resbalar en el entero follaje de una selva, sostenida de hoja en hoja por una apesantez de baba del diablo y ahora —ahora sin antes, un ahora seco y dado ahí— acaso otra vez el estado cubo cercando y deteniendo, límites en el ahora y el ahí que de alguna manera era reposo.

> El proceso se abrió en Poitiers a fines de julio de 1956. Robert fue defendido por Maître Rolland; el jurado no admitió las circunstancias atenuantes derivadas de una orfandad temprana, los reformatorios y el desempleo. El acusado escuchó con un tranquilo estupor la sentencia de muerte, los aplausos de un público entre el cual se contaban no pocos turistas británicos.

Poco a poco (¿poco a poco en una condición fuera del tiempo? Maneras de decir) se iban dando otros estados que acaso ya se habían dado, aunque *ya* significara antes y no había antes; ahora (y tampoco ahora) imperaba un estado viento y ahora un estado reptante en el que cada ahora era penoso, la oposición total al estado viento porque sólo se daba como arrastre, un progresar hacia ninguna parte; de haber podido pensar, en Janet se hubiera abierto paso la imagen de la oruga recorriendo una hoja suspendida en el aire, pasando por sus caras y volviendo a pasar sin la menor visión ni tacto ni límite, anillo de Moebius infinito, reptación hasta el borde de una cara para ingresar o ya estar en la opuesta y volver sin cesación de cara a cara, un arrastre lentísimo y penoso ahí donde no había medida de la lentitud o del sufrimiento pero se era reptación y ser reptación era lentitud y sufrimiento. O lo otro (¿lo otro en una condición sin términos comparables?), ser fiebre, recorrer vertiginosamente algo como tubos o sistemas o circuitos, recorrer condiciones que podían ser conjuntos matemáticos o partituras musicales, saltar de punto en punto o de nota en nota, entrar y salir de circuitos de computadora, ser conjunto o partitura o circuito recorriéndose a sí mismo y eso daba ser fiebre, daba recorrer furiosamente constelaciones instantáneas de signos o notas sin formas ni sonidos. De alguna manera era el sufrimiento, la fiebre. Ser ahora el estado cubo o ser ola contenía una diferencia, se era sin fiebre o sin reptación, el estado cubo no era la fiebre y ser fiebre no era el estado cubo o el estado ola. En el estado cubo ahora —un ahora de pronto más ahora— por primera vez (un ahora donde acababa de darse un indicio de primera vez), Janet dejó de ser el estado cubo para ser en el estado cubo, y más tarde (porque esa primera diferenciación del ahora entrañaba el sentimiento de más tarde) en el estado ola Janet dejó de ser el estado ola para ser en el estado ola. Y todo eso contenía los indicios de una temporalidad, ahora se podía reconocer una primera vez y una segunda vez, un ser en ola o ser en fiebre que se sucedían para ser seguidos por un ser en viento o ser en follaje o ser de nuevo en cubo, ser cada vez más Janet en, ser Janet en el tiempo, ser eso que no era Janet pero que pasaba del estado cubo al estado fiebre o volvía al estado oruga, porque cada vez más los estados se fijaban y establecían y de algún modo se delimitaban no solamente en tiempo sino en espacio, se pasaba de uno a otro, se pasaba de una placidez cubo a una fiebre circuito matemático o follaje de selva ecuatorial o interminables botellas cristalinas o torbellinos de maelstrom en suspensión hialina o reptación penosa sobre superficies de doble cara o poliedros facetados.

La apelación fue rechazada y trasladaron a Robert a la Santé en espera de la ejecución. Sólo la gracia del presidente de la república podía salvarlo de la guillotina. El condenado pasaba los días jugando al dominó con los guardianes, fumando sin cesar, durmiendo pesadamente.

Soñaba todo el tiempo, por la mirilla de la celda los guardianes lo veían removerse en el camastro, levantar un brazo, estremecerse.

En alguno de los pasos habría de darse el primer rudimento de un recuerdo, resbalando entre las hojas o al cesar en el estado cubo para ser en la fiebre supo de algo que había sido Janet, inconexamente una memoria intentaba entrar y fijarse, una vez fue saber que era Janet, acordarse de Janet en un bosque, de la bicicleta, de Constance Myers y de unos chocolates en una bandeja de alpaca. Todo empezaba a aglomerarse en el estado cubo, se iba dibujando y definiendo confusamente, Janet y el bosque, Janet y la bicicleta, y con las ráfagas de imágenes se precisaba poco a poco un sentimiento de persona, una primera inquietud, la visión de un tejado de maderas podridas, estar boca arriba y sujeta por una fuerza convulsiva, miedo al dolor, frote de una piel que le pinchaba la boca y la cara, algo se acercaba abominable, algo luchaba por explicarse, por decirse que no era así, que eso no hubiera tenido que ser así, y al borde de lo imposible el recuerdo se detenía, una carrera en espiral acelerándose hasta la náusea la arrancaba del cubo para hundirla en ola o en fiebre, o lo contrario, la aglutinante lentitud de reptar una vez más sin otra cosa que eso, que ser en reptación, como ser en ola o vidrio era de nuevo solamente eso hasta otro cambio. Y cuando recaía en el estado cubo y volvía a un reconocimiento confuso, hangar y chocolate y rápidas visiones de campanarios y condiscípulas, lo poco que podía hacer luchaba sobre todo por durar ahí en la cubidad, por mantenerse en ese estado donde había detención y límites, donde se terminaría por pensar y reconocerse. Una y otra vez llegó a las sensaciones últimas, al picor de una piel barbuda contra su boca, a la resistencia bajo unas manos que le arrancaban la ropa antes de perderse de nuevo instantáneamente en una carrera fragorosa, hojas o nubes o gotas o huracanes o circuitos fulminantes. En el estado cubo no podía pasar del límite donde todo era horror y revulsión pero si la voluntad le hubiera sido dada esa voluntad se habría fijado ahí donde afloraba Janet sensible, donde había Janet queriendo abolir la recurrencia. En plena lucha contra el peso que la aplastaba sobre la paja del hangar, obstinándose en decir que no, que eso no tenía que pasar así entre gritos y paja podrida, resbaló una vez más al moviente estado en que todo fluía como creándose en el acto de fluir, un humo girando en su propio capullo que se abre y se enrosca en sí mismo, el ser en olas, en el trasvasarse indefinible que ya tantas veces la había mantenido en suspensión, alga o corcho o medusa. Con esa diferencia que Janet sintió venir desde algo que se parecía al despertar de un sueño sin sueños, al caer en el despertar de una mañana en Kent, ser de nuevo Janet y su cuerpo, una noción de cuerpo, de brazos y espaldas y pelo flotando en el medio hialino, en la transparencia total porque Janet no veía su cuerpo, era su cuerpo por fin de nuevo pero sin verlo, era conciencia de su cuerpo flotando entre olas o humo, sin ver su cuerpo Janet se movió, adelantó un brazo y tendió las piernas en un impulso de natación, diferenciándose por primera vez de la masa ondulante que la envolvía, nadó en agua o en humo, fue su cuerpo y gozó en cada brazada que ya no era carrera pasiva, traslación interminable. Nadó y nadó, no necesitaba verse para nadar y recibir la gracia de un movimiento voluntario, de una dirección que manos y pies imprimían a la carrera. Caer sin transición en el estado cubo fue otra vez el hangar, volver a recordar y a sufrir, otra vez hasta el límite del peso insoportable, del dolor lancinante y la marea roja tapándole la cara, se encontró del otro lado reptando con una lentitud que ahora podía medir y abominar, pasó a ser fiebre, a ser *rush* de huracán, a ser de nuevo en olas y gozar de su cuerpo Janet, y cuando al término de lo indeterminado todo coaguló en el estado cubo, no fue el horror sino el deseo lo que la esperaba al otro lado del término, con imágenes y palabras en el estado cubo, con el goce de su cuerpo en el ser en olas. Comprendiendo, reunida con sí misma, invisiblemente ella Janet, deseó a Robert, deseó otra vez el hangar de otra manera, deseó a Robert que la había llevado a lo que era ahí y ahora, comprendió la insensatez bajo el hangar y deseó a Robert, y en la delicia de la natación entre cristales líquidos o estratos de nubes en la altura lo llamó, le tendió su cuerpo boca arriba, lo llamó para que consumara de verdad y en el goce la torpe consumación en la paja maloliente del hangar.

Duro es para el abogado defensor comunicar a su cliente que el recurso de gracia ha sido denegado; Maître Rolland vomitó al salir de la celda donde Robert, sentado al borde del camastro, miraba fijamente el vacío.

De la sensación pura al conocimiento, de la fluidez de las olas al cubo severo, uniéndose en algo que de nuevo era Janet, el deseo buscaba su camino, otro paso entre los pasos recurrentes. La voluntad volvía a Janet, al principio la memoria y las sensaciones se habían dado sin un eje que las modulara, ahora con el deseo la voluntad volvía a Janet, algo en ella tendía un arco como de piel y de tendones y de vísceras, la proyectaba hacia eso que no podía ser, exigiendo el acceso por dentro o por fuera de los estados que la envolvían y abandonaban vertiginosamente, su voluntad era el deseo abriéndose paso en líquidos y constelaciones fulminantes y lentísimos arrastres, era Robert en alguna parte como término, la meta que ahora se dibujaba y tenía un nombre y un tacto en el estado cubo y que después o antes en la ahora placentera natación entre olas y cristales se resolvía en clamor, en llamada acariciándola y lanzándola a sí misma. Incapaz de verse, se sentía; incapaz de pensar articuladamente, su deseo era deseo y Robert, era Robert en algún estado inalcanzable pero que la voluntad Janet buscaba forzar, un estado Robert en el que el deseo Janet, la voluntad Janet querían acceder como ahora otra vez al estado cubo, a la solidificación y delimitación en que rudimentarias operaciones mentales eran más y más posibles, jirones de palabras y recuerdos, sabor de chocolate y presión de pies en pedales cromados, violación entre convulsiones de protesta donde ahora anidaba el deseo, la voluntad de finalmente ceder entre lágrimas de goce, de aceptación agradecida, de Robert.

> Su calma era tan grande, su gentileza tan extrema que lo dejaban solo de a ratos, venían a espiar por la mirilla de la puerta o a proponerle cigarrillos o una partida de dominó. Perdido en su estupor que de algún modo lo había acompañado siempre, Robert no sentía el paso del tiempo. Se dejaba afeitar, iba a la ducha con sus dos guardianes, alguna vez preguntaba por el tiempo, si estaría lloviendo en Dordoña.

Fue siendo en olas o cristales que una brazada más vehemente, un desesperado golpe de talón la lanzó a un espacio frío y encerrado, como si el mar la vomitara en una gruta de penumbra y de humo de Gitanes. Sentado en el camastro Robert miraba el aire, el cigarrillo quemándose olvidado entre los dedos. Janet no se sorprendió, la sorpresa no tenía curso ahí, ni la presencia ni la ausencia; un tabique transparente, un cubo de diamante dentro del cubo de la celda la aislaba de toda tentativa, de Robert ahí delante bajo la luz eléctrica. El arco de sí misma tendido hasta lo último no tenía cuerda ni flecha contra el cubo de diamante, la transparencia era silencio de materia infranqueable, ni una sola vez Robert había alzado los ojos para mirar en esa dirección que solamente contenía el aire espeso de la celda, las volutas del tabaco. El clamor Janet, la voluntad Janet capaz de llegar hasta ahí, de encontrar hasta ahí se estrellaba en una diferencia esencial, el deseo Janet era un tigre de espuma translúcida que cambiaba de forma, tendía blancas garras de humo hacia la ventanilla enrejada, se ahilaba y se perdía retorciéndose en su ineficacia. Lanzada en un último impulso, sabiendo que instantáneamente podía ser otra vez reptación o carrera entre follajes o granos de arena o fórmulas atómicas, el deseo Janet clamó la imagen de Robert, buscó alcanzar su cara o su pelo, llamarlo de su lado. Lo vio mirar hacia la puerta, escrutar un instante la mirilla vacía de ojos vigilantes. Con un gesto fulminante Robert sacó algo de debajo del cobertor, una vaga soga de sábana retorcida. De un salto alcanzó la ventanilla, pasó la soga. Janet aullaba llamándolo, estrellaba el silencio de su aullido contra el cubo de diamante. La investigación mostró que el reo se había ahorcado dejándose caer sobre el suelo con todas sus fuerzas. El tirón debió hacerle perder los sentidos y no se defendió de la asfixia; apenas habían pasado cuatro minutos desde la última inspección ocular de los guardianes. Ya nada, en pleno clamor la ruptura y el paso a la solidificación del estado cubo, quebrado por el ingreso Janet en el ser fiebre, recorrido en espiral de incontables alambiques, salto a una profundidad de tierra espesa donde el avance era un morder obstinado en sustancias resistentes, pegajoso ascender a niveles vagamente glaucos, paso al ser en olas, primeras brazadas como una felicidad que ahora tenía un nombre, hélice invirtiendo su giro, desesperación vuelta esperanza, poco importaban ya los pasos de un estado a otro, ser en follaje o en contrapunto sonoro, ahora el deseo Janet los provocaba, los buscaba con una flexión de puente enviándose al otro lado en un salto de metal. En alguna condición, pasando por algún estado o por todos a la vez, Robert. En algún momento ser fiebre Janet o ser en olas Janet podía ser Robert olas o fiebre o estado cubo en el ahora sin tiempo, no Robert sino cubidad o fiebre porque también a él lentamente los ahoras lo dejarían pasar a ser en fiebre o en olas, le irían dando Robert poco a poco, lo filtrarían y arrastrarían y fijarían en una simultaneidad alguna vez entrando en lo sucesivo, el deseo Janet luchando contra cada estado para sumirse en los otros donde todavía Robert no, ser una vez más en fiebre sin Robert, paralizarse en el estado cubo sin Robert, entrar blandamente en el líquido donde las primeras brazadas eran Janet, entera sintiéndose y sabiéndose Janet, pero allí alguna vez Robert, allí seguramente alguna vez al término del tibio balanceo en olas cristales una mano alcanzaría la mano de Janet, sería al fin la mano de Robert.

# DESHORAS

# Botella al mar

*Epílogo a un cuento*

Querida Glenda, esta carta no le será enviada por las vías ordinarias porque nada entre nosotros puede ser enviado así, entrar en los ritos sociales de los sobres y el correo. Será más bien como si la pusiera en una botella y la dejara caer a las aguas de la bahía de San Francisco en cuyo borde se alza la casa desde donde le escribo; como si la atara al cuello de una de las gaviotas que pasan como latigazos de sombra frente a mi ventana y oscurecen por un instante el teclado de esta máquina. Pero una carta de todos modos dirigida a usted, a Glenda Jackson en alguna parte del mundo que probablemente seguirá siendo Londres; como muchas cartas, como muchos relatos, también hay mensajes que son botellas al mar y entran en esos lentos, prodigiosos *sea-changes* que Shakespeare cinceló en *La Tempestad* y que amigos inconsolables inscribirían tanto tiempo después en la lápida bajo la cual duerme el corazón de Percy Bysshe Shelley en el cementerio de Cayo Sextio, en Roma.

Es así, pienso, que se operan las comunicaciones profundas, lentas botellas errando en lentos mares, tal como lentamente se abrirá camino esta carta que la busca a usted con su verdadero nombre, no ya la Glenda Garson que también era usted pero que el pudor y el cariño cambiaron sin cambiarla, exactamente como usted cambia sin cambiar de una película a otra. Le escribo a esa mujer que respira bajo tantas máscaras, incluso la que yo le inventé para no ofenderla, y le escribo porque también usted se ha comunicado ahora conmigo debajo de mis máscaras de escritor; por eso nos hemos ganado el derecho de hablarnos así, ahora que sin la más mínima posibilidad imaginable acaba de llegarme su respuesta, su propia botella al mar rompiéndose en las rocas de esta bahía para llenarme de una delicia en la que por debajo late algo como el miedo, un miedo que no acalla la delicia, que la vuelve pánica, la sitúa fuera de toda carne y de todo tiempo como usted y yo sin duda lo hemos querido cada uno a su manera.

No es fácil escribirle esto porque usted no sabe nada de Glenda Garson, pero a la vez las cosas ocurren como si yo tuviera que explicarle inútilmente algo que de algún modo es la razón de su respuesta; todo ocurre como en planos diferentes, en una duplicación que vuelve absurdo cualquier procedimiento ordinario de contacto; estamos escribiendo o actuando para terceros, no para nosotros, y por eso esta carta toma la forma de un texto que será leído por terceros y acaso jamás por usted, o tal vez por usted pero sólo en algún lejano día, de la misma manera que su respuesta ya ha sido conocida por terceros mientras que yo acabo de recibirla hace apenas tres días y por un mero azar de viaje. Creo que si las cosas ocurren así, de nada serviría intentar un contacto directo; creo que la única posibilidad de decirle esto es dirigiéndolo una vez más a quienes van a leerlo como literatura, un relato dentro de otro, una coda a algo que parecía destinado a terminar con ese perfecto cierre definitivo que para mí deben tener los buenos relatos. Y si rompo la norma, si a mi manera le estoy escribiendo este mensaje, usted que acaso no lo leerá jamás es la que me está obligando, la que tal vez me está pidiendo que se lo escriba.

Conozca, entonces, lo que no podía conocer y sin embargo conoce. Hace exactamente dos semanas que Guillermo Schavelzon, mi editor en México, me entregó los primeros ejemplares de un libro de cuentos que escribí a lo largo de estos últimos tiempos y que lleva el título de uno de ellos, *Queremos tanto a Glenda*. Cuentos en español, por supuesto, y que sólo serán traducidos a otras lenguas en los años próximos, cuentos que esta semana empiezan apenas a circular en México y que usted no ha podido leer en Londres, donde por lo demás casi no se me lee y mucho menos en español. Tengo que hablarle de uno de ellos sintiendo al mismo tiempo, y en eso reside el ambiguo horror que anda por todo esto, lo inútil de hacerlo porque usted, de una manera que sólo el relato mismo puede insinuar, lo conoce ya; contra todas las razones, contra la razón misma, la respuesta que acabo de recibir me lo prueba y me obliga a hacer lo que estoy haciendo frente al absurdo, si esto es absurdo, Glenda, y yo creo que no lo es aunque ni usted ni yo podamos saber lo que es.

Usted recordará entonces, aunque no puede recordar algo que nunca ha leído, algo cuyas páginas tienen todavía la humedad de la tinta de imprenta, que en ese relato se habla de un grupo de amigos de Buenos Aires que comparten desde una furtiva fraternidad de club el cariño y la admiración que sienten por usted, por esa actriz que el relato llama Glenda Garson pero cuya carrera teatral y cinematográfica está indicada con la claridad suficiente para que cualquiera que lo merezca pueda reconocerla. El relato es muy simple: los amigos quieren tanto a Glenda que no pueden tolerar el escándalo de que algunas de sus películas estén por debajo de la perfección que todo gran amor postula y necesita, y que la mediocridad de ciertos directores enturbie lo que sin duda usted había buscado mientras las filmaba. Como toda narración que propone una catarsis, que culmina en un sacrificio lustral, éste se permite transgredir la verosimilitud en busca de una verdad más honda y más última; así el club hace lo necesario para apropiarse de las copias de las películas menos perfectas, y las modifica allí donde una mera supresión o un cambio apenas perceptible en el montaje repararán las imperdonables torpezas originales. Supongo que usted, como ellos, no se preocupa por las despreciables imposibilidades prácticas de una operación que el relato describe sin detalles farragosos; simplemente la fidelidad y el dinero hacen lo suyo, y un día el club puede dar por terminada la tarea y entrar en el séptimo día de la felicidad. Sobre todo de la felicidad porque en ese momento usted anuncia su retiro del teatro y del cine, clausurando y perfeccionando sin saberlo una labor que la reiteración y el tiempo hubieran terminado por mancillar.

*Sin saberlo...* Ah, yo soy el autor del cuento, Glenda, pero ahora ya no puedo afirmar lo que me parecía tan claro al escribirlo. Ahora me ha llegado su respuesta, y algo que nada tiene que ver con la razón me obliga a reconocer que el retiro de Glenda Garson tenía algo de extraño, casi de forzado, así al término justo de la tarea del ignoto y lejano club. Pero sigo contándole el cuento aunque ahora su final me parezca horrible puesto que tengo que contárselo a usted, y es imposible no hacerlo puesto que está en el cuento, puesto que todos lo están sabiendo en México desde hace diez días y sobre todo porque usted también lo sabe. Simplemente, un año más tarde Glenda Garson decide retornar al cine, y los amigos del club leen la noticia con la abrumadora certidumbre de que ya no les será posible repetir un proceso que sienten clausurado, definitivo. Sólo les queda una manera de defender la perfección, el ápice de la dicha tan duramente alcanzada: Glenda Garson no alcanzará a filmar la película anunciada, el club hará lo necesario y para siempre.

Todo esto, usted lo ve, es un cuento dentro de un libro, con algunos ribetes de fantástico o de insólito, y coincide con la atmósfera de los otros relatos de ese volumen que mi editor me entregó la víspera de mi partida de México. Que el libro lleve ese título se debe simplemente a que ninguno de los otros cuentos tenía para mí esa resonancia un poco nostálgica y enamorada que su nombre y su imagen despiertan en mi vida desde que una tarde, en el Aldwych Theater de Londres, la vi fustigar con el sedoso látigo de sus cabellos el torso desnudo del marqués de Sade; imposible saber, cuando elegí ese título para el libro, que de alguna manera estaba separando el relato del resto y poniendo toda su carga en la cubierta, tal como ahora en su última película que acabo de ver hace tres días aquí en San Francisco, alguien ha elegido un título, *Hopscotch*, alguien que sabe que esa palabra se traduce por *Rayuela* en español. Las botellas han llegado a destino, Glenda, pero el mar en el que derivaron no es el mar de los navíos y de los albatros.

Todo se dio en un segundo, pensé irónicamente que había venido a San Francisco para hacer un cursillo con estudiantes de Berkeley y que íbamos a divertirnos ante la coincidencia del título de esa película y el de la novela que sería uno de los temas de trabajo. Entonces, Glenda, vi la fotografía de la protagonista y por primera vez fue el miedo. Haber llegado de México trayendo un libro que se anuncia con su nombre, y encontrar su nombre en una película que se anuncia con el título de uno de mis libros, valía ya como una bonita jugada del azar que tantas veces me ha hecho jugadas así; pero eso no era todo, eso no era nada hasta que la botella se hizo pedazos en la oscuridad de la sala y conocí la respuesta, digo respuesta porque no puedo ni quiero creer que sea una venganza.

No es una venganza sino un llamado al margen de todo lo admisible, una invitación a un viaje que sólo puede cumplirse en territorios fuera de todo territorio. La película, desde ya puedo decir que despreciable, se basa en una novela de espionaje que nada tiene que ver con usted o conmigo, Glenda, y precisamente por eso sentí que detrás de esa trama más bien estúpida y cómodamente vulgar se agazapaba otra cosa, impensablemente otra cosa puesto que usted no podía tener nada que decirme y a la vez sí, porque ahora usted era Glenda Jackson y si había aceptado filmar una película con ese título yo no podía dejar de sentir que lo había hecho desde Glenda Garson, desde los umbrales de esa historia en la que yo la había llamado así. Y que la película no tuviera nada que ver con eso, que fuera una comedia de espionaje apenas divertida, me forzaba a pensar en lo obvio, en esas cifras o escrituras secretas que en una página de cualquier periódico o libro previamente convenidos remiten a las palabras que transmitirán el mensaje para quien conozca la clave. Y era así, Glenda, era exactamente así. ¿Necesito probárselo cuando la autora del mensaje está más allá de toda prueba? Si lo digo es para los terceros que van a leer mi relato y ver su película, para lectores y espectadores que serán los ingenuos puentes de nuestros mensajes: un cuento que acaba de editarse, una película que acaba de salir, y ahora esta carta que casi indeciblemente los contiene y los clausura.

Abreviaré un resumen que poco nos interesa ya. En la película usted ama a un espía que se ha puesto a escribir un libro llamado *Hopscotch* a fin de denunciar los sucios tráficos de la CIA, del FBI y del KGB, amables oficinas para las que ha trabajado y que ahora se esfuerzan por eliminarlo. Con una lealtad que se alimenta de ternura usted lo ayudará a fraguar el accidente que ha de darlo por muerto frente a sus enemigos; la paz y la seguridad los esperan luego en algún rincón del mundo. Su amigo publica *Hopscotch*, que aunque no es mi novela deberá llamarse obligadamente *Rayuela* cuando algún editor de best-sellers la publique en español. Una imagen hacia el final de la película muestra ejemplares del libro en una vitrina, tal como la edición de mi novela debió estar en algunas vitrinas norteamericanas cuando Pantheon Books la editó hace años. En el cuento que acaba de salir en México yo la maté simbólicamente, Glenda Jackson, y en esta película usted colabora en la eliminación igualmente simbólica del autor de *Hopscotch*. Usted, como siempre, es joven y bella en la película, y su amigo es viejo y escritor como yo. Con mis compañeros del club entendí que sólo en la desaparición de Glenda Garson se fijaría para siempre la perfección de nuestro amor; usted supo también que su amor exigía la desaparición para cumplirse a salvo. Ahora, al término de esto que he escrito con el vago horror de algo igualmente vago, sé de sobra que en su mensaje no hay venganza sino una incalculablemente hermosa simetría, que el personaje de mi relato acaba de reunirse con el personaje de su película porque usted lo ha querido así, porque sólo ese doble simulacro de muerte por amor podía acercarlos. Allí, en ese territorio fuera de toda brújula usted y yo estamos mirándonos, Glenda, mientras yo aquí termino esta carta y usted en algún lado, pienso que en Londres, se maquilla para entrar en escena o estudia el papel para su próxima película.

*Berkeley, California, 29 de septiembre de 1980.*

# Fin de etapa

*A Sheridan LeFanu, por ciertas casas.*
*A Antoni Taulé, por ciertas mesas.*

Tal vez se detuvo ahí porque el sol ya estaba alto y el mecánico placer de manejar el auto en las primeras horas de la mañana cedía paso a la modorra, a la sed. Para Diana ese pueblo de nombre anodino era otra pequeña marca en el mapa de la provincia, lejos de la ciudad en la que dormiría esa noche, y la plaza que las copas de los plátanos protegían del calor de la carretera se daba como un paréntesis en el que entró con un suspiro de alivio, frenando al lado del café donde las mesas desbordaban bajo los árboles.

El camarero le trajo un anisado con hielo y le preguntó si más tarde querría almorzar, sin apuro porque servían hasta las dos. Diana dijo que daría una vuelta por el pueblo y que volvería. «No hay mucho que ver», le informó el camarero. Le hubiera gustado contestarle que tampoco ella tenía muchas ganas de mirar, pero en cambio pidió aceitunas negras y bebió casi bruscamente del alto vaso donde se irisaba el anisado. Sentía en la piel una frescura de sombra, algunos parroquianos jugaban a las cartas, dos chicos con un perro, una vieja en el puesto de periódicos, todo como fuera del tiempo, estirándose en la calina del verano. Como fuera del tiempo, lo había pensado mirando la mano de uno de los jugadores que mantenía largamente la carta en el aire antes de dejarla caer en la mesa con un latigazo de triunfo. Eso que ella ya no se sentía con ánimo de hacer, prolongar cualquier cosa bella, sentirse vivir de veras en esa dilación deliciosa que alguna vez la había sostenido en el temblor del tiempo. «Curioso que vivir pueda volverse una pura aceptación», pensó mirando al perro que jadeaba en el suelo, «incluso esta aceptación de no aceptar nada, de irme casi antes de llegar, de matar todo lo que todavía no es capaz de matarme». Dejaba el cigarrillo entre los labios, sabiendo que terminaría por quemárselos y que tendría que arrancarlo y aplastarlo como lo había hecho con esos años en que había perdido todas las razones para llenar el presente con algo más que cigarrillos, la chequera cómoda y el auto servicial. «Perdido», repitió, «tan bonito tema de Duke Ellington y ni siquiera me lo acuerdo, dos veces perdido, muchacha, y también perdida la muchacha, a los cuarenta ya es solamente una manera de llorar dentro de una palabra».

Sentirse de golpe tan idiota exigía pagar y darse una vuelta por el pueblo, ir al encuentro de cosas que ya no vendrían solas al deseo y a la imaginación. Ver las cosas como quien es visto por ellas, allí esa tienda de antigüedades sin interés, ahora la fachada vetusta del museo de bellas artes. Anunciaban una exposición individual, ninguna idea del pintor de nombre poco pronunciable. Diana compró un billete y entró en la primera sala de una módica casa de piezas corridas, penosamente transformada por ediles de provincia. Le habían dado un folleto que contenía vagas referencias a una carrera artística sobre todo regional, fragmentos de críticas, los elogios típicos; lo abandonó sobre una consola y miró los cuadros, en el primer momento pensó que eran fotografías y le llamó la atención el tamaño, poco frecuente ver ampliaciones tan grandes en color. Se interesó de veras cuando reconoció la materia, la perfección maniática del detalle; de golpe fue a la inversa, una impresión de estar viendo cuadros basados en fotografías, algo que iba y venía entre los dos, y aunque las salas estaban bien iluminadas la indecisión duraba frente a esas telas que acaso eran pinturas de fotografías o resultados de una obsesión realista que llevaba al pintor hasta un límite peligroso o ambiguo.

En la primera sala había cuatro o cinco pinturas que volvían sobre el tema de una mesa desnuda o con un mínimo de objetos, violentamente iluminada por una luz solar rasante. En algunas telas se sumaba una silla, en otras la mesa no tenía otra compañía que su sombra alargada en el piso azotado por la luz lateral. Cuando entró en la segunda sala vio algo nuevo, una figura humana en una pintura que unía un interior con una amplia salida hacia jardines poco precisos; la figura, de espaldas, se había alejado ya de la casa donde la mesa inevitable se repetía en primer plano, equidistante entre el personaje pintado y Diana. No costaba mucho comprender o imaginar que la casa era siempre la misma, ahora se agregaba la larga galería verdosa de otro cuadro donde la silueta de espaldas miraba hacia una puerta-ventana distante. Curiosamente la silueta del personaje era menos intensa que las mesas vacías, tenía algo de visitante ocasional que se paseara sin demasiada razón por una vasta casa abandonada. Y luego había el silencio, no sólo porque Diana parecía ser la sola presencia en el pequeño museo, sino porque de las pinturas emanaba una soledad que la oscura silueta masculina no hacía más que ahondar. «Hay algo en la luz», pensó Diana, «esa luz que entra como una materia sólida y aplasta las cosas». Pero también el color estaba lleno de silencio, los fondos profundamente negros, la brutalidad de los contrastes que daba a las sombras una calidad de paños fúnebres, de lentas colgaduras de catafalco.

Al entrar en la segunda sala descubrió sorprendida que además de otra serie de cuadros con mesas desnudas y el personaje de espaldas, había algunas telas con temas diferentes, un teléfono solitario, un par de figuras. Las miraba, por supuesto, pero un poco como si no las viera, la secuencia de la casa con las mesas solitarias tenía tanta fuerza que el resto de las pinturas se convertía en un aderezo suplementario, casi como si fueran cuadros de adorno colgando en las paredes de la casa pintada y no en el museo. Le hizo gracia descubrirse tan hipnotizable, sentir el placer un poco amodorrado de ceder a la imaginación, a los fáciles demonios del calor de mediodía. Volvió a la primera sala porque no estaba segura de acordarse bien de una de las pinturas que había visto, descubrió que en la mesa que creía desnuda había un jarro con pinceles. En cambio, la mesa vacía estaba en el cuadro colgado en la pared opuesta, y Diana se quedó un momento buscando conocer mejor el fondo de la tela, la puerta abierta tras de la cual se adivinaba otra estancia, parte de una chimenea o de una segunda puerta. Cada vez se le hacía más evidente que todas las habitaciones correspondían a una misma casa, como la hipertrofia de un autorretrato en el que el artista hubiera tenido la elegancia de abstraerse, a menos que estuviera representado en la silueta negra (con una larga capa en uno de los cuadros) dando obstinadamente la espalda al otro visitante, a la intrusa que había pagado para entrar a su vez en la casa y pasearse por las piezas desnudas.

Volvió a la segunda sala y fue hacia la puerta entornada que comunicaba con la siguiente. Una voz amable y un poco cohibida la hizo volverse; un guardián uniformado —con ese calor, el pobre—, venía a decirle que el museo cerraba a mediodía pero que volvería a abrirse a las tres y media.

—¿Queda mucho por ver? —preguntó Diana, que bruscamente sentía el cansancio de los museos, la náusea de los ojos que han comido demasiadas imágenes.

—No, la última sala, señorita. Hay un solo cuadro ahí, dicen que el artista quiso que estuviera solo. ¿Quiere verlo antes de irse? Yo puedo esperar un momento.

Era idiota no aceptar, Diana lo sabía cuando dijo que no y los dos cambiaron una broma sobre los almuerzos que se enfrían si no se llega a tiempo. «No tendrá que pagar otro billete si vuelve», dijo el guardián, «ahora ya la conozco». En la calle, enceguecida por la luz cenital, se preguntó qué diablos le pasaba, era absurdo haberse interesado hasta ese punto por el hiperrealismo o lo que fuera de ese pintor ignoto, y de golpe dejar caer el último cuadro que acaso era el mejor. Pero no, el artista había querido aislarlo de los otros y eso indicaba acaso que era muy diferente, otra manera u otro tiempo de trabajo, para qué romper así una secuencia que duraba en ella como un todo, incluyéndola en un ámbito sin resquicios. Mejor no haber entrado en la última sala, no haber cedido a la obsesión del turista concienzudo, a la triste manía de querer abarcar los museos hasta el final.

Vio a la distancia el café de la plaza y pensó que era la hora de comer; no tenía apetito pero siempre había sido así cuando viajaba con Orlando, para Orlando el mediodía era el instante crucial, la ceremonia del almuerzo sacralizando de alguna manera el tránsito de la mañana a la tarde, y desde luego Orlando se hubiera negado a seguir andando por el pueblo cuando el café estaba ahí a dos pasos. Pero Diana no tenía hambre y pensar en Orlando le dolía cada vez menos; echar a andar alejándose del café no era desobedecer o traicionar rituales. Podía seguir acordándose sin sumisión de tantas cosas, abandonarse al azar de la marcha y a una vaga evocación de algún otro verano con Orlando en las montañas, de una playa que acaso volvía para exorcizar la brasa del sol en la espalda y la nuca, Orlando en esa playa batida por el viento y la sal mientras Diana se iba perdiendo en las callejas sin nombres y sin gentes, al ras de los muros de piedra gris, mirando distraídamente algún raro portal abierto, una sospecha de patios interiores, de brocales con agua fresca, glicinas, gatos adormecidos en las lajas. Una vez más el sentimiento de no recorrer un pueblo sino de ser recorrida por él, los adoquines de la calzada resbalando hacia atrás como en una cinta móvil, ese estar ahí mientras las cosas fluyen y se pierden a la espalda, una vida o un pueblo anónimo. Ahora venía una pequeña plaza con dos bancos raquíticos, otra calleja abriéndose hacia los campos linderos, jardines con empalizadas no demasiado convencidas, la soledad totalmente mediodía, su crueldad de matador de sombras, de paralizador del tiempo. El jardín un poco abandonado no tenía árboles, dejaba que los ojos corrieran libremente hasta la ancha puerta abierta de la vieja casa. Sin creerlo y a la vez sin negarlo Diana entrevió en la penumbra una galería idéntica a la de uno de los cuadros del museo, se sintió como abordando el cuadro desde el otro lado, fuera de la casa en vez de estar incluida como espectadora en sus estancias. Si algo había de extraño en ese momento era la falta de extrañeza en un reconocimiento que la llevaba a entrar sin vacilaciones en el jardín y acercarse a la puerta de la casa, por qué no al fin y al cabo si había pagado su billete, si no había nadie que se opusiera a su presencia en el jardín, su paso por la doble puerta abierta, recorrer la galería abriéndose a la primera sala vacía donde la ventana dejaba entrar la cólera amarilla de la luz aplastándose en el muro lateral, recortando una mesa vacía y una única silla.

Ni temor ni sorpresa, incluso el fácil recurso de apelar a la casualidad había resbalado por Diana sin encontrar asidero, para qué envilecerse con hipótesis o explicaciones cuando ya otra puerta se abría a la izquierda y en una habitación de altas chimeneas la mesa inevitable se desdoblaba en una larga sombra minuciosa. Diana miró sin interés el pequeño mantel blanco y los tres vasos, las repeticiones se volvían monótonas, el embate de la luz tajeando la penumbra. Lo único diferente era la puerta del fondo, que estuviera cerrada en vez de entornada introducía algo inesperado en un recorrido que se cumplía tan dócilmente. Deteniéndose apenas, se dijo que la puerta estaba cerrada simplemente porque ella no había entrado en la última sala del museo, y que mirar detrás de esa puerta sería como volver allá para completar la visita. Todo demasiado geométrico al fin y al cabo, todo impensable y a la vez como previsto, tener miedo o asombrarse parecía tan incongruente como ponerse a silbar o preguntar a gritos si había alguien en la casa.

Ni siquiera una excepción en la única diferencia, la puerta cedió a su mano y fue otra vez lo de antes, el chorro de luz amarilla estrellándose en una pared, la mesa que parecía más desnuda que las otras, su proyección alargada y grotesca como si alguien le hubiera arrancado violentamente una carpeta negra para tirarla al suelo, y por qué no verla de otra manera, como un rígido cuerpo a cuatro patas que acabara de ser despojado de sus ropas ahí caídas en una mancha negruzca. Bastaba mirar las paredes y la ventana para encontrar el mismo teatro vacío, esta vez sin siquiera otra puerta que prolongara la casa hacia nuevas estancias. Aunque había visto la silla junto a la mesa, no la había incluido en su primer reconocimiento pero ahora la sumaba a lo ya sabido, tantas mesas con o sin sillas en tantas habitaciones semejantes. Vagamente decepcionada se acercó a la mesa y se sentó, se puso a fumar un cigarrillo, a jugar con el humo que trepaba en el chorro de luz horizontal, dibujándose a sí mismo como si quisiera oponerse a esa voluntad de vacío de todas las piezas, de todos los cuadros, del mismo modo que la breve risa en algún lugar a espaldas de Diana cortó por un instante el silencio aunque acaso sólo fuera un breve llamado de pájaro allí afuera, un juego de maderas resecas; inútil, por supuesto, volver a mirar en la habitación precedente donde los tres vasos sobre la mesa lanzaban sus débiles sombras contra la pared, inútil apurar el paso, huir sin pánico pero sin mirar atrás.

En la calleja un chico le preguntó la hora y Diana pensó que debería apresurarse si quería almorzar, pero el camarero estaba como esperándola bajo los plátanos y le hizo un gesto de bienvenida señalándole el lugar más fresco. Comer no tenía sentido pero en el mundo de Diana casi siempre se había comido así, ya porque Orlando decía que era hora de hacerlo o porque no quedaba más remedio entre dos ocupaciones. Pidió un plato y vino blanco, esperó demasiado para un lugar tan vacío; ya antes de tomar el café y pagar sabía que iba a volver al museo, que lo peor en ella la obligaba a revisar eso que hubiera sido preferible asumir sin análisis, casi sin curiosidad, y que si no lo hacía iba a lamentarlo al final de la etapa cuando todo se volviera usual como siempre, los museos y los hoteles y el recuento del pasado. Y aunque en el fondo nada quedara en claro, su inteligencia se tendería en ella como una perra satisfecha apenas verificara la total simetría de las cosas, que el cuadro colgado en la última sala del museo representaba obedientemente la última habitación de la casa; incluso el resto podría entrar también en el orden si hablaba con el guardián para llenar los huecos, al fin y al cabo había tantos artistas que copiaban exactamente sus modelos, tantas mesas de este mundo habían acabado en el Louvre o en el Metropolitan duplicando realidades vueltas polvo y olvido.

Cruzó sin apuro las dos primeras salas (había una pareja en la segunda, hablándose en voz baja aunque hasta ese momento fueran los únicos visitantes de la tarde). Diana se detuvo ante dos o tres de los cuadros, y por primera vez el ángulo de la luz entró también en ella como una imposibilidad que no había querido reconocer en la casa vacía. Vio que la pareja retrocedía hacia la salida, y esperó a quedarse sola antes de ir hacia la puerta de la última sala. El cuadro estaba en la pared de la izquierda, había que avanzar hasta el centro para ver bien la representación de la mesa y de la silla donde se sentaba una mujer. Al igual que el personaje de espaldas en algunos de los otros cuadros, la mujer vestía de negro pero tenía la cara vuelta de tres cuartos, y el pelo castaño le caía hasta los hombros del lado invisible del perfil. No había nada que la distinguiera demasiado de lo anterior, se integraba a la pintura como el hombre que se paseaba en otras telas, era parte de una secuencia, una figura más dentro de la misma voluntad estética. Y a la vez había algo allí que acaso explicaba que el cuadro estuviera solo en la última sala, de las semejanzas aparentes surgía ahora otro sentimiento, una progresiva convicción de que esa mujer no sólo se diferenciaba del otro personaje por el sexo sino que su actitud, el brazo izquierdo colgando a lo largo del cuerpo, la leve inclinación del torso que descargaba su peso sobre el codo invisible apoyado en la mesa, estaban diciéndole otra cosa a Diana, le estaban mostrando un abandono que iba más allá del ensimismamiento o la modorra. Esa mujer estaba muerta, su pelo y su brazo colgando, su inmovilidad inexplicablemente más intensa que la fijación de las cosas y los seres en los otros cuadros: la muerte ahí como una culminación del silencio, de la soledad de la casa y sus personajes, de cada una de las mesas y las sombras y las galerías.

Sin saber cómo se vio otra vez en la calle, en la plaza, subió al auto y salió a la carretera hirviente. Había acelerado a fondo pero poco a poco fue bajando la velocidad y sólo empezó a pensar cuando el cigarrillo le quemó los labios, era absurdo pensar cuando había tantas cassettes con la música que Orlando había amado y olvidado y que ella solía escuchar de a ratos, aceptando atormentarse con la invasión de recuerdos preferibles a la soledad, a la vaga imagen del asiento vacío a su lado. La ciudad estaba a una hora de distancia, como todo parecía estar a horas o a siglos de distancia, el olvido por ejemplo o el gran baño caliente que se daría en el hotel, los whiskys en el bar, el diario de la tarde. Todo simétrico como siempre para ella, una nueva etapa dándose como réplica de la anterior, el hotel que completaría un número par de hoteles o abriría el impar que la etapa siguiente colmaría; como las camas, los surtidores de nafta, las catedrales o las semanas. Y lo mismo hubiera debido ocurrir en el museo donde la repetición se había dado maniáticamente, cosa por cosa, mesa por mesa, hasta la ruptura final insoportable, la excepción que había hecho estallar en un segundo ese perfecto acuerdo de algo que ya no entraba en nada, ni en la razón ni en la locura. Porque lo peor era buscar algo razonable en eso que desde el principio había tenido algo de delirio, de repetición idiota, y a la vez sentir como una náusea que sólo su cumplimiento total le hubiera devuelto una conformidad razonable, hubiera puesto esa locura del buen lado de su vida, lo hubiera alineado con las otras simetrías, con las otras etapas. Pero entonces no podía ser, algo había escapado ahí y no se podía seguir adelante y aceptarlo, todo su cuerpo se tendía hacia atrás como resistiendo al avance, si algo quedaba por hacer era dar media vuelta y regresar, convencerse con todas las pruebas de la razón de que eso era idiota, que la casa no existía o que sí, que la casa estaba ahí pero que en el museo sólo había una muestra de dibujos abstractos o de pinturas históricas, algo que ella no se había molestado en ver. La fuga era una sucia manera de aceptar lo inaceptable, de infringir demasiado tarde la única vida imaginable, la pálida aquiescencia cotidiana a la salida del sol o a las noticias de la radio. Vio llegar un refugio vacío a la derecha, viró en redondo y entró de nuevo en la carretera, corriendo a fondo hasta que las primeras granjas en torno al pueblo volvieron a su encuentro. Dejó atrás la plaza, recordaba que tomando a la izquierda llegaría a un término donde podía dejar el auto, siguió a pie por la primera calleja vacía, oyó cantar una cigarra en lo alto de un plátano, el jardín abandonado estaba ahí, la gran puerta seguía abierta.

Para qué demorarse en las dos primeras habitaciones donde la luz rasante no había perdido intensidad, verificar que las mesas seguían ahí, que tal vez ella misma había cerrado la puerta de la tercera estancia al salir. Sabía que bastaba empujarla, entrar sin obstáculos y ver de lleno la mesa y la silla. Sentarse otra vez para fumar un cigarrillo (la ceniza del otro se acumulaba prolijamente en un ángulo de la mesa, la colilla había debido tirarla en la calle), apoyándose de lado para evitar el embate directo de la luz de la ventana. Buscó el encendedor en el bolso, miró la primera voluta del humo que se enroscaba en la luz. Si la leve risa había sido al fin y al cabo un canto de pájaro, afuera no cantaba ningún pájaro ahora. Pero le quedaban muchos cigarrillos por fumar, podía apoyarse en la mesa y dejar que su mirada se perdiera en la oscuridad de la pared del fondo. Podía irse cuando quisiera, por supuesto, y también podía quedarse; acaso sería hermoso ver si la luz del sol iba subiendo por la pared, alargando más y más la sombra de su cuerpo, de la mesa y de la silla, o si seguiría así sin cambiar nada, la luz inmóvil como todo el resto, como ella y como el humo inmóviles.

# Segundo viaje

El que me presentó a Ciclón Molina fue el petiso Juárez una noche después de las peleas, al poco tiempo Juárez se fue a Córdoba por un trabajo pero yo seguí encontrándome cada tanto con Ciclón en ese café de Maipú al quinientos que ya no está más, casi siempre los sábados después del box. Posiblemente hablamos de Mario Pradás desde la primera vez, Juárez había sido uno de los hinchas más rabiosos de Mario, aunque no más que Ciclón porque Ciclón fue sparring de Mario cuando se preparaba para el viaje a Estados Unidos y se acordaba de tantas cosas de Mario, la forma en que pegaba, sus famosas agachadas hasta el suelo, su hermosa izquierda, su coraje tranquilo. Todos habíamos seguido la carrera de Mario, era raro que nos encontráramos después del box en el café sin que alguien se acordara en cualquier momento de Mario, y siempre entonces había un silencio en la mesa, los muchachos pitaban callados, después venían los recuentos, las precisiones, a veces las polémicas sobre fechas, adversarios y performances. Ahí Ciclón tenía más para decir que los otros porque había sido sparring de Mario Pradás y también lo había tratado como amigo, nunca se le olvidaba que Mario le había conseguido la primera preliminar en el Luna Park en una época en que el ring estaba más lleno de candidatos que un ascensor de ministerio.

—La perdí por puntos —decía en esos casos Ciclón, y todos nos reíamos, parecía cómico que hubiera pagado tan mal el favor que le hacía Mario. Pero Ciclón no se enojaba con nosotros, sobre todo conmigo después que Juárez le dijo que yo no me perdía pelea y que era una enciclopedia en eso de campeones mundiales desde los tiempos de Jack Johnson. Tal vez por eso a Ciclón le gustaba encontrarme solo en el café los sábados a la noche, hablábamos largo sobre cosas del deporte. Le gustaba enterarse de los tiempos de Firpo, para él todo eso era mitología y lo saboreaba como un chico, Gibbons y Tunney, Carpentier, yo le iba contando de a pedazos con ese gusto de sacar recuerdos a flote, todo lo que no le podía interesar a mi señora ni a mi nena, te darás cuenta. Y había otra cosa y es que Ciclón seguía peleando en preliminares, ganaba o perdía más o menos parejo, sin escalar posiciones, era de los que el público conocía sin encariñarse, una que otra voz alentándolo apenas en la modorra de las peleas de relleno. No había nada que hacer y él lo sabía, no era un pegador, le faltaba técnica en un tiempo en que había tantos livianos que se las sabían todas; sin decírselo, claro, yo lo llamaba el boxeador decente, el tipo que se ganaba unos pesos peleando lo mejor posible, sin cambiar demasiado de ánimo cuando ganaba o perdía; como los pianistas de bar o los partiquinos, fijate, haciendo lo suyo como distraído, nunca lo noté cambiado después de una pelea, llegaba al café si no estaba muy golpeado, nos tomábamos unas cervezas y él esperaba y recibía los comentarios con una sonrisa mansa, me daba su versión de la cosa desde el ring, a veces tan diferente de la mía desde abajo, nos alegrábamos o nos quedábamos callados según los casos, las cervezas eran festejo o linimento, lindo el pibe Ciclón, lindo amigo. A él justamente le tenía que pasar, pero qué, es una de esas cosas que uno cree y no cree, eso que a lo mejor le pasó a Ciclón y que él mismo no entendió nunca, eso que empezó sin aviso después de una pelea perdida por puntos y una empatada justo justo, en el otoño de un año que no me acuerdo bien, hace ya tanto.

Lo que sé es que antes de que empezara eso habíamos vuelto a hablar de Mario Pradás, y Ciclón me ganaba lejos cuando hablábamos de Mario, de él sí sabía más que nadie y eso que no había podido acompañarlo a Estados Unidos para la pelea por el campeonato mundial, el entrenador había elegido solamente a un sparring porque allá sobraban y le tocó a José Catalano, pero lo mismo Ciclón estaba al tanto de todo por otros amigos y por los diarios, cada pelea ganada por Mario hasta la noche del campeonato y lo que pasó después, eso que ninguno de nosotros podía olvidar pero que para Ciclón era todavía peor, una especie de lastimadura que se le sentía en la voz y en los ojos cuando se acordaba.

—Tony Giardello —decía—. Tony Giardello, hijo de puta.

Nunca lo había oído insultar a los que le habían ganado a él, en todo caso no los insultaba así, como si le hubieran ofendido a la madre. Que Giardello hubiera podido con Mario Pradás no le entraba en la cabeza, y por la forma en que se había informado de la pelea, de cada detalle que había juntado leyendo y escuchando a otros, se sentía que en el fondo no aceptaba la derrota, le buscaba sin decirlo alguna explicación que la cambiara en su memoria, y sobre todo que cambiara lo otro, lo que había pasado después cuando Mario no alcanzó a reponerse de un nocaut que le había dado vuelta la vida en diez segundos para meterlo en un descenso insalvable, en dos o tres peleas mal ganadas o empatadas contra tipos que antes no le hubieran aguantado cuatro vueltas, y al final el abandono y la muerte en pocos meses, su muerte de perro después de una crisis que ni los médicos entendieron, allá por Mendoza donde no había ni hinchas ni amigos.

—Tony Giardello —decía Ciclón mirando la cerveza—. Qué hijo de puta.

Una sola vez me animé a decirle que nadie había dudado de la forma en que Giardello le había ganado a Mario, y que la mejor prueba era que después de dos años seguía siendo campeón mundial y que había defendido tres veces más el título. Ciclón escuchó sin decir nada, pero nunca repetí el comentario y tengo que decir que tampoco él insistió en el insulto, como si se diera cuenta. Se me mezcla un poco el tiempo, debió ser para entonces que vino la pelea —de semifondo por falta de cosa mejor esa noche— con el zurdo Aguinaga, y que Ciclón después de boxear como siempre los primeros tres rounds salió en el cuarto como si anduviera en bicicleta y en cuarenta segundos lo dejó al zurdo colgando de las sogas. Esa noche pensé que lo encontraría en el café pero seguro que se fue a festejar con otros amigos o a su bulín (estaba casado con una piba de Luján y la quería mucho), de modo que me quedé sin comentarios. Claro que después de eso no podía extrañarme que los del Luna Park le armaran una pelea de fondo con Rogelio Coggio, que venía con mucha fama de Santa Fe, y aunque me temía lo peor para Ciclón fui a hinchar por él y te juro que casi no pude creer lo que pasó, quiero decir que al principio no pasó nada y Coggio la tenía ganada desde lejos a partir de la cuarta vuelta, lo del zurdo me empezaba a parecer una pura casualidad cuando Ciclón empezó a atacar casi sin guardia desde el vamos, de golpe Coggio se le colgó como de una percha, la gente de pie no entendía nada y ya Ciclón de un uno-dos lo sentaba por ocho segundos y casi en seguida lo dormía con un gancho que se habrá oído hasta en la Plaza de Mayo. Te la debo, como se decía entonces.

Esa noche Ciclón llegó al café con la barra de adulones que siempre se apilan a los ganadores, pero después de festejar un rato y hacerse fotos con ellos vino a mi mesa y se sentó como queriendo que lo dejaran tranquilo. No se lo veía cansado aunque Coggio le había dejado una ceja a la miseria, pero lo que más me extrañó fue que me miraba distinto, casi como preguntándome o preguntándose algo; por momentos se frotaba la muñeca derecha y me volvía a mirar medio raro. Yo qué te voy a decir, estaba tan asombrado después de lo que había visto que más bien esperaba que él hablara, aunque al final tuve que darle mi versión de la cosa y creo que Ciclón se dio bien cuenta de que yo no terminaba de creerlo, el zurdo y Coggio en menos de dos meses y en esa forma, me faltaban las palabras.

Me acuerdo, el café se iba quedando vacío aunque el patrón nos dejaba a nosotros lo que se nos daba la gana después de bajar la metálica. Ciclón bebió otra cerveza casi de un trago y se frotó de nuevo la muñeca resentida.

—Debe ser Alesio —dijo—, uno no se da bien cuenta pero seguro son los consejos de Alesio.

Lo decía como tapando un agujero, sin convicción. Yo no estaba al tanto de que había cambiado de entrenador y claro, me pareció que de ahí podía venir la cosa, pero hoy que vuelvo a pensarlo siento que tampoco estaba convencido. Claro que alguien como Alesio podía hacer mucho por Ciclón, pero esa pegada de nocaut no podía aparecer por milagro. Ciclón se miraba las manos, se frotaba la muñeca.

—No sé lo que me pasa —dijo como si le diera vergüenza—. Me pasa de golpe, las dos veces fue igual, viejo.

—Te estás entrenando fenómeno —le dije—, se ve clarito la diferencia.

—Ponele, pero así de repente... ¿Es brujo, Alesio?

—Vos seguí dándole —le dije por bromear y para sacarlo de esa especie de ausencia en que lo notaba—, para mí que ya no te ataja nadie, Ciclón.

Y así nomás era, después de la pelea con el Gato Fernández a nadie le quedó duda de que el camino estaba abierto, el mismo camino de Mario Pradás dos años antes, un barco, dos o tres peleas de apronte, el desafío por el campeonato del mundo. Fueron tiempos jodidos para mí, hubiera dado cualquier cosa por acompañarlo a Ciclón pero no me podía mover de Buenos Aires, estuve con él lo más posible, nos veíamos bastante en el café aunque ahora Alesio lo cuidaba y le medía la cerveza y otras cosas. La última vez fue después de la pelea con el Gato; no se me olvida que Ciclón me buscó entre el gentío del café y me pidió que fuéramos a caminar un rato por el puerto. Se metió en el auto y le negó a Alesio que viniera con nosotros, nos bajamos en uno de los docks y dimos una vuelta mirando los barcos. Desde el vamos yo había tenido como una idea de que Ciclón quería decirme algo; le hablé de la pelea, de cómo el Gato se había jugado hasta el final, era de nuevo como llenar agujeros porque Ciclón me miraba sin escuchar mucho, asintiendo y callándose, el Gato, sí, nada fácil el Gato.

—Al principio me diste un julepe —le dije—. A vos te lleva un rato calentarte, y es peligroso.

—Ya lo sé, carajo. Alesio se pone hecho una fiera cada vez, se piensa que lo hago a propósito o de puro compadre.

—Es malo, che, por ahí te pueden madrugar. Y ahora...

—Sí —dijo Ciclón, sentándose en un rollo de soga—, ahora es Tony Giardello.

—Así nomás es, compadre.

—Qué querés, Alesio tiene razón, vos también tenés razón. No pueden entender, te das cuenta. Yo mismo no lo entiendo, por qué tengo que esperar.

—¿Esperar qué?

—Qué sé yo, que venga —dijo Ciclón y desvió la cara.

No me lo vas a creer pero aunque de alguna manera no me agarró tan de sorpresa, lo mismo me quedé medio cortado, pero Ciclón no me dio tiempo a salir del paso, me miraba fijo en los ojos como queriendo decidirse.

—Vos te das cuenta —dijo—. Ni a Alesio ni a nadie les puedo hablar mucho porque les tendría que romper la cara, no me gusta que me tomen por loco.

Repetí el viejo gesto que se hace cuando no podés hacer otra cosa, le puse la mano en el hombro y se lo apreté.

—No entiendo un carajo —le dije—, pero te agradezco, Ciclón.

—Al menos vos y yo podemos hablar —dijo Ciclón. Como la noche de Coggio, te acordás. Vos te diste cuenta, vos me dijiste: «Seguí así».

—Bueno, no sé de qué me habré dado cuenta, solamente que estaba bien que fuera así y te lo dije, no habré sido el único.

Me miró como para hacerme sentir que no era solamente eso, después se puso a reír. Nos reímos los dos, aflojando los nervios.

—Dame un faso —dijo Ciclón—, por una vez que Alesio no me está vigilando como a un nene.

Fumamos de cara al río, al viento húmedo de esa medianoche de verano.

—Ya ves, es así —dijo Ciclón como si ahora le costara menos hablar—. Yo no puedo hacer nada, tengo que pelear esperando hasta que llega ese momento. En una de ésas me van a noquear en frío, te juro que me da miedo.

—Te lleva tiempo calentarte, es eso.

—No —dijo Ciclón—, vos sabés muy bien que no es eso. Dame otro faso.

Esperé sin saber qué, y él fumaba mirando el río, el cansancio de la pelea se le estaba cayendo encima de a poco, habría que volver al centro. Me costaba cada palabra, te juro, pero después de eso tenía que preguntarle, no nos podíamos quedar así porque iba a ser peor, Ciclón me había traído al puerto para decirme algo y no podíamos quedarnos así, ves.

—No te sigo muy bien —le dije—, pero a lo mejor pensé igual que vos, porque de otra manera no se entiende lo que pasa.

—Lo que pasa lo sabés —dijo Ciclón—. Qué querés que piense, decímelo vos.

—No sé —me costó decirle.

—Siempre es igual, empieza en un descanso, no me doy cuenta de nada, Alesio que me grita qué sé yo en la oreja, viene la campana y cuando salgo es como si apenas empezara, no te puedo explicar pero es tan diferente. Si no fuera que el otro es el mismo, el zurdo o el Gato, creería que estoy soñando o algo así, después no sé bien lo que pasa, dura tan poco.

—Para el otro, querés decir —intercalé en broma.

—Sí, pero también yo, cuando me levantan el brazo ya no siento más nada, estoy de vuelta y no entiendo, me tengo que convencer de a poco.

—Ponele —dije sin saber qué decir—, ponele que es algo así, andá a saber. La cosa es que sigas hasta el final, no hay que hacerse mala sangre buscando explicaciones. Yo en el fondo creo que lo que te pone así es lo que vos querés, y está muy bien, no hay que seguir dándole vueltas.

—Sí —dijo Ciclón—, debe ser eso, lo que yo quiero.

—Aunque no estés convencido.

—Ni vos tampoco, porque no te animás a creerlo.

—Dejá eso, Ciclón. Lo que vos querés es noquearlo a Tony Giardello, eso está claro, me parece.

—Está claro, pero...

—Y a mí se me hace que no querés hacerlo solamente por vos.

—Ahá.

—Y entonces te sentís mejor, algo así.

Caminábamos de vuelta al auto. Me pareció que Ciclón aceptaba con su silencio eso que nos había estado atando la lengua todo el tiempo. Después de todo era otra manera de decirlo sin caer en una de miedo, si me seguís un poco. Ciclón me dejó en la parada del colectivo; manejaba despacio, medio dormido en el volante. Capaz que le pasaba algo antes de llegar a su casa; me quedé inquieto, pero al otro día vi las fotos de un reportaje que le habían hecho por la mañana. Se hablaba de proyectos, claro, del viaje al norte, de la gran noche acercándose despacio.

Ya te dije que no pude acompañarlo a Ciclón, pero con la barra juntábamos informaciones y no nos perdíamos detalle. Igual había sido cuando el viaje de Mario Pradás, primero las noticias sobre el entrenamiento en New Jersey, la pelea con Grossmann, el descanso en Miami, una postal de Mario al *Gráfico* hablando de la pesca de tiburones o algo así, después la pelea con Atkins, el contrato por el mundial, la crítica yanqui cada vez más entusiasta y al final (fijate si no es triste, digo al final y es tan cierto, carajo) la noche con Giardello, nosotros colgados de la radio, cinco vueltas parejas, la sexta de Mario, la séptima empatada, casi a la salida de la octava la voz del locutor como ahogándose, repitiendo la cuenta de los segundos, gritando que Mario se levantaba, volvía a caer, la nueva cuenta hasta el fin, Mario nocaut, después las fotos que eran como vivir de nuevo tanta desgracia, Mario en su rincón y Giardello poniéndole un guante en la cabeza, el final, te digo, el final de todo eso que habíamos soñado con Mario, desde Mario. Cómo me iba a extrañar que más de un periodista porteño hablara del viaje de Ciclón con sobreentendidos de revancha simbólica, así la llamaban. El campeón seguía allá esperando contendientes y acabando con todos, era como si Ciclón pisara las huellas del otro viaje y tuviera que pasar por las mismas cosas, las barreras que los yanquis le alzaban a cualquiera que buscara el camino del campeonato, cuantimás, si no era del país. Cada vez que leía esos artículos pensaba que si Ciclón hubiera estado conmigo los habríamos comentado nomás que mirándonos, entendiéndolos de una manera tan diferente de los otros. Pero Ciclón también estaría pensando en eso sin necesidad de leer los diarios, cada día que pasaba tenía que ser para él como una repetición de algo que le apretaría el estómago, sin querer hablarle a nadie como había hablado conmigo y eso que no habíamos hablado gran cosa. Cuando en el cuarto round se sacó de encima la primera mosca, un tal Doc Pinter, le mandé un telegrama de alegría y él me contestó con otro: *Seguimos, un abrazo.* Después vino la pelea con Tommy Bard, que le había aguantado los quince rounds a Giardello el año antes, Ciclón lo noqueó en el séptimo, no te hablo del delirio en Buenos Aires, vos eras muy pibe y no te podés acordar, hubo gente que no fue al trabajo, se armaron líos en las fábricas, yo creo que no quedó cerveza en ninguna parte. La hinchada estaba tan segura que la nueva pelea la daban por descontada, y tenían razón porque Gunner Williams le aguantó apenas cuatro vueltas a Ciclón. Ahora empezaba lo peor, la espera desesperante hasta el doce de abril, la última semana nos juntaba cada noche en el café de Maipú con diarios y fotos y pronósticos, pero el día de la pelea me quedé solo en casa, ya habría tiempo para festejar con la barra, ahora Ciclón y yo teníamos que estar mano a mano desde la radio, desde algo que me cerraba la garganta y me obligaba a beber y a fumar y a decirle cosas idiotas a Ciclón, hablándole desde el sillón, desde la cocina, dando vueltas como un perro y pensando en lo que acaso estaría pensando Ciclón mientras le vendaban las manos, mientras anunciaban los pesos, mientras un locutor repetía tantas cosas que sabíamos de memoria, el recuerdo de Mario Pradás volviendo para todos desde otra noche que no se podía repetir, que nunca habíamos aceptado y que queríamos borrar como se borran a trago limpio las cosas más amargas.

Vos sabés muy bien lo que pasó, para qué te voy a contar, las tres primeras vueltas de Giardello más veloz y técnico que nunca, la cuarta con Ciclón aceptándole la pelea mano a mano y poniéndolo en apuros al final del round, la quinta con todo el estadio de pie y el locutor que no alcanzaba a decir lo que estaba pasando en el centro del ring, imposible seguir el cambio de golpes más que gritando palabras sueltas, y casi en la mitad del round el directo de Giardello, Ciclón desviándose a un lado sin ver llegar el gancho que lo mandó de espaldas por toda la cuenta, la voz del locutor llorando y gritando, el ruido de un vaso estrellándose en la pared antes de que la botella me hiciera pedazos el frente de la radio, Ciclón nocaut, el segundo viaje idéntico al primero, las pastillas para dormir, qué sé yo, las cuatro de la mañana en un banco de alguna plaza. La puta madre, viejo.

Seguro, no hay nada que comentar, vos dirás que es la ley del ring y otras mierdas, total no lo conociste a Ciclón y por qué te vas a hacer mala sangre. Aquí lloramos, sabés, fuimos tantos que lloramos solos o con la barra, y muchos pensaron y dijeron que en el fondo había sido mejor porque Ciclón no habría aceptado nunca la derrota y era mejor que acabara así, ocho horas de coma en el hospital y se acabó. Me acuerdo, en una revista escribieron que él había sido el único que no se había enterado de nada, mirá si no es bonito, hijos de puta. No te cuento del entierro cuando lo trajeron, después de Gardel fue lo más grande que se vio en Buenos Aires. Yo me abrí de la barra del café porque me sentía mejor solo, pasó no sé cuánto tiempo antes de encontrarme con Alesio en las carreras por pura casualidad. Alesio estaba en pleno trabajo con Carlos Vigo, ya sabés la carrera que hizo ese pibe, pero cuando fuimos a tomarnos una cerveza se acordó de lo amigo que yo había sido de Ciclón y me lo dijo, me lo dijo de una manera rara, mirándome como si no supiera muy bien si tenía que decirlo o si lo estaba diciendo porque después quería decirme otra cosa, algo que lo trabajaba desde adentro. Alesio tenía fama de callado, y yo pensando de nuevo en Ciclón prefería fumar un faso atrás de otro y pedir más cerveza, dejar que pasara el tiempo sintiendo que estaba al lado de alguien que había sido un buen amigo de Ciclón y había hecho todo lo que podía por él.

—Te quiso mucho —le dije en un momento, porque lo sentía y era justo decírselo aunque él lo supiera—. Siempre que me hablaba de vos antes del viaje era como si fueras su padre. Me acuerdo una noche que salimos juntos, por ahí me pidió un faso y después me dijo: «Ahora que no está Alesio, que me cuida como si fuera un nene».

Alesio bajó la cabeza, se quedó pensando.

—Ya sé —me dijo—, era un pibe derecho, nunca tuve problemas con él, por ahí se me escapaba un rato pero volvía callado, siempre me daba la razón y eso que soy un chinche, todos lo dicen.

—Ciclón, carajo.

Nunca me voy a olvidar cuando Alesio levantó la cara y me miró como si de golpe hubiera decidido algo, como si un momento largamente esperado hubiera llegado para él.

—No me importa lo que pienses —dijo marcando cada palabra con su acento donde Italia no había muerto del todo—. A vos te lo cuento porque fuiste su amigo. Una sola cosa te pido, si creés que estoy piantado andate sin contestar, yo sé que de todos modos nunca vas a decir nada.

Me quedé mirándolo, y de golpe fue de nuevo una noche en el puerto, un viento húmedo que nos mojaba la cara a Ciclón y a mí.

—Lo llevaron al hospital, sabés, y lo trepanaron porque el médico dijo que era muy grave pero que se podía salvar. Fijate que no era solamente la piña sino el golpe en la nuca, la forma en que pegó en la lona, yo lo vi tan claro y oí el ruido, a pesar de los gritos oí el ruido, viejo.

—¿Vos creés de veras que se hubiera salvado?

—Qué sé yo, al fin y al cabo he visto nocauts peores en mi vida. La cosa es que a las dos de la mañana ya lo habían operado y yo estaba en el pasillo esperando, no nos dejaban verlo, éramos dos o tres argentinos y algunos yanquis, poco a poco me fui quedando solo con uno que otro del hospital. Como a las cinco un tipo me vino a buscar, yo no pesco mucho inglés pero le entendí que ya no había nada que hacer. Estaba como asustado, era un enfermero viejo, un negro. Cuando vi a Ciclón...

Creí que no iba a hablar más, le temblaba la boca, bebió volcándose cerveza en la camisa.

—Nunca vi una cosa igual, hermano. Era como si lo hubieran estado torturando, como si alguien hubiera querido vengarse de no sé qué. No te puedo explicar, estaba como hueco, como si lo hubieran chupado, como si le faltara toda la sangre, perdoná lo que te digo pero no sé cómo decirlo, era como si él mismo hubiera querido salirse de él, arrancarse de él, comprendés. Como una vejiga desinflada, un muñeco roto, te das cuenta, pero roto por quién, para qué. Bueno, andate si querés, no me dejés seguir hablando.

Cuando le puse la mano en el hombro me acordé que también con Ciclón la noche del puerto, también la mano en el hombro de Ciclón.

—Como quieras —le dije—. Ni vos ni yo podemos entender, qué sé yo, a lo mejor sí pero no lo creeríamos. Lo que yo sé es que no fue Giardello el que mató a Ciclón, Giardello puede dormir tranquilo porque no fue él, Alesio.

Por supuesto no comprendía, como tampoco vos por la cara que estás poniendo.

—Esas cosas pasan —dijo Alesio—. Claro que Giardello no tuvo la culpa, che, no necesitás decírmelo.

—Ya sé, pero vos me has confiado eso que viste, y es justo que te lo agradezca. Te lo agradezco tanto que te voy a decir algo más antes de irme. Por más lástima que nos dé Ciclón, debe haber otro que la merece más que él, Alesio.

Creéme, hay otro al que yo le tengo doblemente lástima, pero para qué seguir, no te parece, ni Alesio entendió ni vos tampoco ahora. Y yo, bueno, qué sé yo lo que entendí, te lo cuento por si en una de ésas, nunca se sabe, la verdad que no sé por qué te lo cuento, a lo mejor porque ya estoy viejo y hablo demasiado.

# Satarsa

*Adán y raza, azar y nada*

Cosas así para encontrar el rumbo, como ahora lo de atar a la rata, otro palindroma pedestre y pegajoso, Lozano ha sido siempre un maniático de esos juegos que no parece ver como tal puesto que todo se le da a la manera de un espejo que miente y al mismo tiempo dice la verdad, le dice la verdad a Lozano porque le muestra su oreja derecha a la derecha, pero a la vez le miente porque Laura y cualquiera que lo mire verá la oreja derecha como la oreja izquierda de Lozano, aunque simultáneamente la definan como su oreja derecha; simplemente la ven a la izquierda, cosa que ningún espejo puede hacer, incapaz de esa corrección mental, y por eso el espejo le dice a Lozano una verdad y una mentira, y eso lo lleva desde hace mucho a pensar como delante de un espejo; si atar a la rata no da más que eso, las variantes merecen reflexión, y entonces Lozano mira el suelo y deja que las palabras jueguen solas mientras él las espera como los cazadores de Calagasta esperan a las ratas gigantes para cazarlas vivas.

Puede seguir así durante horas, aunque en este momento la cuestión concreta de las ratas no le deja demasiado tiempo para perderse en las posibles variantes. Que todo eso sea casi deliberadamente insano no le extraña, a veces se encoge de hombros como si quisiera sacarse de encima algo que no consigue explicar, con Laura se ha habituado a hablar de la cuestión de las ratas como si fuera la cosa más normal y en realidad lo es, por qué no va a ser normal cazar ratas gigantes en Calagasta, salir con el pardo Illa y con Yarará a cazar las ratas. Esa misma tarde tendrán que acercarse de nuevo a las colinas del norte porque pronto habrá un nuevo embarque de ratas y hay que aprovecharlo al máximo, la gente de Calagasta lo sabe y anda a las batidas por el monte aunque sin acercarse a las colinas, y las ratas también lo saben, por supuesto, y cada vez es más difícil campearlas y sobre todo capturarlas vivas.

Por todas esas cosas a Lozano no le parece nada absurdo que la gente de Calagasta viva ahora casi exclusivamente de la captura de las ratas gigantes, y es en el momento en que prepara unos lazos de cuero muy delgado que le salta el palindroma de atar a la rata y se queda con un lazo quieto en la mano, mirando a Laura que cocina canturreando, y piensa que el palindroma miente y dice la verdad como todo espejo, claro que hay que atar a la rata porque es la única manera de mantenerla viva hasta enjaularla(s) y dárselas a Porsena que estiba las jaulas en el camión que cada jueves sale para la costa donde espera el barco. Pero también es una mentira porque nadie ha atado jamás una rata gigante como no sea metafóricamente, sujetándola del cuello con una horquilla y enlazándola hasta meterla en la jaula, siempre con las manos bien lejos de la boca sanguinolenta y de las garras como vidrios manoteando el aire. Nadie atará nunca a una rata, y menos desde la última luna en que Illa, Yarará y los otros han sentido que las ratas desplegaban nuevas estrategias, se volvían aún más peligrosas por invisibles y agazapadas en refugios que antes no empleaban, y que cazarlas se va a volver cada vez más difícil ahora que las ratas los conocen y hasta los desafían.

—Todavía tres o cuatro meses —le dice Lozano a Laura, que está poniendo los platos en la mesa bajo el alero del rancho—. Después podremos cruzar al otro lado, las cosas parecen más tranquilas.

—Puede ser —dice Laura—, en todo caso mejor no pensar, cuántas veces nos ha ocurrido equivocarnos.

—Sí. Pero no nos vamos a quedar siempre aquí cazando ratas.

—Es mejor que pasar al otro lado a destiempo y que las ratas seamos nosotros para ellos.

Lozano ríe, anuda otro lazo. Es cierto que no están tan mal, Porsena paga al contado las ratas y todo el mundo vive de eso, mientras sea posible cazarlas habrá comida en Calagasta, la compañía danesa que manda los barcos a la costa necesita cada vez más ratas para Copenhague, Porsena cree saber que las usan para experiencias de genética en los laboratorios. Por lo menos que sirvan para eso, dice a veces Laura.

Desde la cuna que Lozano ha fabricado con un cajón de cerveza viene la primera protesta de Laurita. El cronómetro, la llama Lozano, el lloriqueo en el segundo exacto en que Laura está terminando de preparar la comida y se ocupa del biberón. Casi no necesitan un reloj con Laurita, les da la hora mejor que el bip-bip de la radio, dice riéndose Laura que ahora la levanta en brazos y le muestra el biberón, Laurita sonriente y ojos verdes, el muñón golpeando en la palma de la mano izquierda como en un remedo de tambor, el diminuto antebrazo rosado que termina en una lisa semiesfera de piel; el doctor Fuentes (que no es doctor pero da igual en Calagasta) ha hecho un trabajo perfecto y no hay casi huella de cicatriz, como si Laurita no hubiera tenido nunca una mano ahí, la mano que le comieron las ratas cuando la gente de Calagasta empezó a cazarlas a cambio de la plata que pagaban los daneses y las ratas se replegaron hasta que un día fue el contraataque, la rabiosa invasión nocturna seguida de fugas vertiginosas, la guerra abierta, y mucha gente renunció a cazarlas para solamente defenderse con trampas y escopetas, y buena parte volvió a cultivar la mandioca o a trabajar en otros pueblos de la montaña. Pero otros siguieron cazándolas, Porsena pagaba al contado y el camión salía cada jueves hacia la costa, Lozano fue el primero en decirle que seguiría cazando ratas, se lo dijo ahí mismo en el rancho mientras Porsena miraba la rata que Lozano había matado a patadas y Laura corría con Laurita a lo del doctor Fuentes y ya no se podía hacer nada, solamente cortar lo que quedaba colgando y conseguir esa cicatriz perfecta para que Laurita inventara su tamborcito, su silencioso juego.

Al pardo Illa no le molesta que Lozano juegue tanto con las palabras, quién no es loco a su manera, piensa el pardo, pero le gusta menos que Lozano se deje llevar demasiado y por ahí quiera que las cosas se ajusten a sus juegos, que él y Yarará y Laura lo sigan por ese camino como en tantas otras cosas lo han seguido en esos años desde la fuga por las quebradas del norte después de las masacres. En esos años, piensa Illa, ya ni sabemos si fueron semanas o años, todo era verde y continuo, la selva con su tiempo propio, sin soles ni estrellas, y después las quebradas, un tiempo rojizo, tiempo de piedra y torrentes y hambre, sobre todo hambre, querer contar los días o las semanas era como tener todavía más hambre, entonces habían seguido los cuatro, primero los cinco pero Ríos se mató en un despeñadero y Laura estuvo a punto de morirse de frío en la montaña, ya estaba de seis meses y se cansaba pronto, tuvieron que quedarse vaya a saber cuánto abrigándola con fuegos de pasto seco hasta que pudo caminar, a veces el pardo Illa vuelve a ver a Lozano llevando a Laura en brazos y Laura no queriendo, diciendo que ya está bien, que puede caminar, y seguir hacia el norte, hasta la noche en que los cuatro vieron las lucecitas de Calagasta y supieron que por el momento todo iría bien, que esa noche comerían en algún rancho aunque después los denunciaran y llegara el primer helicóptero a matarlos. Pero no los denunciaron, ahí ni siquiera conocían las posibles razones para denunciarlos, ahí todo el mundo se moría de hambre como ellos hasta que alguien descubrió a las ratas gigantes cerca de las colinas y Porsena tuvo la idea de mandar una muestra a la costa.

—Atar a la rata no es más que atar a la rata —dice Lozano—. No tiene ninguna fuerza porque no te enseña nada nuevo y porque además nadie puede atar a una rata. Te quedás como al principio, esa es la joda con los palindromas.

—Ajá —dice el pardo Illa.

—Pero si lo pensás en plural todo cambia. Atar a las ratas no es lo mismo que atar a la rata.

—No parece muy diferente.

—Porque ya no vale como palindroma —dice Lozano—. Nomás que ponerlo en plural y todo cambia, te nace una cosa nueva, ya no es el espejo o es un espejo diferente que te muestra algo que no conocías.

—¿Qué tiene de nuevo?

—Tiene que atar a las ratas te da Satarsa la rata.

—¿Satarsa?

—Es un nombre, pero todos los nombres aíslan y definen. Ahora sabés que hay una rata que se llama Satarsa. Todas tendrán nombres, seguro, pero ahora hay una que se llama Satarsa.

—¿Y qué ganás con saberlo?

—Tampoco sé, pero sigo. Anoche pensé en dar

vuelta el asunto, desatar en vez de atar. Y en cuanto pensé en desatarlas vi la palabra al revés y daba sal, rata, sed. Cosas nuevas, fijate, la sal y la sed.

—No tan nuevas —dice Yarará que escucha de lejos—, aparte de que siempre andan juntas.

—Ponele —dice Lozano—, pero muestran un camino, a lo mejor es la única manera de acabar con ellas.

—No las acabemos tan pronto —se ríe Illa—, de qué vamos a vivir si se acaban.

Laura trae el primer mate y espera, apoyándose un poco en el hombro de Lozano. El pardo Illa vuelve a pensar que Lozano juega demasiado con las palabras, que en una de ésas se va a bandear del todo, que todo se va a ir al diablo.

Lozano también lo piensa mientras prepara los lazos de cuero, y cuando se queda solo con Laura y Laurita les habla de eso, les habla a las dos como si Laurita pudiera comprender y a Laura le gusta que incluya a su hija, que estén los tres más juntos mientras Lozano les habla de Satarsa o de cómo salar el agua para acabar con las ratas.

—Para atarlas de veras —se ríe Lozano—. Fijate si no es curioso, el primer palindroma que conocí en mi vida también hablaba de atar a alguien, no se sabe a quién, pero a lo mejor ya era Satarsa. Lo leí en un cuento donde había muchos palindromas pero solamente me acuerdo de ése.

—Me lo dijiste una vez en Mendoza, creo, se me ha borrado.

—Atale, demoníaco Caín, o me delata —dice cadenciosamente Lozano, casi salmodiando para Laurita que se ríe en la cuna y juega con su ponchito blanco.

Laura asiente, es cierto que ya están queriendo atar a alguien en ese palindroma, pero para atarlo tienen que pedírselo nada menos que a Caín. Tratándolo de demoníaco por si fuera poco.

—Bah —dice Lozano—, la convención de siempre, la buena conciencia arrastrándose en la historia desde el vamos, Abel el bueno y Caín el malo como en las viejas películas de cowboys.

—El muchacho y el villano —se acuerda Laura casi nostálgica.

—Claro que si el inventor de ese palindroma se hubiera llamado Baudelaire, lo de demoníaco no sería negativo, sino todo lo contrario. ¿Te acordás?

—Un poco —dice Laura—. Raza de Abel, duerme, bebe y come, Dios te sonríe complacido.

—Raza de Caín, repta y muere miserablemente en el fango.

—Sí, y en una parte dice algo como raza de Abel, tu carroña abonará el suelo humeante, y después dice raza de Caín, arrastra a tu familia desesperada a lo largo de los caminos, algo así.

—Hasta que las ratas devoren a tus hijos —dice Lozano casi sin voz.

Laura hunde la cara en las manos, hace ya tanto que ha aprendido a llorar en silencio, sabe que Lozano no va a tratar de consolarla, Laurita sí, que encuentra divertido el gesto y se ríe hasta que Laura baja las manos y le hace una mueca cómplice. Ya va siendo la hora del mate.

Yarará piensa que el pardo Illa tiene razón y que en una de esas la chifladura de Lozano va a acabar con esa tregua en la que por lo menos están a salvo, por lo menos viven con la gente de Calagasta y se quedan ahí porque no se puede hacer otra cosa, esperando que el tiempo aplaste un poco los recuerdos del otro lado y que también los del otro lado se vayan olvidando de que no pudieron atraparlos, de que en algún lugar perdido están vivos y por eso culpables, por eso la cabeza a precio, incluso la del pobre Ruiz despeñado de un barranco hace tanto tiempo.

—Es cuestión de no seguirle la corriente —piensa Illa en voz alta—. Yo no sé, para mí siempre es el jefe, tiene eso, comprendés, no sé qué, pero lo tiene y a mí me basta.

—Lo jodió la educación —dice Yarará—. Se la pasa pensando o leyendo, eso es malo.

—Puede. Yo no sé si es eso, Laura también fue a la facultad y ya ves, no se le nota. No me parece que sea la educación, lo que lo pone loco es que estemos embretados en este aujero, y lo que pasó con Laurita, pobre gurisa.

—Vengarse —dice Yarará—. Lo que quiere es vengarse.

—Todos queremos vengarnos, unos de los milicos y otros de las ratas, es difícil guardar la cabeza fresca.

A Illa se le ocurre que la locura de Lozano no cambia nada, que las ratas siguen ahí y que es difícil cazarlas, que la gente de Calagasta no se anima a ir demasiado lejos porque se acuerdan de los cuentos, del esqueleto del viejo Millán o de la mano de Laurita. Pero también ellos están locos, y sobre todo Porsena con el camión y las jaulas, y los de la costa y los daneses están todavía más locos gastando plata en ratas para vaya a saber qué. Eso no puede durar mucho, hay chifladuras que se cortan de golpe y entonces será de nuevo el hambre, la mandioca cuando haya, los chicos muriéndose con las barrigas hinchadas. Por eso mejor estar locos, al fin y al cabo.

—Mejor estar locos —dice Illa, y Yarará lo mira sorprendido y después se ríe, asiente casi.

—Cuestión de no seguirle el tren cuando la empieza con Satarsa y la sal y esas cosas, total no cambia nada, él es siempre el mejor cazador.

—Ochenta y dos ratas —dice Illa—. Le batió el récord a Juan López, que andaba en las setenta y ocho.

—No me hagás pasar calor —dice Yarará—, yo con mis treinta y cinco apenas.

—Ya ves —dice Illa—, ya ves que él siempre es el jefe, por donde lo busques.

Nunca se sabe bien cómo llegan las noticias, de golpe hay alguien que sabe algo en el almacén del turco Adab, casi nunca indica la fuente, pero la gente vive tan aislada que las noticias llegan como una bocanada del viento del oeste, el único capaz de traer un poco de fresco y a veces de lluvia. Tan raro como las noticias, tan breve como el agua que acaso salvará los cultivos siempre amarillos, siempre enfermos. Una noticia ayuda a seguir tirando, aunque sea mala.

Laura se entera por la mujer de Adab, vuelve al rancho y la dice en voz baja como si Laurita pudiera comprender, le alcanza otro mate a Lozano que lo chupa despacio, mirando el suelo donde un bicho negro progresa despacio hacia el fogón. Alargando apenas la pierna aplasta al bicho y termina el mate, lo devuelve a Laura sin mirarla, de mano a mano como tantas veces, como tantas cosas.

—Habrá que irse —dice Lozano—. Si es cierto, estarán muy pronto aquí.

—¿Y adónde?

—No sé, y aquí nadie lo sabrá tampoco, viven como si fueran los primeros o los últimos hombres. A la costa en el camión, supongo, Porsena estará de acuerdo.

—Parece un chiste —dice Yarará, que arma un cigarrillo con lentos movimientos de alfarero—. Irnos con las jaulas de las ratas, date cuenta. ¿Y después?

—Después no es problema —dice Lozano—. Pero hace falta plata para ese después. La costa no es Calagasta, habrá que pagar para que nos abran camino al norte.

—Pagar —dice Yarará—. A eso habremos llegado, tener que cambiar ratas por la libertad.

—Peor son ellos que cambian la libertad por ratas —dice Lozano.

Desde su rincón donde se obstina en remendar una bota irremediable, Illa se ríe como si tosiera. Otro juego de palabras, pero hay veces en que Lozano da en el blanco y entonces casi parece que tuviera razón con su manía de andar dando vuelta los guantes, de verlo todo desde la otra punta. La cábala del pobre, ha dicho alguna vez Lozano.

—La cuestión es la gurisa —dice Yarará—. No nos podemos meter en el monte con ella.

—Seguro —dice Lozano—, pero en la costa se puede encontrar algún pesquero que nos deje más arriba, es cuestión de suerte y de plata.

Laura le tiende un mate y espera, pero ninguno dice nada.

—Yo pienso que ustedes dos deberían irse ahora —dice Laura sin mirar a nadie—. Lozano y yo veremos, no hay por qué demorarse más, váyanse ya por la montaña.

Yarará enciende un cigarrillo y se llena la cara de humo. No es bueno el tabaco de Calagasta, hace llorar los ojos y le da tos a todo el mundo.

—¿Alguna vez encontraste una mujer más loca? —le dice a Illa.

—No, che. Claro que a lo mejor quiere librarse de nosotros.

—Váyanse a la mierda —dice Laura dándoles la espalda, negándose a llorar.

—Se puede conseguir suficiente plata —dice Lozano—. Si cazamos bastantes ratas.

—Si cazamos.

—Se puede —insiste Lozano—. Es cosa de empezar hoy mismo, irnos a buscarlas. Porsena nos dará la plata y nos dejará viajar en el camión.

—De acuerdo —dice Yarará—, pero del dicho al hecho ya se sabe.

Laura espera, mira los labios de Lozano como si así pudiera no verle los ojos clavados en una distancia vacía.

—Habrá que ir hasta las cuevas —dice Lozano—. No decirle nada a nadie, llevar todas las jaulas en la carreta del tape Guzmán. Si decimos algo nos van a salir con lo del viejo Millán y no van a querer que vayamos, ya sabés que nos aprecian. Pero el viejo tampoco les dijo nada esa vez y fue por su cuenta.

—Mal ejemplo —dice Yarará.

—Porque iba solo, porque le fue mal, por lo que quieras. Nosotros somos tres y no somos viejos. Si las acorralamos en la cueva, porque yo creo que es una sola cueva y no muchas, las fumigamos hasta hacerlas salir. Laura nos va a cortar esa piel de vaca para envolvernos bien las piernas arriba de las botas. Y con la plata podemos seguir al norte.

—Por las dudas llevamos todos los cartuchos —le dice Illa a Laura—. Si tu marido tiene razón habrá ratas de sobra para llenar diez jaulas, y las otras que se pudran a tiro limpio, carajo.

—El viejo Millán también llevaba la escopeta —dice Yarará—. Pero claro, era viejo y estaba solo.

Saca el cuchillo y lo prueba en un dedo, va a descolgar la piel de vaca y empieza a cortarla en tiras regulares. Lo va a hacer mejor que Laura, las mujeres no saben manejar cuchillos.

El zaino tira siempre hacia la izquierda, aunque el tobiano aguanta y la carreta sigue abriendo una vaga huella, derecho al norte en los pastizales; Yarará tiende más las riendas, le grita al zaino que sacude la cabeza como protestando. Ya casi no hay luz cuando llegan al pie del farallón, pero de lejos han visto la entrada de la cueva dibujándose en la piedra blanca; dos o tres ratas los han olido y se esconden en la cueva mientras ellos bajan las jaulas de alambre y las disponen en semicírculo cerca de la entrada. El pardo Illa corta pasto seco a machetazos, bajan estopa y kerosene de la carreta y Lozano va hasta la cueva, se da cuenta de que puede entrar agachando apenas la cabeza. Los otros le gritan que no sea loco, que se quede afuera; ya la linterna recorre las paredes buscando el túnel más profundo por el que no se puede pasar, el agujero negro y moviente de puntos rojos que el haz de luz agita y revuelve.

—¿Qué hacés ahí? —le llega la voz de Yarará—. ¡Salí, carajo!

—Satarsa —dice Lozano en voz baja, hablándole al agujero desde donde lo miran los ojos en torbellino—. Salí vos, Satarsa, salí rey de las ratas, vos y yo solos, vos y yo y Laurita, hijo de puta.

—¡Lozano!

—Ya voy, nene —dice despacio Lozano. Elige un par de ojos más adelantados, los mantiene bajo el haz de luz, saca el revólver y tira. Un remolino de chispas rojas y de golpe nada, capaz que ni siquiera le dio. Ahora solamente el humo, salir de la cueva y ayudar a Illa que amontona el pasto y la estopa, el viento los ayuda; Yarará acerca un fósforo y los tres esperan al lado de las jaulas; Illa ha dejado un pasaje bien marcado para que las ratas puedan escapar de la trampa sin quemarse, para enfrentarlas justo delante de las jaulas abiertas.

—¿Y a esto le tenían miedo los de Calagasta? —dice Yarará—. Capaz que el viejo Millán se murió de otra cosa y se lo comieron ya fiambre.

—No te fíes —dice Illa.

Una rata salta afuera y la horquilla de Lozano la atrapa por el cuello, el lazo la levanta en el aire y la tira en la jaula; a Yarará se le escapa la que sigue, pero ahora salen de a cuatro o cinco, se oyen los chillidos en la cueva y apenas tienen tiempo de atrapar a una cuando ya cinco o seis resbalan como víboras buscando evitar las jaulas y perderse en el pastizal. Un río de ratas sale como un vómito rojizo, allí donde se clavan las horquillas hay una presa, las jaulas se van llenando de una masa convulsa, las sienten contra las piernas, siguen saliendo montadas las unas sobre las otras, destrozándose a dentelladas para escapar al calor del último trecho, desbandándose en la oscuridad. Lozano como siempre es el más rápido, ya ha llenado una jaula y va por la mitad de la otra, Illa suelta un grito ahogado y levanta una pierna, hunde la bota en una masa moviente, la rata no quiere soltar y Yarará con su horquilla la atrapa y la enlaza, Illa putea y mira la piel de vaca como si la rata estuviera todavía mordiendo. Las más enormes salen al final, ya no parecen ratas y es difícil hundirles la horquilla en el pescuezo y levantarlas en el aire; el lazo de Yarará se rompe y una rata escapa arrastrando el pedazo de cuero, pero Lozano grita que no importa, que apenas falta una jaula, entre Illa y él la llenan y la cierran a golpes de horquilla, empujan los pasadores, con ganchos de alambre las alzan y las suben a la carreta y los caballos se espantan y Yarará tiene que sujetarlos por el bocado, hablarles mientras los otros trepan al pescante. Ya es noche cerrada y el fuego empieza a apagarse.

Los caballos huelen las ratas y al principio hay que darles rienda, se largan al galope como queriendo hacer pedazos la carreta, Yarará tiene que sofrenarlos y hasta Illa ayuda, cuatro manos en las riendas hasta que el galope se rompe y vuelven a un trote intermitente, la carreta se desvía y las ruedas se enredan en piedras y malezas, atrás las ratas chillan y se destrozan, de las jaulas viene ya el olor a sebo, a mierda líquida, los caballos lo huelen y relinchan defendiéndose del bocado, queriendo zafarse y escapar, Lozano junta las manos con las de los otros en las riendas y ajustan poco a poco la marcha, coronan el monte pelado y ven asomar el valle, Calagasta con tres o cuatro luces apenas, la noche sin estrellas, a la izquierda la lucecita del rancho en medio del campo como hueco, alzándose y bajando con las sacudidas de la carreta, apenas quinientos metros, perdiéndose de golpe cuando la carreta entra en la maleza donde el sendero es puro latigazo de espinas contra las caras, la huella apenas visible que los caballos encuentran mejor que las seis manos aflojando poco a poco las riendas, las ratas aullando y revolcándose a cada sacudida, los caballos resignados pero tirando como si quisieran llegar ya, estar ya ahí donde los van a soltar de ese olor y esos chillidos para dejarlos irse al monte y encontrarse con su noche, dejar atrás eso que los sigue y los acosa y los enloquece.

—Te vas volando a buscar a Porsena —le dice Lozano a Yarará—, que venga en seguida a contarlas y a darnos la plata, hay que arreglar para salir de madrugada con el camión.

El primer tiro parece casi en broma, débil y aislado, Yarará no ha tenido tiempo de contestarle a Lozano cuando la ráfaga llega con un ruido de caña seca rompiéndose en mil pedazos contra el suelo, una crepitación apenas más fuerte que los chillidos de las jaulas, un golpe de costado y la carreta desviándose a la maleza, el zaino a la izquierda queriendo arrancarse a los tirones y doblando las manos, Lozano y Yarará saltando al mismo tiempo, Illa del otro lado, aplastándose en la maleza mientras la carreta sigue con las ratas aullando y se para a los tres metros, el zaino pateando en el suelo, todavía sostenido a medias por el eje de la carreta, el tobiano relinchando y debatiéndose sin poder moverse.

—Cortate por ahí —le dice Lozano a Yarará.

—Pa qué mierda —dice Yarará—. Llegaron antes, ya no vale la pena.

Illa se les reúne, alza el revólver y mira la maleza como buscando un claro. No se ve la luz del rancho, pero saben que está ahí, justo detrás de la maleza, a cien metros. Oyen las voces, una que manda a gritos, el silencio y la nueva ráfaga, los chicotazos en la maleza, otra buscándolos más abajo a puro azar, les sobran balas a los hijos de puta, van a tirar hasta cansarse. Protegidos por la carreta y las jaulas, por el caballo muerto y el otro que se debate como una pared moviente, relinchando hasta que Yarará le apunta a la cabeza y lo liquida, pobre tobiano tan guapo, tan amigo, la masa resbalando a lo largo del timón y apoyándose en las ancas del zaino que todavía se sacude de tanto en tanto, las ratas delatándolos con chillidos que rompen la noche, ya nadie las hará callar, hay que abrirse hacia la izquierda, nadar brazada a brazada en la maleza espinosa, echando hacia adelante las escopetas y apoyándose para ganar medio metro, alejarse de la carreta donde ahora se concentra el fuego, donde las ratas aúllan y claman como si entendieran, como vengándose, no se puede atar a las ratas, piensa Illa, tenías razón mi jefe, me cago en tus jueguitos, pero tenías razón, puta que te parió con tu Satarsa, cuánta razón tenías, conchetumadre.

Aprovechar que la maleza se adelgaza, que hay diez metros en que es casi pasto, un hueco que se puede franquear revolcándose de lado, las viejas técnicas, rodar y rodar hasta meterse en otro pastizal tupido, levantar bruscamente la cabeza para abarcarlo todo en un segundo y esconderse de nuevo, la lucecita del rancho y las siluetas moviéndose, el reflejo instantáneo de un fusil, la voz del que da órdenes a gritos, la balacera contra la carreta que grita y aúlla en la maleza. Lozano no mira de lado ni hacia atrás, ahí hay solamente silencio, hay Illa y Yarará muertos o acaso como él resbalando todavía entre las matas y buscando un refugio, abriendo picada con el ariete del cuerpo, quemándose la cara contra las espinas, ciegos y ensangrentados topos alejándose de las ratas, porque ahora sí son las ratas, Lozano las está viendo antes de sumirse de nuevo en la maleza, de la carreta llegan los chillidos cada vez más rabiosos pero las otras ratas no están ahí, las otras ratas le cierran el camino entre la maleza y el rancho, y aunque la luz sigue encendida en el rancho, Lozano sabe ya que Laura y Laurita no están ahí, o están ahí pero ya no son Laura y Laurita ahora que las ratas han llegado al rancho y han tenido todo el tiempo que necesitaban para hacer lo que habrán hecho, para esperarlo como lo están esperando entre el rancho y la carreta, tirando una ráfaga tras otra, mandando y obedeciendo y tirando ahora que ya no tiene sentido llegar al rancho, y sin embargo otro metro, otro revolcón que le llena las manos de espinas hirvientes, la cabeza asomándose para mirar, para ver a Satarsa, saber que ése que grita instrucciones es Satarsa y todos los otros son Satarsa y enderezarse y tirar la inútil andanada de perdigones contra Satarsa, que bruscamente gira hacia él y se tapa la cara con las manos y cae hacia atrás, alcanzado por los perdigones que le han llegado a los ojos, le han reventado la boca, y Lozano tirando el otro cartucho contra el que vuelve la ametralladora hacia él y el blando estampido de la escopeta ahogado por la crepitación de la ráfaga, las malezas aplastándose bajo el peso de Lozano que cae de boca entre las espinas que se le hunden en la cara, en los ojos abiertos.

# La escuela de noche

De Nito ya no sé nada ni quiero saber. Han pasado tantos años y cosas, a lo mejor todavía esta allá o se murió o anda afuera. Más vale no pensar en él, solamente que a veces sueño con los años treinta en Buenos Aires, los tiempos de la escuela normal y claro, de golpe Nito y yo la noche en que nos metimos en la escuela, después no me acuerdo mucho de los sueños pero algo queda siempre de Nito como flotando en el aire, hago lo que puedo para olvidarme, mejor que se vaya borrando de nuevo hasta otro sueño aunque no hay nada que hacerle, cada tanto es así, cada tanto todo vuelve como ahora.

La idea de meterse de noche en la escuela anormal (lo decíamos por jorobar y por otras razones más sólidas) la tuvo Nito, y me acuerdo muy bien que fue en *La Perla* del Once y tomándonos un cinzano con bitter. Mi primer comentario consistió en decirle que estaba más loco que una gallina, pesealokual —así escribíamos entonces, desortografiando el idioma por algún deseo de venganza que también tendría que ver con la escuela—, Nito siguió con su idea y dale conque la escuela de noche, sería tan macanudo meternos a explorar, pero qué vas a explorar si la tenemos más que manyada, Nito, y sin embargo me gustaba la idea, se la discutía por puro pelearlo, lo iba dejando acumular puntos poco a poco.

En algún momento empecé a aflojar con elegancia, porque también a mí la escuela no me parecía tan manyada aunque lleváramos allí seis años y medio de yugo, cuatro para recibirnos de maestros y casi tres para el profesorado en letras, aguantándonos materias tan increíbles como Sistema Nervioso, Dietética y Literatura Española, esta última la más increíble porque en el tercer trimestre no habíamos salido ni saldríamos del Conde Lucanor. A lo mejor por eso, por la forma en que perdíamos el tiempo, la escuela nos parecía medio rara a Nito y a mí, nos daba la impresión de faltarle algo que nos hubiera gustado conocer mejor. No sé, creo que también había otra cosa, por lo menos para mí la escuela no era tan normal como pretendía su nombre, sé que Nito pensaba lo mismo y me lo había dicho a la hora de la primera alianza, en los remotos días de un primer año lleno de timidez, cuadernos y compases. Ya no hablábamos de eso después de tantos años, pero esa mañana en *La Perla* sentí como si el proyecto de Nito viniera de ahí y que por eso me iba ganando poco a poco; como si antes de acabar el año y darle para siempre la espalda a la escuela tuviéramos que arreglar todavía una cuenta con ella, acabar de entender cosas que se nos habían escapado, esa incomodidad que Nito y yo sentíamos de a ratos en los patios o las escaleras y yo sobre todo cada mañana cuando veía las rejas de la entrada, un leve apretón en el estómago desde el primer día al franquear esa reja pinchuda tras de la cual se abría el peristilo solemne y empezaban los corredores con su color amarillento y la doble escalera.

—Hablando de reja, la cosa es esperar hasta medianoche —había dicho Nito— y treparse ahí donde me tengo vistos dos pinchos doblados, con poner un poncho basta y sobra.

—Facilísimo —había dicho yo—, justo entonces aparece la cana en la esquina o alguna vieja de enfrente pega el primer alarido.

—Vas demasiado al cine, Toto. ¿Cuándo viste a alguien por ahí a esa hora? El músculo duerme, viejo.

De a poco me iba dejando tentar, seguro que era idiota y que no pasaría nada ni afuera ni adentro, la escuela sería la misma escuela de la mañana, un poco frankenstein en la oscuridad si querés, pero nada más, qué podía haber ahí de noche aparte de bancos y pizarrones y algún gato buscando lauchas, que eso sí había. Pero Nito dale con lo del poncho y la linterna, hay que decir que nos aburríamos bastante en esa época en que a tantas chicas las encerraban todavía bajo doble llave marca papá y mamá, tiempos bastantes austeros a la fuerza, no nos gustaban demasiado los bailes ni el fútbol, leíamos como locos de día pero a la noche vagábamos los dos —a veces con Fernández López que murió tan joven— y nos conocíamos Buenos Aires y los libros de Castelnuovo y los cafés del bajo y el dock sur, al fin y al cabo no parecía tan ilógico que también quisiéramos entrar en la escuela de noche, sería completar algo incompleto, algo para guardar en secreto y por la mañana mirar a los muchachos y sobrarlos, pobres tipos cumpliendo el horario y el Conde Lucanor de ocho a mediodía.

Nito estaba decidido, si yo no quería acompañarlo saltaría solo un sábado a la noche, me explicó que había elegido el sábado porque si algo no andaba bien y se quedaba encerrado tendría tiempo para encontrar alguna otra salida. Hacía años que la idea lo rondaba, quizá desde el primer día cuando la escuela era todavía un mundo desconocido y los pibes de primer año nos quedábamos en los patios de abajo, cerca del aula como pollitos. Poco a poco habíamos ido avanzando por corredores y escaleras hasta hacernos una idea de la enorme caja de zapatos amarilla con sus columnas, sus mármoles y ese olor a jabón mezclado con el ruido de los recreos y el ronroneo de las horas de clase, pero la familiaridad no nos había quitado del todo eso que la escuela tenía de territorio diferente a pesar de la costumbre, los compañeros, las matemáticas. Nito se acordaba de pesadillas donde cosas instantáneamente borradas por un despertar violento habían sucedido en galerías de la escuela, en el aula de tercer año, en las escaleras de mármol; siempre de noche, claro, siempre él solo en la escuela petrificada por la noche, y eso Nito no alcanzaba a olvidarlo por la mañana, entre cientos de muchachos y de ruidos. Yo en cambio nunca había soñado con la escuela pero lo mismo me descubría pensando cómo sería con luna llena, los patios de abajo, las galerías altas, imaginaba una claridad de mercurio en los patios vacíos, la sombra implacable de las columnas. A veces lo descubría a Nito en algún recreo, apartado de los otros y mirando hacia lo alto donde las barandillas de las galerías dejaban ver cuerpos truncos, cabezas y torsos pasando de un lado a otro, más abajo pantalones y zapatos que no siempre parecían pertenecer al mismo alumno. Si me tocaba subir solo la gran escalera de mármol, cuando todos estaban en clase, me sentía como abandonado, trepaba o bajaba de a dos los peldaños, y creo que por eso mismo volvía a pedir permiso unos días después para salir de clase y repetir algún itinerario con el aire del que va a buscar una caja de tiza o el cuarto de baño. Era como en el cine, la delicia de un suspenso idiota, y por eso creo que me defendí tan mal del proyecto de Nito, de su idea de ir a hacerle frente a la escuela; meternos allí de noche no se me hubiera ocurrido nunca, pero Nito había pensado por los dos y estaba bien, merecíamos ese segundo cinzano que no tomamos porque no teníamos bastante plata.

Los preparativos fueron simples, conseguí una linterna y Nito me esperó en el Once con el bulto de un poncho bajo el brazo; empezaba a hacer calor ese fin de semana pero no había mucha gente en la plaza, doblamos por Urquiza casi sin hablar y cuando estuvimos en la cuadra de la escuela miré atrás y Nito tenía razón, ni un gato que nos viera. Solamente entonces me di cuenta de que había luna, no lo habíamos buscado pero no sé si nos gustó aunque tenía su lado bueno para recorrer las galerías sin usar la linterna.

Dimos la vuelta a la manzana para estar bien seguros, hablando del director que vivía en la casa pegada a la escuela y que comunicaba por un pasillo en los altos para que pudiera llegar directamente a su despacho. Los porteros no vivían allí y estábamos seguros de que no había ningún sereno, qué hubiera podido cuidar en la escuela en la que nada era valioso, el esqueleto medio roto, los mapas a jirones, la secretaría con dos o tres máquinas de escribir que parecían pterodáctilos. A Nito se le ocurrió que podía haber algo valioso en el despacho del director, ya una vez lo habíamos visto cerrar con llave al irse a dictar su clase de matemáticas, y eso con la escuela repleta de gente o a lo mejor precisamente por eso. Ni a Nito ni a mí ni a nadie le gustaba el director, más conocido por el Rengo; que fuera severo y nos zampara amonestaciones y expulsiones por cualquier cosa era menos una razón que algo en su cara de pájaro embalsamado, su manera de llegar sin que nadie lo viera y asomarse a una clase como si la condena estuviera pronunciada de antemano. Uno o dos profesores amigos (el de música, que nos contaba cuentos verdes, el de sistema nervioso que se daba cuenta de la idiotez de enseñar eso en un profesorado en letras) nos habían dicho que el Rengo no solamente era un solterón convicto y confeso sino que enarbolaba una misoginia agresiva, razón por la cual en la escuela no habíamos tenido ni una sola profesora. Pero justamente ese año el ministerio debía haberle hecho comprender que todo tenía su límite, porque nos mandaron a la señorita Maggi que les enseñaba química orgánica a los del profesorado en ciencias. La pobre llegaba siempre a la escuela con un aire medio asustado, Nito y yo nos imaginábamos la cara del Rengo cuando se la encontraba en la sala de profesores. La pobre señorita Maggi entre cientos de varones, enseñando la fórmula de la glicerina a los reos de séptimo ciencias.

—Ahora —dijo Nito.

Casi meto la mano en un pincho pero pude saltar bien, la primera cosa era agacharse por si a alguien le daba por mirar desde las ventanas de la casa de enfrente, y arrastrarse hasta encontrar una protección ilustre, el basamento del busto de Van Gelderen, holandés y fundador de la escuela. Cuando llegamos al peristilo estábamos un poco sacudidos por el escalamiento y nos dio un ataque de risa nerviosa. Nito dejó el poncho disimulado al pie de una columna, y tomamos a la derecha siguiendo el pasillo que llevaba al primer codo de donde nacía la escalera. El olor a escuela se multiplicaba con el calor, era raro ver las aulas cerradas y fuimos a tantear una de las puertas; por supuesto, los gallegos porteros no las habían cerrado con llave y entramos un momento en el aula donde seis años antes habíamos empezado los estudios.

—Yo me sentaba ahí.

—Y yo detrás, no me acuerdo si ahí o más a la derecha.

—Mirá, se dejaron un globo terráqueo.

—¿Te acordás de Gazzano, que nunca encontraba el África?

Daban ganas de usar las tizas y dejar dibujos en el pizarrón, pero Nito sintió que no habían venido para jugar, o que jugar era una manera de no admitir que el silencio nos envolvía demasiado. Volvimos al corredor y fuimos hacia la escalera; desde lejos vino como un eco de música, reverberando apenas en la caja de la escalera; también oímos una frenada de tranvía, después nada. Se podía subir sin necesidad de la linterna, el mármol parecía estar recibiendo directamente la luz de la luna, aunque el piso alto la aislara de ella. Nito se paró a mitad de la escalera para convidarme con un cigarrillo y encender otro; siempre elegía los momentos más absurdos para empezar a fumar.

Desde arriba miramos el patio de la planta baja, cuadrado como casi todo en la escuela, incluidos los cursos. Seguimos por el corredor que lo circundaba, entramos en una o dos aulas y llegamos al primer codo donde estaba el laboratorio; ése sí los gallegos lo habían cerrado con llave, como si alguien pudiera venir a robarse las probetas rajadas y el microscopio del tiempo de Galileo. Desde el segundo corredor vimos que la luz de la luna caía de lleno sobre el corredor opuesto donde estaba la secretaría, la sala de profesores y el despacho del Rengo. El primero en tirarme al suelo fui yo, y Nito un segundo después porque habíamos visto al mismo tiempo las luces en la sala de profesores.

—La puta madre, hay alguien ahí.

—Rajemos, Nito.

—Esperá, a lo mejor se les quedó prendida a los gallegos.

No sé cuánto tiempo pasó pero ahora nos dábamos cuenta de que la música venía de ahí, parecía tan lejana como en la escalera pero la sentíamos venir del corredor de enfrente, una música como de orquesta de cámara con todos los instrumentos en sordina. Era tan impensable que nos olvidamos del miedo o él de nosotros, de golpe había como una razón para estar ahí y no el puro romanticismo de Nito. Nos miramos sin hablar, y él empezó a moverse gateando y pegado a la barandilla hasta llegar al codo del tercer corredor. El olor a pis de las letrinas contiguas había sido como siempre más fuerte que los esfuerzos combinados de los gallegos y la acaroína. Cuando nos arrastramos hasta quedar al lado de las puertas de nuestra aula, Nito se volvió y me hizo seña de que me acercara más:

—¿Vamos a ver?

Asentí, puesto que ser loco parecía lo único razonable en ese momento, y seguimos a gatas, cada vez más delatados por la luna. Casi no me sorprendí cuando Nito se enderezó, fatalista, a menos de cinco metros del último corredor donde las puertas apenas entornadas de la secretaría y la sala de profesores dejaban pasar la luz. La música había subido bruscamente, o era la menor distancia; oímos rumor de voces, risas, unos vasos entrechocándose. Al primero que vimos fue a Raguzzi, uno de séptimo ciencias, campeón de atletismo y gran hijo de puta, de esos que se abrían paso a fuerza de músculos y compadradas. Nos daba la espalda, casi pegado a la puerta, pero de golpe se apartó y la luz vino como un látigo cortado por sombras movientes, un ritmo de machicha y dos parejas que pasaban bailando. Gómez, que yo no conocía mucho, bailaba con una mina de verde, y el otro podía ser Kurchin, de quinto letras, un chiquito con cara de chancho y anteojos, que se prendía a un hembrón de pelo renegrido con traje largo y collares de perlas. Todo eso sucedía ahí, lo estábamos viendo y oyendo pero naturalmente no podía ser, casi no podía ser que sintiéramos una mano que se apoyaba despacito en nuestros hombros, sin forzar.

—Ushtedes no shon invitados —dijo el gallego Manolo—, pero ya que eshtán vayan entrando y no she hagan los locos.

El doble empujón nos tiró casi contra otra pareja que bailaba, frenamos en seco y por primera vez vimos el grupo entero, unos ocho o diez, la victrola con el petiso

Larrañaga ocupándose de los discos, la mesa convertida en bar, las luces bajas, las caras que empezaban a reconocernos sin sorpresa, todos debían pensar que habíamos sido invitados y hasta Larrañaga nos hizo un gesto de bienvenida. Como siempre Nito fue el más rápido, en tres pasos estuvo contra una de las paredes laterales y yo me le apilé, pegados como cucarachas contra la pared empezamos a ver de veras, a aceptar eso que estaba pasando ahí. Con las luces y la gente la sala de profesores parecía el doble de grande, había cortinas verdes que yo nunca había sospechado cuando de mañana pasaba por el corredor y le echaba una ojeada a la sala para ver si ya había llegado Migoya, nuestro terror en la clase de lógica. Todo tenía un aire como de club, de cosa organizada para los sábados a la noche, los vasos y los ceniceros, la victrola y las lámparas que sólo alumbraban lo necesario, abriendo zonas de penumbra que agrandaban la sala.

Vaya a saber cuánto tardé en aplicar a lo que nos estaba pasando un poco de esa lógica que nos enseñaba Migoya, pero Nito era siempre el más rápido, una ojeada le había bastado para identificar a los condiscípulos y al profesor Iriarte, darse cuenta de que las mujeres eran muchachos disfrazados, Perrone y Macías y otro de séptima ciencias, no se acordaba del nombre. Había dos o tres con antifaces, uno de ellos vestido de hawaiana y gustándole a juzgar por los contoneos que le hacía a Iriarte. El gallego Fernando se ocupaba del bar, casi todo el mundo tenía vasos en las manos, ahora venía un tango por la orquesta de Lomuto, se armaban parejas, los muchachos sobrantes se ponían a bailar entre ellos, y no me sorprendió demasiado que Nito me agarrara de la cintura y me empujara hacia el medio.

—Si nos quedamos parados aquí se va a armar —me dijo—. No me pisés los pies, desgraciado.

—No sé bailar —le dije, aunque él bailaba peor que yo. Estábamos en la mitad del tango y Nito miraba de cuando en cuando hacia la puerta entornada, me había ido llevando despacio para aprovechar la primera de cambio, pero se dio cuenta de que el gallego Manolo estaba todavía ahí, volvimos al centro y hasta intentamos cambiar chistes con Kurchin y Gómez que bailaban juntos. Nadie se dio cuenta de que se estaba abriendo la doble puerta que comunicaba con la antesala del despacho del Rengo, pero el petiso Larrañaga paró el disco en seco y nos quedamos mirando, sentí que el brazo de Nito temblaba en mi cintura antes de soltarme de golpe.

Soy tan lento para todo, ya Nito se había dado cuenta cuando empecé a descubrir que las dos mujeres paradas en las puertas y teniéndose de la mano eran el Rengo y la señorita Maggi. El disfraz del Rengo era tan exagerado que dos o tres aplaudieron tímidamente pero después solamente hubo un silencio de sopa enfriada, algo como un hueco en el tiempo. Yo había visto travestís en los cabarets del bajo pero una cosa así nunca, la peluca pelirroja, las pestañas de cinco centímetros, los senos de goma temblando bajo una blusa salmón, la pollera de pliegues y los tacos como zancos. Llevaba los brazos llenos de pulseras, y eran brazos depilados y blanqueados, los anillos parecían pasearse por sus dedos ondulantes, ahora había soltado la mano de la señorita Maggi y con un gesto de una infinita mariconería se inclinaba para presentarla y darle paso. Nito se estaba preguntando por qué la señorita Maggi seguía pareciéndose a ella misma a pesar de la peluca rubia, el pelo estirado hacia atrás, la silueta apretada en un largo traje blanco. La cara estaba apenas maquillada, tal vez las cejas un poco más dibujadas, pero era la cara de la señorita Maggi y no el pastel de frutas del Rengo con el rimmel y el rouge y el flequillo pelirrojo. Los dos avanzaron saludando con una cierta frialdad casi condescendiente, el Rengo nos echó una ojeada acaso sorprendida pero que pareció cambiarse por una aceptación distraída, como si ya alguien lo hubiera prevenido.

—No se dio cuenta, che —le dije a Nito lo más bajo que pude.

—Tu abuela —dijo Nito—, vos te creés que no ve que estamos vestidos como reos en este ambiente.

Tenía razón, nos habíamos puesto pantalones viejos por lo de la reja, yo estaba en mangas de camisa y Nito tenía un pulóver liviano con una manga más bien perforada en un codo. Pero el Rengo ya estaba pidiendo que le dieran una copita no demasiado fuerte, se la pedía al gallego Fernando con unos gestos de puta caprichosa mientras la señorita Maggi reclamaba un whisky más seco que la voz con que se lo pedía al gallego. Empezaba otro tango y todo el mundo se largó a bailar, nosotros los primeros de puro pánico y los recién llegados junto con los demás, la señorita Maggi manejando al Rengo a puro juego de cintura. Nito hubiera querido acercarse a Kurchin para tratar de sacarle algo, con Kurchin teníamos más trato que con los otros, pero era difícil en ese momento en que las parejas se cruzaban sin rozarse y nunca quedaba espacio libre por mucho tiempo. Las puertas que daban a la sala de espera del Rengo seguían abiertas, y cuando nos acercamos en una de las vueltas, Nito vio que también la puerta del despacho estaba abierta y que adentro había gente hablando y bebiendo. De lejos reconocimos a Fiori, un pesado de sexto letras, disfrazado de militar, y a lo mejor esa morocha de pelo caído en la cara y caderas sinuosas era Moreira, uno de quinto letras que tenía fama de lo que te dije.

Fiori vino hacia nosotros antes de que pudiéramos esquivarnos, con el uniforme parecía mucho mayor y Nito creyó verle canas en el pelo bien planchado, seguro que se había puesto talco para tener más pinta.

—Nuevos, eh —dijo Fiori—. ¿Ya pasaron por oftalmología?

La respuesta debíamos tenerla escrita en la cara y Fiori se nos quedó mirando un momento, nos sentíamos cada vez más como reclutas delante de un teniente compadrón.

—Por allá —dijo Fiori, mostrando con la mandíbula una puerta lateral entornada—. En la próxima reunión me traen el comprobante.

—Sí señor —dijo Nito, empujándome a lo bruto. Me hubiera gustado reprocharle el sí señor tan lacayo pero Moreira (ahora sí, ahora seguro que era Moreira) se nos apiló antes de que llegáramos a la puerta y me agarró de la mano.

—Vení a bailar a la otra pieza, rubio, aquí son tan aburridos.

—Después —dijo Nito por mí—. Volvemos en seguida.

—Ay, todos me dejan sola esta noche.

Pasé el primero, deslizándome no sé por qué en vez de abrir del todo la puerta. Pero los porqués nos faltaban a esa altura, Nito que me seguía callado miraba el largo zaguán en penumbras y era otra vez cualquiera de las pesadillas que tenía con la escuela, ahí donde nunca había un porqué, donde solamente se podía seguir adelante y el único porqué posible era una orden de Fiori, ese cretino vestido de milico que de golpe se sumaba a todo lo otro y nos daba una orden, valía como una orden pura que debíamos obedecer, un oficial mandando y andá a pedir razones. Pero esto no era una pesadilla, yo estaba a su lado y las pesadillas no se sueñan de a dos.

—Rajemos, Nito —le dije en la mitad del zaguán—. Tiene que haber una salida, esto no puede ser.

—Sí, pero esperá, me trinca que nos están espiando.

—No hay nadie, Nito.

—Por eso mismo, huevón.

—Pero Nito, esperá un poco, parémonos aquí. Yo tengo que entender lo que pasa, no te das cuenta de que...

—Mirá —dijo Nito, y era cierto, la puerta por donde habíamos pasado estaba ahora abierta de par en par y el uniforme de Fiori se recortaba clarito. No había ninguna razón para obedecer a Fiori, bastaba volver y apartarlo de un empujón como tantas veces nos empujábamos por broma o en serio en los recreos. Tampoco había ninguna razón para seguir adelante hasta ver dos puertas cerradas, una lateral y otra de frente, y que Nito se metiera por una y se diera cuenta demasiado tarde de que yo no estaba con él, que estúpidamente había elegido la otra puerta por error o por pura bronca. Imposible dar media vuelta y salir a buscarme, la luz violeta del salón y las caras mirándolo lo fijaban de golpe en eso que abarcó de una sola ojeada, el salón con el enorme acuario en el centro alzando su cubo transparente hasta el cielo raso, dejando apenas lugar para los que pegados a los cristales miraban el agua verdosa, los peces resbalando lentamente, todo en un silencio que era como otro acuario exterior, un petrificado presente con hombres y mujeres (que eran hombres que eran mujeres) pegándose a los cristales, y Nito diciéndose ahora, ahora volver atrás, Toto imbécil dónde te metiste, huevón, queriendo dar media vuelta y escaparse, pero de qué si no pasaba nada, si se iba quedando inmóvil como ellos y viéndolos mirar los peces y reconociendo a Mutis, a la Chancha Delucía, a otros de sexto letras, preguntándose por qué eran ellos y no otros, como ya se había preguntado por qué tipos como Raguzzi y Fiori y Moreira, por qué justamente los que no eran nuestros amigos por la mañana, los extraños y los mierdas, por qué ellos y no Láinez o Delich o cualquiera de los compañeros de charlas o vagancias o proyectos, por qué entonces Toto y él entre esos otros aunque fuera culpa de ellos por meterse de noche en la escuela y esa culpa los juntara con todos esos que de día no aguantaban, los peores hijos de puta de la escuela, sin hablar del Rengo y del chupamedias de Iriarte y hasta de la señorita Maggi también ahí, quién lo hubiera dicho pero también ella, ella la única mujer de veras entre tantos maricones y desgraciados.

Entonces ladró un perro, no era un ladrido fuerte pero rompió el silencio y todos se volvieron hacia el fondo invisible del salón, Nito vio que de la bruma violeta salía Caletti, uno de quinto ciencias, con los brazos en alto venía desde el fondo como resbalando entre los otros, sosteniendo en alto un perrito blanco que volvía a ladrar debatiéndose, las patas atadas con una cinta roja y de la cinta colgando algo como un pedazo de plomo, algo que lo sumergió lentamente en el acuario donde Caletti lo había tirado de un solo envión, Nito vio al perro bajando poco a poco entre convulsiones, tratando de liberar las patas y volver a la superficie, lo vio empezar a ahogarse con la boca abierta y echando burbujas, pero antes de que se ahogara los peces ya estaban mordiéndolo, arrancándole jirones de piel, tiñendo de rojo el agua, la nube cada vez más espesa en torno al perro que todavía se agitaba entre la masa hirviente de peces y de sangre.

Todo eso yo no podía verlo porque detrás de la puerta que creo se cerró sola no había más que negro, me quedé paralizado sin saber qué hacer, detrás no se oía nada, entonces Nito, dónde estaba Nito. Dar un paso adelante en esa oscuridad o quedarme ahí clavado era el mismo espanto, de golpe sentir el olor, un olor a desinfectante, a hospital, a operación de apendicitis, casi sin darme cuenta de que los ojos se iban acostumbrando a la tiniebla y que no era tiniebla, ahí en el fondo había una o dos lucecitas, una verde y después una amarilla, la silueta de un armario y de un sillón, otra silueta que se desplazaba vagamente avanzando desde otro fondo más profundo.

—Venga, m'hijito —dijo la voz—. Venga hasta aquí, no tenga miedo.

No sé cómo pude moverme, el aire y el suelo eran como una misma alfombra esponjosa, el sillón con palancas cromadas y los aparatos de cristal y las lucecitas; la peluca rubia y planchada y el vestido blanco de la señorita Maggi fosforecían vagamente. Una mano me tomó por el hombro y me empujó hacia adelante, la otra mano se apoyó en mi nuca y me obligó a sentarme en el sillón, sentí en la frente el frío de un vidrio mientras la señorita Maggi me ajustaba la cabeza entre dos soportes. Casi contra los ojos vi brillar una esfera blanquecina con un pequeño punto rojo en el medio, y sentí el roce de las rodillas de la señorita Maggi que se sentaba en el sillón del lado opuesto de la armazón de cristales. Empezó a manipular palancas y ruedas, me ajustó todavía más la cabeza, la luz iba cambiando al verde y volvía al blanco, el punto rojo crecía y se desplazaba de un lado a otro, con lo que me quedaba de visión hacia arriba alcanzaba a ver como un halo el pelo rubio de la señorita Maggi, teníamos las caras apenas separadas por el cristal con las luces y algún tubo por donde ella debía estar mirándome.

—Quedate quietito y fijate bien en el punto rojo —dijo la señorita Maggi—. ¿Lo ves bien?

—Sí, pero...

—No hablés, quedate quieto, así. Ahora decime cuándo dejás de ver el punto rojo.

Qué sé yo si lo veía o no, me quedé callado mientras ella seguía mirando por el otro lado, de golpe me daba cuenta de que además de la luz central estaba viendo los ojos de la señorita Maggi detrás del cristal del aparato, tenía ojos castaños y por encima seguía ondulando el reflejo incierto de la peluca rubia. Pasó un momento interminablemente corto, se oía como un jadeo, pensé que era yo, pensé cualquier cosa mientras las luces cambiaban poco a poco, se iban concentrando en un triángulo rojizo con bordes violeta, pero a lo mejor no era yo el que respiraba haciendo ruido.

—¿Todavía ves la luz roja?

—No, no la veo, pero me parece que...

—No te muevas, no hablés. Mira bien, ahora.

Un aliento me llegaba desde el otro lado, un perfume caliente a bocanadas, el triángulo empezaba a convertirse en una serie de rayas paralelas, blancas y azules, me dolía el mentón apresado en el soporte de goma, hubiera querido levantar la cabeza y librarme de esa jaula en la que me sentía amarrado, la caricia entre los muslos me llegó como desde lejos, la mano que me subía entre las piernas y buscaba uno a uno los botones del pantalón, entraba dos dedos, terminaba de desabotonarme y buscaba algo que no se dejaba agarrar, reducido a una nada lastimosa hasta que los dedos lo envolvieron y suavemente lo sacaron fuera del pantalón, acariciándolo despacio mientras las luces se volvían más y más blancas y el centro rojo asomaba de nuevo. Debí tratar de zafarme porque sentí el dolor en lo alto de la cabeza y el mentón, era imposible salir de la jaula ajustada o tal vez cerrada por detrás, el perfume volvía con el jadeo, las luces bailaban en mis ojos, todo iba y volvía como la mano de la señorita Maggi llenándome de un lento abandono interminable.

—Dejate ir —la voz llegaba desde el jadeo, era el jadeo mismo hablándome—, gozá, chiquito, tenés que darme aunque sea unas gotas para los análisis, ahora, así, así.

Sentí el roce de un recipiente allí donde todo era placer y fuga, la mano sostuvo y corrió y apretó blandamente, casi no me di cuenta de que delante de los ojos no había más que el cristal oscuro y que el tiempo pasaba, ahora la señorita Maggi estaba detrás de mí y me soltaba las correas de la cabeza. Un latigazo de luz amarilla golpeándome mientras me enderezaba y me abrochaba, una puerta del fondo y la señorita Maggi mostrándome la salida, mirándome sin expresión, una cara

porque todo es elevación,
pierde sentido de realidad

lisa y saciada, la peluca violentamente iluminada por la luz amarilla. Otro se le hubiera tirado encima ahí nomás, la hubiera abrazado ahora que no había ninguna razón para no abrazarla o besarla o pegarle, otro como Fiori o Raguzzi, pero tal vez nadie lo hubiera hecho y la puerta se le hubiera cerrado como a mí a la espalda con un golpe seco, dejándome en otro pasadizo que giraba a la distancia y se perdía en su propia curva, en una soledad donde faltaba Nito, donde sentí la ausencia de Nito como algo insoportable y corrí hacia el codo y cuando vi la única puerta me tiré contra ella y estaba cerrada con llave, la golpeé y oí mi golpe como un grito, me apoyé contra la puerta resbalando poco a poco hasta quedar de rodillas, a lo mejor era debilidad, el mareo después de la señorita Maggi. Del otro lado de la puerta me llegaron la gritería y las risas.

Porque ahí se reía y se gritaba fuerte, alguien había empujado a Nito para hacerlo avanzar entre el acuario y la pared de la izquierda por donde todos se movían buscando la salida, Caletti mostrando el camino con los brazos en alto como había mostrado al perro al entrar, y los otros siguiéndolo entre chillidos y empujones, Nito con alguien atrás que también lo empujaba tratándolo de dormido y de fiaca, no había terminado de pasar la puerta cuando ya el juego empezaba, reconoció al Rengo que entraba por otro lado con los ojos vendados y sostenido por el gallego Fernando y Raguzzi que lo cuidaban de un tropezón o un golpe, los demás ya se estaban escondiendo detrás de los sillones, en un armario, debajo de una cama, Kurchin se había trepado a una silla y de ahí a lo alto de una estantería mientras los otros se desparramaban en el enorme salón y esperaban los movimientos del Rengo para evadirlo en puntas de pie o llamándolo con voces en falsete para engañarlo, el Rengo se contoneaba y soltaba grititos con los brazos tendidos buscando atrapar a alguno, Nito tuvo que huir hacia una pared y luego esconderse detrás de una mesa con floreros y libros, y cuando el Rengo alcanzó al petiso Larrañaga con un chillido de triunfo, los demás salieron aplaudiendo de los escondites y el Rengo se sacó la venda y se la puso a Larrañaga, lo hacía duramente y apretándole los ojos aunque el petiso protestaba, condenándolo a ser el que tenía que buscarlos, la gallina ciega atada con la misma despiadada fuerza con que habían atado las patas del perrito blanco. Y otra vez dispersarse entre risas y cuchicheos, el profesor Iriarte dando saltos, Fiori buscando donde esconderse sin perder la calma compadrona, Raguzzi sacando pecho y gritando a dos metros del petiso Larrañaga que se abalanzaba para no encontrar más que el aire, Raguzzi de un salto fuera de su alcance gritándole *¡Me Tarzan, you Jane*, boludo!, el petiso perplejo dando vueltas y buscando en el vacío, la señorita Maggi que reaparecía para abrazarse con el Rengo y reírse de Larrañaga, los dos con grititos de miedo cuando el petiso se tiró hacia ellos y se escaparon por un pelo de sus manos tendidas, Nito saltando hacia atrás y viendo cómo el petiso agarraba por el pelo a Kurchin que se había descuidado, el alarido de Kurchin y Larrañaga sacándose la venda pero sin soltar la presa, los aplausos y los gritos, de golpe silencio porque el Rengo alzaba una mano y Fiori a su lado se plantaba en posición de firme y daba una orden que nadie entendió pero era igual, el uniforme de Fiori como la orden misma, nadie se movía, ni siquiera Kurchin con los ojos llenos de lágrimas porque Larrañaga casi le arrancaba el pelo, lo mantenía ahí sin soltarlo.

—Tusa —mandó el Rengo—. Ahora tusa y caricatusa. Ponelo.

Larrañaga no entendía, pero Fiori le mostró a Kurchin con un gesto seco, y entonces el petiso le tiró del pelo obligándose a agacharse cada vez más, ya los otros se iban poniendo en fila, las mujeres con grititos y recogiéndose las polleras, Perrone el primero y después el profesor Iriarte, Moreira haciéndose la remilgada, Caletti y la Chancha Delucía, una fila que llegaba hasta el fondo del salón y Larrañaga sujetando a Kurchin agachado y soltándolo de golpe cuando el Rengo hizo un gesto y Fiori ordenó «¡Saltar sin pegar!», Perrone en punta y detrás toda la fila, empezaron a saltar apoyando las manos en la espalda de Kurchin arqueado como un chanchito, saltaban al rango pero gritando «¡Tusa!», gritando «¡Caricatusa!» cada vez que pasaban por encima de Kurchin y rehacían la fila del otro lado, daban la vuelta al salón y empezaban de nuevo, Nito casi al final saltando lo más liviano que podía para no aplastar a Kurchin, después Macías dejándose caer como una bolsa, oyendo al Rengo que chillaba «¡Saltar y pegar!», y toda la fila pasó de nuevo por encima de Kurchin pero ahora buscando patearlo y golpearlo a la vez que saltaban, ya habían roto la fila y rodeaban a Kurchin, con las manos abiertas le pegaban en la cabeza, la espalda, Nito había alzado el brazo cuando vio a Raguzzi que soltaba la primera patada en las nalgas de Kurchin que se contrajo y gritó, Perrone y Mutis le pateaban las piernas mientras las mujeres se ensañaban con el lomo de Kurchin, que aullaba y quería enderezarse y escapar pero Fiori se acercaba y lo retenía por el pescuezo gritando «¡Tusa, caricatusa, pegar y pegar!», algunas manos ya eran puños cayendo sobre los flancos y la cabeza de Kurchin, que clamaba pidiendo perdón sin poder zafarse de Fiori, de la lluvia de patadas y trompadas que lo cercaban. Cuando el Rengo y la señorita Maggi gritaron una orden al mismo tiempo, Fiori soltó a Kurchin que cayó de costado, sangrándole la boca, del fondo del salón vino corriendo el gallego Manolo y lo levantó como si fuera una bolsa, se lo llevó mientras todos aplaudían rabiosamente y Fiori se acercaba al Rengo y a la señorita Maggi como consultándolos.

Nito había retrocedido hasta quedar en el borde del círculo que empezaba a romperse sin ganas, como queriendo seguir el juego o empezar otros, desde ahí vio cómo el Rengo mostraba con el dedo al profesor Iriarte, y a Fiori que se le acercaba y le hablaba, después una orden seca y todos empezaron a formarse en cuadro, de a cuatro en fondo, las mujeres atrás y Raguzzi como adalid del pelotón, mirando furioso a Nito que tardaba en encontrar un lugar cualquiera en la segunda fila. Todo esto lo vi yo clarito mientras el gallego Fernando me traía de un brazo después de haberme encontrado detrás de la puerta cerrada y abrirla para hacerme entrar de un empellón, vi cómo el Rengo y la señorita Maggi se instalaban en un sofá contra la pared, los otros que completaban el cuadro con Fiori y Raguzzi al frente, con Nito pálido entre los de la segunda fila, y el profesor Iriarte que se dirigía al cuadro como en una clase, después de un saludo ceremonioso al Rengo y a la señorita Maggi, yo perdiéndome como podía entre las locas del fondo que me miraban riéndose y cuchicheando hasta que el profesor Iriarte carraspeó y se hizo un silencio que duró no sé hasta cuándo.

—Se procederá a enunciar el decálogo —dijo el profesor Iriarte—. Primera profesión de fe.

Yo lo miraba a Nito como si todavía él pudiera ayudarme, con una estúpida esperanza de que me mostrara una salida, una puerta cualquiera para escaparnos, pero Nito no parecía darse cuenta de que yo estaba ahí detrás, miraba fijamente el aire como todos, inmóvil como todos ahora.

Monótonamente, casi sílaba a sílaba, el cuadro enunció:

—Del orden emana la fuerza, y de la fuerza emana el orden.

—¡Corolario! —mandó Iriarte.

—Obedece para mandar, y manda para obedecer —recitó el cuadro.

Era inútil esperar que Nito se diera vuelta, hasta creo haber visto que sus labios se movían como si se hicieran el eco de lo que recitaban los otros. Me apoyé en la pared, un panel de madera que crujió, y una de las locas, creo que Moreira, me miró alarmada. «Segunda profesión de fe», estaba ordenando Iriarte cuando sentí que eso no era un panel sino una puerta, y que cedía poco a poco mientras yo me iba dejando resbalar en un mareo casi agradable. «Ay, pero qué te pasa, precioso», alcanzó a cuchichear Moreira y ya el cuadro enunciaba una frase que no comprendí, girando de lado pasé al otro lado y cerré la puerta, sentí la presión de las manos de Moreira y Macías que buscaban abrirla y bajé el pestillo que brillaba maravillosamente en la penumbra, empecé a correr por una galería, un codo, dos piezas vacías y a oscuras con al final otro pasillo que llevaba directamente al corredor sobre el patio en el lado opuesto a la sala de profesores. De todo eso me acuerdo poco, yo no era más que mi propia fuga, algo que corría en la sombra tratando de no hacer ruido, resbalando sobre las baldosas hasta llegar a la escalera de mármol, bajarla de a tres peldaños y sentirme impulsado por esa casi caída hasta las columnas del peristilo donde estaba el poncho y también los brazos abiertos del gallego Manolo cerrándome el paso. Ya lo dije, me acuerdo poco de todo eso, tal vez le hundí la cabeza en pleno estómago o lo barajé de una patada en la barriga, el poncho se me enredó en uno de los pinchos de la reja pero lo mismo trepé y salté, en la vereda había un gris de amanecer y un viejo andando despacio, el gris sucio del alba y el viejo que se quedó mirándome con una cara de pescado, la boca abierta para un grito que no alcanzó a gritar.

Todo ese domingo no me moví de casa, por suerte me conocían en la familia y nadie hizo preguntas que no hubiera contestado, a mediodía llamé por teléfono a casa de Nito pero la madre me dijo que no estaba, por la tarde supe que Nito había vuelto pero que ya andaba otra vez afuera, y cuando llamé a las diez de la noche, un hermano me dijo que no sabía dónde estaba. Me asombró que no hubiera venido a buscarme, y cuando el lunes llegué a la escuela me asombró todavía más encontrármelo en la entrada, él que batía todas las marcas en materia de llegadas tarde. Estaba hablando con Delich, pero se separó de él y vino a encontrarme, me estiró la mano y yo se la apreté aunque era raro, era tan raro que nos diéramos la mano al llegar a la escuela. Pero qué importaba si ya lo otro me venía a borbotones, en los cinco minutos que faltaban para la campana teníamos que decirnos tantas cosas, pero entonces vos qué hiciste, cómo te escapaste, a mí me atajó el gallego y entonces, sí, ya sé, estaba diciéndome Nito, no te excités tanto, Toto, dejame hablar un poco a mí. Che, pero es que... Sí, claro, no es para menos. ¿Para menos, Nito, pero vos me estás cachando o qué? Ahora mismo tenemos que subir y denunciarlo al Rengo. Esperá, esperá, no te calentés así, Toto.

Eso seguía, como dos monólogos cada uno por su lado, de alguna manera yo empezaba a darme cuenta de que algo no andaba, de que Nito estaba como en otra cosa. Pasó Moreira y saludó con una guiñada de ojos, de lejos vi a la Chancha Delucía que entraba corriendo, a Raguzzi con su saco deportivo, todos los hijos de puta iban llegando mezclados con los amigos, con Llanes y Alermi que también decían qué tal, viste cómo ganó River, qué te había dicho, pibe, y Nito mirándome y repitiendo aquí no, ahora no, Toto, a la salida hablamos en el café. Pero mirá, mirá, Nito, miralo a Kurchin con la cabeza vendada, yo no me puedo quedar callado, subamos juntos, Nito, o voy solo, te juro que voy solo ahora mismo. No, dijo Nito, y había como otra voz en esa sola palabra, no vas a subir ahora, Toto, primero vamos a hablar vos y yo.

Era él, claro, pero fue como si de repente no lo conociera. Me había dicho que no como podía habérmelo dicho Fiori, que ahora llegaba silbando, de civil por supuesto, y saludaba con una sonrisa sobradora que nunca le había conocido antes. Me pareció como si todo se condensara de golpe en eso, en el no de Nito, en la sonrisa inimaginable de Fiori; era de nuevo el miedo de esa fuga en la noche, de las escaleras más voladas que bajadas, de los brazos abiertos del gallego Manolo entre las columnas.

—¿Y por qué no voy a subir? —dije absurdamente—. ¿Por qué no lo voy a denunciar al Rengo, a Iriarte, a todos?

—Porque es peligroso —dijo Nito—. Aquí no podemos hablar ahora, pero en el café te explico. Yo me quedé más que vos, sabés.

—Pero al final también te escapaste —dije como desde una esperanza, buscándolo como si no lo tuviera ahí delante mío.

—No, no tuve que escaparme, Toto. Por eso te digo que te calles ahora.

—¿Y por qué tengo que hacerte caso? —grité, creo que a punto de llorar, de pegarle, de abrazarlo.

—Porque te conviene —dijo la otra voz de Nito—. Porque no sos tan idiota para no darte cuenta de que si abrís la boca te va a costar caro. Ahora no podés comprender y hay que entrar a clase. Pero te lo repito, si decís una sola palabra te vas a arrepentir toda la vida, si es que estás vivo.

Jugaba, claro, no podía ser que me estuviera diciendo eso, pero era la voz, la forma en que me lo decía, ese convencimiento y esa boca apretada. Como Raguzzi, como Fiori, ese convencimiento y esa boca apretada. Nunca sabré de qué hablaron los profesores ese día, todo el tiempo sentía en la espalda los ojos de Nito clavados en mí. Y Nito tampoco seguía las clases, qué le importaban las clases ahora, esas cortinas de humo del Rengo y de la señorita Maggi para que lo otro, lo que importaba de veras, se fuera cumpliendo poco a poco, así como poco a poco se habían ido enunciando para él las profesiones de fe del decálogo, una tras otra, todo eso que iría naciendo alguna vez de la obediencia al decálogo, del cumplimiento futuro del decálogo, todo eso que había aprendido y prometido y jurado esa noche y que alguna vez se cumpliría para el bien de la patria cuando llegara la hora y el Rengo y la señorita Maggi dieran la orden de que empezara a cumplirse.

# Deshoras

Ya no tenía ninguna razón especial para acordarme de todo eso, y aunque me gustaba escribir por temporadas y algunos amigos aprobaban mis versos o mis relatos, me ocurría preguntarme a veces si esos recuerdos de la infancia merecían ser escritos, si no nacían de la ingenua tendencia a creer que las cosas habían sido más de veras cuando las ponía en palabras para fijarlas a mi manera, para tenerlas ahí como las corbatas en el armario o el cuerpo de Felisa por la noche, algo que no se podría vivir de nuevo pero que se hacía más presente como si en el mero recuerdo se abriera paso una tercera dimensión, una casi siempre amarga pero tan deseada contigüidad. Nunca supe bien por qué, pero una y otra vez volvía a cosas que otros habían aprendido a olvidar para no arrastrarse en la vida con tanto tiempo sobre los hombros. Estaba seguro de que entre mis amigos había pocos que recordaran a sus compañeros de infancia como yo recordaba a Doro, aunque cuando escribía sobre Doro no era casi nunca él quien me llevaba a escribir sino otra cosa, algo en que Doro era solamente el pretexto para la imagen de su hermana mayor, la imagen de Sara en aquel entonces en que Doro y yo jugábamos en el patio o dibujábamos en la sala de la casa de Doro.

Tan inseparables habíamos sido en esos tiempos del sexto grado, de los doce o trece años, que no era capaz de sentirme escribiendo separadamente sobre Doro, aceptarme desde fuera de la página y escribiendo sobre Doro. Verlo era verme simultáneamente como Aníbal con Doro, y no hubiera podido recordar nada de Doro si al mismo tiempo no hubiera sentido que Aníbal estaba también ahí en ese momento, que era Aníbal el que había pateado aquella pelota que rompió un vidrio de la casa de Doro una tarde de verano, el susto y las ganas de esconderse o de negar, la aparición de Sara tratándolos de bandidos y mandándolos a jugar al potrero de la esquina. Y con todo eso venía también Banfield, claro, porque todo había pasado allí, ni Doro ni Aníbal hubieran podido imaginarse en otro pueblo que en Banfield donde las casas y los potreros eran entonces más grandes que el mundo.

Un pueblo, Banfield, con sus calles de tierra y la estación del Ferrocarril Sud, sus baldíos que en verano hervían de langostas multicolores a la hora de la siesta, y que de noche se agazapaba como temeroso en torno a los pocos faroles de las esquinas, con una que otra pitada de los vigilantes a caballo y el halo vertiginoso de los insectos voladores en torno a cada farol. A tan poca distancia las casas de Doro y de Aníbal que la calle era para ellos como un corredor más, algo que seguía manteniéndolos unidos de día o de noche, en el potrero jugando al fútbol en plena siesta o bajo la luz del farol de la esquina mirando cómo los sapos y los escuerzos hacían rueda para comerse a los insectos borrachos de dar vueltas en torno a la luz amarilla. Y el verano, siempre, el verano de las vacaciones, la libertad de los juegos, el tiempo solamente de ellos, para ellos, sin horario ni campana para entrar a clase, el olor del verano en el aire caliente de las tardes y las noches, en las caras sudadas después de ganar o perder o pelearse o correr, de reírse y a veces de llorar pero siempre juntos, siempre libres, dueños de su mundo de barriletes y pelotas y esquinas y veredas.

De Sara le quedaban pocas imágenes, pero cada una se recortaba como un vitral a la hora del sol más alto, con azules y rojos y verdes penetrando el espacio hasta hacerle daño, a veces Aníbal veía sobre todo su pelo rubio cayéndole sobre los hombros como una caricia que él hubiera querido sentir contra su cara, a veces su piel tan blanca porque Sara no salía casi nunca al sol, absorbida por los trabajos de la casa, la madre enferma y Doro que volvía cada tarde con la ropa sucia, lastimadas las rodillas, las zapatillas embarradas. Nunca supo la edad de Sara en ese entonces, solamente que ya era una señorita, una joven madre de su hermano que se volvía más niño cuando ella le hablaba, cuando le pasaba la mano por la cabeza antes de mandarlo a comprar algo o pedirles a los dos que no gritaran tanto en el patio. Aníbal la saludaba tímido, dándole la mano, y Sara se la apretaba amablemente, casi sin mirarlo pero aceptándolo como esa otra mitad de Doro que casi diariamente venía a la casa para leer o jugar. A las cinco los llamaba para darles café con leche y bizcochos, siempre en la mesita del patio o en la sala sombría; Aníbal sólo había visto dos o tres veces a la madre de Doro, dulcemente desde su sillón de ruedas les decía su hola chicos, su tengan cuidado con los autos, aunque había tan pocos autos en Banfield y ellos sonreían seguros de sus esquives en la calle, de su invulnerabilidad de jugadores de fútbol y corredores. Doro no hablaba nunca de su madre, casi siempre en la cama o escuchando radio en el salón, la casa era el patio y Sara, a veces algún tío de visita que les preguntaba lo que habían estudiado en la escuela y les regalaba cincuenta centavos. Y para Aníbal siempre era verano, de los inviernos no tenía casi recuerdos, su casa se volvía un encierro gris y neblinoso donde sólo los libros contaban, la familia en sus cosas y las cosas fijas en sus huecos, las gallinas que él tenía que cuidar, las enfermedades con largas dietas y té y solamente a veces Doro, porque a Doro no le gustaba quedarse mucho en una casa donde no los dejaban jugar como en la suya.

Fue a lo largo de una bronquitis de quince días que Aníbal empezó a sentir la ausencia de Sara, cuando Doro venía a visitarlo le preguntaba por ella y Doro le contestaba distraído que estaba bien, lo único que le interesaba era si esa semana iban a poder jugar de nuevo en la calle. Aníbal hubiera querido saber más de Sara pero no se animaba a preguntar mucho, a Doro le hubiera parecido estúpido que se preocupara por alguien que no jugaba como ellos, que estaba tan lejos de todo lo que ellos hacían y pensaban. Cuando pudo volver a la casa de Doro, todavía un poco débil, Sara le dio la mano y le preguntó cómo andaba, no tenía que jugar a la pelota para no cansarse, mejor que dibujaran o leyeran en la sala; su voz era grave, hablaba como siempre le hablaba a Doro, afectuosamente pero lejos, la hermana mayor atenta y casi severa. Antes de dormirse esa noche, Aníbal sintió que algo le subía a los ojos, que la almohada se le volvía Sara, una necesidad de apretarla en los brazos y llorar con la cara pegada a Sara, al pelo de Sara, queriendo que ella estuviera ahí y le trajera los remedios y mirara el termómetro sentada a los pies de la cama. Cuando su madre vino por la mañana para frotarle el pecho con algo que olía a alcohol y a mentol, Aníbal cerró los ojos y fue la mano de Sara alzándole el camisón, acariciándolo livianamente, curándolo.

Era de nuevo el verano, el patio de la casa de Doro, las vacaciones con novelas y figuritas, con la filatelia y la colección de jugadores de fútbol que pegaban en un álbum. Esa tarde hablaban de pantalones largos, ya no faltaba mucho para ponérselos, quién iba a entrar en la secundaria con pantalones cortos. Sara los llamó para el café con leche y a Aníbal le pareció que había escuchado lo que decían y que en su boca había como un resto de sonrisa, a lo mejor se divertía oyéndolos hablar de esas cosas y se burlaba un poco. Doro le había dicho que ya tenía novio, un señor grande que la visitaba los sábados pero que él no había visto todavía. Aníbal lo imaginaba como alguien que le traía bombones a Sara y hablaba con ella en la sala, igual que el novio de su prima Lola, en pocos días se había curado de la bronquitis y ya podía jugar de nuevo en el potrero con Doro y los otros amigos. Pero de noche era triste y a la vez tan hermoso, solo en su cuarto antes de dormirse se decía que Sara no estaba ahí, que nunca entraría a verlo ni sano ni enfermo, justo a esa hora en que él la sentía tan cerca, la miraba con los ojos cerrados sin que la voz de Doro o los gritos de los otros chicos se mezclaran con esa presencia de Sara sola ahí para él, junto a él, y el llanto volvía como un deseo de entrega, de ser Doro en las manos de Sara, de que el pelo de Sara le rozara la frente y su voz le dijera buenas noches, que Sara le subiera la sábana antes de irse.

Se animó a preguntarle a Doro como de paso quién lo cuidaba cuando estaba enfermo, porque Doro había tenido una infección intestinal y había pasado cinco días en la cama. Se lo preguntó como si fuera natural que Doro le dijera que su madre lo había atendido, sabiendo que no podía ser y que entonces Sara, los remedios y las otras cosas. Doro le contestó que su hermana le hacía todo, cambió de tema y se puso a hablar de cine. Pero Aníbal quería saber más, si Sara lo había cuidado desde que era chico, y claro que lo había cuidado porque su mamá llevaba ocho años casi inválida y Sara se ocupaba de los dos. Pero entonces, ¿ella te bañaba cuando eras chico? Seguro, ¿por qué me preguntás esas pavadas? Por nada, por saber nomás, debe ser tan raro tener una hermana grande que te baña. No tiene nada de raro, che. ¿Y cuando te enfermabas de chico ella te cuidaba y te hacía todo? Sí, claro. ¿Y a vos no te daba vergüenza que tu hermana te viera y te hiciera todo? No, qué vergüenza me iba a dar, yo era chico entonces. ¿Y ahora? Bueno, ahora igual, por qué me va a dar vergüenza cuando estoy enfermo.

Por qué, claro. A la hora en que cerrando los ojos imaginaba a Sara entrando de noche en su cuarto, acercándose a su cama, era como un deseo de que ella le preguntara cómo estaba, le pusiera la mano en la frente y después bajara las sábanas para verle la lastimadura en la pantorrilla, le cambiara la venda tratándolo de tonto por haberse cortado con un vidrio. La sentía levantándole el camisón y mirándolo desnudo, tocándole el vientre para ver si estaba inflamado, tapándolo de nuevo para que se durmiera. Abrazado a la almohada se sentía de pronto tan solo, y cuando abría los ojos en el cuarto ya vacío de Sara era como una marea de congoja y de delicia porque nadie, nadie podía saber de su amor, ni siquiera Sara, nadie podía comprender esa pena y ese deseo de morir por Sara, de salvarla de un tigre o de un incendio y morir por ella, y que ella se lo agradeciera y lo besara llorando. Y cuando sus manos bajaban y empezaba a acariciarse como Doro, como todos los chicos, Sara no entraba en sus imágenes, era la hija del almacenero o la prima Yolanda, eso no podía suceder con Sara que venía a cuidarlo de noche como lo cuidaba a Doro, con ella no había más que esa delicia de imaginarla inclinándose sobre él y acariciándolo y el amor era eso, aunque Aníbal ya supiera lo que podía ser el amor y se lo imaginara con Yolanda, todo lo que él le haría alguna vez a Yolanda o a la chica del almacenero.

El día del zanjón fue casi al final del verano, después de jugar en el potrero se habían separado de la barra y por un camino que solamente ellos conocían y que llamaban el camino de Sandokan se perdieron en la maleza espinosa donde una vez habían encontrado un perro ahorcado en un árbol y habían huido de puro susto. Arañándose las manos se abrieron paso hasta lo más tupido, hundiendo la cara en el ramaje colgante de los sauces hasta llegar al borde del zanjón de aguas turbias donde siempre habían esperado pescar mojarritas y nunca habían sacado nada. Les gustaba sentarse al borde y fumar los cigarrillos que Doro hacía con chala de maíz, hablando de las novelas de Salgari y planeando viajes y cosas. Pero ese día no tuvieron suerte, a Aníbal se le enganchó un zapato en una raíz y se fue para adelante, se agarró de Doro y los dos resbalaron en el talud del zanjón y se hundieron hasta la cintura, no había peligro pero fue como si, manotearon desesperados hasta sujetarse de la ramazón de un sauce, se arrastraron trepando y puteando hasta lo alto, el barro se les había metido por todas partes, les chorreaba dentro de las camisas y los pantalones y olía a podrido, a rata muerta.

Volvieron casi sin hablar y se metieron por el fondo del jardín en la casa de Doro, esperando que no hubiera nadie en el patio y pudieran lavarse a escondidas. Sara colgaba ropa cerca del gallinero y los vio venir, Doro como con miedo y Aníbal detrás, muerto de vergüenza y queriendo de veras morirse, estar a mil leguas de Sara en ese momento en que ella los miraba apretando los labios, en un silencio que los clavaba ridículos y confundidos bajo el sol del patio.

—Era lo único que faltaba —dijo solamente Sara, dirigiéndose a Doro pero tan para Aníbal balbuceando las primeras palabras de una confesión, era culpa suya, se le había enganchado un zapato y entonces, Doro no tuvo la culpa de que, lo que había pasado era que todo estaba tan refaloso.

—Vayan a bañarse ahora mismo —dijo Sara como si no lo hubiera oído—. Sáquense los zapatos antes de entrar y después se lavan la ropa en la pileta del gallinero.

En el baño se miraron y Doro fue el primero en reírse pero era una risa sin convicción, se desnudaron y abrieron la ducha, bajo el agua podían empezar a reírse de veras, a pelearse por el jabón, a mirarse de arriba abajo y a hacerse cosquillas. Un río de barro corría hasta el desagüe y se diluía poco a poco, el jabón empezaba a dar espuma, se divertían tanto que en el primer momento no se dieron cuenta de que la puerta se había abierto y que Sara estaba ahí mirándolos, acercándose a Doro para sacarle el jabón de la mano y frotárselo en la espalda todavía embarrada. Aníbal no supo qué hacer, parado en la bañadera se puso las manos en la barriga, después se dio vuelta de golpe para que Sara no lo viera y fue todavía peor, de tres cuartos y con el agua corriéndole por la cara, cambiando de lado y otra vez de espaldas, hasta que Sara le alcanzó el jabón con un lavate mejor las orejas, tenés barro por todas partes.

Esa noche no pudo ver a Sara como las otras noches, aunque apretaba los párpados lo único que veía era a Doro y a él en la bañadera, a Sara acercándose para inspeccionarlos de arriba abajo y después saliendo del baño con la ropa sucia en los brazos, generosamente yendo ella misma a la pileta para lavarles las cosas y gritándoles que se envolvieran en las toallas de baño hasta que todo estuviera seco, dándoles el café con leche sin decir nada, ni enojada ni amable, instalando la tabla de planchar bajo las glicinas y poco a poco secando los pantalones y las camisas. Cómo no había podido decirle algo al final cuando los mandó a vestirse, decirle solamente gracias, Sara, qué buena es, gracias de veras, Sara. No había podido decir ni eso y Doro tampoco, habían ido a vestirse callados y después la filatelia y las figuritas de aviones sin que Sara apareciera de nuevo, siempre cuidando a su madre al anochecer, preparando la cena y a veces tarareando un tango entre el ruido de los platos y las cacerolas, ausente como ahora bajo los párpados que ya no le servían para hacerla venir, para que supiera cuánto la quería, qué ganas de morirse de veras después de haberla visto mirándolos en la ducha.

Debió ser en las últimas vacaciones antes de entrar en el colegio nacional, sin Doro porque Doro iría a la escuela normal, pero los dos se habían prometido seguir viéndose todos los días aunque fueran a escuelas diferentes, qué importaba si por la tarde seguirían jugando como siempre, sin saber que no, que algún día de febrero o marzo jugarían por última vez en el patio de la casa de Doro porque la familia de Aníbal se mudaba a Buenos Aires y solamente podrían verse los fines de semana, amargos de rabia por un cambio que no querían admitir, por una separación que los grandes les imponían como tantas cosas, sin preocuparse por ellos, sin consultarlos.

Todo de golpe iba rápido, cambiaba como ellos con los primeros pantalones largos, cuando Doro le dijo que Sara se iba a casar a principios de marzo, se lo dijo como algo sin importancia y Aníbal ni siquiera hizo un comentario, pasaron días antes de que se animara a preguntarle a Doro si Sara iba a seguir viviendo con él después de casada, pero sos idiota vos, cómo se van a quedar aquí, el tipo tiene mucha guita y se la va a llevar a Buenos Aires, tiene otra casa en Tandil y yo me voy a quedar con mi mamá y tía Faustina que la va a cuidar.

Ese sábado último de las vacaciones vio llegar al novio en su auto, lo vio de azul y gordo, con lentes, bajándose del auto con un paquetito de masas y un ramo de azucenas. En su casa lo llamaban para que empezara a embalar sus cosas, la mudanza era el lunes y todavía no había hecho nada. Hubiera querido ir a la casa de Doro sin saber por qué, estar solamente ahí, pero su madre lo obligó a empaquetar sus libros, el globo terráqueo, las colecciones de bichos. Le habían dicho que tendría una pieza grande para él solo con vista a la calle, le habían dicho que podría ir al colegio a pie. Todo era nuevo, todo iba a empezar de otra manera, todo giraba lentamente, y ahora Sara estaría sentada en la sala con el gordo del traje azul, tomando el té con las masas que él había traído, tan lejos del patio, tan lejos de Doro y él, sin nunca más llamarlos para el café con leche debajo de las glicinas.

El primer fin de semana en Buenos Aires (era cierto, tenía una pieza grande para él solo, el barrio estaba lleno de negocios, había un cine a dos cuadras), tomó el tren y volvió a Banfield para ver a Doro. Conoció a la tía Faustina, que no les dio nada cuando terminaron de jugar en el patio, se fueron a caminar por el barrio y Aníbal tardó un rato en preguntarle por Sara. Bueno, se había casado por civil y ya estaban en la casa de Tandil para la luna de miel, Sara iba a venir cada quince días a ver a su madre. ¿Y no la extrañás? Sí, pero qué querés. Claro, ahora está casada. Doro se distraía, empezaba a cambiar de tema y Aníbal no encontraba la manera de que siguiera hablándole de Sara, a lo mejor pidiéndole que le contara el casamiento y Doro riéndose, yo qué sé, habrá sido como siempre, del civil se fueron al hotel y entonces vino la noche de bodas, se acostaron y entonces el tipo. Aníbal escuchaba mirando las verjas y las baldosas, no quería que Doro le viera la cara y Doro se daba cuenta, seguro que vos no sabés lo que pasa la noche de bodas. No jodas, claro que sé. Lo sabés pero la primera vez es diferente, a mí me contó Ramírez, a él se lo dijo el hermano que es abogado y se casó el año pasado, le explicó todo. Había un banco vacío en la plaza, Doro había comprado cigarrillos y le seguía contando y fumando, Aníbal asentía, tragaba el humo que empezaba a marearlo, no necesitaba cerrar los ojos para ver contra el fondo del follaje el cuerpo de Sara que nunca había imaginado como un cuerpo, ver la noche de bodas desde las palabras del hermano de Ramírez, desde la voz de Doro que le seguía contando.

Ese día no se animó a pedirle la dirección de Sara en Buenos Aires, lo dejó para otra visita porque tenía miedo de Doro en ese momento, pero la otra visita no llegó nunca, el colegio empezó y los nuevos amigos, Buenos Aires se tragó poco a poco a Aníbal cargado de libros de matemáticas y tantos cines en el centro y la cancha de River y los primeros paseos de noche con Beto, que era un porteño de veras. También a Doro le estaría pasando lo mismo en La Plata, cada tanto Aníbal pensaba en mandarle unas líneas porque Doro no tenía teléfono, después venía Beto o había que preparar algún trabajo práctico, fueron meses, el primer año, vacaciones en Saladillo, de Sara no iba quedando más que alguna imagen aislada, una ráfaga de Sara cuando algo en María o en Felisa le recordaba por un momento a Sara. Un día del segundo año la vio nítidamente al salir de un sueño y le dolió con un dolor amargo y quemante, al fin y al cabo no había estado tan enamorado de ella, total antes era un chico y Sara nunca le había prestado atención como ahora Felisa o la rubia de la farmacia, nunca había ido a un baile con él como su prima Beba o Felisa para festejar la entrada a cuarto año, nunca lo había dejado acariciarle el pelo como María, ir a bailar a San Isidro y perderse a medianoche entre los árboles de la costa, besar a Felisa en la boca entre protestas y risas, apoyarla contra un tronco y acariciarle el pecho, bajar hasta perder la mano en ese calor huyente y después de otro baile y mucho cine encontrar un refugio en el fondo del jardín de Felisa y resbalar con ella hasta el suelo, sentir en la boca su sabor salado y dejarse buscar por una mano que lo guió, por supuesto no le iba a decir que era la primera vez, que había tenido miedo, ya estaba en primer año de ingeniería y no le podía decir eso a Felisa y después ya no hizo falta porque todo se aprendía tan rápido con Felisa y algunas veces con su prima Beba.

Nunca más supo de Doro y no le importó, también se había olvidado de Beto que enseñaba historia en algún pueblo de provincia, los juegos se habían ido dando sin sorpresa y como a todo el mundo, Aníbal aceptaba sin aceptar, algo que debía ser la vida aceptaba por él, un diploma, una hepatitis grave, un viaje al Brasil, un proyecto importante en un estudio con dos o tres socios. Estaba despidiéndose de uno de ellos en la puerta antes de ir a tomar una cerveza después del trabajo cuando vio venir a Sara por la vereda de enfrente. Bruscamente recordó que la noche antes había soñado con Sara y que era siempre el patio de la casa de Doro aunque no pasaba nada, aunque Sara solamente estaba ahí colgando ropa o llamándolos para el café con leche, y el sueño se acababa así casi sin haber empezado. Tal vez porque no pasaba nada las imágenes eran de una precisión cortante bajo el sol del verano de Banfield que en el sueño no era el mismo que el de Buenos Aires; tal vez también por eso o por falta de algo mejor había rememorado a Sara después de tantos años de olvido (pero no había sido olvido, se lo repitió hoscamente a lo largo del día), y verla venir ahora por la calle, verla ahí vestida de blanco, idéntica a entonces con el pelo azotándole los hombros a cada paso en un juego de luces doradas, encadenándose a las imágenes del sueño en una continuidad que no le extrañó, que tenía algo de necesario y previsible, cruzar la calle y enfrentarla, decirle quién era y que ella lo mirara sorprendida, no lo reconociera y de golpe sí, de golpe sonriera y le tendiera la mano, se la apretara de veras y siguiera sonriéndole.

—Qué increíble —dijo Sara—. Cómo te iba a reconocer después de tantos años.

—Usted sí, claro —dijo Aníbal—. Pero ya ve, yo la reconocí en seguida.

—Lógico —dijo lógicamente Sara—. Si ni siquiera te habías puesto pantalones largos. Yo también habré cambiado tanto, lo que pasa es que sos mejor fisonomista.

Dudó un segundo antes de comprender que era idiota seguir tratándola de usted.

—No, no has cambiado, ni siquiera el peinado. Sos la misma.

—Fisonomista pero un poco miope —dijo ella con la antigua voz donde la bondad y la burla se enredaban.

El sol les daba en la cara, no se podía hablar entre el tráfico y la gente. Sara dijo que no tenía apuro y que le gustaría tomar algo en un café. Fumaron el primer cigarrillo, el de las preguntas generales y los rodeos, Doro era maestro en Adrogué, la mamá se había muerto como un pajarito mientras leía el diario, él estaba asociado con otros muchachos ingenieros, les iba bien aunque la crisis, claro. En el segundo cigarrillo Aníbal dejó caer la pregunta que le quemaba los labios.

—¿Y tu marido?

Sara dejó salir el humo por la nariz, lo miró despacio en los ojos.

—Bebe —dijo.

No había ni amargura ni lástima, era una simple información y después otra vez Sara en Banfield antes de todo eso, antes de la distancia y el olvido y el sueño de la noche anterior, exactamente como en el patio de la casa de Doro y aceptándole el segundo whisky como siempre casi sin hablar, dejándolo a él que siguiera, que le contara porque él tenía mucho más para contarle, los años habían estado tan llenos de cosas para él, ella era como si no hubiese vivido mucho y no valía la pena decir por qué. Tal vez porque acababa de decirlo con una sola palabra.

Imposible saber en qué momento todo dejó de ser difícil, juego de preguntas y respuestas, Aníbal había tendido la mano sobre el mantel y la mano de Sara no rehuyó su peso, la dejó estar mientras él agachaba la cabeza porque no podía mirarla en la cara, mientras le hablaba a borbotones del patio, de Doro, le contaba las noches en su cuarto, el termómetro, el llanto contra la almohada. Se lo decía con una voz lisa y monótona, amontonando momentos y episodios pero todo era lo mismo, me enamoré tanto de vos, me enamoré tanto y no te lo podía decir, vos venías de noche y me cuidabas, vos eras la mamá joven que yo no tenía, vos me tomabas la temperatura y me acariciabas para que me durmiera, vos nos dabas el café con leche en el patio, te acordás, vos nos retabas cuando hacíamos pavadas, yo hubiera querido que me hablaras solamente a mí de tantas cosas pero vos me mirabas desde tan arriba, me sonreías desde tan lejos, había un inmenso vidrio entre los dos y vos no podías hacer nada para romperlo, por eso de noche yo te llamaba y vos venías a cuidarme, a estar conmigo, a quererme como yo te quería, acariciándome la cabeza, haciéndome lo que le hacías a Doro, todo lo que siempre le habías hecho a Doro, pero yo no era Doro y solamente una vez, Sara, solamente una vez y fue horrible y no me olvidaré nunca porque hubiera querido morirme y no pude o no supe, claro que no quería morirme pero eso era el amor, querer morirme porque vos me habías mirado todo entero como a un chico, habías entrado en el baño y me habías mirado a mí que te quería, y me habías mirado como siempre lo habías mirado a Doro, vos ya de novia, vos que ibas a casarte y yo ahí mientras me dabas el jabón y me mandabas que me lavara hasta las orejas, me mirabas desnudo como a un chico que era y no te importaba nada de mí, ni siquiera me veías porque solamente veías a un chico y te ibas como si nunca me hubieras visto, como si yo no estuviera ahí sin saber cómo ponerme mientras me estabas mirando.

—Me acuerdo muy bien —dijo Sara—. Me acuerdo tan bien como vos, Aníbal.

—Sí, pero no es lo mismo.

—Quién sabe si no es lo mismo. Vos no podías darte cuenta entonces, pero yo había sentido que me querías de esa manera y que te hacía sufrir, y por eso yo tenía que tratarte igual que a Doro. Eras un chico pero a veces me daba tanta pena que fueras un chico, me parecía injusto, algo así. Si hubieras tenido cinco años más... Te lo voy a decir porque ahora puedo y porque es justo, aquella tarde entré a propósito en el baño, no tenía ninguna necesidad de ir a ver si se estaban lavando, entré porque era una manera de acabar con eso, de curarte de tu sueño, de que te dieras cuenta que vos no podrías verme nunca así mientras que yo tenía el derecho de mirarte por todos lados como se mira a un chico. Por eso, Aníbal, para que te curaras de una vez y dejaras de mirarme como me mirabas pensando que yo no lo sabía. Y ahora sí otro whisky, ahora que los dos somos grandes.

Del anochecer a la noche cerrada, por caminos de palabras que iban y venían, de manos que se encontraban un instante sobre el mantel antes de una risa y otros cigarrillos, quedaría un viaje en taxi, algún lugar que ella o él conocían, una habitación, todo como fundido en una sola imagen instantánea resolviéndose en una blancura de sábanas y la casi inmediata, furiosa convulsión de los cuerpos en un interminable encuentro, en las pausas rotas y rehechas y violadas y cada vez menos creíbles, en cada nueva implosión que los segaba y los sumía y los quemaba hasta el sopor, hasta la última brasa de los cigarrillos del alba. Cuando apagué la lámpara del escritorio y miré el fondo del vaso vacío, todo era todavía pura negación de las nueve de la noche, de la fatiga a la vuelta de otro día de trabajo. ¿Para qué seguir escribiendo si las palabras llevaban ya una hora resbalando sobre esa negación, tendiéndose en el papel como lo que eran, meros dibujos privados de todo sostén? Hasta algún momento habían corrido cabalgando la realidad, llenándose de sol y verano, palabras patio de Banfield, palabras Doro y juegos y zanjón, colmena rumorosa de una memoria fiel. Sólo que al llegar a un tiempo que ya no era Sara ni Banfield el recuento se había vuelto cotidiano, presente utilitario sin recuerdos ni sueños, la pura vida sin más y sin menos. Había querido seguir y que también las palabras aceptaran seguir adelante hasta llegar al hoy nuestro de cada día, a cualquiera de las lentas jornadas en el estudio de ingeniería, pero entonces me había acordado del sueño de la noche anterior, de ese sueño de nuevo con Sara, de la vuelta de Sara desde tan lejos y atrás, y no había podido quedarme en este presente en el que una vez más saldría por la tarde del estudio y me iría a beber una cerveza al café de la esquina, las palabras habían vuelto a llenarse de vida y aunque mentían, aunque nada era cierto, había seguido escribiéndolas porque nombraban a Sara, a Sara viniendo por la calle, tan hermoso seguir adelante aunque fuera absurdo, escribir que había cruzado la calle con las palabras que me llevarían a encontrar a Sara y dejarme reconocer, la única manera de reunirme por fin con ella y decirle la verdad, llegar hasta su mano y besarla, escuchar su voz y verle el pelo azotándole los hombros, irme con ella hacia una noche que las palabras irían llenando de sábanas y caricias, pero cómo seguir ya, cómo empezar desde esa noche una vida con Sara cuando ahí al lado se oía la voz de Felisa que entraba con los chicos y venía a decirme que la cena estaba pronta, que fuéramos en seguida a comer porque ya era tarde y los chicos querían ver al pato Donald en la televisión de las diez y veinte.

# Pesadillas

Esperar, lo decían todos, hay que esperar porque nunca se sabe en casos así, también el doctor Raimondi, hay que esperar, a veces se da una reacción y más a la edad de Mecha, hay que esperar, señor Botto, sí doctor pero ya van dos semanas y no se despierta, dos semanas que está como muerta, doctor, ya lo sé, señora Luisa, es un estado de coma clásico, no se puede hacer más que esperar. Lauro también esperaba, cada vez que volvía de la facultad se quedaba un momento en la calle antes de abrir la puerta, pensaba hoy sí, hoy la voy a encontrar despierta, habrá abierto los ojos y le estará hablando a mamá, no puede ser que dure tanto, no puede ser que se vaya a morir a los veinte años, seguro que está sentada en la cama y hablando con mamá, pero había que seguir esperando, siempre igual m'hijito, el doctor va a volver a la tarde, todos dicen que no se puede hacer nada. Venga a comer algo, amigo, su madre se va a quedar con Mecha, usted tiene que alimentarse, no se olvide de los exámenes, de paso vemos el noticioso. Pero todo era de paso allí donde lo único que duraba sin cambio, lo único exactamente igual día tras día era Mecha, el peso del cuerpo de Mecha en esa cama, Mecha flaquita y liviana, bailarina de rock y tenista, ahí aplastada y aplastando a todos desde hacía semanas, un proceso viral complejo, estado comatoso, señor Botto, imposible pronosticar, señora Luisa, nomás que sostenerla y darle todas las chances, a esa edad hay tanta fuerza, tanto deseo de vivir. Pero es que ella no puede ayudar, doctor, no comprende nada, está como, ah perdón Dios mío, ya ni sé lo que digo.

Lauro tampoco lo creía del todo, era como un chiste de Mecha que siempre le había hecho los peores chistes, vestida de fantasma en la escalera, escondiéndole un plumero en el fondo de la cama, riéndose tanto los dos, inventándose trampas, jugando a seguir siendo chicos. Proceso viral complejo, el brusco apagón una tarde después de la fiebre y los dolores, de golpe el silencio, la piel cenicienta, la respiración lejana y tranquila. Única cosa tranquila allí donde médicos y aparatos y análisis y consultas hasta que poco a poco la mala broma de Mecha había sido más fuerte, dominándolos a todos de hora en hora, los gritos desesperados de doña Luisa cediendo después a un llanto casi escondido, a una angustia de cocina y de cuarto de baño, las imprecaciones paternas divididas por la hora de los noticiosos y el vistazo al diario, la incrédula rabia de Lauro interrumpida por los viajes a la facultad, las clases, las reuniones, esa bocanada de esperanza cada vez que volvía del centro, me la vas a pagar, Mecha, esas cosas no se hacen, desgraciada, te la voy a cobrar, vas a ver. La única tranquila aparte de la enfermera tejiendo, al perro lo habían mandado a casa de un tío, el doctor Raimondi ya no venía con los colegas, pasaba al anochecer y casi no se quedaba, también él parecía sentir el peso del cuerpo de Mecha que los aplastaba un poco más cada día, los acostumbraba a esperar, a lo único que podía hacerse.

Lo de la pesadilla empezó la misma tarde en que doña Luisa no encontraba el termómetro y la enfermera, sorprendida, se fue a buscar otro a la farmacia de la esquina. Estaban hablando de eso porque un termómetro no se pierde así nomás cuando se lo está utilizando tres veces al día, se acostumbraban a hablarse en voz alta al lado de la cama de Mecha, los susurros del comienzo no tenían razón de ser porque Mecha era incapaz de escuchar, el doctor Raimondi estaba seguro de que el estado de coma la aislaba de toda sensibilidad, se podía decir cualquier cosa sin que nada cambiara en la expresión indiferente de Mecha. Todavía hablaban del termómetro cuando se oyeron los tiros en la esquina, a lo mejor más lejos, por el lado de Gaona. Se miraron, la enfermera se encogió de hombros porque los tiros no eran una novedad en el barrio ni en ninguna parte, y doña Luisa iba a decir algo más sobre el termómetro cuando vieron pasar el temblor por las manos de Mecha. Duró un segundo pero las dos se dieron cuenta y doña Luisa gritó y la enfermera le tapó la boca, el señor Botto vino de la sala y los tres vieron cómo el temblor se repetía en todo el cuerpo de Mecha, una rápida serpiente corriendo del cuello hasta los pies, un moverse de los ojos bajo los párpados, la leve crispación que alteraba las facciones, como una voluntad de hablar, de quejarse, el pulso más rápido, el lento regreso a la inmovilidad. Teléfono, Raimondi, en el fondo nada nuevo, acaso un poco más de esperanza aunque Raimondi no quiso decirlo, santa Virgen, que sea cierto, que se despierte mi hija, que se termine este calvario, Dios mío. Pero no se terminaba, volvió a empezar una hora más tarde, después más seguido, era como si Mecha estuviera soñando y que su sueño fuera penoso y desesperante, la pesadilla volviendo y volviendo sin que pudiera rechazarla, estar a su lado y mirarla y hablarle sin que nada de lo de fuera le llegara, invadida por esa otra cosa que de alguna manera continuaba la larga pesadilla de todos ellos ahí sin comunicación posible, sálvala, Dios mío, no la dejes así, y Lauro que volvía de una clase y se quedaba también al lado de la cama, una mano en el hombro de su madre que rezaba.

Por la noche hubo otra consulta, trajeron un nuevo aparato con ventosas y electrodos que se fijaban en la cabeza y las piernas, dos médicos amigos de Raimondi discutieron largo en la sala, habrá que seguir esperando, señor Botto, el cuadro no ha cambiado, sería imprudente pensar en un síntoma favorable. Pero es que está soñando, doctor, tiene pesadillas, usted mismo la vio, va a volver a empezar, ella siente algo y sufre tanto, doctor. Todo es vegetativo, señora Luisa, no hay conciencia, le aseguro, hay que esperar y no impresionarse por eso, su hija no sufre, ya sé que es penoso, va a ser mejor que la deje sola con la enfermera hasta que haya una evolución, trate de descansar, señora, tome las pastillas que le di.

Lauro veló junto a Mecha hasta medianoche, de a ratos leyendo apuntes para los exámenes. Cuando se oyeron las sirenas pensó que hubiera tenido que telefonear al número que le había dado Lucero, pero no debía hacerlo desde la casa y no era cuestión de salir a la calle justo después de las sirenas. Veía moverse lentamente los dedos de la mano izquierda de Mecha, otra vez los ojos parecían girar bajo los párpados. La enfermera le aconsejó que se fuera de la pieza, no había nada que hacer, solamente esperar. «Pero es que está soñando», dijo Lauro, «está soñando otra vez, mírela». Duraba como las sirenas ahí afuera, las manos parecían buscar algo, los dedos tratando de encontrar un asidero en la sábana. Ahora doña Luisa estaba ahí de nuevo, no podía dormir. ¿Por qué —la enfermera casi enojada— no había tomado las pastillas del doctor Raimondi? «No las encuentro», dijo doña Luisa como perdida, «estaban en la mesa de luz pero no las encuentro». La enfermera fue a buscarlas, Lauro y su madre se miraron, Mecha movía apenas los dedos y ellos sentían que la pesadilla seguía ahí, que se prolongaba interminablemente como negándose a alcanzar ese punto en que una especie de piedad, de lástima final la despertaría como a todos para rescatarla del espanto. Pero seguía soñando, de un momento a otro los dedos empezarían a moverse otra vez. «No las veo por ninguna parte, señora», dijo la enfermera. «Estamos todos tan perdidos, uno ya no sabe adónde van a parar las cosas en esta casa».

Lauro volvió tarde la noche siguiente, y el señor Botto le hizo una pregunta casi evasiva sin dejar de mirar el televisor, en pleno comentario de la Copa. «Una reunión con amigos», dijo Lauro buscando con qué hacerse un sándwich. «Ese gol fue una belleza», dijo el señor Botto, «menos mal que retransmiten el partido para ver mejor esas jugadas campeonas». Lauro no parecía interesado en el gol, comía mirando al suelo. «Vos sabrás lo que hacés, muchacho», dijo el señor Botto sin sacar los ojos de la pelota, «pero andate con cuidado». Lauro alzó la vista y lo miró casi sorprendido, primera vez que su padre se dejaba ir a un comentario tan personal. «No se haga problema, viejo», le dijo levantándose para cortar todo diálogo.

La enfermera había bajado la luz del velador y apenas se veía a Mecha. En el sofá, doña Luisa se quitó las manos de la cara y Lauro la besó en la frente.

—Sigue lo mismo —dijo doña Luisa—. Sigue todo el tiempo así, hijo. Fijate, fijate cómo le tiembla la boca, pobrecita, qué estará viendo, Dios mío, cómo puede ser que esto dure y dure, que esto...

—Mamá.

—Pero es que no puede ser, Lauro, nadie se da cuenta como yo, nadie comprende que está todo el tiempo con una pesadilla y que no se despierta...

—Yo lo sé, mamá, yo también me doy cuenta. Si se pudiera hacer algo, Raimondi lo habría hecho. Vos no la podés ayudar quedándote aquí, tenés que irte a dormir, tomar un calmante y dormir.

La ayudó a levantarse y la acompañó hasta la puerta. «¿Qué fue eso, Lauro?», deteniéndose bruscamente. «Nada, mamá, unos tiros lejos, ya sabés». Pero qué sabía en realidad doña Luisa, para qué hablar más. Ahora sí, ya era tarde, después de dejarla en su dormitorio tendría que bajar hasta el almacén y desde ahí llamarlo a Lucero.

No encontró la campera azul que le gustaba ponerse de noche, anduvo mirando en los armarios del pasillo por si su madre la hubiera colgado ahí, al final se puso un saco cualquiera porque hacía fresco. Antes de salir entró un momento en la pieza de Mecha, casi antes de verla en la penumbra sintió la pesadilla, el temblor de las manos, la habitante secreta resbalando bajo la piel. Las sirenas afuera otra vez, no debería salir hasta más tarde, pero entonces el almacén estaría cerrado y no podría telefonear. Bajo los párpados los ojos de Mecha giraban como si buscaran abrirse paso, mirarlo, volver de su lado. Le acarició la frente con un dedo, tenía miedo de tocarla, de contribuir a la pesadilla con cualquier estímulo de fuera. Los ojos seguían girando en las órbitas y Lauro se apartó, no sabía por qué pero tenía cada vez más miedo, la idea de que Mecha pudiera alzar los párpados y mirarlo lo hizo echarse atrás. Si su padre se había ido a dormir podría telefonear desde la sala bajando la voz, pero el señor Botto seguía escuchando los comentarios del partido. «Sí, de eso hablan mucho», pensó Lauro. Se levantaría temprano para telefonearle a Lucero antes de ir a la facultad. De lejos vio a la enfermera que salía de su dormitorio llevando algo que brillaba, una jeringa de inyecciones o una cuchara.

Hasta el tiempo se mezclaba o se perdía en ese esperar continuo, con noches en vela o días de sueño para compensar, los parientes o amigos que llegaban en cualquier momento y se turnaban para distraer a doña Luisa o jugar al dominó con el señor Botto, una enfermera suplente porque la otra había tenido que irse por una semana de Buenos Aires, las tazas de café que nadie encontraba porque andaban desparramadas en todas las piezas, Lauro dándose una vuelta cuando podía y yéndose en cualquier momento, Raimondi que ya ni tocaba el timbre antes de entrar para la rutina de siempre, no se nota ningún cambio negativo, señor Botto, es un proceso en el que no se puede hacer más que sostenerla, le estoy reforzando la alimentación por sonda, hay que esperar. Pero es que sueña todo el tiempo, doctor, mírela, ya casi no descansa. No es eso, señora Luisa, usted se imagina que está soñando pero son reacciones físicas, es difícil explicarle porque en estos casos hay otros factores, en fin, no crea que tiene conciencia de eso que parece un sueño, a lo mejor por ahí es buen síntoma tanta vitalidad y esos reflejos, créame que la estoy siguiendo de cerca, usted es la que tiene que descansar, señora Luisa, venga que le tome la presión.

A Lauro se le hacía cada vez más difícil volver a su casa con el viaje desde el centro y todo lo que pasaba en la facultad, pero más por su madre que por Mecha se aparecía a cualquier hora y se quedaba un rato, se enteraba de lo de siempre, charlaba con los viejos, les inventaba temas de conversación para sacarlos un poco del agujero. Cada vez que se acercaba a la cama de Mecha era la misma sensación de contacto imposible, Mecha tan cerca y como llamándolo, los vagos signos de los dedos y esa mirada desde adentro, buscando salir, algo que seguía y seguía, un mensaje de prisionero a través de paredes de piel, su llamada insoportablemente inútil. Por momentos lo ganaba la histeria, la seguridad de que Mecha lo reconocía más que a su madre o a la enfermera, que la pesadilla alcanzaba su peor instante cuando él estaba ahí mirándola, que era mejor irse en seguida puesto que no podía hacer nada, que hablarle era inútil, estúpida, querida, dejate de joder, querés, abrí de una vez los ojos y acabala con ese chiste barato, Mecha idiota, hermanita, hermanita, hasta cuándo nos vas a estar tomando el pelo, loca de mierda, pajarraca, mandá esa comedia al diablo y vení que tengo tanto que contarte, hermanita, no sabés nada de lo que pasa pero lo mismo te lo voy a contar, Mecha, porque no entendés nada te lo voy a contar. Todo pensado como en ráfagas de miedo, de querer aferrarse a Mecha, ni una palabra en voz alta porque la enfermera o doña Luisa no dejaban nunca sola a Mecha, y él ahí necesitando hablarle de tantas cosas, como Mecha a lo mejor estaba hablándole desde su lado, desde los ojos cerrados y los dedos que dibujaban letras inútiles en las sábanas.

Era jueves, no porque supieran ya en qué día estaban ni les importara pero la enfermera lo había mencionado mientras tomaban café en la cocina, el señor Botto se acordó de que había un noticioso especial, y doña Luisa que su hermana de Rosario había telefoneado para decir que vendría el jueves o el viernes. Seguro que los exámenes ya empezaban para Lauro, había salido a las ocho sin despedirse, dejando un papelito en la sala, no estaba seguro de volver para la cena, que no lo esperaran por las dudas. No vino para la cena, la enfermera consiguió por una vez que doña Luisa se fuera temprano a descansar, el señor Botto se había asomado a la ventana de la sala después del telejuego, se oían ráfagas de ametralladora por el lado de Plaza Irlanda, de pronto la calma, casi demasiada, ni siquiera un patrullero, mejor irse a dormir, esa mujer que había contestado a todas las preguntas del telejuego de las diez era un fenómeno, lo que sabía de historia antigua, casi como si estuviera viviendo en la época de Julio César, al final la cultura daba más plata que ser martillero público. Nadie se enteró de que la puerta no iba a abrirse en toda la noche, que Lauro no estaba de vuelta en su pieza, por la mañana pensaron que descansaba todavía después de algún examen o que estudiaba antes del desayuno, solamente a las diez se dieron cuenta de que no estaba. «No te hagás problema», dijo el señor Botto, «seguro que se quedó festejando algo con los amigos». Para doña Luisa era la hora de ayudarla a la enfermera a lavar y cambiar a Mecha, el agua templada y la colonia, algodones y sábanas, ya mediodía y Lauro no, pero es raro, Eduardo, cómo no telefoneó por lo menos, nunca hizo eso, la vez de la fiesta de fin de curso llamó a las nueve, te acordás, tenía miedo de que nos preocupáramos y eso que era más chico. «El pibe andará loco con los exámenes», dijo el señor Botto, «vas a ver que llega de un momento a otro, siempre aparece para el noticioso de la una». Pero Lauro no estaba a la una, perdiéndose las noticias deportivas y el flash sobre otro atentado subversivo frustrado por la rápida intervención de las fuerzas del orden, nada nuevo, temperatura en paulatino descenso, lluvias en la zona cordillerana.

Era más de las siete cuando la enfermera vino a buscar a doña Luisa que seguía telefoneando a los conocidos, el señor Botto esperaba que un comisario amigo lo llamara para ver si se había sabido algo, a cada minuto le pedía a doña Luisa que dejara la línea libre pero ella seguía buscando en el carnet y llamando a gente conocida, capaz que Lauro se había quedado en casa del tío Fernando o estaba de vuelta en la facultad para otro examen. «Dejá quieto el teléfono, por favor», pidió una vez más el señor Botto, «no te das cuenta de que a lo mejor el pibe está llamando justamente ahora y todo el tiempo le da ocupado, qué querés que haga desde un teléfono público, cuando no están rotos hay que dejarle el turno a los demás». La enfermera insistía y doña Luisa fue a ver a Mecha, de repente había empezado a mover la cabeza, cada tanto la giraba lentamente a un lado y al otro, había que arreglarle el pelo que le caía por la frente. Avisar en seguida al doctor Raimondi, difícil ubicarlo a fin de tarde pero a las nueve su mujer telefoneó para decir que llegaría en seguida. «Va a ser difícil que pase», dijo la enfermera que volvía de la farmacia con una caja de inyecciones, «cerraron todo el barrio no se sabe por qué, oigan las sirenas». Apartándose apenas de Mecha que seguía moviendo la cabeza como en una lenta negativa obstinada, doña Luisa llamó al señor Botto, no, nadie sabía nada, seguro que el pibe tampoco podía pasar pero a Raimondi lo dejarían por la chapa de médico.

—No es eso, Eduardo, no es eso, seguro que le ha ocurrido algo, no puede ser que a esta hora sigamos sin saber nada, Lauro siempre...

—Mirá, Luisa —dijo el señor Botto—, fijate cómo mueve la mano y también el brazo, primera vez que mueve el brazo, Luisa, a lo mejor...

—Pero si es peor que antes, Eduardo, no te das cuenta de que sigue con las alucinaciones, que se está como defendiendo de... Hágale algo, Rosa, no la deje así, yo voy a llamar a los Romero que a lo mejor tienen noticias, la chica estudiaba con Lauro, por favor póngale una inyección, Rosa, ya vuelvo, o mejor llamá vos, Eduardo, preguntales, andá en seguida.

En la sala el señor Botto empezó a discar y se paró, colgó el tubo. Capaz que justamente Lauro, qué iban a saber los Romero de Lauro, mejor esperar otro poco. Raimondi no llegaba, lo habrían atajado en la esquina, estaría dando explicaciones, Rosa no podía darle otra inyección a Mecha, era un calmante demasiado fuerte, mejor esperar hasta que llegara el doctor. Inclinada sobre Mecha, apartándole el pelo que le tapaba los ojos inútiles, doña Luisa empezó a tambalearse, Rosa tuvo el tiempo justo para acercarle una silla, ayudarla a sentarse como un peso muerto. La sirena crecía viniendo del lado de Gaona cuando Mecha abrió los párpados, los ojos velados por la tela que se había ido depositando durante semanas se fijaron en un punto del cielo raso, derivaron lentamente hasta la cara de doña Luisa que gritaba, que se apretaba el pecho con las manos y gritaba. Rosa luchó por alejarla, llamando desesperada al señor Botto que ahora llegaba y se quedaba inmóvil a los pies de la cama mirando a Mecha, todo como concentrado en los ojos de Mecha que pasaban poco a poco de doña Luisa al señor Botto, de la enfermera al cielo raso, las manos de Mecha subiendo lentamente por la cintura, resbalando para juntarse en lo alto, el cuerpo estremeciéndose en un espasmo porque acaso sus oídos escuchaban ahora la multiplicación de las sirenas, los golpes en la puerta que hacían temblar la casa, los gritos de mando y el crujido de la madera astillándose después de la ráfaga de ametralladora, los alaridos de doña Luisa, el envión de los cuerpos entrando en montón, todo como a tiempo para el despertar de Mecha, todo tan a tiempo para que terminara la pesadilla y Mecha pudiera volver por fin a la realidad, a la hermosa vida.

# Diario para un cuento

*2 de febrero, 1982*

A veces, cuando me va ganando como una cosquilla de cuento, ese sigiloso y creciente emplazamiento que me acerca poco a poco y rezongando a esta Olympia Traveller de Luxe

> (de luxe no tiene nada la pobre, pero en cambio ha traveleado por los siete profundos mares azules aguantándose cuanto golpe directo o indirecto puede recibir una portátil metida en una valija entre pantalones, botellas de ron y libros),

así a veces, cuando cae la noche y pongo una hoja en blanco en el rodillo y enciendo un Gitane y me trato de estúpido,

> (¿para qué un cuento, al fin y al cabo, por qué no abrir un libro de otro cuentista, o escuchar uno de mis discos?),

pero a veces, cuando ya no puedo hacer otra cosa que empezar un cuento como quisiera empezar éste, justamente entonces me gustaría ser Adolfo Bioy Casares.

Quisiera ser Bioy porque siempre lo admiré como escritor y lo estimé como persona, aunque nuestras timideces respectivas no ayudaron a que llegáramos a ser amigos, aparte de otras razones de peso, entre ellas un océano temprana y literalmente tendido entre los dos. Sacando la cuenta lo mejor posible creo que Bioy y yo sólo nos hemos visto tres veces en esta vida. La primera en un banquete de la Cámara Argentina del Libro, al que tuve que asistir porque en los años cuarenta yo era el gerente de esa asociación, y en cuanto a él vaya a saber por qué, y en el curso del cual nos presentamos por encima de una fuente de ravioles, nos sonreímos con simpatía, y nuestra conversación se redujo a que en algún momento él me pidió que le pasara el salero. La segunda vez Bioy vino a mi casa en París y me sacó unas fotos cuya razón de ser se me escapa aunque no así el buen rato que pasamos hablando de Conrad, creo. La última vez fue simétrica y en Buenos Aires, yo fui a cenar a su casa y esa noche hablamos sobre todo de vampiros. Desde luego en ninguna de las tres ocasiones hablamos de Anabel, pero no es por eso que ahora quisiera ser Bioy sino porque me gustaría tanto poder escribir sobre Anabel como lo hubiera hecho él si la hubiera conocido y si hubiera escrito un cuento sobre ella. En ese caso Bioy hubiera hablado de Anabel como yo seré incapaz de hacerlo, mostrándola desde cerca y hondo y a la vez guardando esa distancia, ese desasimiento que decide poner (no puedo pensar que no sea una decisión) entre algunos de sus personajes y el narrador. A mí me va a ser imposible, y no porque haya conocido a Anabel puesto que cuando invento personajes tampoco consigo distanciarme de ellos aunque a veces me parezca tan necesario como al pintor que se aleja del caballete para abrazar mejor la totalidad de su imagen y saber dónde debe dar las pinceladas definitorias. Me será imposible porque siento que Anabel me va a invadir de entrada como cuando la conocí en Buenos Aires al final de los años cuarenta, y aunque ella sería incapaz de imaginar este cuento —si vive, si todavía anda por ahí, vieja como yo—, lo mismo va a hacer todo lo necesario para impedirme que lo escriba como me hubiera gustado, quiero decir un poco como hubiera sabido escribirlo Bioy si hubiera conocido a Anabel.

*3 de febrero*

¿Por eso estas notas evasivas, estas vueltas del perro alrededor del tronco? Si Bioy pudiera leerlas se divertiría bastante, y nomás que para hacerme rabiar uniría en una cita literaria las referencias de tiempo, lugar y nombre que según él la justificarían. Y así, en su perfecto inglés,

*It was many and many years ago,*
*In a kingdom by the sea,*
*That a maiden there lived whom you may know*
*By the name of Annabel Lee—*

—Bueno —hubiera dicho yo—, empecemos porque era una república y no un reino en ese tiempo, pero además Anabel escribía su nombre con una sola ene, sin contar que *many and many years ago* había dejado de ser una *maiden*, no por culpa de Edgar Allan Poe sino de un viajante de comercio de Trenque Lauquen que la desfloró a los trece años. Sin hablar de que además se llamaba Flores y no Lee, y que hubiera dicho desvirgar en vez de la otra palabra de la que desde luego no tenía idea.

Curioso que ayer no pude seguir escribiendo (me refiero a la historia del viajante de comercio), quizá precisamente porque sentí la tentación de hacerlo y ahí nomás Anabel, su manera de contármelo. ¿Cómo hablar de Anabel sin imitarla, es decir sin falsearla? Sé que es inútil, que si entro en esto tendré que someterme a su ley, y que me falta el juego de piernas y la noción de distancia de Bioy para mantenerme lejos y marcar puntos sin dar demasiado la cara. Por eso juego estúpidamente con la idea de escribir todo lo que no es de veras el cuento (de escribir todo lo que no sería Anabel, claro), y por eso el lujo de Poe y las vueltas en redondo, como ahora las ganas de traducir ese fragmento de Jacques Derrida que encontré anoche en *La vérité en peinture* y que no tiene absolutamente nada que ver con todo esto pero que se le aplica lo mismo en una inexplicable relación analógica, como esas piedras semipreciosas cuyas facetas revelan paisajes identificables, castillos o ciudades o montañas reconocibles. El fragmento es de difícil comprensión, como se acostumbra *chez* Derrida, y lo traduzco un poco a la que te criaste (pero él también escribe así, sólo que parece que lo criaron mejor):

> «no (me) queda casi nada: ni la cosa, ni su existencia, ni la mía, ni el puro objeto ni el puro sujeto, ningún interés de ninguna naturaleza por nada. Y sin embargo amo: no, es todavía demasiado, es todavía interesarse sin duda en la existencia. No amo pero me complazco en eso que no me interesa, por lo menos en eso que es igual que ame o no. Ese placer que tomo, no lo tomo, antes bien lo devolvería, yo devuelvo lo que tomo, recibo lo que devuelvo, no tomo lo que recibo. Y sin embargo me lo doy. ¿Puedo decir que me lo doy? Es tan universalmen-

te subjetivo —en la pretensión de mi juicio y del sentido común— que sólo puede venir de un puro afuera. Inasimilable. En último término, este placer que me doy o al cual más bien me doy, por el cual me doy, ni siquiera lo experimento, si experimentar quiere decir sentir: fenomenalmente, empíricamente, en el espacio y en el tiempo de mi existencia interesada o interesante. Placer cuya experiencia es imposible. No lo tomo, no lo recibo, no lo devuelvo, no lo doy, no me lo doy jamás porque *yo* (yo, sujeto existente) no tengo jamás acceso a lo bello en tanto que tal. En tanto que existo no tengo jamás placer puro».

Derrida está hablando de alguien que enfrenta algo que le parece bello, y de ahí sale todo eso; yo enfrento una nada, que es este cuento no escrito, un hueco de cuento, un embudo de cuento, y de una manera que me sería imposible comprender siento que eso es Anabel, quiero decir que hay Anabel aunque no haya cuento. Y el placer reside en eso, aunque no sea un placer y se parezca a algo como una sed de sal, como un deseo de renunciar a toda escritura mientras escribo (entre tantas otras cosas porque no soy Bioy y no conseguiré nunca hablar de Anabel como creo que debería hacerlo).

*Por la noche*

Releo el pasaje de Derrida, verifico que no tiene nada que ver con mi estado de ánimo e incluso mis intenciones; la analogía existe de otra manera, parecería estar entre la noción de belleza que propone ese pasaje y mi sentimiento de Anabel; en los dos casos hay un rechazo a todo acceso, a todo puente, y si el que habla en el pasaje de Derrida no tiene jamás ingreso en lo bello en

tanto que tal, yo que hablo en mi nombre (error que no hubiera cometido nunca Bioy), sé penosamente que jamás tuve y jamás tendré acceso a Anabel como Anabel, y que escribir ahora un cuento sobre ella, un cuento de alguna manera *de* ella, es imposible. Y así al final de la analogía vuelvo a sentir su principio, la iniciación del pasaje de Derrida que leí anoche y me cayó como una prolongación exasperante de lo que estaba sintiendo aquí frente a la Olympia, frente a la ausencia del cuento, frente a la nostalgia de la eficacia de Bioy. Justo al principio: «No (me) queda casi nada: ni la cosa, ni su existencia, ni la mía, ni el puro objeto ni el puro sujeto, ningún interés de ninguna naturaleza por nada». El mismo enfrentamiento desesperado contra una nada desplegándose en una serie de subnadas, de negativas del discurso; porque hoy, después de tantos años, no me queda ni Anabel, ni la existencia de Anabel, ni mi existencia con relación a la suya, ni el puro objeto de Anabel, ni mi puro sujeto de entonces frente a Anabel en la pieza de la calle Reconquista, ni ningún interés de ninguna naturaleza por nada, puesto que todo eso se fue consumando *many and many years ago*, en un país que es hoy mi fantasma o yo el suyo, en un tiempo que hoy es como la ceniza de estos Gitanes acumulándose día a día hasta que madame Perrin venga a limpiarme el departamento.

*6 de febrero*

Esta foto de Anabel, puesta como señalador en nada menos que una novela de Onetti y que reapareció por mera acción de la gravedad en una mudanza de hace dos años, sacar una brazada de libros viejos de la estantería y ver asomarse la foto, tardar en reconocer a Anabel.

Creo que se le parece bastante aunque le extraño el peinado, cuando vino por primera vez a mi oficina lle-

vaba el pelo recogido, me acuerdo por puro coágulo de sensaciones que yo estaba metido hasta las orejas en la traducción de una patente industrial. De todos los trabajos que me tocaba aceptar, y en realidad tenía que aceptarlos todos mientras fueran traducciones, los peores eran las patentes, había que pasarse horas trasvasando la explicación detallada de un perfeccionamiento en una máquina eléctrica de coser o en las turbinas de los barcos, y desde luego yo no entendía absolutamente nada de la explicación y casi nada del vocabulario técnico, de modo que avanzaba palabra a palabra cuidando de no saltarme un renglón pero sin la menor idea de lo que podía ser un árbol helicoidal hidro-vibrante que respondía magnéticamente a los tensores 1, 1' y 1" (dibujo 14). Seguro que Anabel había golpeado en la puerta y que no la oí, cuando levanté los ojos estaba al lado de mi escritorio y lo que más se veía de ella era la cartera de hule brillante y unos zapatos que no tenían nada que ver con las once de la mañana de un día hábil en Buenos Aires.

*Por la tarde*

¿Estoy escribiendo el cuento o siguen los aprontes para probablemente nada? Viejísima, nebulosa madeja con tantas puntas, puedo tirar de cualquiera sin saber lo que va a dar; la de esta mañana tenía un aire cronológico, la primera visita de Anabel. Seguir o no seguir esas hebras: me aburre lo consecutivo pero tampoco me gustan los *flashbacks* gratuitos que complican tanto cuento y tanta película. Si vienen por su cuenta, de acuerdo; al fin y al cabo quién sabe lo que es realmente el tiempo; pero nunca decidirlos como plan de trabajo. De la foto de Anabel tendría que haber hablado después de otras cosas que le dieran más sentido, aunque tal vez por algo asomó así, como ahora el recuerdo del papel que una tarde encontré clavado con un alfiler en la puerta de la oficina, ya nos conocíamos bien y aunque profesionalmente el mensaje podía perjudicarme ante los clientes respetables, me hizo una gracia infinita leer NO ESTÁS, DESGRACIADO, VUELVO A LA TARDE (las comas las agrego yo, y no debería hacerlo pero ésa es la educación). Al final ni siquiera vino, porque a la tarde empezaba su trabajo del que nunca tuve una idea detallada pero que en conjunto era lo que los diarios llamaban el ejercicio de la prostitución. Ese ejercicio cambiaba bastante rápidamente para Anabel en la época en que alcancé a hacerme una idea de su vida, casi no pasaba una semana sin que por ahí me soltara un mañana no nos vemos porque en el *Fénix* necesitan una copera por una semana y pagan bien, o me dijera entre dos suspiros y una mala palabra que el yiro andaba flojo y que iba a tener que meterse unos días en lo de la Chempe para poder pagar la pieza a fin de mes.

La verdad es que nada parecía durarle a Anabel (y a las otras chicas), ni siquiera la correspondencia con los marineros, me había bastado un poco de práctica en el oficio para calcular que el promedio en casi todos los casos era de dos o tres cartas, cuatro con suerte, y verificar que el marinero se cansaba o se olvidaba pronto de ellas o viceversa, aparte de que mis traducciones debían de carecer de suficiente libido o arrastre sentimental y los marineros por su lado no eran lo que se llama hombres de pluma, de modo que todo se acababa rápido. Qué mal estoy explicando todo esto, también a mí me cansa escribir, echar palabras como perros buscando a Anabel, creyendo por momento que van a traérmela tal como era, tal como éramos *many and many years ago*.

*8 de febrero*

Lo que es peor, me cansa releer para encontrar una hilación, y además esto no es el cuento, de manera que entonces Anabel entró aquella mañana en mi oficina de San Martín casi esquina Corrientes, y me acuerdo más de la cartera de hule y los zapatos con plataforma de corcho que de su cara ese día (es cierto que las caras de la primera vez no tienen nada que ver con la que está esperando en el tiempo y la costumbre). Yo trabajaba en el viejo escritorio que había heredado un año antes junto con toda la vejez de la oficina y que todavía no me sentía con ánimos de renovar, y estaba llegando a una parte especialmente abstrusa de la patente, avanzando frase a frase rodeado de diccionarios técnicos y una sensación de estarlos estafando a Marval y O'Donnell que me pagaban las traducciones. Anabel fue como la entrada trastornante de una gata siamesa en una sala de computadoras, y se hubiera dicho que lo sabía porque me miró casi con lástima antes de decirme que su amiga Marucha le había dado mi dirección. Le pedí que se sentara, y por puro chiqué seguí traduciendo una frase en la que una calandria de calibre intermedio establecía una misteriosa confraternidad con un cárter antimagnético blindado X2. Entonces ella sacó un cigarrillo rubio y yo uno negro, y aunque me bastaba el nombre de Marucha para que todo estuviera claro, lo mismo la dejé hablar.

*9 de febrero*

Resistencia a construir un diálogo que tendría más de invención que de otra cosa. Me acuerdo sobre todo de los clisés de Anabel, su manera de decirme «joven» o «señor» alternadamente, de decir «una suposición», o dejar caer un «ah, si le cuento». De fumar también por clisé, soltando el humo de un solo golpe casi antes de haberlo absorbido. Me traía una carta de un tal William, fechada en Tampico un mes antes, que le traduje en voz alta antes de ponérsela por escrito como me lo pidió en seguida. «Por si se me olvida algo», dijo Anabel, sacando cinco pesos para pagarme. Le dije que no valía la pena, mi ex socio había fijado esa tarifa absurda en los tiempos en que trabajaba solo y había empezado a traducirles a las minas del bajo las cartas de sus marineros y lo que ellas les contestaban. Yo le había dicho: «¿Por qué les cobra tan poco? O más o nada sería mejor, total no es su trabajo, usted lo hace por bondad». Me explicó que ya estaba demasiado viejo como para resistir al deseo de acostarse de cuando en cuando con alguna de ellas, y que por eso aceptaba traducirles las cartas para tenerlas más a tiro, pero que si no les hubiera cobrado ese precio simbólico se habrían convertido todas en unas madame de Sévigné y eso ni hablar. Después mi socio se fue del país y yo heredé la mercadería, manteniéndola dentro de las mismas líneas por inercia. Todo iba muy bien, Marucha y las otras (había cuatro entonces) me juraron que no le pasarían el santo a ninguna más, y el promedio era de dos por mes, con carta a leerles en español y carta a escribirles en inglés (más raramente en francés). Entonces por lo visto a Marucha se le olvidó el juramento, y balanceando su absurda cartera de hule reluciente entró Anabel.

*10 de febrero*

Esos tiempos: el peronismo ensordeciéndome a puro altoparlante en el centro, el gallego portero llegando a mi oficina con una foto de Evita y pidiéndome de manera nada amable que tuviera la amabilidad de fijarla en la pared (traía las cuatro chinches para que no hubiera pretextos). Walter Gieseking daba una serie de admirables recitales en el Colón, y José María Gatica caía como una bolsa de papas en un ring de Estados Unidos. En mis ratos libres yo traducía *Vida y cartas de John Keats*, de Lord Houghton; en los todavía más libres pasaba buenos ratos en *La Fragata*, casi enfrente de mi oficina, con amigos abogados a quienes también les gustaba el Demaría bien batido. A veces Susana—

Es que no es fácil seguir, me voy hundiendo en recuerdos y a la vez queriendo huirles, exorcizarlos escribiéndolos (pero entonces hay que asumirlos de lleno y ésa es la cosa). Pretender contar desde la niebla, desde cosas deshilachadas por el tiempo (y qué irrisión ver con tanta claridad la cartera negra de Anabel, oír nítidamente su «gracias, joven», cuando le terminé la carta para William y le di el vuelto de diez pesos). Sólo ahora sé de veras lo que pasa, y es que nunca supe gran cosa de lo que había pasado, quiero decir las razones profundas de ese tango barato que empezó con Anabel, desde Anabel. Cómo entender de veras esa anécdota de milonga en la que había una muerte de por medio y nada menos que un frasco de veneno, no era a un traductor público con oficina y chapa de bronce en la puerta a quien Anabel le iba a decir toda la verdad, suponiendo que la supiera. Como con tantas otras cosas en ese tiempo, me manejé entre abstracciones, y ahora al final del camino me pregunto cómo pude vivir en esa superficie bajo la cual resbalaban y se mordían las criaturas de la noche porteña, los grandes peces de ese río turbio que yo y tantos otros ignorábamos. Absurdo que ahora quiera contar algo que no fui capaz de conocer bien mientras estaba sucediendo, como en una parodia de Proust pretendo entrar en el recuerdo como no entré en la vida para al fin vivirla de veras. Pienso que lo hago por Anabel, finalmente quisiera escribir un cuento capaz de mostrármela de nuevo, algo en que ella misma se viera como no creo que se haya visto en ese entonces, porque también Anabel se movía en el aire espeso y sucio de un Buenos Aires que la contenía y a la vez la rechazaba como a una sobra marginal, lumpen de puerto y pieza de mala muerte dando a un corredor al que daban tantas otras piezas de tantos otros lumpens, donde se oían tantos tangos al mismo tiempo mezclándose con broncas, quejidos, a veces risas, claro que a veces risas cuando Anabel y Marucha se contaban chistes o porquerías entre dos mates o una cerveza nunca lo bastante fría. Poder arrancar a Anabel de esa imagen confusa y manchada que me queda de ella, como a veces las cartas de William le llegaban confusas y manchadas y ella me las ponía en la mano como si me alcanzara un pañuelo sucio.

*11 de febrero*

Entonces esa mañana me enteré de que el carguero de William había estado una semana en Buenos Aires y que ahora llegaba la primera carta de William desde Tampico acompañando el clásico paquete con los regalos prometidos, slips de nilón, una pulsera fosforescente y un frasquito de perfume. Nunca había muchas diferencias en las cartas de los amigos de las chicas y sus regalos, ellas pedían sobre todo ropas de nilón que en esa época era difícil conseguir en Buenos Aires, y ellos mandaban los regalos con mensajes casi siempre románticos en los que por ahí irrumpían referencias tan concretas que se me hacía difícil traducírselas en voz alta a las chicas que, por supuesto, me dictaban cartas o me daban borradores llenos de nostalgias, noches de baile y pedidos de medias cristal y blusas color tango.

Con Anabel era lo mismo, apenas acabé de traducirle la carta de William se puso a dictarme la respuesta, pero yo conocía esa clientela y le pedí que me indicara solamente los temas, de la redacción me ocuparía más tarde. Anabel se me quedó mirando, sorprendida.

—Es el sentimiento —dijo—. Tiene que poner mucho sentimiento.

—Por supuesto, quédese tranquila y dígame lo que tengo que contestar.

Fue el nimio catálogo de siempre, acuse de recibo, ella estaba bien pero cansada, cuándo volvía William, que le escribiera por lo menos una postal desde cada puerto, que le dijera a un tal Perry que no se olvidara de mandar la foto que les había sacado juntos en la costanera. Ah, y que le dijera que lo de la Dolly seguía igual.

—Si no me explica un poco esto... —empecé.

—Dígale nomás así, que lo de la Dolly sigue lo mismo. Y al final dígale, bueno, ya sabe, que sea con sentimiento, si me entiende.

—Claro, no se preocupe.

Quedó en pasar al otro día y cuando vino firmó la carta después de mirarla un momento, se la veía capaz de entender bastantes palabras, se detenía largo en uno que otro párrafo, después firmó y me mostró un papelito donde William había puesto fechas y puertos. Decidimos que lo mejor era mandarle la carta a Oakland, y ya para entonces se había roto el hielo y Anabel me aceptaba el primer cigarrillo y me miraba escribir el sobre, apoyada en el borde del escritorio y canturreando alguna cosa. Una semana después me trajo un borrador para que yo le escribiera urgente a William, parecía ansiosa y me pidió que le hiciera en seguida la carta, pero yo estaba tapado de partidas de nacimiento italianas y le prometí escribirla esa tarde, firmarla por ella y despacharla al salir de la oficina. Me miró como dudando, pero después dijo bueno y se fue. A la mañana siguiente se apareció a las once y media para estar segura de que yo había mandado la carta. Fue entonces que la besé por primera vez y quedamos en que iría a su casa al salir del trabajo.

*12 de febrero*

No era que me gustaran particularmente las chicas del bajo en ese entonces, me movía en el cómodo pequeño mundo de una relación estable con alguien a quien llamaré Susana y calificaré de kinesióloga, solamente que a veces ese mundo me resultaba demasiado pequeño y demasiado confortable, entonces había como una urgencia de sumersión, una vuelta a tiempos adolescentes con caminatas solitarias por los barrios del sur, copas y elecciones caprichosas, breves interludios quizá más estéticos que eróticos, un poco como la escritura de este párrafo que releo y que debería tachar pero que guardaré porque así ocurrían las cosas, eso que he llamado sumersión, ese encanallamiento objetivamente innecesario puesto que Susana, puesto que T. S. Eliot, puesto que Wilhelm Backhaus, y sin embargo, sin embargo.

*13 de febrero*

Ayer me encabroné contra mí mismo, es divertido pensarlo ahora. De todas maneras lo sabía desde el comienzo, Anabel no me dejará escribir el cuento porque en primer lugar no será un cuento y luego porque Anabel hará (como lo hizo entonces sin saberlo, pobrecita) todo lo que pueda por dejarme solo delante de un espejo. Me basta releer este diario para sentir que ella no es más que una catalizadora que busca arrastrarme al fondo mismo de cada página que por eso no escribo, al centro del espejo donde hubiera querido verla a ella y en cambio aparece un traductor público nacional debidamente diplomado, con su Susana previsible y hasta cacofónica, sususana, por qué no la habré llamado Amalia o Berta. Problemas de escritura, no cualquier nombre se presta a... (¿Vas a seguir?).

*Por la noche*

De la pieza de Anabel en Reconquista al quinientos preferiría no acordarme, sobre todo quizá porque sin que ella pudiera saberlo esa pieza quedaba muy cerca de mi departamento en un piso doce y con ventanas dando a una espléndida vista del río color de león. Me acuerdo (increíble que me acuerde de cosas así) que al citarme con ella estuve tentado de decirle que mejor viniera a mi bulín donde tendríamos whisky bien helado y una cama como a mí me gustan, y que me contuvo la idea de que Fermín el portero con más ojos que Argos la viera entrar o salir del ascensor y mi crédito con él se viniera abajo, él que saludaba casi conmovido a Susana cuando nos veía salir o llegar juntos, él que sabía distinguir en materia de maquillajes, tacos de zapatos y carteras. Me arrepentí apenas empecé a subir la escalera, y estuve a punto de dar media vuelta cuando salí al corredor al que daban no sé cuántas piezas, victrolas y perfumes. Pero ya Anabel me estaba sonriendo desde la puerta de su cuarto, y además había whisky aunque no estuviera helado, había las obligatorias muñecas pero también una reproducción de un cuadro de Quinquela Martín. La ceremonia se cumplió sin apuro, bebimos sentados en el sofá y Anabel quiso saber cuándo había conocido a Marucha y se interesó por mi antiguo socio del que las otras minas le habían hablado. Cuando le puse una mano en el muslo y la besé en la oreja, me sonrió con naturalidad y se levantó para retirar el cobertor rosa de la cama. Su sonrisa al despedirnos, cuando dejé unos billetes debajo de un cenicero, siguió siendo la misma, una aceptación desapegada que me conmovió por lo sincera, otros hubieran dicho que por lo profesional. Sé que me fui sin hablarle como había pensado hacerlo de su última carta a William, qué me importaban sus líos al fin y al cabo, también yo podía sonreírle como ella me había sonreído, también yo era un profesional.

*16 de febrero*

Inocencia de Anabel, como ese dibujo que hizo un día en mi oficina mientras yo la tenía esperando por culpa de una traducción urgente, y que debe andar perdido dentro de algún libro hasta que tal vez asome como su foto en una mudanza o una relectura. Dibujo con casitas suburbanas y dos o tres gallinas picoteando en la vereda. ¿Pero quién habla de inocencia? Fácil tildar a Anabel por esa ignorancia que la llevaba como resbalando de una cosa a otra; de golpe, debajo, tangible tantas veces en la mirada o en las decisiones, la entrevisión de algo que se me escapaba, de eso que la misma Anabel llamaba un poco dramáticamente «la vida», y que para mí era un territorio vedado que sólo la imaginación o Roberto Arlt podían darme vicariamente. (Me estoy acordando de Hardoy, un abogado amigo, que a veces se metía en turbios episodios suburbanos por mera nostalgia de algo que en el fondo sabía imposible, y de donde volvía sin haber participado de veras, mero testigo como yo testigo de Anabel. Sí, los verdaderos inocentes éramos los de corbata y tres idiomas; en todo caso Hardoy como buen abogado apreciaba su función de testigo presencial, la veía casi como una misión. Pero no es él sino yo quien quisiera escribir este cuento sobre Anabel).

*17 de febrero*

No le llamaré intimidad, para eso hubiera tenido que ser capaz de darle a Anabel lo que ella me daba tan naturalmente, hacerla subir a mi casa por ejemplo, crear una paridad aceptable aunque siguiera teniendo con ella una relación tarifada entre cliente regular y mujer de la vida. En ese entonces no pensé como lo estoy pensando ahora que Anabel no me reprochó nunca que la mantuviera estrictamente al borde; debía parecerle la ley del juego, algo que no excluía una amistad suficiente como para llenar con risas y bromas los huecos fuera de la cama, que son siempre los peores. Mi vida la tenía perfectamente sin cuidado a Anabel, sus raras preguntas eran del género de: «¿Vos tuviste un perrito de chico?», o: «¿Siempre te cortaste el pelo tan corto?» Yo ya estaba bastante al tanto de lo de la Dolly y de Marucha, de cualquier cosa en la vida de Anabel, mientras ella seguía sin saber y sin importársele que yo tuviera una hermana o un primo, barítono este último. A Marucha la conocía de antes por lo de las cartas, y a veces en el café de Cochabamba me encontraba con ella y con Anabel para tomar cerveza (importada). Por una de las cartas a William me había enterado de las broncas entre Marucha y la Dolly, pero lo que llamaré el asunto del frasquito no se puso serio hasta bastante después, al principio era para reírse de tanta inocencia (¿he hablado de la inocencia de Anabel? Me aburre releer este diario que me está ayudando cada vez menos a escribir el cuento), porque Anabel que era carne y uña con Marucha le había contado a William que la Dolly le seguía sacando los mejores puntos a Marucha, tipos de guita y hasta uno que era hijo de un comisario como en el tango, le hacía la vida imposible en lo de la Chempe y visiblemente aprovechaba que a Marucha se le estaba cayendo un poco de pelo, que tenía problemas de incisivos y que en la cama, etcétera. Todo eso Marucha se lo lloraba a Anabel, a mí menos porque tal vez no me tenía tanta confianza, yo era el traductor y gracias, dice que sos fenómeno, me contaba Anabel, vos le interpretás todo tan bien, el cocinero de ese buque francés hasta le manda más regalitos que antes, Marucha piensa que debe ser por el sentimiento que ponés.

—¿Y a vos no te mandan más?

—No, che. Seguro que de puro celos escribís angosto.

Decía cosas así, y nos reíamos tanto. Incluso riéndose me contó lo del frasquito que ya una o dos veces había aparecido en el temario para las cartas a William sin que yo hiciera preguntas porque dejarla venir sola era uno de mis placeres. Me acuerdo que me lo contó en su pieza mientras abríamos una botella de whisky después de habernos ganado el derecho al trago.

—Te juro, me quedé dura. Siempre me pareció un poco piantado, a lo mejor porque no le entiendo mucho la parla y eso que al final él siempre se hace entender. Claro, no lo conocés, si le vieras esos ojos que tiene, como un gato amarillo, le queda bien porque es un tipo de pinta, cuando sale se pone unos trajes que si te cuento, aquí nunca se ven géneros así, sintéticos me entendés.

—¿Pero qué te dijo?

—Que cuando vuelva me va a traer un frasquito. Me lo dibujó en la servilleta y arriba puso una calavera y dos huesos cruzados. ¿Me seguís ahora?

—Te sigo, pero no entiendo por qué. ¿Vos le hablaste de la Dolly?

—Claro, la noche que él me vino a buscar cuando llegó el barco, Marucha estaba conmigo, lloraba y devolvía la comida, yo tuve que agarrarla para que no saliera ahí nomás a cortarle la cara a la Dolly. Fue justo cuando supo que la Dolly le había sacado al viejo de los jueves, andá a saber lo que esa hija de puta le dijo de Marucha, a lo mejor lo del pelo que en una de ésas era algo contagioso. Con William le dimos ferné y la acostamos en esta misma cama, se quedó dormida y así pudimos salir a bailar. Yo le conté todo lo de la Dolly, seguro que entendió porque eso sí, me entiende todo, me clava los ojos amarillos y solamente le tengo que repetir algunas cosas.

—Esperá un poco, mejor nos tomamos otro scotch, esta tarde todo ha sido doble —le dije dándole un chirlo, y nos reímos porque ya el primero había estado bien cargadito—. ¿Y vos qué hiciste?

—¿Te creés que soy tan paparula? Que no, claro, le rompí la servilleta a pedacitos para que comprendiera. Pero él dale con el frasquito, que me lo iba a mandar para que Marucha se lo pusiera en un copetín. *In a drink*, dijo. Me dibujó a un cana en otra servilleta y después lo tachó con una cruz, eso quería decir que no sospecharían de nada.

—Perfecto —dije yo—, este yanqui se cree que aquí los médicos forenses son unos felipones. Hiciste bien, nena, cuantimás que el frasquito ese iba a pasar por tus manos.

—Eso.

(No me acuerdo, cómo podría *acordarme* de ese diálogo. Pero fue así, lo escribo escuchándolo, o lo invento copiándolo, o lo copio inventándolo. Preguntarse de paso si no será eso la literatura).

*19 de febrero*

Pero a veces no es así sino algo mucho más sutil. A veces se entra en un sistema de paralelas, de simetrías, y a lo mejor por eso hay momentos y frases y sucesos que se fijan para siempre en una memoria que no tiene demasiados méritos (la mía en todo caso) puesto que olvida tanta cosa más importante.

No, no siempre hay invención o copia. Anoche pensé que tenía que seguir escribiendo todo esto sobre Anabel, que a lo mejor me llevaría al cuento como verdad última, y de golpe fue otra vez la pieza de Reconquista, el calor de febrero o marzo, el riojano con los discos de Alberto Castillo al otro lado del corredor, ese tipo no acababa nunca de despedirse de su famosa pampa, hasta Anabel empezaba a hincharse y eso que ella para la música, *adióóós pááámpa mííía*, y Anabel sentada desnuda en la cama y acordándose de su pampa allá por Trenque Lauquen. Tanto lío que arma ése por la pampa, Anabel despectiva encendiendo un cigarrillo, tanto joder por una mierda llena de vacas. Pero Anabel, yo te creía más patriótica, hijita. Una pura mierda aburrida, che, yo creo que si no me vengo a Buenos Aires me tiro a un zanjón. Poco a poco los recuerdos confirmatorios y de golpe, como si le hiciese falta contármelo, la historia del viajante de comercio, casi no había empezado cuando sentí que eso yo ya lo sabía, que eso ya me lo habían contado. La fui dejando hablar como a ella le hacía falta hablarme (a veces el frasquito, ahora el viajante), pero de alguna manera yo no estaba ahí con ella, lo que me estaba contando me venía de otras voces y otros ámbitos con perdón de Capote, me venía de un comedor en el hotel del polvoriento Bolívar, ese pueblo pampeano donde había vivido dos años ya tan lejanos, de esa tertulia de amigos y gente de paso donde se hablaba de todo pero sobre todo de mujeres, de eso que entonces los muchachos llamábamos los elementos y que tanto escaseaban en la vida de los solteros pueblerinos.

Qué claro me acuerdo de aquella noche de verano, con la sobremesa y el café con grapa al pelado Rosatti le volvían cosas de otros tiempos, era un hombre que apreciábamos por el humor y la generosidad, el mismo hombre que después de un cuento más bien subido de Flores Diez o del pesado Salas, se largaba a contarnos de una china ya no muy joven que él visitaba en su rancho por el lado de Casbas donde ella vivía de unas gallinas y una pensión de viuda, criando en la miseria a una hija de trece años.

Rosatti vendía autos nuevos y usados, se llegaba hasta el rancho de la viuda cuando le caía bien en algunas de sus giras, llevaba algunos regalos y se acostaba con la viuda hasta el otro día. Ella estaba encariñada, le cebaba buenos mates, le freía empanadas y según Rosatti no estaba nada mal en la cama. A la Chola la mandaban a dormir al galponcito donde en otros tiempos el finado guardaba un sulky ya vendido; era una chica callada, de ojos escapadizos, que se perdía de vista apenas llegaba Rosatti y a la hora de cenar se sentaba con la cabeza gacha y casi no hablaba. A veces él le llevaba un juguete o caramelos, que ella recibía con un «gracias, don» casi a la fuerza. La tarde en que Rosatti se apareció con más regalos que de costumbre porque esa mañana había vendido un Plymouth y estaba contento, la viuda agarró por el hombro a la Chola y le dijo que aprendiera a darle bien las gracias a don Carlos, que no fuera tan chúcara. Rosatti, riéndose, la disculpó porque le conocía el carácter, pero en ese segundo de confusión de la chica la vio por primera vez, le vio los ojos renegridos y los catorce años que empezaban a levantarle la blusita de algodón. Esa noche en la cama sintió las diferencias y la viuda debió sentirlas también porque lloró y le dijo que él ya no la quería como antes, que seguro iba a olvidarse de ella que ya no le rendía como al principio. Los detalles del arreglo no los supimos nunca, en algún momento la viuda fue a buscar a la Chola y la trajo al rancho a los tirones. Ella misma le arrancó la ropa mientras Rosatti la esperaba en la cama, y como la chica gritaba y se debatía desesperada, la madre le sujetó las piernas y la mantuvo así hasta el final. Me acuerdo que Rosatti bajó un poco la cabeza y dijo, entre avergonzado y desafiante: «Cómo lloraba...». Ninguno de nosotros hizo el menor comentario, el silencio espeso duró hasta que el pesado Salas soltó una de las suyas y todos, y sobre todo Rosatti, empezamos a hablar de otras cosas.

Tampoco yo le hice el menor comentario a Anabel. ¿Qué le podía decir? ¿Que ya conocía cada detalle, salvo que había por lo menos veinte años entre las dos historias, y que el viajante de comercio de Trenque Lauquen no había sido el mismo hombre, ni Anabel la misma mujer? ¿Que todo era siempre más o menos así con las Anabel de este mundo, salvo que a veces se llamaban Chola?

*23 de febrero*

Los clientes de Anabel, vagas referencias con algún nombre o alguna anécdota. Encuentros casuales en los cafés del bajo, fijación de una cara, una voz. Por supuesto nada de eso me importaba, supongo que en ese tipo de relaciones compartidas nadie se siente un cliente como los otros, pero además yo podía saberme seguro de mis privilegios, primero por lo de las cartas y también por mí mismo, algo que le gustaba a Anabel y me daba, creo, más espacio que a los otros, tardes enteras en la pieza, el cine, la milonga y algo que a lo mejor era cariño, en todo caso ganas de reírse por cualquier cosa, generosidad nada mentida en la manera que tenía Anabel de buscar y dar el goce. Imposible que fuera así con los otros, los clientes, y por eso no me importaban (la idea era que no me importaba Anabel, pero por qué me acuerdo hoy de todo esto), aunque en el fondo hubiera preferido ser el único, vivir así con Anabel y del otro lado con Susana, claro. Pero Anabel tenía que ganarse la vida y de cuando en cuando me llegaba algún indicio concreto, como cruzarme en la esquina con el gordo —nunca supe ni pregunté su nombre, ella le llamaba el gordo a secas—, y quedarme viéndolo entrar en la casa, imaginarlo rehaciendo mi propio itinerario de esa tarde, peldaño a peldaño hasta la galería y la pieza de Anabel y todo el resto. Me acuerdo que me fui a beber un whisky a *La Fragata* y que me leí todas las noticias del extranjero de *La Razón*, pero por debajo lo sentía al gordo con Anabel, era idiota pero lo sentía como si estuviera en mi propia cama, usándola sin derecho.

A lo mejor por eso no fui muy amable con Anabel cuando se me apareció en la oficina unos días después. A todas mis clientas epistolares (vuelve a salir la palabra de una manera bastante curiosa, eh Sigmund?) les conocía los caprichos y los humores a la hora de darme o dictarme una carta, y me quedé impasible cuando Anabel casi me gritó escribile ahora mismo a William que me traiga el frasquito, esa perra hija de puta no merece vivir. *Du calme*, le dije (entendía bastante bien el francés), qué es eso de ponerse así antes del vermú. Pero Anabel estaba enfurecida y el prólogo a la carta fue que la Dolly le había vuelto a sacar un punto con auto a Marucha y andaba diciendo en lo de la Chempe que lo había hecho para salvarlo de la sífilis. Encendí un cigarrillo como bandera de capitulación y escribí la carta donde absurdamente había que hablar a la vez del frasquito y de unas sandalias plateadas treinta y seis y medio (máximo treinta y siete). Tuve que calcular la conversión a cinco o cinco y medio para no crearle problemas a William, y la carta resultó muy corta y práctica, sin nada del sentimiento que habitualmente reclamaba Anabel aunque ahora lo hiciera cada vez menos por razones obvias.

(¿Cómo imaginaba lo que yo podía decirle a William en las despedidas? Ya no me exigía que le leyera las cartas, se iba en seguida pidiéndome que la despachara, no podía saber que yo seguía fiel a su estilo y que le hablaba de nostalgia y cariño a William, no por exceso de bondad sino porque había que prever las respuestas y los regalos, y eso en el fondo debía ser el barómetro más seguro para Anabel).

Esa tarde lo pensé despacio y antes de despachar la carta agregué una hoja separada en la que me presentaba sucintamente a William como el traductor de Anabel, y le pedía que viniera a verme apenas desembarcara y sobre todo antes de verse con Anabel. Cuando lo vi entrar dos semanas después, lo de los ojos amarillos me impresionó más que el aire entre agresivo y cortado del marinero en tierra. No hablamos mucho en el aire, le dije que estaba al tanto de la cuestión del frasquito pero que las cosas no eran tan tremendas como Anabel las pensaba. Virtuosamente me mostré preocupado por la seguridad de Anabel que, en caso de que las papas quemaran, no podría mandarse mudar en un barco como él iba a hacerlo tres días más tarde.

—Bueno, ella me lo pidió —dijo William sin alterarse—. A mí me da pena Marucha, y es la mejor manera de que todo se arregle.

De creerle, el contenido del frasquito no dejaba la menor huella, y eso curiosamente parecía suprimir toda noción de culpabilidad en William. Sentí el peligro y empecé mi trabajo sin forzar la mano. En el fondo los líos con la Dolly no estaban ni mejor ni peor que en su último viaje, claro que Marucha se sentía cada vez más harta y eso caía sobre la pobre Anabel. Yo me interesaba por el asunto porque era el traductor de todas esas chicas y las conocía bien, etcétera. Saqué el whisky después de colgar un cartel de *ausente* y cerrar con llave la oficina, y empecé a beber y a fumar con William. Lo medí desde la primera vuelta, primario y sensiblero y peligroso. Que yo fuera el traductor de las frases sentimentales de Anabel parecía darme un prestigio casi confesional, en el segundo whisky supe que estaba enamorado de veras de Anabel y que quería sacarla de la vida, llevársela a los States en un par de años cuando arreglara, dijo, unos asuntos pendientes. Imposible no ponerme de su lado, aprobar caballerescamente sus intenciones y apoyarme en ellas para insistir en que lo del frasquito era la peor cosa que podía hacerle a Anabel. Empezó a verlo por ese lado pero no me ocultó que Anabel no le perdonaría que le fallara, que lo trataría de flojo y de hijo de puta, y ésas eran cosas que él no le podía aceptar ni siquiera a Anabel.

Usando como ejemplo el acto de echarle más whisky en el vaso, sugerí el plan en el que me tendría por aliado. El frasquito por supuesto se lo daría a Anabel, pero lleno de té o de coca-cola; por mi parte yo lo tendría al tanto de las novedades con el sistema de las hojitas separadas, para que las cartas de Anabel guardaran todo lo que era de ellos dos solamente, y seguro que entretanto lo de la Dolly y Marucha se arreglaba por cansancio. Si no era así —en algo había que ceder frente a esos ojos amarillos que se iban poniendo cada vez más fijos—, yo le escribiría para que mandara o trajera el frasquito de veras, y en cuanto a Anabel estaba seguro de que comprendería llegado el caso si yo me declaraba responsable del engaño para bien de todos, etcétera.

—O.K. —dijo William. Era la primera vez que lo decía, y me pareció menos idiota que cuando se lo escuchaba a mis amigos. Nos dimos la mano en la puerta, me miró amarillo y largo, y dijo: «Gracias por las cartas». Lo dijo en plural, o sea que pensaba en las cartas de Anabel y no en la sola hoja separada. ¿Por qué esa gratitud tenía que hacerme sentir tan mal, por qué una vez a solas me tomé otro whisky antes de cerrar la oficina y salir a almorzar?

Escritores que aprecio han sabido ironizar amablemente sobre el lenguaje de alguien como Anabel. Me divierten mucho, claro, pero en el fondo esas facilidades de la cultura me parecen un poco canallas, yo también podría repetir tantas frases de Anabel o del gallego portero, y hasta por ahí me pasará hacerlo si al final escribo el cuento, no hay nada más fácil. Pero en esos tiempos me dedicaba más bien a comparar mentalmente el habla de Anabel y de Susana, que las desnudaba tanto más profundamente que mis manos, revelaba lo abierto y lo cerrado en ellas, lo estrecho y lo ancho, el tamaño de sus sombras en la vida. Nunca le oí la palabra «democracia» a Anabel, que sin embargo la escuchaba o leía veinte veces por día, y en cambio Susana la usaba con cualquier motivo y siempre con la misma cómoda buena conciencia de propietaria. En materias íntimas Susana podía aludir a su sexo, mientras que Anabel decía la concha o la parpaiola, palabra esta última que siempre me ha fascinado por lo que tiene de ola y de párpado. Y así estoy desde hace diez minutos porque no me decido a seguir con lo que falta (y que no es mucho y no responde demasiado a lo que vagamente esperaba escribir), o sea que en toda esa semana no supe nada de Anabel como era previsible puesto que estaría todo el tiempo con William, pero un fin de mañana se me apareció con evidentemente parte de los regalos de nilón que le había traído William, y una cartera nueva de piel de no sé qué de Alaska, que en esa temporada hacía subir el calor con sólo mirarla. Vino para contarme que William acababa de irse, lo que no era noticia para mí, y que le había traído la cosa (curiosamente evitaba llamarla frasquito) que ya estaba en manos de Marucha.

No tenía ninguna razón para inquietarme ahora, pero era bueno hacerse el preocupado, saber si Marucha tenía clara conciencia de la barbaridad que eso significaba, etcétera, y Anabel me explicó que le había hecho jurar por su santa madre y la virgen de Luján que solamente si la Dolly volvía a, etcétera. De paso le interesó saber lo que yo opinaba de la cartera y las medias cristal, y nos citamos en su casa para la otra semana, porque ella andaba bastante ocupada después de tanto *full-time* con William. Ya se iba, cuando se acordó:

—Él es tan bueno, sabés. ¿Te das cuenta esta cartera lo que le habrá costado? Yo no le quería decir nada de vos, pero él me hablaba todo el tiempo de las cartas, dice que vos le transmitís propiamente el sentimiento.

—Ah —comenté, sin saber demasiado por qué la cosa me caía un poco atravesada.

—Mirala, tiene doble cierre de seguridad y todo. Al final le dije que vos me conocías bien y que por eso me interpretabas las cartas, total a él qué le importa si ni siquiera te ha visto.

—Claro, qué le puede importar —alcancé a decir.

—Me prometió que en el otro viaje me trae un tocadiscos de esos con radio y todo, ahora sí que le ponemos la tapa al riojano de adiós pampa mía si vos me compras discos de Canaro y D'Arienzo.

No había terminado de irse cuando me telefoneó Susana, que por lo visto acababa de entrar en uno de sus ataques de nomadismo y me invitaba a irme con ella en su auto a Necochea. Acepté para el fin de semana, y me quedaron tres días en que no hice más que pensar, sintiendo poco a poco cómo me subía algo raro hasta la boca del estómago (¿tiene boca el estómago?). Lo primero: William no le había hablado a Anabel de sus planes de casamiento, era casi obvio que la patinada involuntaria de Anabel le había caído como una patada en la cabeza (y que lo hubiera disimulado era lo más inquietante). O sea que.

Inútil decirme que a esa altura me estaba dejando llevar por deducciones tipo Dickson Carr o Ellery Queen, y que al fin y al cabo a un tipo como William no tenía por qué quitarle el sueño que yo fuera uno más entre los clientes de Anabel. Pero a la vez sentía que no era así, que precisamente un tipo como William podía haber reaccionado de otra manera, con esa mezcla de sensiblería y zarpazo que yo le había calado desde el vamos. Porque además ahora venía lo segundo: Enterado de que yo hacía algo más que traducirle las cartas a Anabel, ¿por qué no había subido a decírmelo, de buenas o de malas? No me podía olvidar que me había tenido confianza y hasta admiración, que de alguna manera se había confesado con alguien que entretanto se meaba de risa de tanta ingenuidad, y eso William tenía que haberlo sentido y cómo en ese momento en que Anabel se había deschavado. Era tan fácil imaginarlo a William acostándola de una trompada y viniendo directamente a mi oficina para hacer lo mismo conmigo. Pero ni lo uno ni lo otro, y eso...

Y eso qué. Me lo dije como quien se toma un Ecuanil, al fin y al cabo su barco ya andaba lejos y todo quedaba en hipótesis; el tiempo y las olas de Necochea las borrarían de a poco, y además Susana estaba leyendo a Aldous Huxley, lo que daría materia para temas más bien diferentes, enhorabuena. Yo también me compré nuevos libros en el camino a casa, me acuerdo que algo de Borges y/o de Bioy.

*27 de febrero*

Aunque ya casi nadie se acuerda, a mí me sigue conmoviendo la forma en que Spandrell espera y recibe la muerte en *Contrapunto.* En los años cuarenta ese episodio no podía tocar tan de lleno a los lectores argentinos; hoy sí, pero justamente cuando ya no lo recuerdan. Yo le sigo siendo fiel a Spandrell (nunca releí la novela ni la tengo aquí a mano), y aunque se me hayan borrado los detalles me parece ver de nuevo la escena en que escucha la grabación de su cuarteto preferido de Beethoven, sabiendo que el comando fascista se acerca a su casa para asesinarlo, y dando a esa elección final un peso que vuelve aún más despreciables a sus asesinos. También a Susana le había conmovido ese episodio, aunque sus razones no me parecieron exactamente las mías y acaso las de Huxley; todavía estábamos discutiendo en la terraza del hotel cuando pasó un diariero y le compré *La Razón* y en la página ocho vi policía investiga muerte misteriosa, vi una foto irreconocible de la Dolly, pero su nombre completo y sus actividades notoriamente públicas, transportada de urgencia al hospital Ramos Mejía sucumbió dos horas más tarde a la acción de un poderoso tóxico. Nos volvemos esta noche, le dije a Susana, total aquí no hace más que lloviznar. Se puso frenética, la oí tratarme de déspota. Se vengó, pensaba dejándola hablar, sintiendo el calambre que me subía de las ingles hasta el estómago, se vengó el muy hijo de puta, lo que estará gozando en su barco, otra que té o coca-cola, y esa imbécil de Marucha que va a cantar todo en diez minutos. Como ráfagas de miedo entre cada frase enfurecida de Susana, el whisky doble, el calambre, la valija, puta si va a cantar, se va a venir con todo apenas le aplaudan la cara.

Pero Marucha no cantó, a la tarde siguiente había un papelito de Anabel debajo de la puerta de la oficina, nos vemos a las siete en el café del Negro, estaba muy tranquila y con la cartera de piel, ni se le había ocurrido pensar que Marucha podía meterla en un lío. Lo jurado jurado, ponele la firma, me lo decía con una calma que me hubiera parecido admirable si no hubiese tenido tantas ganas de agarrarla a bife limpio. La confesión de Marucha llenaba media página del diario, y eso precisamente era lo que estaba leyendo Anabel cuando llegué al café. El periodista no iba más allá de las generalidades propias del oficio, la mujer declaró haberse procurado un veneno de efecto fulminante que vertió en una copa de licor, o sea en el cinzano que la Dolly bebía de a litros. La rivalidad entre ambas mujeres había alcanzado su punto culminante, agregaba el concienzudo notero, y su trágico desenlace, etcétera.

No me parece raro haber olvidado casi todos los detalles de ese encuentro con Anabel. La veo sonreírme, eso sí, la oigo decirme que los abogados probarían que Marucha era una víctima y que saldría en menos de un año; lo que me queda de esa tarde es sobre todo un sentimiento de absurdo total, algo imposible de decir aquí, haberme dado cuenta de que en ese momento Anabel era como un ángel flotando por encima de la realidad, segura de que Marucha había tenido razón (y era cierto, pero no en esa forma) y que a nadie le iba a pasar nada grave. Me hablaba de todo eso y era como si me estuviera contando una radionovela, ajena a ella misma y sobre todo a mí, a las cartas, sobre todo a las cartas que me embarcaban derecho viejo con William y con ella. Me lo decía desde la radionovela, desde esa distancia incalculable entre ella y yo, entre su mundo y mi terror que buscaba cigarrillos y otro whisky, y claro, claro que sí, Marucha es de ley, claro que no va a cantar.

Porque si de algo estaba seguro en ese momento era de que no podía decirle nada al ángel. Cómo mierda hacerle entender que William no se iba a conformar con eso ahora, que seguramente escribiría para perfeccionar su venganza, para denunciarla a Anabel y de paso meterme en el ajo por encubridor. Se me hubiera quedado mirando como perdida, a lo mejor me hubiera mostrado la cartera como una prueba de buena fe, él me la regaló, cómo te vas a imaginar que haga una cosa así, todo el catálogo.

No sé de qué hablamos después, me volví a mi departamento a pensar, y al otro día arreglé con un colega para que se hiciera cargo de la oficina por un par de meses; aunque Anabel no conocía mi departamento me mudé por las dudas a uno que justamente alquilaba Susana en Belgrano y no me moví de ese salubre barrio para evitar un encuentro casual con Anabel en el centro. Hardoy, que tenía toda mi confianza, se dedicó con deleite a espiarla, bañándose en la atmósfera de eso que él llamaba los bajos fondos. Tantas precauciones resultaron inútiles pero entretanto me sirvieron para dormir un poco mejor, leer un montón de libros y descubrir nuevas facetas y hasta encantos inesperados en Susana, convencida la pobre de que yo estaba haciendo una cura de reposo y paseándome por todas partes en su auto. Un mes y medio después llegó el barco de William, y esa misma noche supe por Hardoy que Anabel se había encontrado con él y que se habían pasado hasta las tres de la mañana bailando en una milonga de Palermo. Lo único lógico hubiera debido ser el alivio, pero no creo haberlo sentido, fue más bien como que Dickson Carr y Ellery Queen eran una pura mierda y la inteligencia todavía peor que la mierda comparada con esa milonga en la que el ángel se había encontrado con el otro ángel (per modo di dire, claro), para de paso entre tango y tango escupirme en plena cara, ellos de su lado escupiéndome sin verme, sin saber de mí y sobre todo importándoseles un carajo de mí, como el que escupe en una baldosa sin siquiera mirarla. Su ley y su mundo de ángeles, con Marucha y de algún modo también con la Dolly, y yo de este otro lado con el calambre y el valium y Susana, con Hardoy que me seguía hablando de la milonga sin darse cuenta de que yo había sacado el pañuelo, de que mientras lo escuchaba y le agradecía su amistosa vigilancia me estaba pasando el pañuelo para secarme de alguna manera la escupida en plena cara.

Quedan algunos detalles menores: cuando volví a la oficina tenía todo pensado para explicarle convincentemente mi ausencia a Anabel; conocía de sobra su falta de curiosidad, me aceptaría cualquier cosa y ya andaría con alguna nueva carta para traducir, a menos que entretanto hubiera conseguido otro traductor. Pero Anabel no vino nunca más a mi oficina, por ahí era una promesa que le había hecho a William con juramento y virgen de Luján, o nomás que se había ofendido de veras por mi ausencia, o que la Chempe la tenía demasiado ocupada. Al principio creo que la esperé vagamente, no sé si me hubiera gustado verla entrar pero en el fondo me ofendía que me estuviera borrando tan fácilmente, quién le iba a traducir las cartas como yo, quién podía conocer a William o a ella mejor que yo. Dos o tres veces, en la mitad de una patente o una partida de nacimiento me quedé con las manos en el aire, esperando que la puerta se abriera y entrara Anabel con zapatos nuevos, pero después llamaban educadamente y era una factura consular o un testamento. Por mi parte seguí evitando los lugares donde hubiera podido encontrármela por la tarde o la noche. Hardoy tampoco la vio más, y en esos meses se me dio el juego de venirme a Europa por un tiempo, y al final me fui quedando, me fui aquerenciando hasta ahora, hasta el pelo canoso, esta diabetes que me acorrala en el departamento, estos recuerdos. La verdad, me hubiera gustado escribirlos, hacer un cuento sobre Anabel y esos tiempos, a lo mejor me hubieran ayudado a sentirme mejor después de escribirlo, a dejar todo en orden, pero ya no creo que vaya a hacerlo, hay este cuaderno lleno de jirones sueltos, estas ganas de ponerme a completarlos, de llenar los huecos y contar otras cosas de Anabel, pero lo que apenas alcanzo a decirme es que me gustaría tanto escribir ese cuento sobre Anabel y al final es una página más en el cuaderno, un día más sin empezar el cuento. Lo malo es que no termino de convencerme de que nunca podré hacerlo porque entre otras cosas no soy capaz de escribir sobre Anabel, no me vale de nada ir juntando pedazos que en definitiva no son de Anabel sino de mí, casi como si Anabel estuviera queriendo escribir un cuento y se acordara de mí, de cómo no la llevé nunca a mi casa, de los dos meses en que el pánico me sacó de su vida, de todo eso que ahora vuelve aunque seguramente a Anabel le importó muy poco y solamente yo me acuerdo de algo que es tan poco pero que vuelve y vuelve desde allá, desde lo que acaso hubiera tenido que ser de otra manera, como yo y como casi todo allá y aquí. Ahora que lo pienso, cuánta razón tiene Derrida cuando dice, cuando me dice: No (me) queda casi nada: ni la cosa, ni su existencia, ni la mía, ni el puro objeto ni el puro sujeto, ningún interés de ninguna naturaleza por nada. Ningún interés, de veras, porque buscar a Anabel en el fondo del tiempo es siempre caerme de nuevo en mí mismo, y es tan triste escribir sobre mí mismo aunque quiera seguir imaginándome que escribo sobre Anabel.